अमृता

शिवप्रसाद सिंह की सम्पूर्ण कहानियाँ-3

अमृता

शिवप्रसाद सिंह

वाणी प्रकाशन

प्रकाशन के उत्कृष्टतम 62 वर्ष

vaniprakashan.com

सजिल्द पहला संस्करण : 1993
सजिल्द दूसरा संस्करण : 1998
सजिल्द तीसरा संस्करण : 2008
सजिल्द चौथा संस्करण : 2025

वाणी प्रकाशन

4695, 21-ए, दरियागंज, नयी दिल्ली-110 002

फ़ोन : + 91 11 23273167, 23275710

शाखाएँ

अशोक राजपथ, पटना-800 004, बिहार

कॉफ़ी हाउस कैम्पस, महात्मा गांधी मार्ग, प्रयागराज-211 001, उत्तर प्रदेश

महात्मा गांधी अन्तरराष्ट्रीय हिन्दी विश्वविद्यालय, वर्धा-442 001, महाराष्ट्र

sales@vaniprakashan.in
vaniprakashan@gmail.com

Amrita
by Shivprasad Singh

ISBN : 978-81-7055-280-2
Collection of Story

मूल्य : ₹ 695

आर. टेक ऑफ़सेट प्रिंटर्स, दिल्ली-110032 में मुद्रित

वाणी प्रकाशन का लोगो मक़बूल फ़िदा हुसेन की कूची से

कहता हूं ताकि सनद रहे

अचानक रचनात्मकता मर जाने की सूचना जब 'हंस' में छपी, तब से दो तरह के कथाकार पूरे माहौल को मरने या जीने के उद्घोष से कंपित किये हुए हैं। मुश्किल तब होती है जब मेरी पीढ़ी के कथाकारों को हजारों मील पीछे फेंकते हुए समकालीन कथाकार अपने होने का प्रमाण कहानियों से नहीं गाली-गलौज भरे आत्मकथ्यों से देते हैं। कुछ ने तो कहानियों को अंत में प्रणाम देकर संस्मरण लिखने शुरू कर दिये। ये संस्मरण सभी जानते हैं कि चुक जाने के प्रमाण हैं। सिनेमाई गीत का शीर्षक देकर 'तुझे याद हो कि न याद हो' के तर्ज पर प्रमाणहीन बातें लिखने में और उन्हें जल्दी से जल्दी पुस्तकाकार प्रकाशित कराकर बीतने वाली सहस्राब्दी का महत्वपूर्ण दस्तावेज मानकर मनमोदकों की दुनिया में जीने वालों को क्या कहा जाए ? एक बार मुकुंद द्विवेदी ने कहा, "भाई साहेब, मैं आज अपनी गलती पर पछता रहा हूं। कांग्रेस की बिगड़ती हुई स्थिति को देखकर राजीव जी ने कई बार बुलाया, टेलीफोन से, तार देकर कि अब इस संस्था को आप ही बचा सकते हैं।" वह मेरी ओर देखता रहा। "आप शायद पूछेंगे क्या प्रमाण है ? प्रमाण पर कौन सोचता है ? अगर आचार्य हजारीप्रसाद द्विवेदी आर. यस. यस. से जुड़े थे तो मुकुंद द्विवेदी को राजीव गांधी क्यों नहीं बुला सकते ?" हम बड़ी देर तक हंसते रहे। यह संस्मरणों का मेला धीरे-धीरे गाली-गलौज का रूप लेने लगा तब वे खुद में खुद को गाली देने लगे। किस्सा साढ़े चार यार का हो या शुकदेवी संस्मरण हों, सर्वत्र हारे-थके, बेजार-बेखबर लोगों का छाया-पुंज चल रहा है। हजारीप्रसाद द्विवेदी की अंगुली पकड़कर हिंदी विभाग में प्रवेश करने वाला अगर अपने को हजारीप्रसाद का गुरु मानने लगे तो औरों को भले ही यकीन न आये, मुझे तो संदेह नहीं होता। ऐसी ही उम्मीद थी। वे कहते हैं द्विवेदी जी का संत-साहित्य का ज्ञान पुस्तकीय था। यानी पोथी पढ़कर जग मुआ के उदाहरण जैसा। द्विवेदी जी के पंडित न बन पाने का मूल कारण यह था कि वे मठों में जाकर व्यावहारिक ज्ञान नहीं अर्जित कर पाए। इसी कारण मठों से उन्हें मकान बनाने के वे तमाम उपकरण नहीं मिल पाये, जैसे आचार्य शकुदेव ने कबीर-विवेक में प्राप्त किये। यही है पंडित न होते हुए भी पंडित बनने का राज। क्षितिमोहन सेन के शिष्य शुकदेव जी बन गए, वहां भी हजारीप्रसाद का नाम 'पोथी ज्ञान' पर आधारित था,

अतः काट दिया गया। इसी बीच वर्तमान साहित्य का महाकथा विशेषांक छपा। वर्तमान साहित्य एक ऐसी पत्रिका बन गई है जिसका नाम इतिहासकार भुला नहीं पायेंगे। कारण सिर्फ एक माना जायेगा कि ऐसी पीकदान-नुमा पत्रिका हिंदी में कभी नहीं निकली, जो एक साथ केदारनाथ अग्रवाल से लेकर त्रिलोचन, ठाकुरप्रसाद सिंह आदि को क्रांतिकारी गालियां दिलाती है, वही उन तमाम लोगों को ऐसे लोगों के हाथों प्रतिष्ठा दिलवाती है जो इसीलिए अपनी सही जगह नहीं पा सकेंगे, क्योंकि वे पुष्ट तर्क से प्रेषित होकर इतिहास में 'नहीं' आए, वे उन बौने आत्मरति में लीन झूठे लोगों का प्रमाण-पत्र लेकर साहित्य में घुसे हैं जो कभी भी आलोचक नहीं माने जायेंगे। इति / नई कहानी पाप पुराणम्।...

'अमृता' शीर्षक संग्रह की कहानियों ने काफी उद्वेलन पैदा किया है। एक ओर मेरे कनिष्ठ साथी पूछते हैं कि क्या 'शृंखला और काला जादू' अतिशय कल्पना पर नहीं टिकी है ? 'अतिशय कल्पना' एक बहुत ही विवादित शब्द रहा है। केवल भारत में ही नहीं, पूरे वैश्विक कथा-साहित्य में कल्पना और यथार्थ का घोर संग्राम होता रहा है। यथार्थ क्या है ? यथार्थ वह भावबोध है जो हमारी सीमित ज्ञानेंद्रियों द्वारा गृहीत होता है। जो सीमित देश काल में घटित होता है। किंतु एक व्यक्ति की ज्ञानेंद्रिय-क्षमता दूसरे की भी सीमा बन जाए, ऐसा तो सोचना भी अनुचित है। देखना यह होगा कि क्या आज की तकनीक का प्रयोग करके हम यथार्थ की सीमा को और चौड़ी नहीं बना सकते ? मुझे लगता है कि हम आदिम फैंटेसी और यथार्थ के सम्मिश्रण से कुछ नया गढ़ने की अभीप्सा से ही ठगे गये हैं। फिर भी 'शृंखला और काला जादू' की एक दूसरी कमी है जो उन्हें अच्छी कहानियां बनने से रोकती है। 1984 में पुत्री-निधन के बाद पुनः भाषा लेखन का संकल्प जगा तो इच्छा हुई कि क्यों न उन्हीं उपादानों का मैं भी प्रयोग करूं जिनका समकालीन लेखक कर रहे थे। 1985-1990 के दौर की कहानियों का सर्वेक्षण करें तो लगेगा कि सभी समकालीन लेखक किसी न किसी रूप में भ्रष्ट तंत्र और अपराधीकृत समस्याओं से जूझ रहे हैं। उमी वक्त मेरे सामने दो विचार उठे। प्रथम यह था कि जो चौधरी लोग, मुखिया या ग्राम प्रधान दूसरों की लड़कियों के साथ अन्तर्जातीय विवाह को रोकते हैं या घोर विरोध देखकर अपराधी तौर तरीके अपनाते हैं, वे खुद विलोम-प्रतिलोम विवाहों के अथवा भाड़े पर नियुक्त किसी पुरुष द्वारा अपनी बहू से नियोग कराकर अपना वंशोत्प्रेरक वारिस पाते हैं, वे क्या कम घृणित होते हैं ? अब इसमें अगर कुछ दस्तावेजों के फोटो चित्र पर्दे पर दिखाये जाते हैं तो आश्चर्य क्यों ? क्या प्रामाणिक दस्तावेजों को पर्दे पर दिखाना अप्रामाणिक है ? अप्रामाणिक तब होता जब मैं वीडियो दिखलाता। वह तो केवल फोटो-ग्राफ्स हैं, जिनको पर्दे पर दिखाना नितांत यथार्थ है। आप इन फोटोज़ में कुछ मीन-मेख बताते तो सोचा जाता। हां आप इसे अविश्वसनीय इसलिए बता रहे हैं कि यह देहात में हो रहा है, तो मैं कहूंगा कि देहात का सही परिचय आपकी अपेक्षा मुझे कम नहीं है। गांवों में खुले में फिल्में दिखाई जा सकती हैं तो कुछ स्टिल फोटो-ग्राफ्स क्यों नहीं दिखाये जा सकते ? दसरा विचार था ज्योतिष

की निन्दा का, जो मानवीय यंत्रणा को गलत तरीके से अंधविश्वासों के कारण बढ़ाती है और कतिपय अति मामूली रोगों को दवा से ठीक कराने के स्थान पर मिथ्या ग्रह शांति या दूसरे टोने-टोटकों की शरण लेने के लिए विवश करती है। सामान्य ज्योतिष और आयुर्वेद कभी मिल-जुलकर चला करते थे इस देश में। अब दोनों को विरोधी कहा जाता है। सत्य तो यह है कि श्वेतकुष्ठ आदि का इलाज चिकित्सा साध्य हो चुका है। इसी प्रसंग में ज्योतिषियों के 'काला जादू' का पर्दाफाश करना अपना ध्येय बना। इसमें कुछ भी अयथार्थ नहीं है। कहानियां कमजोर हैं तो उसका कारण भले ही कोई और न बताये, मैं जानता हूं। वह दुर्बलता है अपनी रची-रचाई पुरानी कथा-भाषा से कटकर भोथरी भाषा का इस्तेमाल। मैं इस प्रसंग में तीसरी कहानी 'सुनो परीक्षित सुनो' को शामिल करने के खिलाफ हूं क्योंकि मैंने बहुत ही सुनियोजित रचना-शिल्प द्वारा मानवता की ट्रेजिडी को उभारने का प्रयत्न किया है। यह कहानी फन्तासी है पर उसे 'अंधायुग' जैसा नहीं कहा जा सकता। भारती जी के कृष्ण गांधारी के शाप को अंगीकार कर लेते हैं पर ईश्वरी गरिमा के साथ। मैं सब कुछ भोग रहा था मातः। जो हूं तेरा पुत्र हूं। अश्वत्थामा व्याध के तीर से उनके तलवे से निकले रक्त को अपने कुष्ठग्रस्त शरीर की पीब की तरह देखता है और उसका अहम् दरक जाता है। परीक्षित को संबोधित यह कहानी कृष्ण तक को (डिइटोपिनाइज्ड) पूर्ण प्रभामंडल ध्वस्त बना देती है। अगर मिथ आज के परिवेश में कोई शक्ल लेगा तो वह अणु-युद्धों के संकट में घिरी पृथ्वी के बड़े-से-बड़े मूल्य स्रोतों को भी निरर्थक बनाकर ही प्रस्तुत कर सकेगा। वह छद्म ढंग से सुनहरे स्वप्नों की दुनिया में अपने पाठकों को कैद करने का स्वांग नहीं करेगा। इसलिए नये युग के मायावी अर्थ में भी मिथक को भी अब नया आकार लेना होगा। पूरी कहानी को जिसने भी इस दृष्टि से पढ़ा है इसे सराहा है और इसे अद्वितीय प्रयोग के रूप में स्वीकारा है। पर पुरानी भाषा की ओर वापसी और बीच के एक दशक के अंतराल की जड़ता (इनर्शिया) को तोड़कर नई अर्थवत्ता के साथ पुनः कथाभाषा की प्राप्ति का सबूत तो 'मरना एक पेड़ का' कहानी ही देगी, जिसे प्रायः सभी आलोचकों और पाठकों ने विशिष्ट उपलब्धि स्वीकारा है। प्रमाण-पत्र, चरित्रहीन, एक और देवयानी तथा शरीफ लोग की नायिकायें, अगर आपको इर्द-गिर्द के समाज में नहीं दिखतीं तो मैं इसे अपनी असफलता तो मान लूंगा, पर एक आशंका के साथ कि कहीं आप इस माहौल की सही स्थिति पहचानने में चूकने तो नहीं लगे हैं। किसी को 'अमृता' समझ में न आए तो कोई बात नहीं क्योंकि वह एक अत्यधिक संश्लिष्ट कथा है जिसे जानने के लिए न केवल बंगीय परिवेश, परंतु रविबाबू, काजी नजरुल इस्लाम, तथा शरत की नायिकाओं को जानना पड़ेगा। खास तौर से बंगीय नारी की बनावट को समझने के लिए इन साहित्य दीपों की बाती जलानी होगी। आप अगर रायकृष्ण के 'ठाकुर' को, और नट्यार 'ठाकुर' की प्रेम विह्वलता को नहीं जानते तो शिवप्रसाद 'ठाकुर' को कैसे जान पायेंगे। इस अंध गुफा में प्रवेश के लिए तो यह संबल लेकर ही आपको आना होगा। अमृता जब 'अक्षरा' में छपी तो मेरे नगर में जो दो एक कथाकार बचे

हैं मुंह बिदकाने लगे। मैं जब नारी के जन्म से मृत्यु तक के इतिहास-विकास को नवदुर्गा के 'इमेज' से समझाने लगा तो उन्होंने—क्यों कहानी पढ़ने के लिए नवदुर्गा प्रतीकों में नारी यात्रा को समझना शर्त है ? तो हमें यह शर्त मंजूर नहीं।—मैं मौन था। अतः पूरी प्रतीक्षा थी उन अंकों की जिनमें पाठकीय प्रतिक्रियाएं आयेंगी। हो सकता है किसी ने पत्र लिखे ही न हों ? लेकिन अचानक मैं यह मानने को तैयार नहीं था कि आज एक प्रबुद्ध वर्ग ऐसी उदासीनता दिखायेगा। तभी 17वें-18वें अंक में एक दर्जन से ऊपर चिट्ठियां दिखीं। अधिकांश प्रशंसात्मक। उसमें भी रेवतीरमण जी का पत्र तो मेरे लिए अविस्मरणीय बन गया, क्योंकि उन्होंने आदिम प्रणय को दर्शाने में 'अमृता' को ताजगी से भरपूर कहानी बताया जो फार्मूलों को तोड़कर इस तरह प्रभावशाली ढंग से आई। पर मुझे लगा कि 'नीला चांद' को कहानी में उतारना शायद समयपूर्व हो गया। अभी सामान्य चित्त उसे धारण करने का आधार नहीं बन सका है।

अंत में एक और दिलचस्प बात। मेरी कहानी प्रमाण-पत्र, आदमखोर पैंथर, में कथाक्रम में अचानक उच्च जातियों के पिछड़ों के लिए कोई आरक्षण न होने की बात उन लोगों द्वारा कहलाई गई जो उच्च जाति या निम्न जाति के हैं। उच्च जाति के व्यक्ति की टिप्पणी प्रमाण-पत्र में देखकर पिछड़े वर्ग के लोग नाराज हुए तो आदमखोर पैंथर में अछूत नारी के पिछड़ों पर कसे व्यंग्य से फिर प्रताड़ित हुए। कष्ट हो गया पिछड़ों को। पर मैं यह कैसे बताऊं कि प्रमाण-पत्र का मूल विषय राजपूतों की वंशोच्चता प्रदर्शन पर चोट है। पिछड़ों की चर्चा तो धनुर्धर द्वारा लक्ष्य चिड़िया की आंख नहीं है। पिछड़ों की चर्चा तो उस डाल के संदर्भ में आयी है जहां चिड़िया बैठी है। मैं कथाकार हूं। शून्य में से चिड़िया और उसकी आंख तो मांग कर ला नहीं सकता। नतीजा हुआ पिछड़े वर्ग के नवोदित बौद्धिकों द्वारा लेखक पर हमला। जब मंडल-युद्ध शुरू हुआ तो मैंने कहा था कि पांच वर्ष पहले लिखी कहानी आज तो सत्यापित हो गयी। पर उनकी चिट्ठियां तो पन्नों से मिटाई नहीं जा सकतीं। लेखक होने का यही दंड है। जो मुझे अच्छा लगता है। मैं पर्याप्त धैर्यवान् हूं। एक न एक दिन सत्य पुकारेगा और तुम्हें ठोस जमीन पर ले आयेगा।

अब आपके और इन कहानियों के बीच से ओझल हो रहा हूं।

विदा-पुनर्मिलनाय

—शिवप्रसाद सिंह

13, गुरुधाम कालोनी
वाराणसी-221010
15 मार्च, 1993

अनुक्रम

मरना एक पेड़ का

'सुनिए।'

वह अपनी साइकिल भगाता जा रहा था। मेरी पुकार सुन ली थी, वह चाहता, तो सुनी को अनसुनी करके वैसे ही चलता जाता। पर लौटा, तो मुझे थोड़ी प्रसन्नता हुई। कौन कहता है हम मानवता की बुलंद ऊंचाइयों तक नहीं जा सकते।

'क्या बात है ?'

'कुछ नहीं भाईसाहब, क्षमा करिए, मैं आइडिओसिनक्रेसी का मरीज हूं, यानी सनकी, इसलिए कहना कुछ चाहता हूं, निकलता कुछ और है। हालांकि उसे रोकने की बहुत कोशिश करता हूं। आपने सुना ही होगा—मुंह की बात और पिस्तौल की गोली अगर छूट चुकी है, तो लौटाना असंभव है। मैं हूं कि मुंह की बात और पिस्तौल की गोली को जबरदस्ती जोड़ना चाहता हूं। देखिए न, आप जैसे सज्जन भी हैं, जिनसे बात करना दिन-ब-दिन मुश्किल होता जा रहा है। किसी की पुकार सुन कर कौन रुकता है आजकल। आप न सिर्फ इस पागल को बरदाश्त करते हैं, बल्कि जानना चाहते हैं कि मेरी परेशानी का कारण क्या है...'

'इडियट', उस साइकिलवाले लड़के ने कहा और अपने रास्ते चला गया।

मैं उस लड़के को दोष क्यों दूं ? पिछले बारह बरस से मैं उसे देखता रहा हूं। जमाना था, जब वह बस में लद कर स्कूल जाता था। फिर उसने एडमिशन की परीक्षा दी। फिर यहां आया। आप घबरा रहे होंगे। जानना चाहेंगे कि इसकी प्रासंगिकता क्या है ? बात है कि जिसे मैं जानता हूं, वह नहीं जानता। कोई रिश्ता है, संबंध है उससे। मैं अपनी आंखों को सूई से भी ज्यादा बेधक मानता हूं, तो भी वह लड़का मुझे धोखा दे जाता है।

आप कलाभवन की सबसे ऊंची छत पर अपनी मित्र के साथ बैठे हैं। वह भी अकसर सर्दियों में। मैं नहीं जानता कि अगर कोई इस तरह बैठ कर सूरज की धूप में नाचते-थिरकते पाकड़ के पत्तों को देख कर खुश होता है, तो उससे दुनिया

का क्या वास्ता ? हजारों लोग सर्दी के मौसम में अपने मकान के ऊपरी बरामदे में छज्जों पर बैठे-बैठे या लेटे-लेटे धूप सेंकते हैं, तो आप उनसे पूछने की हिम्मत क्यों नहीं करते—क्यों लेटे हो, क्यों बैठे हो, क्या कर रहे हो ? है हिम्मत आपमें ?

एक दिन साइकिलवाला लड़का बगल के वृंदावन में बैठा था। उसके साथ उसकी मित्र भी थी। दोनों चाय पी रहे थे। उसकी दोस्त निहायत पतली-दुबली, निहायत कमजोर और अनाकर्षक थी। मैंने दो 'निहायत' का इस्तेमाल किया, ताकि आप पूरी तरह जान लें कि उसकी दोस्त कैसी थी।

मैं सोचता रहा कि आज के जमाने में अस्थिपंजर ढंकने के लिए मक्खन और विटामिन से भी काम नहीं चलता। चलता भी हो, तो दो कप चाय के लिए जेब तलाशते लोग इसे कहा ले जायेंगे।

मेरी परिचित एक लड़की थी, विद्याभवन की। वह अचानक बहुत मोटी होने लगी, वजन से भी उतना डर नहीं लगता होगा, जितना मोटापे से। उसने घी, तेल, अंडे, दूध, आलू, चावल, सब छोड़ दिये। किसी ने बताया कि अब वह कायाकल्प के बाद ही आयेगी। मैं बड़ी आतुरता से उसका इंतजार करता रहा। वह आयी, तो मैं हैरान। वह थोड़ी और भी मांसल हो गयी थी। क्या संतुलित (डायटिंग) आहार का नुस्खा भी फेल होने लगा ?

घाघ का नाम सुना है आपने ? वैसे व्यक्ति को आप न भी जानते हों, तो शब्द को तो जानते ही होंगे ? घाघ शब्द का अर्थ होता है घुन्ना, बदमाश। वह तमाम चीजों पर अपने वाक्य जड़ देता था, यानी सूखे पर, वर्षा पर, खेती पर, बीमारियों पर उसके जड़े वाक्य आपने भी सुने होंगे। जब उसने अपनी पुत्रवधू को नहीं छोड़ा, तो औरों की तो बात ही क्या ? उसकी पतोहू बहुत दुबली थी, उस लड़के के मित्र ही की तरह। उसने पतलेपन पर व्यंग्य करते हुए एक वाक्य जड़ दिया। पर बहू भी तो घाघ की थी, उसने कहा—

घाघ दहिजरा का कहे, पातर ऊख बहुत रस रहे।

उस दिन के बाद शायद घाघ ने मोटी-पतली तिरिया पर कोई टिप्पणी करना छोड़ दिया होगा। घाघ की बहू की हिम्मत पर मैं खुश होता हूं, पर इस तरह की प्रतिक्रिया औरतों में कम ही मिलती है। वे तेज-तर्रार मर्द को अपने से ऊंचा नहीं मानतीं, घर में दासी की तरह रहना भी वे छोड़ रही हैं, या छोड़ चुकी हैं। यह सब पिछले दस सालों की उपलब्धि है पर मेरे जैसे पागल के माथे की एक नस तड़क उठती है। मान लीजिए कि दोनों में खटपट हो गयी हो, दोनों को समझौते के लिए अपने-अपने अस्तित्व को कम करना मंजूर न हो। दो-एक दिन बिन बोले गुजर जाते हों और एक शाम जब कई लंबे-लंबे डब्बे लिये उनके पति महाशय, यानी 'हब्बी डियर' घंटी बजायें और दरवाजा खुलते ही वे दौड़ पड़ें—देखो न, अमुक डार्लिंग मैं

तुम्हारे लिए क्या लाया हूं। सलवार, कुरते, चुन्नी या बहुत नये फैशन की, काशी से लेकर तंजौर तक, या ग्वालियर से लेकर भुवनेश्वर तक। यानी जहां से लेकर जहां तक, बननेवाली रंग-बिरंगी साड़ियां, मैचिंग ब्लाउज पीस के साथ पेश की जायें। एक डब्बा पान बहार का खोल कर चम्मच में भर कर पति, पत्नी के मुंह में डाल दें, जैसा टी. वी. पर होता रहता है। वही हूबहू, तो कितनी डार्लिंगें हैं, जो अपने गुस्से को बिना थूके सारे सामान पर लात मार देंगी। वे सब औरतें देखते ही पिघल जाती हैं। मन बिछलन पर फिसल जाता है। सनकी आदमी बार-बार पूछता रहा है, बिछलन न हुई थी सच कहना, पर शिक्षा और जिंदगी में रिश्ता क्या है। माना चौराहे पर दोनों मिलते हैं, पर आगे रास्ता अलग-अलग हो जाता है। प्रतीक्षा करिए, नयी शिक्षानीति की। शायद वह रास्ते और रिश्ते को जोड़ दे।

'यह सब भरम है भइया'। वह सनकी परमेश्वर कहता है–'हम घड़ी की सूई को दाहिनी ओर की बजाए बायीं ओर मोड़ना चाहते हैं। कैसे होगा यह सब।'

'कहो अफलातून !' वही लड़का बिलावजह साइकिल की घंटी बजाता आया और जान कर मुझसे इस तरह टकरा कर गिर पड़ा, जैसे शरारत मेरी हो।

'क्यों सूरज, लगायें स्साले को दो-तीन हाथ।' उसके दोस्त पूछते हैं।

'लगता तो एकदम गंवार है, मगर अंग्रेजी बोलता है–स्साला, मक्कार।' साइकिलवाला लड़का यह गाली दे कर संतुष्ट हो जाता है। मुझे भी लगता है कि बात बढ़ाने से क्या लाभ ! सिर्फ गाली ही तो दी उसने। संसार में हिंदुस्तानी जाति की तरह कोई जाति नहीं है, जो गालियों से बेइंतहा समृद्ध हो।

'कौन है यह ?' सूरज से दोस्त पूछता है।

'पता नहीं। जुलाई से फरवरी तक जाने कहां छिपा रहता है। जब पतझड़ शुरू होता है यह भी बरसाती मेंढक की तरह यहां दिखने लगता है और बेवजह टर्र-टर्र करना शुरू कर देता है। इस पाकड़ के पेड़ को घंटों देखता रहता है। जाने स्साला, क्या खोजता है इस पेड़ में।'

एक लड़के ने अपनी उंगली से अपना सिर ठोंकते हुए कहा, 'लूज है क्या ?'

'लगता तो ऐसा ही है यार, शायद फ्यूज उड़ गया है। चलो पहुंचा दें इसे पागलोंवाले विभाग में।' एक लड़का दूसरे का मुंह ताकता है, 'पागलों वाला विभाग, क्या है बे ?'

'चलो तुम्हें भी पहुंचा दें', सब ठठा कर हंसते हैं।

'क्यों आप इस तरह झल्लाते हैं ? मैं खुद अपने से पूछता हूं–क्या पागल के लूज बोल्ट को अगर हाथों से ही समझाना हो, तो आप भी तो वैसा ही करेंगे ?' अपनी तर्जनी को नाक के सामने नचाते हुए कहेंगे– 'मारो गोली स्साले को।'

'का हो भइया परमेसर', एक भोजपुरी लड़के ने पागल से पूछा, 'पान खाइब।'

'खा लोग, हमार भूख त ये ही पकड़िया के देखत-देखत मेटाय जाले।'

मैंने सुना था कि दुर्वासा ऋषि को द्रौपदी के पास भेजा कौरवों ने, कहा हाथ जोड़ कर कि--'आप जैसा सत्य-असत्य को बिलगानेवाला दूसरा कोई भी नहीं है। ऋषिवर आप पांडवों की परीक्षा लीजिए। अकेले नहीं, पांच-सौ चेलों को साथ ले कर जाइए।'

हमारे पुराण दुर्वासा यानी कृष्णात्रेय के तेज से इतने मुरझा गये हैं कि उन्हें बचने का रास्ता नहीं सूझता। नाहक लोग नारद जी को कोसते हैं। जब तक शाकुंतल पढ़नेवाले लोग रहेंगे, तब तक कृत्या से बचना मुश्किल है। माना, माना मैंने कि कृत्या तो अंबरीष पर छोड़ी थी उन्होंने। पर क्या हुआ उनके ब्रह्मतेज का. ?

ब्रह्मतेज। यानी विद्या की उपलब्धि और उसका प्रयोग जब तामसिक होता है, तो सरस्वती ही कृत्या बन जाती है, पागल मन-ही-मन बोला, 'और वह कृत्या शिक्षक को खा जाती है।'

शाकुंतल को देख कर मन सहसा पिघल-पिघल कर बहने लगता है। दुर्वासा हार गये द्रौपदी से। उसने कड़ाही में सटे साग के एक, सिर्फ एक बचे हुए पत्ते को ऋषि के हाथ पर रख दिया और गुरु और चेले सबको लगने लगा कि खाना गले तक आ गया है। दौड़ो, दौड़ो, नहीं तो उलटी होने लगेगी। सब भाग खड़े हुए।

हिरण-शावक पर कठोर बाण मारनेवाले को रोकने के लिए तो ऋषिवर नहीं आये, सिर्फ अपने पति की याद में बैठी उस बेचारी लड़की को गुस्से से कह दिया, 'जिसे याद कर रही है, वही तुझे भूल जायेगा।'

'का हो सूरज' पागल ने साइकिलवाले लड़के से कहा, 'डेराय गइल SS का ?'

'राम-राम काका, मैं क्यों डरूं किसी स्साले से। और वह भी तेरे जैसे पागल से।'

'आप कौन जंतु हैं मिस्टर।' दो-तीन भोजपुरिये लड़कों ने दौड़ा कर पकड़ लिया सूरज को, 'स्साले, तेरी हिम्मत ! तू उन्हें गाली देगा। चल स्साले माफी मांग !' तब तक एक हट्टे-कट्टे लड़के ने एक झापड़ जड़ दिया, सूरज के जबड़े पर। वह लड़खड़ाने लगा। जब वे सब सूरज को घसीटते हुए आ रहे थे, तो उसके दोस्त, जो मुझे कल पागलखाने ले जा रहे थे, खड़े थे, चौरसिया की दुकान पर। सूरज की स्थिति उन्होंने भांप ली। उन्होंने आज नहीं पूछा कि लगा दें दो हाथ। वे इस कदर उड़ गये, नदारद, जैसे वे आदमी नहीं तिलचट्टे थे, जिन पर टी. वी. वाला पिचकारी से धुआं छोड़ता है और वे तिलचट्टे नदारद हो जाते हैं। ठीक वैसे ही वहां अब सूरज से सहानुभूति दिखाने वाले गायब थे।

'बोल स्साले।' छोकरों ने पूछा, 'क्यों गाली दी तूने परमेश्वर गुरु को, वह तेरी मित्र कौन है ? स्साला, हरामी, भौगड़ा, लौंडियों के पीछे साइकिल दौड़ाता है और एक चिंतक को पागल कहता है ?'

'क्षमा कर दें आप लोग।' सूरज ने कातरता से मेरी ओर देखा।

'सुन SS हो, तू लोग छोड़ द इनके। जब ई अपनी दोस्त के धोखा दे देल, त परमेस्सर कौन खेत क मूली हउवें।'

'के ह काका एकर दोस्त, कइसन है ऊ लड़की ?'

'अरे यार, आप लोग भी बेचारे के पीछे पड़ गये। मुझे लगा कि जैसे हम किसी दिन पाकड़ का पेड़ न देखें, तो व्याकुल हो जाते थे। वैसे ही यह सूरज भी होगा, जिसे अपनी दोस्त को देखे बिना चैन नहीं मिलती होगी, पर ई स्साला तो एकदम कायर है।'

सूरज कैद से छूटते ही साइकिल पर बैठा और भागता चला गया।

पागल ने कहा, 'बांह गहना आसान है, उसे जिंदगी पर थामे रहना बहुत कठिन होता है मित्रो। आप चाहते हो कि नये जमाने की ताल में ताल मिला कर चलनेवाली मित्र चाहिए, वह तुम्हें हर नुक्कड़ पर मिल जायेगी, पर उसके साथ दोस्ती निभाना सीखना पड़ेगा। वह मौरूसी जागीर नहीं है भइया, वह तो तलवार की धार पर धावनो है।'

'एक पत्ता हमको भी दो पनवाड़ी जी महाराज।' परमेश्वर जी ने उसकी चौकी पर एक रुपये का नोट रखते हुए कहा।

पनवाड़ी ने पलाश के पत्ते पर चूना, कत्था, सुपारी, ज़र्दा रख कर उसे परमेश्वर की ओर बढ़ाया। परमेश्वर बाबू ने पत्ता चाटा और फेंक दिया।

'ई आपन नोट उठावल जाय परमेश्वर बाबू।'

'क्यों, क्या खराबी है उस नोट में ?'

'रख लीजिए, अभी आपको मछोदरी जाना है, कब तक नापियेगा डगर।'

'क्यों बे स्साले।' परमेश्वर का क्रोध सीमा लांघ गया, 'क्यों बे, तू परमेश्वर को भिखारी समझता है ? तू स्साले, समझता क्या है अपने को ? तू एक रुपया में अठन्नी लौटायेगा, तभी मैं चा पीऊंगा। तू स्साले, मेरे पहनने के लिए कपड़े खरीदेगा, वरना मैं पंखी से जिस्म छुपाये चलनेवाला नागा साधु लगूंगा !' परमेश्वर ने पनवाड़ी के लंबे बालों को पकड़ लिया, 'बोल हरामजादे, कितनी बार परमेश्वर ने बिना अठन्नी रखे तुझसे पान मांगा है ? बोलता क्यों नहीं ?'

'माफ कर दो परमेस्सर बाबू, अनजाने में बहुत गलती कर दी भइया हमने।' तभी दो-चार लड़के और आ गये।

'क्या बात है जी ?'

'हमसे गलती हो गयी साहब।' पनवाड़ी हाथ जोड़ कर बोला, 'हमने परमेश्वर भइया का नोट लौटाते वक्त अनुचित बक दिया।'

'क्या बका तूने ?'

'मैंने कहा भइया कि ई नोट उठावल जाय अभी आपको मछोदरी जाना है, कब तक नापियेगा डगर !'

'इसमें क्या अपमानजनक है श्रीमान ?' लड़कों ने आंखों को तिर्यक् बना लिया।

'अभी आप लोगों की समझ में यह सब नहीं आयेगा भाई लोगो। आप लोगों को प्रतिमाह कहीं-न-कहीं से जुटा कर पांच सौ रुपये परिवार से आते हैं, मैं अगर चाय पी रहा हूं, तो दूसरे का क्या ? मेरी जेब में कितने पैसे हैं, इससे चौरसिया से मतलब ? मैं बिना पैसे के पैदल नापूंगा डगर, इसमें इसके बाप का क्या जाता है। मैंने रुपया रख दिया, तुम्हें अठन्नी लौटानी है, लौटा दो, बात खतम।'

'लौटा, दो यार, इनकी अठन्नी।' लड़के बोले।

परमेश्वर पाकड़ के नीचे बने चबूतरे पर बैठ गये। लड़के चले गये। दुकान के सामने कोई नहीं था। वातावरण बिल्कुल निछद्दम था।

'माफ कर दे रामजित,' परमेश्वर बोले, 'एक महीने से बीमार हूं। एक जमाना वह था कि परमेश्वर के मुंह से धान की खीलें बरसती थीं। लोग मुझसे मिलने के लिए लालायित रहते थे। दर्जनों कमरे परमेश्वर के नाम पर 'बुक्ड' रहते थे। इसका मतलब नहीं कि ये कमरे मैंने गुंडई से पाये। मेरा मतलब कमरे में रहने वालों से है। वे प्रतीक्षा करते रहते, रात दस बजे तक कि शायद परमेश्वर आये, वही परमेश्वर आज गुस्से में क्यों उफन पड़ा। सुनो रामजित, तुझको एक रहस्य बता रहा हूं। तू सतहवा जानता है ?'

'तारा न ?'

'हां रे, वे सात तारे। उनमें जो नीचे पूंछ की तरह लटकता है, उसके बिचले तारे का नाम है वशिष्ठ और उसी से सटी एक छोटी तारिका है, अरुंधती। मैं कई दिन से छत पर सो कर उसे देखने की कोशिश कर रहा हूं, पर अरुंधती नहीं दिखती। लोग कहते हैं, जिसे अरुंधती नहीं दिखती, उसकी उम्र सिर्फ छह महीने और बचती है।'

'ई सब भरम है परमेस्सर भइया।' रामजितवा ने पलाश के पत्ते पर पुनः वही मसाले मिलाये और पत्ता परमेश्वर की ओर बढ़ाया।

परमेश्वर ने अपनी जेब से आखिरी अठन्नी रामजित की तरफ बढ़ा दी।

'असल में चौरसिया, कुछ दूसरी ही बात है। तू ठीक ही कह रहा था कि यह भरम है। मगर मैं इस भरम से कैसे उबरूंगा कि मुझे लगता है कि पाकड़ का पेड़ मरने वाला है।'

'अइसा है परमेस्सर भइया कि आप किसी दिन हमरे साथ चौखंभा चलिए, वहां एक बहुत मशहूर डॉक्टर हैं, होमियोपैथी–है न ? हां, होमियोपैथी के डॉक्टर हैं हीरा दूबे। वे आपसे कुछ पूछेंगे और सिरफ एक खुराक दवा देंगे, शर्तिया इलाज। भइया, उन्होंने तो आपसे भी ज्यादा खराब हालतवालों को ठीक कर दिया है। वे कभी-कभी बिजली का झटका भी देते हैं।'

'सुन बे चौरसिया,' परमेश्वर बोले, 'मैंने तो तुझे यह रहस्य इसलिए बताया

था कि तू शायद इन नये लड़कों की तरह मंझधार में नहीं है। मैं सोचता था कि तेरी पान की दुकान तेरी डोंगी पार लगा देगी। तू अपने परिवार के लिए रोजी-रोटी जुटा लेता होगा। पर लगता है, स्साले चौरसिया, कि तू भी इन्हीं की तरह जुनून में बकता है। तू सोच रहा है न कि परमेश्वर की नसें सुस्त हो गयी हैं। दिमाग काम नहीं कर रहा है। बिजली के झटके की जरूरत है। जा स्साले अब यहां आऊंगा, तब भी तेरी दुकान की ओर झाकूंगा भी नहीं। छिः छिः।'

सचमुच उसके बाद परमेश्वर गुरु यहां नहीं आये। वे सर्दियों में कंबल ओढ़े पड़े होंगे और मार्च की प्रतीक्षा कर रहे होंगे।

'क्या है परमेस्सर काका ?' भोजपुरिये छोकरों ने पूछा, 'क्या है इसमें कि आप घंटों बैठे टकटकी लगाये इस पाकड़ के पेड़ को देखा करते हैं ?'

'आप लोगों में से कोई वनस्पतिशास्त्री होता, तो कहता कि बरगद की जाति का यह घनी छायावाला पेड़ है, जिसकी छाल से सूत निकलते हैं। जिसके फल यानी मुलायम गोंदों को नाना जातियों के पंछी खाते हैं और दूर देहातों में गरीब चमार, डोम आदि लोगों की लड़कियां इन फलों को बटोर कर ले जाती हैं और भूखा परिवार इसी पर जीता है।'

लड़के मुसकराये, 'काका, हममें तो कोई वनस्पतिशास्त्री है नहीं। होता भी, तो यही कहता, जो अभी आपने कहा है। लगता है, कोई और कारण है ? बोलिए न काका।'

'बोलेंगे मित्रो, सुस्थिर चित्त से बतायेंगे। थोड़ा धीरज रखना होगा आपको, क्योंकि जब तक पाकड़ की शाखाएं घनी, सुरमई, तांजिया, यानी तिरंगे मुलायम किसलयों से लद नहीं जातीं, पूरी तरह, परमेश्वर कुछ बोल सकने में असमर्थ रहता है।'

'खैर, बाद में ही सही, नमस्ते काका।'

छोकरे चले गये। परमेश्वर बाबू पाकड़ के नीचे बैठ गये। वसंत पंचमी का दिन था। रात में खूब तेज वर्षा हुई थी। अपनी तीव्र गति से झंझा ने कई पेड़ों को उखाड़ दिया। खासतौर से गोपुरम् से विद्याभवन जाने वाली सड़क पर दो हादसे हुए थे। दोनों ही पेड़ गुलमुहर के थे और वे समूल उखड़ गये थे। ये परमेश्वर के लिए उतने महत्त्वपूर्ण नहीं थे, जितना पाकड़ का पेड़, पर एक मुहब्बत, थोड़ा हंसी-मज़ाक, थोड़ी बोली-ठिठोली, परमेश्वर की गुलमुहर और पीले-पीले लघु-लघु दीपकों के गुच्छे-से लदे अमलतासों के साथ भी चलती रहती थी, क्योंकि ये सब पकड़ी की सहेलियां थीं। ये भी मार्च से लेकर जुलाई-अगस्त तक मन को लुभाती रहती थीं। छेड़खानी करती रहती थीं। बात बसंत पंचमी की हो रही थी, सारी सड़कें रात की बारिश में नहायी हुई लगती थीं, पर उन पर खांची भर सूखे पत्ते पचासों जगह इस तरह का आलम बना रहे थे, जिसे एक कवि ने 'मैं शिशिर शीर्णा चली, जाग रे

मधुमासवाली' कहा है कहीं। पुराने पत्ते गिरते ही हैं उन्हें कोई चाहे, तो भी बचा नहीं सकता।

'रेखा' परमेश्वर बाबू के मन में जब भी यह नाम कौंधता था, उन्हें लगता था कि कोई चीज फेफड़े में फंस गयी है, जिसे बहुत गहरी और लंबी सांस से निकाल सकने की ताकत नहीं रही उनके पास।

रेखा और परमेश्वर, परमेश्वर और रेखा।

'स्साले, क्या कहने जा रहे हो तुम ? यह कोई फिल्मी कहानी नहीं है। यह त्रिकोण नहीं है। इसमें कोई खलनायक भी नहीं है। कोई छुरा-पिस्तौल भी नहीं है। कोई ढुसुम-ढुसुम भी नहीं है। कौन सुनेगा, तेरी आपबीती ? बेकार है, निर्लज्ज, इस पन्ने को ढका ही रहने दे।'

रेखा सिरामिक्स की स्टुडेंट थी और परमेश्वर विजुअल आर्ट के। उनके बीच कोई बहुत गहरा बंधन, या आकर्षण, या कहिए मुहब्बत, कुछ भी नहीं थी। बस सिर्फ एक चीज 'कॉमन' थी कि दोनों सबसे ऊंची छत पर बैठे-बैठे धूप में नहाते रहते। मार्च की तो सुखद होती है, पर अप्रैल की ? जाने दो। न तो रेखा ने बताया, न तो परमेश्वर ने पूछा, यानी वे तमाम करतूतें, जो प्रेम को प्रतीक्षा में, प्रतीक्षा को परिचय में, परिचय को परिणय में बांधने की गरज से होती हैं, उन्हें रेशमी जाल में फंसा नहीं सकीं। वे दोनों जब भी सामने के दृश्यों को देखते, आंखें जुड़वां पाकड़ पेड़ों से टकरा जातीं।

'क्यों रेखा,' परमेश्वर ने पूछा, 'क्या देख रही हो, उस पेड़ में ?'

'सुनो, मैंने पढ़ा है कहीं कि पंचवटी में एक पेड़ पाकड़ का भी था। यह तो तुलसी ने नहीं बताया कि वह किस तरफ था, पर लगता है, वह उत्तर की ओर ही रहा होगा।'

'क्यों ! दक्षिण क्यों नहीं ?'

'तो दक्षिण की ओर आंखें फैला कर बैठ जाओ, देखो नजर आता है कुछ ?'

परमेश्वर ने बहुत ठहाकेदार हंसी में डूबते हुए कहा, 'दक्षिण में पाकड़ कहाँ दिखेगा। खैर, क्या है ऐसा इस पाकड़ के पेड़ में जो तुम्हें पंचवटी की याद दिलाता है और वह भी उत्तर की ओर खींच ले जाता है। वैसे तुम्हारे इन्फॉर्मेशन के लिए बता दूं कि वहां पाकड़ नहीं, उसकी जाति का बरगद वृक्ष था। पीपल, बरगद, हरड़, अशोक और बेल से बनी थी पंचवटी।'

'छोड़ो, रहा होगा बरगद, तुम तो यार इन्फॉर्मेशन दे कर मामला चटका देते हो। थोड़ी देर के लिए पाकड़ ही मान लिया होता, तो कौन-सा शोध ग्रंथ अधूरा रह जाता। एनी हाउ', मैंने ऐसा मुलायम रंग नहीं देखा है अब तक। जितने रंग देखे

हैं मैंने प्रकृति में, वे सब ठोस हैं। ऐसा नहीं कि मैं सिर्फ सात रंगों से दुनिया को बांधने की गलती कर रही हूं। जो आचार्यों ने की थी। मैं तो वैज्ञानिकों के बारह रंगों को भी जानती हूं और कौन-सा रंग कहां फिट होगा, रोज ही सोचते रहते हैं, हम दोनों, पर कहो परम, हल्की धूप से प्राण ले कर जमीन से खाद ग्रहण करके, जब पाकड़ बौराता है, रंगों का मुरेठा बांधे झूमता है, तो मुझे लगता है कि कोई राजस्थानी ढोला मारवणी से शादी रचाने जा रहा है।'

'आखिर बांट ही दिया ना तुमने ? राजस्थानी लड़की को राजस्थानी रंग ही पसंद आयेंगे, और हो भी क्या सकते हैं। पर रेखा, जरा मुझे बतौर इन्फॉर्मेशन, यह तो बताना कि यह ढोला क्या बला है ?'

'ढोला-मारू वैसा ही है, जैसा नल-दमयंती, शीरीं-फरहाद, लैला-मजनूं, हीर-रांझा, या लोरिक-चनैनी आदि होते हैं। यानी प्यार में डूबे दो हृदय जब एकाकार होने के लिए मचलते हैं परम, तो उनका रंग क्या होता है ?'

'यार, तुमने तो ऐसा प्रश्न कर दिया कि स्थूल को छोड़ कर मामला भीतरी रंगों पर आ टिका। मैं इनका माहिर नहीं हूं।'

'भीतरी रंग। पहचानना रेखा की भी महारत नहीं है मित्र, यह तो लिटरेचरवाले करते रहे हैं। मुझे लगता है कि रंगों की दुनिया में जाने के लिए इन लिटरेचरवालों का नजरिया भी जानना चाहिए।'

'छोड़ो, इन ईडीयट्स को, इन्होंने यदि कुछ चीजों को रंगों में डुबा कर हमें उनकी ओर खींच कर धोखा न दिया होता, तो हम फूहड़ कविता और कहानी की जंजीरों से बच गये होते, जो औरत के अंगों में रंग खोजने तक को ही बहुत बड़ी उपलब्धि समझते हैं। ये हैं भीतरी रंगों के सौदागर, जो हमें नीलाम करने की जाने कितनी शताब्दियों से साजिश कर रहे हैं और हम भी अनजान शिशु की तरह इनकी उंगली पकड़े चलते रहे हैं। धन्य हैं पापा आप लोग, धन्य हैं डैडी आप लोग, नमस्य हैं।'

'तुम क्या तमाम लिटरेचरवालों को धन्य कर दोगे। कुछ भी तो होगा। उनमें ऐसा न होता, तो गोयते शकुंतला पर क्यों रीझता! मार्क्स शेक्सपियर पर क्यों फिदा होता और मेरी जैसी भावुक लड़की पुश्किन के गीतों पर क्यों मचलती ?'

'सच कहूं ?'

'हां, एकदम सच कहो।'

'बात यह है रेखा कि कविता या कहानी उसी व्यक्ति की खींचती है हमें, जो वही लिखता हो, जो उसने समाज से पाया। यानी भीतर बाहर एक। स्साले जीयेंगे शराब में धुत्त हो कर कि आसानी से रात कट जाये, या इस अहम् की तुष्टि ही सही कि हम सार्त्र से कम नहीं हैं। हम भी उसकी तरह शैंपेन पी कर सोचते हैं। ये सारी प्रगतिशीलता कविता या कहानी में कै कर देते हैं। स्साले धोखेबाज, सड़क

पर टीन का कटोरा और चायखानों में इतने छोटे-छोटे पुरवे देख कर भी न कविता होती है, न कहानी। अगर क्रांति कराने का सेहरा आपके ही सिर बंधनेवाला होगा, तो भी लोग आशा करेंगे कि आप छोटे, पुरवे और सड़क पर घूमते टीन के कटोरे से क्या संबंध हैं, इसे समझा दे। तुम रेखा, पुश्किन को इसलिए 'लाइक' करती हो कि तुम्हारे भीतर भी कहीं-न-कहीं एक रोमेंटिक जंतु है। अगर तुम नहीं जानतीं कि इस मासूम कवि ने पिस्तौल के द्वंद्व युद्ध में अपनी प्रेमिका की प्राप्ति के लिए अपनी जिंदगी को दांव पर लगा दिया और प्रतियोगी द्वारा मारा गया, तो शायद उसकी कविताएं सुर्ख तो लगतीं, पर खून में डूबे गुलाब की पांखुरी जैसी नहीं लगतीं तुम्हें।'

'यार, परम, तुम्हारी सबसे बुरी आदत है कि तुम असली बात को बिना मुकम्मल डिस्कशन के छोड़ देते हो और दूसरी शाखा पर कूद जाते हो।'

'तो तुम मुझे शाखामृग कहना चाहती हो। खैर देवि, यह कौन-सी असली बात थी, जिसे मैंने छोड़ दिया।'

'वही रंगोंवाली बात। तुम क्या सोचते हो कि केवल लुभाना ही रंग की खासियत है। साफ कहूं, तो वह जो अपने भीतर के भाव से जुड़ता है, उसकी दुम पकड़ कर तुम खिंचते चले जाते हो। एक तरफ रोमेंटिसिज्म को बुरा कहते हो और दूसरी ओर उसी में डुबकियां लगाते हो ? क्या यह पाकड़ रेखा और परम जैसे दो दिलों के संगीत में एक अजीब तरह की रोशनी जला देता है, इसीलिए महान् है ! लोग कहते हैं कि नताशा और पावेल जैसे क्रांतिकारी भी यानी जबरदस्त फाइटर्स शायद रास्ता भटक जाते, अगर उनके साथ उनके रूमानी जज्बात न होते। उनके भीतर इस पाकड़ की तरह का एक वृक्ष न होता। वे बिल्कुल खोखले लगते।'

'माई डियर,' परम मुसकराया, 'मैंने कब कहा कि रामेंटिसिज्म और क्रांतिकारी में कोई कॉमन रिश्ता नहीं होता। मैंने इसी जगह, इसी पाकड़ के नीचे, लाठियां खायी थीं, उन्नीस सौ सड़सठ में। इसी जगह एक भाई ने दूसरे भाई का सिर फोड़ दिया था। इसी जगह खद्दर का कुरता लाल हो गया था। मेरे हाथ में बी. ए. की परीक्षा का सर्टिफिकेट था, जिसे मैंने काउंटर पर लगे क्यू में खड़ा हो कर प्राप्त किया था। लंबी क्यू लगी थी। बाप रे, कितने-कितने आदमी। सभी को राशन कार्ड चाहिए, जबकि सब जानते थे कि इस सर्टिफिकेट से कुछ नहीं मिलेगा। एक कप चाय भी नहीं। भोंडी तमन्ना थी कि इसे हाथ में लिये फोटो खिचवाऊंगा, पर इसके पहले ही मेरे अग्रज ने मेरे ऊपर लाठियों की बरसात कर दी और मैं निढाल हो कर गिर पड़ा।'

'यह किस्सा है, या बहकी बातें ?' रेखा बोली, 'तुमने लाठियों की बरसात झेली है, यह तो मैं पहली बार सुन रही हूं। किस अग्रज ने, किस अनुज पर, किस 'परपज' के लिए ऐसी बरसात करायी ?'

'मैं पी. ए. सी. वालों को अपना बड़ा भाई कहता हूं। उनके भी हौसेले रहे होंगे, हाई स्कूल या इंटर में। यदि ये थर्ड क्लास या फेल नहीं हुए होते, अथवा बी. ए. में असफल न होते, तो क्या इनके हाथ में ऐसा ही सर्टिफिकेट नहीं होता ? निश्चित होता। वे फेल होने का बदला हमसे लेते हैं और हम उनकी असफलता के लिए ईंटें उन पर बरसाते हैं। पी. ए. सी. और छात्र असल में जुड़वां भाई हैं। एक वरदी में है, एक खादी में। इस कनफ्रंटेशन के लिए कौन जिम्मेदार है ?'

'आगे कहो।'

'आगे कहना बेकार है। इसे तुम भी जानती हो और मैं भी जानता हूं। ले दे कर हम शुतुरमुर्ग हैं, जो पाकड़ की 'शीतल हरीतिमा की ज्वाला' में चोंच-गरदन डालकर अपने को सुरक्षित समझते हैं, बाइ द वे, तुमने इस पाकड़ को कभी एकदम सुर्ख खून में डूबा देखा है ?'

'कई बार देखा है यार, पर तुम बहुत ज्यादा बहकते जा रहे हो। कंट्रोल करो। सुर्ख कहो, गुलाबी कहो, मैंने दोनों रंगों में छक कर नहाते हुए देखा है, इस पेड़ को। पर सुर्ख से तुम्हारा और तुमसे सुर्ख का रिश्ता क्या है, यह तो बताते जाओ।'

'यह हादसा 19 नवंबर, 1967 में हुआ था। मैं खून में सुर्ख खून में नहाया था। मैंने होश आने पर इस पाकड़ के पेड़ को देखा। वह बहुत उदास था। पत्ते कड़ी-कड़ी आरी की तरह लगते थे। शंख की चूड़ियां बनाने वालों की आरी की तरह, जो आते हुए भी काटती है, जाते हुए भी काटती है। इसके पत्ते मकड़जालों से लदे हुए थे। इसकी जड़ के पास एक सन्नाटा था। क्या अब किसी को भी छांव नहीं चाहिए। मैंने पूछा था। तभी लगता था रेखा कि उस पेड़ को बहुत दिनों तक जीता नहीं रहने दिया जायेगा। लोग कहते हैं, तब से परमेश्वर बाबू नहीं दिखे।'

परमेस्सर गुरु ने जैसा सोचा, वैसा ही हुआ। आज वह पेड़ मर गया। मुखाग्नि देने में भी लोग डरते हैं।

श्रृंखला

रात शायद कालिमा और कलौंछ के कारण इतनी बदल जाती है कि मुट्ठी में पकड़ने की हर कोशिश बेकार हो जाती है। मनुष्य दिन की अपेक्षा रात को सीने से लगाये रहना क्यों चाहता है ! इसका उत्तर मनोवैज्ञानिक जो भी दें, मुझे लगता है कि कालिमा जब उस चेतना पर हावी हो जाती है जिसकी टिमटिमाती रोशनी अबूझ और बीहड़ में भी ज्योति का एक पथ निकाल सकती है, स्वयं कालिमा में लिपटकर भी वह एक न एक विकल्प छोड़ जाती है। जब उस टिमटिमाती रोशनी को भी अंधकार लील जाता है, संघर्ष से जूझने वाली इच्छा शक्ति हार मान लेती है, तब आदमी उसी कालिमा में जीने या मरने के लिए अभिशप्त हो जाता है।

चोचकपुर कोई ऐसा इतिहास प्रसिद्ध गांव नहीं है कि आप तथ्यों के आधार पर उसकी भौगोलिक चौहद्दी निर्मित कर सकें, आज अमावस्या है। चोचकपुर की महिलाएं गंगा में स्नान करके लौटीं, इस भीड़ में एक ग्रामीण किशोरी भी थी जो पता नहीं गंगा की लहरों के बार-बार उछलते पानी में चुपचाप लेटे रहने से अथवा मन की गंगा में डूबी रहने के कारण हरिणी की तरह दौड़ती-कूदती गांव की ओर छोटे बच्चों को पुकारती-दुलराती चली जा रही थी।

"आज बिरजा बहुत उमंग में है भाभी," एक प्रौढ़ ने बिरजा की मां से कहा, "कोई विशेष बात है क्या ?"

बिरजा की मां बोली, "दिन भर घर के आंगन में पिंजरे में बंद पंछी की तरह तड़पती हुई आत्मा को, हो सकता है भइया, कोई सुख मिला हो।"

"अब इसकी शादी-ब्याह का प्रबंध करो।" हितेच्छुक प्रौढ़ ने कहा। उनकी सलाह से ज्यादा उनकी बात के बांकपन से बिरजा की मां चिढ़ी।

"मेरी बिरजा क्या अंधी-अपंग है कि उसका ब्याह नहीं होगा ? आप सुहावन देवर, कहना क्या चाहते हैं।"

"जो सारा गांव कह रहा है, जो तुम्हारे अलावा चोचकपुर के हर व्यक्ति को

मालूम है, लगता है अभी तुम्हारी धीरज से बातचीत नहीं हुई।"

बिरजा की मां चिंता में डूब गयी। क्या किया मेरी बिरजा ने ? धीरज को मालूम है तो उसने मुझे क्यों नहीं बताया।

गंगा स्नान से लौटे हुए लोग अपने-अपने घरों को चल दिये। बिरजा की मां का चेहरा सहसा म्लान हो गया था। आंखें डबडबा आयी थीं। वे गढ़ों में धंसी-धंसी मालूम हो रही थीं।

दोनों मां-बेटी आंगन में आकर बैठ गयीं। बगल की चारपाई पर मुंह लटकाये धीरज बैठा था।

"क्यों रे धीरज, क्या किया है बिरजा ने ?"

"मुझे नहीं मालूम।"

"सुहावन तो कह रहे थे कि धीरज को सब मूलम है।"

"कह रहे होंगे।"

बिरजा की मां का धैर्य टूट गया। वे चारपाई पर लेटे धीरज की कलाई पकड़कर बोलीं, "तुझे मेरी शपथ है धीरज, तूने अगर साफ-साफ नहीं बताया तो मैं गंगा में डूब मरूंगी। चलती गाड़ी के सामने कूद पड़ूंगी। सच-सच बता।"

"तुम इस कलमुंही से ही क्यों नहीं पूछ लेतीं।" धीरज ने गुस्से में पागल की तरह चिल्लाते हुए कहा, आज तक इस परिवार की मर्यादा को जूतों के नीचे रौंदने का किसी ने साहस नहीं किया, हम गरीब हैं, छोटी-मोटी किसानी है जिसमें सुबह से शाम बंधे-जुते रहते हैं, भगवान् की दया से खाने-पीने की कोई कमी नहीं। पर इस कुलांगार ने ऐसा बदला लिया है कि हम कभी भी इसे भुला नहीं सकते।"

"बात क्या है, वह तो बता ?"

"क्या बताऊं मां," धीरज ने कहा और घर से बाहर आ गया। चोचकपुर के पास एक छोटा-मोटा जंगल था। लगता है यह जंगल कभी बहुत विस्तृत भूमि में फैला हुआ होगा। अब इसे पलाश वन कहते हैं। वर्ष में एक ऐसा भी समय आता है कि ग्रीष्म के पहले सूखे तृणों-पत्तों को समेटती हुई हवा लहरों की गर्जन-तर्जन की तरह शोर मचाती इस पलाश वन से टकराने लगती है और एक हफ्ते के भीतर पलाश के छोटे-बड़े, नये-पुराने तमाम वृक्ष टहटह लाल फूलों से लद जाते हैं। अग्नि ज्वाला को बांधने में जब प्रकृति असफल होती है तब सूखे डंठल भी फूलों से लद जाते हैं। पलाश के सुग्गा-ठोरी आकार के फूल, आधे काले आधे सुर्ख, सचमुच इस छोटे से जंगल के नाम को चरितार्थ करने लगते हैं। जैसा नाम से लगता है कि इसमें पलाश के पेड़ ही होंगे, पर भीतर घुस कर देखने वाला तुरंत जान जाता है कि पलाश वृक्षों की चौगिर्द फैली सीमा के अंदर शीशम के वृक्षों की इतनी घनी पंक्तिया हैं जो सौंदर्य के लिए नहीं, इमारती लकड़ी के मूल्यवान वृक्षों के कारण इस जंगली टुकड़े को बहुत महत्त्वपूर्ण बना देती हैं।

धीरज एक वृक्ष के नीचे तने से पीठ टिकाये बैठा था। उसके बगल में बैठे थे, सुहावन काका जो मन और मस्तिष्क की क्लांति को पागलपन की निशानी मानते थे।

"तू इस तरह सोचते-सोचते पगला जायेगा धीरज। तू जो भी चाहता है साफ-साफ कह दे। तुम्हारी ओर से पंचायत में मैं बोलूंगा।" सुहावन काका ने आश्वासन दिया।

"काका, यह तो ठीक है कि आप मेरी ओर से बोलेंगे, पर बोलेंगे क्या ?"

"वहीं तो तुमसे पूछ रहा हूं, क्योंकि यह पंचायत ग्राम सभा की तरह नहीं होती। यह खानदानी पंचायत वर्षों बाद कभी-कभी होती है और साठों गांवों के साठ चौधरी लोग बंद कमरे में निर्णय लेते हैं। राठौरों के साठों गांव से आये हुए पंचों के सामने तू अपनी ओर से क्या कहेगा ?"

"मेरे खिलाफ के लोग क्या कहेंगे ?"

सुहावन काका हंसे, "सुन धीरज, तू इसे जितना आसान समझता है उतना आसान नहीं है, जिस व्यक्ति ने बिरजा और परगास को मैथुन में लीन देखा है, वह गंगा-तुलसी हाथ में लेकर शपथ के साथ यह बयान देगा। बिरजा के खिलाफ गांव की गलियों, बैठकों तथा सांझ को शौच के लिए निकली औरतों में चर्चा फैली रही है। कोई कहता है, बिरजा गर्भवती है। कोई इसे गलत कहता है कोई सही।"

"क्या हम नहीं कह सकते कि जिस आदमी ने देखा है, वह अकारण मेरे वंश को बदनाम करने की कोशिश कर रहा है ?"

"देखो, जिस आदमी ने देखा है वह न तो तुम्हारे परिवार का शत्रु है न तो वह तुम्हारे परिवार को नष्ट करना चाहता है।"

"काका, आप चलिये, मुझे थोड़ी देर एकांत में बैठे रहने दीजिए।"

काछी बुलाकी चोचकपुर का वैसा ही खेतिहर मजदूर था, जैसा सभी गांवों में होते हैं। पुराने जमींदार रामसकल सिंह ने उसकी भक्ति से रीझ कर नहीं, एक रहस्य भरे काम के बदले उसे पलाशवन के पास थोड़ी-सी भूमि दे दी थी, जो अब उसकी सब कुछ थी, माता, पिता, बहन, भाई—ये सब रिश्ते महत्त्वपूर्ण होते हैं। गांव में बसनेवाले तथाकथित शूद्र के लिए सबसे महत्त्वपूर्ण होता है धरती का रिश्ता। इस रिश्ते की गहराई देखनी हो तो उन मजदूरों से बात कीजिए जिनके पास खड़े होने लायक भी भूमि नहीं होती। इस स्थिति में बुलाकी काछी का छोटा-सा परिवार सुखी ही कहा जायेगा। उसका लड़का परगास उसकी जिंदगी है, वंश का कुलदीप है तो पुत्री सिलिया नयनतारा है। बुलाकी ने जांगरतोड़ कमाई करके परगास के लिए भैंस खरीदी। वह भी जब बड़ा हुआ, दिन भर भैंस को खेतों की चौड़ी मेड़ों पर फैली दूब, मोथा, बरसाती

क़रेम चराता फिर भैंस के साथ-साथ घूमता रहता। वह अभी अठारह वर्ष का किशोर था कि उसने विंध्याचल के विशाल मेले में अपने से दूने-तिगुने पहलवान को चारों खाने चित्त कर दिया था। जब निर्णायक ने अपनी मुट्ठी में उसकी कलाई पकड़कर उठाया और कहा–'परगास काछी, चोचकपुर' तो चोचकपुर के उपस्थित लोगों ने इस तरह तालियां बजायीं, मानो पहली बार नक्शे पर चोचकपुर का नाम लिख गया हो।

विंध्याचल से कई गुना अधिक परगासी का स्वागत चोचकपुर में हुआ। दीना यादव ने अखाड़े की ओर से परगासी को माला और चादर भेंट करने का निश्चय किया। परगासी ने दीना से कहा, "चाचा, कहीं कोई अपने लड़के का स्वागत करता है। यह तो मेरी मातृभूमि है। यहां सब लोगों ने मुझे देखकर बधाई दी। क्या यह कम स्वागत है !"

"परगासी, आज अखाड़े में कंतू यादव के साथ तुम्हारी कुश्ती होगी, जो भी जीतेगा उसे सौ रुपया इनाम दीना की ओर से दिया जायेगा।"

"दीना चाचा, कंतू यादव तो मेरे गुरु रहे हैं। बचपन में दांव-पेंच तो मैंने उन्हीं से सीखे, अब आप गुरु और चेले में युद्ध करायेंगे ?"

"मैंने कंतू से पूछ लिया है, यह कुश्ती तुम्हारी जीत की यादगार में नहीं, गांव की ओर से आसपास के गांवों के नवयुवकों में उत्साह जगाने के लिए जरूरी है। हर गांव में परगासी निकलें, हर नवयुवक का स्वास्थ्य देखकर प्रौढ़ों और वृद्धों की आत्मा आशीर्वाद दे, इसलिए तुम इससे भाग नहीं सकते परगासी।"

दूसरे दिन महावीर जी के मंदिर के सामने दीना यादव के अखाड़े पर अपार भीड़ इकट्ठा थी। आज के गांवों की तरह चोचकपुर में भी नये युग की हवा चलने लगी थी। हां, यह सच है कि इसकी गति बहुत मद्धिम थी। गांव की बहू-बेटियों से अखाड़े का पश्चिमी भाग पूर्णतः भरा हुआ था। उधर अखाड़े के दोनों किनारों पर बांस के टोटे गाड़ दिये गये थे मोटी रस्सी बंधी थी, ताकि कोई बहू-बेटियों वाले हिस्से में धक्का-मुक्की करने की कोशिश न करे।

"अब क्या देर है दीना भइया ?" सुहावन सरदार बोल पड़े, "अगर नामी पहलवानों के उतरने में देर है तो छुटभइयों की ही कुश्ती शुरू हो जाये।"

"आपने ठीक कहा है सुहावन भाई, मैं अपने ही अखाड़े के तीन-चार जोड़ पहलवानों को उतारता हूं।"

कुश्ती होती रही और सब लोग आश्चर्यचकित देखते रहे। तभी दीना यादव ने तालियों की गड़गड़ाहट के बीच पुकारा–"आप जिसकी बेकरारी से प्रतीक्षा कर रहे थे, वे उतर रहे हैं अखाड़े में–कंतू सरदार और चोचकपुर के यश का सारे संसार में डंका बजवा देने वाले, परगास काछी।"

मुझे कभी-कभी लगता है कि प्रकृति बेकायदे ऐसे कार्य कर जाती है, जो समझ में नहीं आते। जैसे, पहला है परगास का काला न होना। अब तक रक्त मिश्रण की

इतनी बातें हो चुकी हैं कि ब्राह्मण के घर में काला और कोहरी काछी के घर में गोरे लड़के को देखकर आश्चर्य नहीं होता। परगास बहुत गोरा नहीं था, परंतु काला भी नहीं था। दोनों के बीच कोई ऐसा रंग ढूंढ़ना होगा जो परगास के निर्लोम चेहरे से मेल खाता हो। वह रंग है शायद, सांवर।

जब वह लंगोटे के ऊपर विचित्र रंगों से आकृष्ट करने वाली जांघिया पहनकर उतरा तो लगा कि किसी ने जंगल के शीशम के तने को बीचोबीच पलाश फूलों की माला से बांध दिया है। उसका शरीर इतना कसा हुआ था कि कहीं भी, कोई मांसपेशी न अधिक थी, न कम। वह अपनी मातृभूमि की लज्जा बचाना भी अपना उत्तरदायित्व समझता था। ऐसा न होता तो अखाड़े के पश्चिमी भाग पर उसने एक नजर तो डाली होती। पश्चिमी भाग, भौरों की गुंजार में डूबा था जिसका आनंद इतर गांव से आये युवक व्यंग्य वक्रोति के बहाने युवतियों पर कटाक्ष के माध्यम से उठा रहे थे।

कुश्ती एक दिखावा थी। कंतू यादव का अब न तो वह शरीर रह गया था, न मांसपेशियों की दृढ़ता। उनकी तोंद स्पष्ट दिखाई पड़ रही थी जो इस बात का प्रमाण थी कि उन्होंने रियाज छोड़ दिया है। दस मिनट में ही कंतू यादव की सांस फूलने लगी और वे मेड़ पर आकर बैठ गये। उन्होंने खुद परगासी की कलाई पकड़कर उठायी और बोले, "मैं हारा परगास जीता, पर कहना चाहिए कंतू जीता परगास हारा।"

"ऐसा कैसे चाचा ?" मनचले नवयुवक बोले।

हमारे पुरखे कह गये हैं कि बाप को बेटे से और गुरु को चेले से हारने का सुख संसार में बिरले लोगों को मिलता है। कंतू यादव ने आज वह सुख पा लिया है।

मैं कंदर्प की लीलाओं का वर्णन करने नहीं जा रहा हूं। पर हमारे पुरखे जानते थे कि संसार में ऐसा कोई व्यक्ति नहीं जो इसके फूलबान से घायल न हुआ हो। मानस में बाबा कह गये हैं :

कोपेउ जबहिं बारिचर केतु छन महं मिट सकल श्रुति सेतु।

वह सीमा जिसे हमारी संस्कृति ने हजारों वर्षों की तपस्या के बाद बनाया है, टूट गयी। अगर काम इतना दुर्धर्ष है तो लाखों वर्ष पहले मां-पुत्र के लिए अविहित काम को बिना किसी दुराव के तृप्त करने वाली जंगली जातियों से आज की मर्यादाबद्ध संस्कृति का निर्माण करने वाली मानव जाति ने यह सब कहां से प्राप्त किया।

लोग कहते हैं परगासी काम के बाण से बिद्ध हुआ। शायद इसलिए कि किसी राजपूत की कन्या से ऐसा अमर्यादित आचरण हो नहीं सकता। गांव की बिरादरी

के लोग कई मामलों में अच्छे भी होते हैं, कई मामलों में बुरे भी। बुलाकी को धीरज काका कहता है, परगास भाई है, उसकी मां धीरज की मां को बहिन जी कहती हैं। गांव के चमार, कुम्हार, नाई बारी, चाहे जो भी हों एक अनदेखे रिश्ते में इस तरह बंधे हैं कि इस जीवित रेशे को आसानी से काटा नहीं जा सकता।

यह चर्चा घूमते-घूमते बिरजा के पास पहुंची। जिस दिन उसकी मां ने शपथ दिलाकर धीरज से सब कुछ कह देने के लिए कहा, उसी दिन सांझ को कई स्त्रियों ने उसे देखकर अपने को प्रकट न करने का बहाना करते हुए कहा, "बात आज की नहीं है काकी, अब तक पांच महीने हो गये, बिरजा को गर्भ है। इसीलिए वह घर बाहर नहीं निकलती।"

जाति के नाम पर आज तक किसी को वह अनमोलरतन नहीं मिला जिसे आत्म-विश्वास कहते हैं। पर हमारे देश में जाति के नाम पर जो होली खेली गयी। वह दुनिया में कहीं भी नहीं हुई। शूद्र के अंतर्गत शामिल की जाने वाली लगभग तीन सौ जातियों को इस तरह दुत्कारा गया, भूख से लालायित शूद्र बच्चों के सामने जो रोटी के टुकड़े फेंके गये वे दानवीरों, धर्म धुरंधरों के लिए भले ही संतोष दिलाने वाले लगें, पर अक्सर शूद्र शब्द की आड़ में जीवित मनुष्यों के साथ जो अमानवीय कुकृत्य हुए, ऐसे उदाहरण किसी भी सभ्य देश के समाज में मुश्किल से मिलेंगे।

राठौरों के साठों गांवों के पंच आज की दुनिया से अलग रहने वाले धर्मराज नहीं थे। हो भी नहीं सकते थे। बिरादरी के मसले उनके सामने मनबहलाव जैसे थे। निर्णय का ऊंट किस करवट बैठता है, इससे उनका सरोकार नहीं, जिस व्यक्ति ने उन्हें पुकारा है, वह उनके लिए बढ़िया भोजन, पान-पत्ता, बदन में चंपी करने वाले नाई-बारी का इंतजाम करे; यही परंपरा थी। इसी परंपरा की आड़ में वे आज के सरपंचों की तरह मुट्ठी गरम करने वालों के लिए नाना प्रकार के तर्क-वितर्क करते और उसे उबारने की कोशिश का भरोसा दिलाते थे।

बंद कमरे में न्यायालय बना, एक आदमी सरपंच और बाकी पंच बने। सरपंच बनने वाले के खिलाफ उसकी हैसियत से अपनी हैसियत की तुलना करने वाले कई लोग थे जो इस फैसले को चुनौती दे सकते थे पर उन्नीस-बीस के छोटे से अंतर के लिए बात बढ़ाना ठीक नहीं होगा, यह तसल्ली बाकी पंचों के चेहरे पर आभा बनकर तैर गयी। दुलहीपुर के ठाकुर लालता सिंह को कौन नहीं जानता। जमींदारी टूटी, बंधुआ मजदूर मुक्त हुए, पर लालता सिंह का हजार बीघे का सीर ज्यों का त्यों बरकरार रहा। उनकी चरनी पर गर्दन में लटके घुंघरुओं की आवाज से मन को लुभाने वाले बीस बैलों की कतार देखकर कोई भी उनके मालिक को नमस्कार करने की उत्कट इच्छा रोक नहीं पाया–यह था सरपंच लालता सिंह का दबदबा। उनके बड़े लड़के की बिहिया (बिहार) में शादी हुई। दहेज विरोधी वातावरण के बावजूद लालता सिंह ने तीन लाख का दहेज लिया। स्कूटर, टी. वी., रूम कूलर ऊपर से।

जब लालता सिंह की बहू ने डोली से उतरने के लिए पांव निकाला तभी आंचल में बंधे कुमकुम, पीली सरसों और बिल्ली के एक गुच्छे बाल को देखकर लालता सिंह की पत्नी ने धाड़ मारकर रोना शुरू कर दिया। पर अब पछताने से होता है क्या। तीन लाख देने वाले ने भी तो कुछ सोचा ही होगा। बहू के साथ डोली से ब्रह्मराक्षस उतरा, यह सुनकर लालता सिंह मन मसोस कर रह गये, पर वे इतने मामूली खिलाड़ी नहीं थे कि इतनी जल्दी हार मान लेते। उन्होंने अपने पुरोहित के कान में कुछ कहा, "यह भूत-प्रेत भगाने वाला जोग-छेम है सरकार, आप खुटका मत रखिये। बहू बहुत ही सुलक्षिणी है।" विवाह के अभी दो महीने बीते होंगे कि दासियों, नौकरानियों द्वारा प्रचारित बात गांव में आग की तरह फैल गयी—लालता सिंह की बहू गर्भवती है। लालता सिंह दरवाजे पर रखी चारपाई पर जल के बाहर फेंकी मछली की तरह तड़फड़ाते रहे और इस बार भी वे हार मानने को तैयार नहीं हुए। नोना चमाइन को पांच सौ रुपया दक्षिणा देकर उन्होंने गर्भपात कराया और अपनी डूबती नाव को बचा लेने में सफल हुए।

"बाबू रामजनम सिंह," लालता सिंह ने कहा, "मुकदमा शुरू करें। राठौरों की नाक कटाने के लिए कौन अधम पैदा हुआ है ! आप अपने गांव, दायादी और प्रेम-मुहब्बत के चक्कर में मत पड़ें। बात साफ-साफ बताइए।"

"काका, आपने चोचकपुर के परगासी काछी का नाम तो सुना ही होगा ?"

"वही न जिसने विंध्याचल के मेले में अपने से दूने पहलवान को पछाड़ कर अपने गांव का डंका बजाया।"

"हां, काका," रामजनम सिंह ने कहा, "उसने राठौर की एक कुमारी कन्या का शील भंग किया है। हमारे वंश को ललकारा है। क्या इस तरह की घटना का प्रतिकार जरूरी है या नहीं ? हमारा रक्त अभी रक्त ही है या पानी हो गया है !"

"रुकिये बाबू रामजनम सिंह", लालता सिंह ने कहा, "हवा में मुक्का मारने से काम नहीं चलेगा। राठौरों के वंश की उस कन्या का नाम बताइये और उसके परिवार का जो मालिक हो उसे खड़ा कराइये।"

धीरज खड़ा हुआ।

"यह तो आपकी दायादी का ही, सूरजभान का लड़का है न ?"

"हां चाचा," रामजनम बोला, "इसीलिए तो दर्द और गहरा हो गया है। कहां वह आंगन की चारदीवारी में बंद रहने वाली अबोध लड़की और कहां अपनी पहलवानी से लोगों का मन मोह लेने वाला वह नीच..."

"रामजनम काका," धीरज बोला, "पहले यह बतलाइये कि वह कौन-सा आदमी है जिसने मेरी बहन बिरजा और परगास को इस अवस्था में देखा ?"

"हां, यह प्रश्न तो बहुत महत्त्वपूर्ण है बाबू रामजनम सिंह, जब तक यह प्रमाणित न हो जाये, हम अपने ही वंश की एक लड़की का चीर हरण नहीं होने देंगे। आप

उस व्यक्ति का नाम बताइये।'

"अगर धीरज रही सही प्रतिष्ठा को भी दांव पर लगाना चाहता है तो हम चाचा हों या और कुछ। सब स्पष्ट कहेंगे। जिस आदमी ने अपनी आंख से देखा वह है तिरलोकी गौड़।"

"तिरलोकी को बुलवाइये, " लालता सिंह ने कहा।

"वह तो यहीं हाजिर है, काका," एक नवयुवक ने कहा।

"मैंने आप लोगों को कई बार समझाया कि जात-बाहर के आदमी को तब बुलाना चाहिए जब जरूरत हो। यह गुप्त बैठक है। इसके माथे राठौरों के खून को निष्कलंक रखने की जिम्मेदारी है। खैर, जब आप लोगों ने बुला ही लिया तो बोलो जी तिरलोकी, तुमने क्या देखा ?"

"मैंने सरकार, बिरजा और परगासी को एक साथ देखा।"

"एक साथ का क्या मतलब ?"

"परगासी ऊपर था, बिरजा नीचे।"

"काका, मैं दो मिनट का समय चाहता हूं।" सूबेदार पांडे ने कहा।

"आप इस बंद बैठक में कैसे आ गये पांडे जी" लालता सिंह ने गुस्से में उफनते हुए कहा, "पिछले तीन-चार साल से आपने हमारे गांवों में जो हलचल मचा रखी है, उसे सब जानते हैं। आप मजदूरों को भड़काते है। आपने दो रुपये की जगह मजूरी दस रुपये रोज करा दी। आप बंधुआ मजदूरों से कहते हैं कि जो बिना मजदूरी दिये काम कराये उसकी पीठ पर लात मारो। कहिये, आप यह सब करते हैं न ?"

"आपने मेरी तौहीन की है बाबू लालता सिंह," पांडे बोले, "मैंने इस देस-देहात के कई लोगों का कतल किया है और कराया है। यह तो शुरुआत है। जमाना बदल गया लेकिन आप जैसे खून चूसने वाले मच्छर पहले से ज्यादा भनभना रहे हैं। आप परगास और बिरजा को बुलवाइये और हिम्मत हो तो उनसे पूछिये–क्या उन लोगों ने यह सब जवानी के नशे में किया है या पति-पत्नी के रूप में।"

"क्या," लालता सिंह गुस्से में कांपने लगे, "तू दरिद्र, नीच, भुक्खड़ ! तूने मुझे मच्छर कहा ! तूने मुझे कतल की धमकी दी। मैं समझ लूगा। इतने आदमियों के सामने तूने स्वीकार किया है कि तूने कतल करवाये।"

"करवाये ही नहीं," बाबू साहब, आगे भी करवायेंगे।"

"तू नक्सली, निकल जा यहां से !"

"मैं क्यों निकल जाऊं, बिरजा की ओर से बोलने उसका भाई आया है और परगासी की ओर से मैं आया हूं।"

"यह जनता की इजलास नहीं है, यह हमारे वंश का अंदरूनी मामला है।" रामजनम सिंह ने कहा, "आप यहां से निकल जाइये।"

चारों ओर एक ही आवाज गूंज रही थी, "निकलो यहां से ! निकलो यहां से !"

"जैसी आप लोगों की मर्जी, पर मैं कहकर जा रहा हूं, राठौरों से कि रक्त का मतलब अगर मिथ्याभिमान है तो वह टूटकर रहेगा। उस दिन तुम्हारे राठौर रक्त को क्या हो गया था लालता, जिस दिन डोली उतरने के एक महीने के भीतर तुझे अपनी पुत्रवधू का गर्भपात कराना पड़ा।"

कई नवयुवक तमतमाये हुए उठे और उनमें से एक ने पांडे की गर्दन पर करारा आघात किया। पांडे बेहोश होकर गिर पड़े।

"साला चोर, मैंने अपनी पुत्रवधू का गर्भपात कब कराया !"

"ये लोग किस्से गढ़ लेते हैं काका," रामजनम ने कहा, "इसे दालान के बाहर फेंको और दरवाजा ठीक से बंद कर लो। कोई भी घुसने न पाये।"

युवकों ने पांडे के बेहोश शरीर को दरवाजे के बाहर फेंक दिया।

"कहो धीरज, तिरलोको ने तो कुछ छिपा-छिपाकर कहा, पर तुम्हारे वकील पांडे ने कहा कि बिरजा और परगास ने पति-पत्नी की तरह यह सब किया।"

"बात को जल्दी समाप्त करिये काका," चोचकपुर का एक नवयुवक उठा, "अभी शायद धीरज को मालूम भी नहीं है कि बिरजा गर्भवती है।"

"आप झूठ बोल रहे हैं," धीरज ने सोवरन को ललकारते हुए कहा, "सिद्ध कीजिए अपना आरोप। आप लोगों ने राठौरों के साठ गांवों की बैठक इसलिए बुलवायी है कि मेरे परिवार के रहे-सहे सम्मान को भी पैर के नीचे रगड़ दें।"

"धीरज," सोवरन ने कहा, "पंच जैसा कहें, मान लो। तुम आरोप सिद्ध करने को कहोगे तो मैं रूपा चमाइन को बुलाकर सब सिद्ध करा दूंगा। तुम्हारे पास इतनी भी दृष्टि नहीं है कि तुम बिरजा के शरीर के परिवर्तनों को पहचान सको। बोलो, बुलवायी जाय चमाइन ?"

धीरज चुप हो गया। पंचायत में उपस्थित तमाम लोग विद्रूप चेहरे से अपमानजनक हंसी को ठेलते रहे और धीरज बलि यूप के सामने खड़े मेमने की तरह थरथर कांप रहा था।

"यह पंचायत, सारा रहस्य जानकर इस नतीजे पर पहुंची है कि बिरजा और परगासी दोनों की हत्या कर दी जाये यह मेरा निर्णय नहीं प्रस्ताव है। इस पर हर आदमी बोल सकता है। पक्ष में भी और विपक्ष में भी। निर्णय राठौरों के यश को सुरक्षित रखने की ऐसी शिक्षा देना है कि रक्त दोष उत्पन्न करने वाले को बख्शा नहीं जायेगा।"

"कहिए, आप लोगों को मंजूर है यह निर्णय ?" लालता सिंह के चेहरे पर रक्त का उबाल उमड़ आया, "बोलिये !"

"हमें मंजूर है।"

रात का अंतिम पहर था। कई नवयुवक हाथ में भाला और कुंत लिये हुए एक बंद बोरे के साथ पलाशवन में आये। वे बैठकर सोच-विचार करने वाले थे कि वन में लकड़ी काटने की ठकठक आवाज सुनाई पड़ी। उन नवयुवकों को मौन रहने का इशारा करके एक व्यक्ति जंगल में घुसा। उसने देखा कि एक शीशम के पेड़ को टांगियों से बुलाकी और परगास काट रहे हैं। वह आदमी चुपचाप छिपते हुए पुनः नवयुवकों के पास पहुंचा–"बुलाकी और परगासी एक बहुत बड़े शीशम के पेड़ को काट रहे हैं। बाद में तने के भोटे बनाकर जमानिया के पास गंगा से निकाल कर बेचेंगे। बुलाकी ऐसा करता है यह तो मैंने सुना था, पर रंगे हाथ पकड़ा जायेगा। बोरा यहीं रहने दो और आओ हमारे साथ। लाठियां, बल्लम और गंडासे लेकर चलो।"

नवयुवकों ने पिता-पुत्र को घेर लिया। "कह स्साले चोर, तुम लोग–किसके हुकुम से शीशम का पेड़ काट रहे हो ? यह पलाशवन रामजनम काका का है। क्या तूने उनसे पूछा ?"

"यह वन किसी का नहीं है भइया। यह गैरमज्रुआ है। इसकी लकड़ी कोई भी काट सकता है। इस पर रामजनम सिंह का अधिकार नहीं है। चाहें तो आप लोग गांव के लेखपाल से पूछ लें।"

तभी नवयुवकों ने पिता-पुत्र पर लाठियों से आक्रमण कर दिया, "गैर मजुआ है। स्साले, तू अपने को गांव का सरपंच समझता है !" लाठियों के भयंकर प्रहार से घायल बुलाकी और परगास भागकर गंगा में कूद पड़े। सभी नवयुवक अपने हथियारों के साथ हल्ला बोलकर चिल्लाये, "जै गंगा मइया की !" और ऊंचे कगार से नदी में छपाक से उतर गये। चारों ओर से बल्लम, भाले और लाठियां तैरते हुए बुलाकी और परगास पर बरसने लगे। दोचकपुर का डंका बजाने वाले परगास काछी को जिन लोगों ने फूल की मालाओं से लाद दिया था, आज उसके खून से गंगा लाल बना रहे थे।

छुट्टे भैंसे, सांड़ आदि जो बेरोकटोक सीवान में घूमते रहते हैं और खेत की लहलहाती फसल खाते और रौंदते हैं उन्हें गंगा में बलात् कूदने के लिए विवश करने वाले ग्रामीण लाठियों से इन्हें ऐसा पीटते हैं जैसा कोई कसाई भी नहीं करेगा। आज तो पिता-पुत्र बुलाकी और परगास को पशुओं से भी निकृष्ट मानकर उनकी हत्या की जा रही थी। एक नवयुवक ने परगास की बायें तरफ की छाती में बल्लम घुसेड़ दिया। परगासी निश्चेष्ट मुर्दे की तरह लहरों में खो गया। बुलाकी ने परगास को मरते और डूबते देख लिया था। वह तेजी के साथ डुबकी लगाकर नीचे के शांत जल में सांस रोके तैरता रहा। नवयुवकों ने सोचा कि बुलाकी भी मर गया। वे अपने हथियारों से लैस किनारे पर आये। बंद बोरे को धीरज के सिर पर रखवाया गया और उसे बीच धारा में पत्थर की पटिया बांधकर डुबो दिया गया। धीरज सिसक उठा, "बिरजा, हाय !"

कोई उसे चुपवाने भी नहीं गया। किसी ने सांत्वना के दो शब्द भी नहीं कहे। लालता सिंह के न्यायालय के फैसले की पूरी तामील हो गयी।

दो-तीन साल बीत गये। बाबू लालता सिंह की पुत्रवधू बकेना गाय की तरह निष्फल पड़ी रही तो उसकी सास ने लालता सिंह से कहा, "आप इसे बनारस के बड़के अस्पताल में ले जाइये और डाक्टरिनों से पूछिए कि वह ऐसे ही रहेगी या दवा दारू कराने से वंश को चलाने वाले शिशु की मां भी बनेगी ?"

लालता सिंह चार-पांच दिन बहू के साथ एक धर्मशाला में टिके। महिला-रोग कक्ष के डाक्टर ने कहा, "आपकी पुत्रवधू में कोई दोष नहीं है। आप अपने लड़के को लाइये। उसकी डाक्टरी जांच बहुत जरूरी है।"

लालता सिंह खुशी-खुशी गांव पहुंचे और अपने नौजवान बेटे को लेकर उसी डाक्टर के पास पहुंचे। उन्होंने डाक्टर के चरण पकड़ लिये, "सरकार ने जो हुकुम दिया था, वह मैंने तुरंत तामील किया और सेवा में आया हूं।"

डाक्टर ने गौर से देखते हुए कहा, "आप बगल वाले कमरे में अपने लड़के को भेज दीजिए। उसके वीर्य की जांच होगी।"

लड़के के वीर्य की जांच हुई और डाक्टर ने रिपोर्ट में लिखा कि संतान पैदा करने वाले जीवाणु हैं ही नहीं।

उस अंगरेजी में लिखी रिपोर्ट को लेकर लालता सिंह उसी परिचित डाक्टर के पास पहुंचे और उसी दैन्य भाव से उसके चरणों में गिर पड़े, "सरकार मैं क्या निरवंशी ही रहूंगा या दवा-दारू से हमारे जवान बेटे में ताकत आ जायेगी ?" वे सुबुकने लगे, "सरकार, हमें बचा लीजिए।"

"देखिए, रिपोर्ट में साफ लिखा है कि आपके बेटे में संतान उत्पन्न करने की क्षमता नहीं है। आपका विश्वास हो तो वैद्यों, झोला लेकर घूमने वाले उन धोखेबाजों से च्यवनप्राश आदि अवलेह खरीदिये जो जवानी वापस ले आने वाली दवाइयां बेचते हैं। मैं कुछ नहीं कर सकता।"

लालता सिंह मायूस गांव लौटे। बाप-दादा की इतनी बड़ी संपत्ति का क्या होगा, जब इस लड़के में वंश बढ़ाने की ताकत ही नहीं है। वे कई दिन तक परेशान रहे। गुमसुम लेटे रहते और बीमार होने का बहाना बनाकर अपने निकट के लोगों को भी वापस लौटा देते।

तभी एक बात उनके उर्वर दिमाग में कौंधी। अगर मेरे पुत्र में क्षमता नहीं है तो दूसरे कई नौजवान हैं जो उनकी वंश वृद्धि कर सकते हैं। हां, सावधान रहना पड़ेगा। उन्होंने सबसे अधिक विश्वास चोचकपुर के सोवरन का किया और उसे बुलवाकर शपथ दिलाकर, गंगा-तुलसी हथेली में रखवाकर सोवरन से कहा, "एक

हजार रुपया अभी लो और बाकी शिशु के जन्म पर ले लेना।"

"कितना होगा बाकी का, इसे भी साफ-साफ बताइये।"

"तुम कितने पर राजी होगे, वह बताओ।"

"मैं तो नौ हजार और लूंगा और पेशगी एक हजार की जगह पांच हजार मिलनी चाहिए।"

लालता सिंह ने सोवरन के इस लालची रूप को न देखा था, न कल्पना की थी। लाचार होकर उन्होंने चार हजार और दिये।

पूरे साल भर बीत गये। एक दिन सोवरन को सूबेदार पांडे मिल गये।

"क्या बात है सोवरन भाई, आजकल दुलहीपुर, वह भी बाबू लालता सिंह के यहां आपका आना-जाना बढ़ गया है।"

"पांडे जी, मैं तो कई दिन से आपकी बाट जोह रहा था। आपको अगर बहुत ही महत्त्वपूर्ण कागज दिया जाये तो आप हमें क्या देंगे।"

"यह तो सोवरन भाई, कागज देखने पर ही कह सकता हूं।"

"तो इधर आइये।" सोवरन ने एकांत में लालता सिंह की वधू के समूचे करतब को बताया। लालता के पुत्र देवल की जांच रिपोर्ट की भी सूचना दी और अपने और लालता सिंह के अनुबंध (शर्तनामा) की बात भी बतायी। "अब बोलिए पांडे जी, कुछ रुचि जगी ?"

"रुचि तो जगी सोवरन भाई, मगर काम बड़ा खतरनाक है। आप जब तक पूरी सहायता नहीं करेंगे, सब कुछ व्यर्थ होगा।"

"मतलब ?"

"मतलब यह कि आपको समय, स्थान, छिपने की जगह आदि सब बताना होगा।"

"मैं बताऊंगा, इसीलिए तो कह रहा था कि आप कितने रुपये देंगे।"

"देखिये, अगर काम मुकम्मल ठीक हो जाये तो मैं आपको अधिक से अधिक पांच सौ रुपये दे दूंगा। किंतु याद रखिये, इसे अपने लोभ के कारण अगर दूसरों को बताकर पैसा कमाने की कोशिश की तो गोली सीधे आपके सीने में घुस जायेगी।"

"मंजूर है, कब चाहते हैं आप ?" सोवरन ने पूछा।

"मुझे बनारस जाना होगा, अपने एक दोस्त को लेकर आना होगा और जिस तरह वह कहेगा, उसे ठीक समझकर आपको अपने वचन का निर्वाह करना होगा। कोई गड़बड़ हुई तो जान लीजिए हम नक्सली हैं। अत्याचारियों के दलालों को चुटकी से मसल देते हैं।"

सोवरन कांप गया। उसने बिरजा वाली राठौरों की पंचायत में पांडे के रोष को देखा था। मगर अब तो तीर छूट चुका है, सोवरन को देखना है कि निशाना लक्ष्य पर लगता है या सोवरन पर।

तीन दिन के बाद पांडे अपने एक विचित्र दोस्त के साथ सोवरन से मिले। सोवरन ने पांडे के दोस्त को देखा तो कांप उठा, लंबी उलझी हुई दाढ़ी, लंबे बाल और चेहरे में धंसी आंखों की कठोरता देखकर रोने-रोने हो उठा।

"ऐसा है दोस्त पांडे," पांडे के साथी ने कहा, "यह आदमी बहुत भरोसेमंद नहीं लगता।"

"देखो मित्र, जितना कार्य इसे सौंपना है, उतना समझा दो। कोई संकट आया तो सोवरन और लालता की पुत्रवधू को गोली मार देंगे।"

मध्यरात्रि का समय था। एक आदमी ने लालता की बखरी के मुख्य द्वार की कुंडी खड़खड़ायी।

लालता की पुत्रवधू ने द्वार खोला, सोवरन अंदर चला गया। लालता सिंह की पत्नी बीमार थीं, वे एक कमरे में भीतर से कुंडी लगाकर सो रही थीं। केवल सत्तर बरस की बुढ़िया मां थी जो आंगन में अचेत पड़ी थी।

पुत्रवधू ने दौड़कर सोवरन की गर्दन को अपनी भुजाओं में लपेट लिया। "सुनो, आज हमारे दो मित्र भी आये हैं। अगर तुम उन लोगों को खुश कर दो तो वे भी तुम्हें खुश कर देंगे ?"

"सच्ची ?"

"हां, एक दम सच्ची।"

"तो बुला लो उन दोनों को।" पुत्रवधू ने द्वार खोला और पांडे के पास जाकर सोवरन बोला, "आप दोनों को खुश कर देने के लिए वह तैयार है।"

"ठीक।" दोनों की कमर में कट्टे थे। सोवरन ने देखा कि पांडे का दोस्त एक काले रंग के थैले में कोई चीज बंद करके लटकाये था।

तीनों पुत्रवधू वाले कमरे में पहुंचे। उस कमरे के बगल में एक छोटा-सा भंडार घर था जो बक्सों और अनाज की बोरियों से भरा था।

"सोवरन भाई, अपना कार्य शुरू करो।" पांडे ने कहा।

जब संभोग चरम सीमा पर था, दोनों नग्न, सबसे निश्चिंत होकर अपनी प्रक्रिया में व्यस्त थे, तभी एक चमक हुई। उन लोगों ने ध्यान नहीं दिया। अंधेरे कमरे से पांडे का दोस्त पुत्रवधू वाले कक्ष में बड़ी शीघ्रता से पहुंचा और दोनों के चेहरे को लक्ष्य करके कैमरे का बटन दबाया और पुनः बिजली की चमक की तरह कुछ कौंधा। सोवरन और लालता की पुत्रवधू किसी अन्य दुनिया में थे।

अभी दस महीना ही बीता था कि बाबू लालता सिंह के आंगन में थालियां बजने लगीं। बखरी की मालकिन, यानी लालता की पत्नी द्वार-द्वार जाकर हाथ जोड़ आयी कि उन्हें पौत्र की प्राप्ति हुई है। अब भी चाहे गांव कितने भी बदल गये हों, पुत्री के

जनम को पाप का और पुत्र के जनम को पुण्य का परिणाम मानते हैं। सूर्योदय होते-होते लालता सिंह का आंगन औरतों से भर गया। पूरे गांव ने इस पुत्र जन्मोत्सव को नाच-गाने मिठाई पान आदि ग्रहण करने का एक बहाना समझा। कुछ दायादिनें मर्दों के बीच झगड़ों के बावजूद इस मनबहलाव का अवसर छोड़ना नहीं चाहती थीं। वे सब दरी पर विराजित थीं। भाट-भाटिनें, नाऊ-बारी सब आंगन में झांक-झांक जाते कि नाश्ता मिलेगा कि नहीं। तभी हलवाई आया और ताजी-ताजी जलेबियां पत्ते के दोनों में रखकर सबके हाथों में पहुंचने लगीं। सहसा इतनी भीड़ कहां से आ गयी। हलवाई परेशान था क्योंकि लालता ने कहा था कि दो सौ लोगों के लिए नाश्ते का प्रबंध करना है। तभी ढोलक पर थाप पड़ी। एक नवयुवती भाटिन बहुत ही स्वच्छ वस्त्र में लिपटी नाचने लगी। लालता के आंगन में एक नायाब दृश्य था, जिसकी पति-पत्नी ने जाने कब से पलक पांवड़े बिछाये प्रतीक्षा की थी। भाटिनें गाने लगीं :

आवहू मोर परोसिनि गोत दयादिनि हो-हो-ो-
ललना होरिला जनमवा के सोहर गाइ सुनावह हो...

अभी बरही बीती थी कि तीन-चार तथाकथित शूद्र उफला बजाते-बजाते राठौरों के साठों गांवों में एलान कर रहे थे कि राठौरों का रक्त पानी हो गया है कि वे अपना मन नहीं टटोलते। स्वागत-सत्कार और दान दक्षिणा लेकर, बड़े-बड़े सीरदारों को जो छद्म वेश में जमींदार ही हैं, सरपंच बना देते हैं और वे दूनी दान-दक्षिणा यानी घूस लेकर न्याय को अन्याय में और अन्याय को न्याय में बदल देते हैं। जले पर नमक छिड़कने वाले ये बाबुवान हमेशा दीनहीन व्यक्ति को ही दंड देते हैं जिसने कोई अपराध नहीं किया है। वे अपने नीरक्षीर विवेक का डंका भी बजवाते हैं और दान-दक्षिणा का कुछ अंश दलालों को सौंपकर उनसे गांवों की प्रतिक्रिया जानकर विद्रोही नवयुवकों को मांस-मद्य देकर प्रसन्न कर लेते हैं। भाइयो, आने वाले रविवार को सवेरे नौ बजे आप लोग चोचकपुर के पलाश वन के सामने जनता की विराट सभा में अपने आंखों खुद देखिये, कौन है वह अपराधी ? इस पतित आचरण के लिए जिम्मेदार कौन है ? हमें दंड दें कि हमने अमर सिंह राठौर जैसे महान् योद्धा के वंशजों का अपमान किया है। हम हर दुःख सहने को तैयार हैं। हमारे एलान का एक शब्द भी पक्के सबूत के बिना गलत साबित हो जाय तो उसी जनता की पंचायत के सामने हम आत्महत्या कर लेंगे।

सारा क्षेत्र इस एलान से पेरशान था। कुछ-कुछ प्रसन्नता से कि स्साले जमींदारों की कलई खुलेगी। कुछ जाति-अभिमानी रोष से भरे थे कि हमारे पराक्रमी राजवंश का अपमान किया गया है। हम भी देखेंगे सबूत कुछ लोग कुतूहल में डूबे थे कि अगर कोई जघन्य कार्य हुआ है तो उसके पक्के सबूत क्या हो सकते हैं ? 'साठों'

नाम से प्रसिद्ध राजपूतों का रक्त खौल रहा था कि कौन है वह कुलांगार जिसने हमा... प्रतिष्ठा को दांव पर लगा दिया है। राजपूतों के अलावा गांव में रहने वाले ब्राह्मण, ग्वाल, गौंड, बनिये, चमार और विभिन्न जातियों के लोग इस एलान को कोई षड्यंत्र समझते थे। पर 'चोचकपुर' शब्द का ऐसा नशा था कि रविवार को प्रातःकाल सात ही बजे सारा मैदान जो हरी दूब से ढका था, ठसाठस भर गया।

"पांडे, इतनी बड़ी सभा को तुम नियंत्रित कैसे करोगे ! जाति अभिमानी लोग हमारा वध कर देंगे, हमें सब कुछ दिखाने का समय भी नहीं मिलेगा।"

"घबराओ मत, तुम क्या समझते हो यह राठौरों की परम गोपनीय जातीय सभा होने जा रही है, जहां शुद्ध रक्त की दुहाई देने वाले लोग विरोध में खड़े किसी को भी जबरदस्ती निकाल बाहर करेंगे ! नहीं दोस्त, यहां साठों के राजपूतों के अतिरिक्त वे तमाम लोग आयेंगे जिन्हें न तो खाने को अन्न मिलता है न बदन ढंकने को कपड़ा। सारी जनता हमारे साथ है। तुम निश्चिंत देखते चलो।"

"जनता आयेगी, पर तुम्हारी जनता के पास लाठी के अलावा है क्या ? उधर से बंदूकें और राइफलें चलेंगी। लाठी को उठाने के पहले, भाले-गंडासे चलने लगेंगे और तुम्हारी दीन जनता डरकर भाग जायेगी।"

"सचमुच तुम डरपोक हो, प्रसिद्धि तो चाहते हो, कैमरामैन के नाते जिस जनता की मुक्ति के लिए तुमने प्रतिज्ञा की थी, उस पर अविश्वास क्यों कर रहे हो। क्या यह गांधीवादी सत्याग्रह है ? हृदय परिवर्तन न बिड़ला का होगा, न टाटा का। हमें जब खूनी क्रांति में उतरना ही है तो मौत से घबराते क्यों हो ! कई हजार मजदूरों और गरीबों को मौत के मुंह में ढकेलने वाले, उन्हें अंधा बनाने वाले बहुउद्देशीय पूंजीपतियों द्वारा भोपाल में स्थापित यूनियन कारबाइड के अध्यक्ष वारेन एण्डर्सन के हृदय-परिवर्तन की आशा लगाये हमारे शासक और मजदूर सचमुच अपने को अपंग होने से बचा पायेंगे ?"

बुलाकी काछी दो साल के बाद चोचकपुर आया। अपने अंधेरे मकान में घुसकर उसने दरवाजा बंद कर लिया। "स्साले लालता और रामजनम, अगर तुम्हें भी दु... कोंच-कोंचकर, मांस के लोथड़ों की बोटियां काट-काटकर चील, गिद्ध और कौवों को न खिलाया तो मैं आत्महत्या कर लूंगा। उसे खबर लग गयी थी कि लालता फंस गया है। पर 'साठों' के राजपूत हिंसा पर उतारू हैं, वे सबूतों को ठुकराकर अगर दीन-हीन गरीब जनता को पीटने लगे तो सब लोग सभा छोड़कर भाग जायेंगे।" पांडे ने कहा, "बुलाकी भाई, परगास को जिस तरह भाला, बर्छी, गुप्ती आदि से बींध-बींधकर मारा गया, वह सब अपनी बिरादारी को बतायें और प्रतिशोध के लिए ललकारिये। मंच के तीनों ओर अगर पांच हजार काछी अपने हथियार लेकर खड़े

हो जायें तो किसी की हिम्मत नहीं होगी कि पांडे के सबूतों को देखकर लालता और राजपूत युवक सिर न झुका लें। बाकी वार्ता आप और लालता में होगी। आप बिना हिचक एलान करिये कि लालता घूसखोर है, रामजनम को टुकड़ा फेंककर उसने उन्हे अपना पालतू कुत्ता बना लिया है। इन दोनों अपराधियों की सांठ-गांठ के कारण जो कुछ जनता को न्याय के रूप में मिलता है, वह धोखा है। प्रवंचना है। घूसखोर 'पंच परमेश्वर' के स्तर से सिर्फ गिरे नहीं, दलदल में नाकों तक डूब गये हैं। ये न केवल गरीबों के शोषक हैं, बल्कि सूदखोर, घूसखोर और कमीने हैं, कह सकते हैं कि नहीं।"

"पांडे भइया, हम क्या और कैसे कहेंगे, वह देख लीजियेगा। कल भोर में उठकर काछी भाई लोग चोचकपुर की ओर चल देंगे। रविवार को पलाशवन के सामने का मैदान जनता का है और पीछे, दायें, बायें से आप लोगों को बचाना मेरा दायित्व है।

चौकियों को जोड़ कर मंच बना था। उसके पीछे सिनेमा-स्क्रीन की तरह एक मारकिन की सफेद चादर के चारों कोनों को रस्सी से बांधकर बिल्कुल तनी हुई स्क्रीन की तरह खड़ा कर दिया गया।

पांडे को यह देखकर बड़ी खुशी हुई कि लालता, रामजनम, चोचकपुर की सारी औरतें और मर्द उपस्थित हैं। आसपास के गांवों से उमड़ती भीड़ के लिए बिलकुल जगह नहीं थी। उसने हाथ जोड़कर क्षमा मांगी कि मुझे कल्पना भी नहीं थी कि ऐसी भीड़ उमड़ेगी वरना मैंने इससे बड़े किसी दूसरे मैदान में आप लोगों से पधारने की प्रार्थना की होती।

"आप भीड़ को देखकर घबराइये नहीं सूबेदार पांडे। आज साठों गांवों के राठौर युवक अपने-अपने ग्राम प्रधानों के साथ आये हैं। यहां राठौरों के कुलभूषण लालता सिंह भी हैं और चोचकपुर के सरपंच रामजनम सिंह भी हैं। अब नौ बजने ही वाला है, राठौरों के पास धैर्य नहीं बचा है पांडे।"

"अभी आरंभ कर रहे हैं बंधुओ, पहले चोचकपुर के बुलाकी काछी कुछ निवेदन करेंगे।" लाउडस्पीकर दूर-दूर तक ध्वनियों का विस्तार करने लगा।

"वाह पांडे जी, दो साल पहले मरे हुए बुलाकी को आपने नरक से कैसे बुला लिया!" राठौर युवक ठठाकर हंसे और तालियां बजाने लगे।

"मैं जिंदा हूं लालता और रामजनम, तुम लोगों का भंडा फोड़ करने के लिए ही ईश्वर ने मुझे मृत्यु के मुख से निकालकर मेरी रक्षा की। जैसे उन्नीस सौ सैंतालीस में लोगों को, गरीबों को बहलाया गया कि हम आजाद हैं, वैसे ही लालता और रामजनम हमें भरमा रहे हैं कि वे ही हमारे भाग्य विधाता हैं। मेरे जिस पुत्र परगास को चोचकपुर

का डंका बजाने वाला कहकर आप लोगों ने गेंदे के फूलों की मालाओं से लाद दिया था, उसी को चोचकपुर के नौजवानों ने लाचार सांड़ की तरह घेर-घेरकर भाले, बर्छी, बल्लम से कोंच-कोंचकर मार डाला। यह सब किसकी आज्ञा से हुआ ? राठौर कुलभूषण लालता सिंह के फैसले पर ! रामजनम सिंह अपने को चोचकपुर के पलाशवन को अपनी संपत्ति मानते हैं जबकि लेख पाल के पास सुरक्षित नक्शे में उसे गैरमज़ुआ चक घोषित किया है। हम गरीब लोग जिनके पास एक बीघे की जमीन है, वह भी गंगा मैया के किनारे, उसमें जुआर-बाजरा बोते हैं, जो पिछले पांच साल से तैयार फसल गंगा की बाढ़ में डूब जाती है। हमारे पास एक जून खाने के लिए अन्न नहीं है। मैं और परगास पलाश वन से लकड़ी काटकर गंगा मैया में तैरते जमानिया कस्बा भी जाते थे और जो कुछ मिलता, उससे पेट पालते थे। हमने कौन-सी गलती की कि चोचकपुर के आदरणीय युवकों ने हम लोगों को लाठियों से मार-मार कर अधमरा कर दिया। हम जान बचाने के लिए गंगा में कूद गये और क्या हुआ हमारा, इसे आप लोग जानते हैं। बिरजा की हत्या करके, उसे बोरे में बंद करके चोचकपुर के आदरणीय युवकों ने गंगा में डुबोने का काम धीरज को सौंपा। बोरा उसके माथे पर रखा गया और अपनी बहन की लाश को गंगा में डुबोते हुए फफक-फफककर रोया। आप लोग हम गरीबों के अन्नदाता हैं। मैंने परगास की हत्या के मामले को थाने में भी नहीं दर्ज कराया क्योंकि मैं जानता हूं कि निर्धन और गरीब के पास घूस देने को कुछ नहीं है। ऐसी हालत में हत्यारों को नहीं, बुलाकी को जेल में डाला जायेगा, बस।"

बुलाकी के बैठते ही पांडे ने जिस वट वृक्ष की छाया में स्क्रीन लगाया था, उधर संकेत किया। "भइया अब जरा ध्यान से देखिये।"

प्रोजेक्टर की रोशनी स्क्रीन पर उभरी। "पहचाना आपने, यह कौन जगह है।"

"हां, हां पांडे, तुम्हीं अकल के ठेकेदार नहीं हो। यह बनारस हिंदू विश्वविद्यालय का अस्पताल है, यह नया भवन बना है।"

"ठीक बात बतायी आपने भाई जी, आगे देखिये," लालता की बहू का चित्र स्क्रीन पर उभर आया, "कौन है यह ?"

"यह तो लालता की पतोहू है पांडे, जिसके बच्चे की बरही पंद्रह दिन पहले बड़े धूमधाम से मनायी गयी।" धीरज की मां ने कहा।

"दो साल पहले इस महिला को लेकर बाबू लालता सिंह अस्पताल में महिला रोग वाले डाक्टर के पास गये, जरा पर्दे पर देखिये," एक पुर्जा स्क्रीन पर उभरा जिस पर लिखा था, 'रामदेई पुत्रवधू लालता।' "देखिये गौर से यह पुर्जा, नौ जुलाई उन्नीस सौ तिरासी का है जो कोने में दर्ज है।" आप लोग मन की शंका मिटा लीजिए।

"आगे बढ़ो पांडे," नवयुवक चिल्लाये, "इस पुर्जा-पुर्जी से कोई बात नहीं बनती।"

"ठीक कह रहे हैं बंधु, यह लीजिए एक नया पुर्जा, इस पर लिखा है कि रामदेई में बच्चा जन्माने की क्षमता है। अब आप अपने पुत्र को लाइये। है न ? पढ़ लीजिए।"

पुर्जे पर साफ-साफ लिखा था। नवयुवक सिर लटकाकर बैठे रहे। "और यह है एक तीसरा पुर्जा, जिसे लालता के पुत्र की डाक्टरी जांच के लिए बनवाया गया था। मुंह मत लटकाइये भाई लोग, अभी तो एक चौथाई भी आप नहीं देख पाये।"

"अब यह देखिये और पहचानिये। ये हैं लालता के इकलौते पुत्र कुंवर दयाल जी। जरा इनकी डाक्टरी रिपोर्ट देखिये, साफ लिखा है कि कुंवर दयाल के वीर्य में संतान पैदा करने वाले जीवाणु हैं ही नहीं। सबूत के लिए देख लीजिए दुबारा, तिबारा, अब मैं पूछता हूं कि लालता की पुत्रवधू को बच्चा कैसे हो गया ? जब उनका पुत्र नपुंसक करार दिया गया तो यह पौत्र, राठौर कुलभूषण लालता के घर में कहां से अवतरित हुआ ?"

"रिपोर्ट गलत भी हो सकती है पांडे, घूस देकर ऐसी सैकड़ों पुर्जे-पुर्जियां मैं भी बनारस जाकर ले आ सकता हूं। तुम एक चतुर खिलाड़ी हो, पर मैं तुम्हारा बाप हूं।" अखिलेश बी. ए. ने कहा।

पांडे के खिलाफ नवयुवकों ने तालियां बजायीं।

"भाइयो, हम अखिलेश जी के ऋणी होंगे, वे हमारे बाप हैं, वे पुर्जे-पुर्जियां लेकर आयें और अपना करतब दिखायें, अगर उन्होंने सिद्ध कर दिया कि मैं झूठा हूं तो..." पांडे ने धोती के फेंटे से पिस्तौल निकाली, "मैं इस लायसेन्स से खरीदी अपनी पिस्तौल आप लोगों को दे दूंगा और मैं झूठा साबित कर दिया गया तो..." पांडे ने कुरते के बटन खोलकर अपना सीना दिखाते हुए कहा, "आप मुझे गोली मार दीजियेगा।"

"वाह वाह, पांडे जी जिंदाबाद, पांडे जी जिंदाबाद !"

'आप लोग बेकार हल्ला मत करिये, पांडे मसखरा नहीं है, वह जो भी लड़ाई लड़ता है, मुकम्मल तैयारी के साथ लड़ता है। जिंदाबाद, मुर्दाबाद अगर हुआ तो हम यहां से चले जायेंगे।" पांच हजार काछियों ने कहा, "नहीं भइया तुम अपना काम करो, हम एक दम चुप रहेंगे।"

"भाइयो, मैंने आपका अमूल्य समय लिया, अब केवल दस मिनट की बात है इसे देख कर जाइये। यह अनमोल पदारथ है बंधुओ। ये देखिये, कौन हैं ये सज्जन ?"

"यह तो सोवरन है।" धीरज की मां पुनः बोली।

"सुन बुढ़िया, अगर तूने बोलने में चढ़ा-ऊपरी की तो यहीं तुझे ढाठी देकर गंगा में फिंकवा दूंगा।" लालता सिंह की आवाज कांप रही थी। लालता को घेरकर खड़े लठैतों ने लाठियां भांजी और लोगों को धमकाने की मुद्रा बनाकर मुस्तैदी से खड़े रहे। उधर काछियों ने अपने हथियार निकाले और पांडे और प्रोजेक्टर चलाने

वाले को घेरकर खड़े हो गये।

"यह अंतिम तस्वीर है मित्रो, आप इसे देखकर पांडे को उसी तरह पीटकर बेहोश करके रास्ते में फिंकवा देंगे जैसा परगासी और बिरजा वाले मामले में हुआ था। मैंने आपसे कहा था मित्रो कि अगर पांडे एक शब्द भी बिना सबूत दिखायेगा तो आप उसकी हत्या कर दीजियेगा।"

"दिखाइये दिखाइये, अगली तस्वीर," अन्य गांवों के राठौर युवक जो लालता को खुले आम घूसखोर कहते थे, चिल्लाकर बोले, "देख लेंगे हम लोग उन घूसखोर राठौर कुलभूषणों को। कोई आपका बाल बांका नहीं कर सकता। आप अपने को हम राठौर नवयुवकों के द्वारा पूर्ण सुरक्षित समझिये।"

"भाइयो, आपका नाम ले-लेकर पांडे जिंदाबाद कहने के लिए तरस रहा है। किंतु पांडे जिंदाबाद कहने वालों को दुत्कार चुका है, इसलिए आपके प्रति कृतज्ञता प्रदर्शित करते हुए मैं आगे बढ़ रहा हूं।"

"सुन बे सुबेदरवा," लालता चिल्लाये, "अगर स्साले तूने आगे कोई तस्वीर दिखायी तो तेरी ऐसी पिटाई करवाऊंगा कि गंगा पहुंचने के अलावा तुझे कहीं शरण नहीं मिलेगी।"

"सुनो काका, लालता और रामजनम, घूस ले-लेकर दूध का दूध पानी का पानी कहलाने वाले आप जैसे राठौर कुलांगारों को हम यहीं बता देंगे कि दीन-दुखी राठौरों का असली खून कैसा होता है।" तमाम राठौर नवयुवक भाले बरछी लिये लालता की ओर चले।

पांडे हाथ जोड़कर बोले, "मेरे जिगर के टुकड़ो, तुम दस मिनट और बैठकर यह तस्वीर देख लो। मुझे लालता या रामजनम का डर नहीं है। आप इस पचास-साठ हजार की भीड़ को देखकर समझ लीजिए कि दुनिया में सिर्फ दो जातियां हैं। एक हैं छद्म व्यवहार करने वाले भेड़िये और दूसरे हैं मिमियाने वाली भेड़ें। दोस्तो, आज तक जितना गलत पांडे को समझा गया, जितना उसे सहना पड़ा उतना किसी भी जनसेवक को नहीं सहना पड़ा होगा। मैं नक्सली तो दूर, कम्युनिस्ट भी नहीं हूं। पांडे सिर्फ बिना फीस गरीब जनता को वाणी देने वाला वकील है। अब ध्यान से देखिये।"

स्क्रीन पर नग्न मैथुन लीन चित्र उभर आया, "देखिये, इस नग्नता को देखकर मां-बहनों को आंख मूंदना नहीं चाहिए।"

तभी लालता के अंगरक्षक ने हवाई फायर कर दिया। राठौर युवक लालता की ओर बढ़े, "स्साले, जात को कलंकित करने वाले, अगर तूने फिर बंदूक चलवायी तो यह देख," बीसों युवक देसी कट्टा निकालकर बोले, "तुम्हारा काम तमाम करने में केवल एक मिनट लगेगा।"

"इस चित्र में आपने नग्नता देखी, आप लोग उत्सुक होंगे, बल्कि कहूं कि धैर्य की सीमा टूट रही होगी। आप देखना चाहते होंगे कि ये कौन हैं ?" पांडे चुप हो

गये।

"आप जल्दी दिखाइये अगली तस्वीर। इस तस्वीर से केवल कामुकता और नग्नता प्रकट हो रही है। हम इन नीचों को देखना चाहते हैं।"

पांडे कुशल खिलाड़ी की तरह मौन हो गये।

"दिखाइयें, दिखाइये।"

"मित्रो, मैंने आपसे पहले ही कह दिया था कि एक तस्वीर और देख लीजिए, यह अंतिम तस्वीर है।"

"सुनो सूबेदार," ओयरचक के बुजुर्ग देवनारायण उपाध्याय बोले, "मैं तुमको अच्छी तरह जानता हूं, तुम बिना पूरे सबूत के इतनी बड़ी भीड़ नहीं जुटाओगे, यह भी जानता हूं, इसीलिए बिना हिचक तुम अंतिम तस्वीर दिखा दो।"

"दिखाइये, दिखाइये, दिखाइये।"

"तो आप देखना ही चाहते हैं ?" पांडे ने पूछा, "मैं अपने हमउम्र राठौर युवकों से पूछना चाहता हूं कि क्या वे तस्वीर देखना चाहते हैं ?"

"बिल्कुल", राठौर युवकों ने एक साथ चिल्लाकर कहा।

"तो लीजिए।"

पर्दे पर नग्न मुद्रा में मैथुन करते हुए सोवरन था और नीचे थी लालता की पतोहू रामदेवी।

"छिः छिह...हे भगवान् !" धीरज की मां बोली। सारी भीड़ आश्चर्य से देख रही थी।

"मारो स्साले लालता को !" भीड़ लालता की ओर झपटी और वे अपने अंग रक्षकों के साथ बंदूक, रायफल लेकर भागे पर पचीसों राठौर नवयुवक चिल्ला रहे थे, "रुक जा अधम, नीच, कमीने ! तुझे हम राठौरों का कुलभूषण कहते थे। तुम्हें असीम आदर देते थे।"

उसी समय निकट से एक राठौर नवुयवक ने कट्टा चला दिया और गोली लालता की पीठ में लगी। उनके अंगरक्षक भौंचक रह गये। जब तक वे कुछ सोचते, नवयुवक कई फलांग दूर चले गये थे।

"क्यों पांडे जी," प्रोजेक्टर चलाने वाले ने मुस्कराकर पूछा, "इन सब कामों से गरीबों और दीनहीन लोगों का क्या होगा ?"

"शोषकों, पूंजीपतियों के दलालों को हम इतना डरा देना चाहते हैं कि वे समय रहते चाल-चलन बदलें, उनको बेनकाब कर रहे हैं कि असलियत को जनता समझे, बिना इसके, देश को गृह युद्ध से बचा पाना असंभव है—वैसे लगता है कि यह शृंखला अभी आगे जायेगी। धैर्य की जरूरत है। चैतन्य बने रहना ही कर्त्तव्य है।"

काला जादू

अपने मित्र त्रिलोकी सिंह का न्यौता मिला कि श्रावण में उनके पौत्र का मुंडन मां विंध्यवासिनी के द्वार पर होगा, हमारा पूरा परिवार चल रहा है। यदि आप भी चलना चाहें तो हमें प्रसन्नता होगी ! मुझे थोड़ी राहत हुई कि काशी नगरी के उभरते हुए उद्योगपति ने अपने दोस्त को याद तो किया। मैं न मुंडन, अन्न प्राशन या जनेऊ को महत्त्व देता हूं न ही मेरे मन में किसी देवी-देवता के दर्शन की तमन्ना है। फिर भी मैं जंगली करौंदों की झाड़ियों में फूलते सफेद गुलाबी रंग के छोटे-छोटे फलों को छूना चाहता हूं। इस नगरी की संस्कृति में डूबे रहने के कारण मैं इन करौंदों को खा तो सकता नहीं क्योंकि पान और सुरती में रचे-बसे दांत इसके खट्टेपन को सह नहीं पाते। हां, श्रावण की फुहारों में भींजने का मजा लेना मेरा शौक है। महाकवि ने ऋतु संहार में शायद लिखा है कि विंध्याचल की पहाड़ियां मुझे बहुत लुभाती हैं। मैं उनकी दृष्टि से अपनी दृष्टि की तुलना करूं, तो यह हिमाकत होगी। मालती, कटसरैया, छेवला आदि की मिली-जुली सुगंध मुझे भी पगला देती है। अष्टभुजा पहाड़ी के नीचे गंगा तट पर एक शिवलिंग है। उस पर न तो मंदिर है न तो पूजन-अर्चन का झमेला। मैं तट पर खड़ा-खड़ा इस स्थाणु लिंग को देखता रहता हूं क्योंकि गंगा की लहरें इसे भंवर-जाल में बांधने की असफल कोशिश करती हैं। यह मनुहार ग्रीष्म तक चलती रहती है। लहरें लिंग को लपेटना चाहती हैं और लिंग है कि लहरों को ठेलकर अपनी विरक्ति का परिचय देता रहता है। पावस आते ही गंगा उफन उठती है। तब मनुहार भी बीत जाती है। लहरों की चुनरी इस लिंग को अपने आगोश में छिपा लेती है।

त्रिलोकी सिंह के गांव मैं कई बार जा चुका हूं। मिरजापुर के निकट एक छोटी-सी डूंगरी के नीचे स्थित इस गांव में मैं प्रायः सावन की कजली, झूलों पर पेंग मारती किशोरियों और पहाड़ियों पर धुंध में ढंके कीकर वृक्षों को ऊभ-चूभ होते देखने का आनंद लेता रहा हूं।

काशी में इंडस्ट्रियल स्टेट में बाबू त्रिलोकी सिंह का छोटा-सा उद्योग है। वे लोहे के विभिन्न आकारों के बोल्ट बनाते हैं। लगातार लाभ के कारण उन्होंने दूसरा कारखाना भी खोल लिया। बनारस में पानी की बहुत किल्लत है। निचले हिस्से में पतली धार में थोड़ा पानी आ भी जाता है, पर उसे ऊपरी तल्लों तक ले जाना बहुत मुश्किल है। 'त्रिलोकी पंप' यह नया उत्पाद है त्रिलोकी का जिसने उन्हें रातोरात लखपति बना दिया। दो बेटे हैं जो दोनों कारखानों को संभालते हैं। हमारे दोस्त हिटलरी मिजाज के आदमी हैं। उनके सामने न तो पुत्रों की कुछ कहने की हिम्मत होती है, न ही बहुओं की। विशालाक्षी उनकी कन्या है, जिस पर लगातार स्नेह की वर्षा होती रहती है। इसी कारण वह कोई भी बात या आवेदन या प्रार्थना पत्र त्रिलोकी सिंह की इजलास में पेश करने का साहस करती है। जैसे सावन के महीने में दुर्गा कुंड का मेला। "बबुई," उसकी पुरवहिया भाभी कहती है, "मौत के कुएं में बुलेट का मानी क्या है !"

विशालाक्षी समझाती है, "गोल गड्ढे में चौगिर्द तेज बुलेट इस तरह घूमती है..." जा फिर दोनों भाभियों के मुख को देखकर वह कहती है, "लोहे की चादर से बना यह कुआं और भइया लोगों के स्कूटरों से भी तेज चलने वाली होती है बुलेट, बस चालक की होशियारी है यह कि वह किस तरह अपना बैलेंस ठीक रखे..."

वे एक साथ हाथ जोड़कर कहतीं, "बबुई, जरा बाबू जी से हुकुम दिला दो कि हम मौत के कुएं में बुलेट का तमाशा देख सकें।" ऐसे समय पर विशालाक्षी एक तटस्थ मुद्रा बनाकर अलग खड़ी हो जाती और उसकी दोनों भाभियां उसके पैरों को पकड़ लेतीं, "बाबू जी का हुकुम दिला दो ननद जी, हम तुम्हारी दासियां बनकर रहेंगी।"

"तथास्तु," विशालाक्षी दाहिनी हथेली को वरद मुद्रा में उठाकर कहती, "तुम्हारी कामना पूर्ण होगी देवियो।"

विशालाक्षी अपने पिता को राजी करने में सभी प्रकार के कौशलों का प्रयोग करती, "बाबू जी, बिचारियों ने ऐसा तमाशा देखा नहीं, इस बार तो हुकुम दे दीजिए। यह मेरी प्रतिष्ठा का मामला है।"

यह सब अगर किसी और ने किया होता तो बाबू त्रिलोकी सिंह मुर्गा बनाकर लटकवा देते, पर वे विशालाक्षी का क्या करें जो पहली बार अपनी भाभियों की ओर से इजलास में आयी है।

"खैर, जाओ, तुम लोग, जीप भी ले लो, पर अगर हीरा और रोपन से एक भी शिकायत मिली तो मैं लिहाज नहीं करूंगा। दोनों बहुओं के साथ तुम्हें भी नहीं बख्शूंगा।"

विशालाक्षी को गुस्सा तो आया क्योंकि यह पहली घटना है जब उसे बहुओं के समकक्ष रखा गया, वह अपने को वार्डेन समझती थी। पर अब वह भी शेष दोनों

की तरह छात्रावास की एक लड़की भर रह गयी थी।

विशालाक्षी काशी हिंदू विश्वविद्यालय के अधीन महिला महाविद्यालय में बी. ए. अंतिम वर्ष की छात्रा थी। यद्यपि उसकी उम्र सत्रह से अधिक नहीं होगी तो भी खान-पान और नये-नये प्रकार के अभिजात रीति-रिवाजों को सीखकर उसने ऐसा व्यक्तित्व बना लिया था जिसमें तटस्थता भी थी, धारा का प्रवाह भी था। जिसे देखकर युवक कुछ इस कदर खिंचते थे जैसे उन्हें कोई गंधर्व कन्या दिख गयी हो। यह सही है कि विशालाक्षी संगीत महाविद्यालय से वायलिन में उच्च स्तरीय योग्यता का प्रमाणपत्र पा चुकी थी, इसलिए अगर अर्धविकसित गंधर्व कली पर मंडरानेवाले भौरों की तरह लोग उसके पीछे चलते थे तो इसे कोई ऐसी अनहोनी नहीं कह सकते जिसे महत्त्व दिया जाये।

माथुर आज के 'मॉड' छोकरों से थोड़ा भिन्न था। वह कटी हुई पतंग को लूटने वालों में नहीं था, बल्कि स्वयं दूसरों की पतंग काटने के अनेक तरीकों का माहिर था। उसने अपने को उस भीड़ का सदस्य नहीं बनाया जो विशालाक्षी के पीछे-पीछे चलती थी। वह जानता था कि लोहे से जितना दूर रहेगा चुंबक से सटने के लिए तमन्ना बढ़ती जायेगी। उसने विशालाक्षी को जाल में फांसने के लिए चारे फेंक दिये। विशालाक्षी सुंदर थी, आकर्षक थी किंतु वह त्रिलोकी की पुत्री थी। उसने धोखा देने की शिक्षा पायी थी, खाने की नहीं। उसने माथुर को फांसने के पहले उसकी हैसियत का पता लगाना जरूरी समझा। माथुर को एक चिट मिली--'आज ला बेला में हम शाम की कॉफी लेंगे--विशा।'

माथुर को जैसे आकाश का नीला पुरुष मिल गया हो। विशालाक्षी का सबसे प्रिय रंग था नीला। नीली सलवार, मैचिंगकुर्ता और हल्के नीले रंग का स्कार्फ, जिससे वह बिखरे बालों को बांधती थी और कंधों पर गहरे नीले रंग की चुन्नी लहराती थी।

'ला बेला' में माथुर के साथ बैठी विशालाक्षी पूरे विश्वविद्यालय में चर्चा का विषय बन गयी। कई लोगों ने कहा माथुर से बच पाना वैसा ही जैसा सोन मछली के लिए फेंका हुआ नाइलान का जाल। सभी लोग इस जुगल जोड़ी के बारे में जिज्ञासा से भर गये।

"नब्बे रुपये, सैंतीस पैसे।"

माथुर ने बिल देखते ही अपने मनी बेग से, जो सौ-सौ के कई नोटों से भरा था, एक नोट निकाला, "बाकी पैसे तुम्हारे हुए शिवराज !"

"क्यों डार्लिंग, क्या सोचने लगीं ?"

"पान मंगवा दूं माथुर भैया ?" शिवराज बोला। वह इसलिए खुश नहीं था कि दस रुपये का नोट टिप में मिला बल्कि इसलिए कि माथुर और विशु की जोड़ी 'ला बेला' को प्रायः गुलजार करती रहेगी। जिस तरह लड़के लड़कियों को फंसाने

का खेल रचाते हैं, वैसे ही लड़कियां भी इन्हें कई ग्रुपो में बांटकर इनकी स्थिति का विश्लेषण करती हैं। उद्योगपति का पुत्र है, जमींदार का लड़का है अथवा किसी सरकारी अफसर का आत्मज है। यह पहला ग्रुप है। दूसरे ग्रुप में वे छात्र थे जो चिकित्सा, तकनीकी अथवा प्रौद्योगिक विभागों से संबद्ध थे। इन्हें भी लड़कियों की चतुर सेना चलनी में चाल रही थी। कौन छात्र परीक्षा देकर डाक्टर या इंजीनियर बनेगा, कौन अच्छे अंक से उत्तीर्ण होने पर भी धारा द्वारा किनारों पर फेंके जाने वाले कूड़े-कचरे जैसा हो जायेगा क्योंकि यह कागजी योग्यता का प्रमाणपत्र सलाई की एक कांटी से राख का ढेर बन जाता है जबकि निकृष्ट से निकृष्ट लोग सीढ़ियां लांघते चोटी पर पहुंच जाते हैं। हिंदू विश्वविद्यालय ऐसी प्रतिष्ठा का हकदार तो था नहीं जैसे देहरादून है जहां के फिसड्डी लोग भी इस विशाल देश की चतुरंगिनी सेना के अधिनायक हो जाते हैं।

कार्तिक बीत रहा था। चार महीनों से जल में डूबे हुए खेतों की मिट्टी पलटी जाने लगी, तो सारे अभावों के बीच जीने वाले लोग भी धरती की सोंधीगंध से पागल होने लगे। धान के खेत हरे के स्थान पर पीले हो गये। हवा जब गुच्छे के गुच्छे धान की बालियों को सहलाती तो पूरा सीवान लहराता हुआ शोण के प्रवाह की तरह लगता था। खेतों में दुपहरिया फूली थी। लाल शोख रंग। इसी के साथ करेम का नीला फूल भी विशालाक्षी देखा करती जो भैसों के चारे के लिए एकत्र किया जाता था।

नीली चितवन, क्या विजन है माथुर का ? क्या अंदाज हैं उसके ? विशा ने तो केवल कॉफी की बात कही थी, पर उसने तो सचमुच दुर्गा पूजा की छुट्टी के पहले एक विदाई पार्टी ही दे डाली। अचानक विशा को अपनी जन्मभूमि याद आ गयी। काश, माथुर साथ होता तो जान लेता कि नगर और गांव का मतलब क्या होता है।

"विशा, तुम पूरे एक महीने अलग रहोगी, मैं तुम्हारे नीले रंग को खोखले आसमान में कब तक खोजता फिरूंगा।"

"धैर्य रखो माथुर, हम कोई युद्ध क्षेत्र में तो नहीं जा रहे हैं, कि धरती में बिछी सुरंग पर पैर रखते ही बारूद की गंध की धमाके से टुकड़े-टुकड़े हो जायेंगे।"

सेशन यों ही लेट था, परीक्षाएं पिछड़ गयी थीं। अतः विशालाक्षी को एम. ए. हिंदी में प्रवेश किये अभी बीस दिन भी नहीं बीते थे कि जाड़े की छुट्टियां हो गयीं। इस बार बड़ी आरजू से विशालाक्षी ने अपने पिता को समझाया था। माथुर के पिता के औद्योगिक प्रतिष्ठानों का ऐसा वर्णन किया कि त्रिलोकी सोच में पड़ गये।

"विशा, क्या वह माथुर कानपुर के जगदीश माथुर का इकलौता बेटा तो नहीं है ?"

"मुझे पता नहीं बाबू जी," विशालाक्षी ने कहा और गर्दन झुकाकर मुस्कराहट

छुपा ली।

जगदीश माथुर से इस माथुर का कोई संबंध नहीं था। इसे विशालाक्षी जानती थी पर जब उसके पिता लक्ष्मीवाहन की तरह रात में रोशनी देखकर चौंक पड़ने और हू-हू की आवाज से सारे माहौल को भयभीत करने पर तुले ही थे तो वह क्यों बताए सच-सच। उल्लू को उल्लू ही रहने देना ठीक होता है।

पहाड़ी के निकट बसे त्रिलोकी के गांव का नाम था जलकोई। आज तक मैंने न जाने कितनी बार इस गांव के नाम के बारे में सोचा है पर मृगमरीचिका के पीछे दौड़ने वाले हरिण की तरह असफल रहा उसे पकड़ पाने में। गांव से थोड़ी दूरी पर एक तलैया तो है जिसमें कुईं के फूल अजीब सौंदर्य की सृष्टि करते हैं। मुझे अगर जलकुंभी के नीले फूलों से ढंकी गंदे जल वाली तलैया में होकर ऐसे सुंदर पुष्पों को ले आने के लिए एक हजार रुपये भी मिलें तो मैं इनकार कर दूंगा। क्योंकि इस सड़े हुए पानी में केवांच इस तरह फैली होती है कि उसके स्पर्श मात्र से घुटने के नीचे के भाग विचित्र तरह की खुजली से भर जाते हैं। ऐसा कष्ट होता है जलकुंभी को लाने में कि हमारे जैसे लोग नीले सौंदर्य को ठुकरा देने में ही राहत महसूस करते हैं।

समूचे जलकोई गांव में चर्चा थी कि विशा अपने साथ किसी माथुर नामक लखपती युवक को लेकर आयी है जिसके कानपुर में बहुत बड़े-बड़े कारखाने हैं। देखने में माथुर सुंदर था, स्मार्ट था और वह अच्छी तरह समझ गया था कि उसने रूप गर्विता विशालाक्षी को वशीभूत कर लिया है। गांव की तरह वहां का वातावरण भी छोटा होता है।

"माथुर लोग किस जात के होते हैं भाई ?" त्रिलोकी के जेठे भाई ने पूछा, "हमने तो राजपूतों में माथुर कभी सुना नहीं।"

"क्यों बेटे," उन्होंने माथुर की ओर घूरते हुए कहा, "तुम्हारा गोत्र क्या है ?"

माथुर का चेहरा सफेद हो गया, "मैंने तो चाचा जी कभी गोत्र-वोत्र पूछा नहीं। यह अवश्य सुना है कि कानपुर में हमारे पूर्वज मथुरा से आये थे।"

"यह कोई गोत्र नहीं कहलाता भइया, यह तो जगह के नाम पर आधारित अल्ल है। माथुर कायस्थ होते हैं। तुम्हें बेटे अपनी जाति छिपाना नहीं चाहिए था। त्रिलोकी शहरी हो गया होगा, पर हम गंवई लोग एक विजातीय के साथ विशालाक्षी को जुआर-बाजरों के खेतों में लुका-छिपी का खेल खेलते देख नहीं सकते। ऐसा करो बेटे कि न तुम्हारा अपमान हो न हमारा, तुम भइया कल बस से बनारस चले जाओ क्योंकि तुम लोग जिसे बेकार का भार कहते हो, वह हमारी पगड़ी होती है। इज़्ज़त की निशानी। हम उसे खुले आम नीलाम होते देख नहीं सकते।" तभी सामने से पद्म भूषण प्रकट हुआ। उसने झुककर चाचा के चरण छुए।

"कहो भूषण बेटा, कैसे हो तुम ?"

"ठीक ही हूं चाचा, आपकी कृपा है।"

"तुम्हारे पिता देवल भाई तो स्वस्थ प्रसन्न हैं न ?"

"थोड़ी खांसी और हल्का-सा बुखार हो गया था उन्हें। अब तो ठीक-ठाक हैं।"

"तुम भी तो एम. ए. कर रहे होगे इस साल ?"

"हां चाचा।"

"क्या विषय लिया ?"

"मेरी तो हिंदी में दिलचस्पी है, यह आप जानते ही हैं। हालांकि पिछले वर्ष आपसे बुरी तरह हारा। जाने कितने सवैये याद हैं आपको। चाचा मैंने बिना पूछे एक गलती कर दी है।"

"कैसी गलती ?"

"मैंने अपने दोस्त राजू को बुलाया है, आप सवैये गाते जायें वह सब उसकी मशीन के फीते में भरता जायेगा ?"

"यह कौन मशीन है ?"

"टेप रिकार्डर।"

"हिंदी में तो मेरी भतीजी ने भी नाम लिखाया है, इस साल। तुम विशालाक्षी को जानते हो ?"

"नाम से परिचित हूं चाचा, कभी जान-पहचान नहीं हुई।"

"अरे चंदुवा," बड़े चाचा ने अपने चरवाहे को बुलाया, "जा, कहना विशालाक्षी बेटी से कि बड़े चाचा बुला रहे हैं।"

चंदुवा बखरी के द्वार से आंगन में पहुंचा। वहां चारपाई पर बैठी विशालाक्षी शीशे में अपना मुख देख रही थी।

"बिस्सा बहन।"

"क्या है रे चंदुवा ?"

"तुम्हें बड़के चाचा बुला रहे हैं।"

"चल, आती हूं।"

जब विशालाक्षी बाल-वाल ठीक करके आयी तो उसने एक उचटी नजर से माथुर को देखा। वह उदास मुंह लटकाये बैठा था। उसका चेहरा रक्त विहीन लग रहा था।

"क्या है चाचा ?"

"बेटी, तुम इनको जानती हो ?"

"नहीं चाचा, मैंने कभी देखा नहीं।"

"ये हैं हमारे पड़ोसी गांव देवपुरा के प्रसिद्ध और आदरणीय गौतम गोत्रीय

राजपूत गाहरवार वंश के देवल सिंह जी के पुत्र पद्मभूषण।"

"होंगे चाचा, विश्वविद्यालय में दस हजार लड़के-लड़कियां हैं। वहां कौन किसे पहचानता है!" उसने विरक्त भाव से कहा।

"मैंने तुम्हें इसलिए नहीं बुलाया कि तुम घमंड में भरकर कहो कि 'होंगे चाचा!' तुम इस कायस्थ वंशीय श्वान के साथ बाजरों और जुआरों के खेतों में लुका-छिपी का खेल, जो हमारे उच्च वंश की प्रतिष्ठा के सर्वथा प्रतिकूल और निंदनीय है, छोड़ दो। इस व्यक्ति को देखो जो तुम्हारी धरती से उपजा है। उसने तुम्हारा नाम तो सुना है पर कभी भी प्रकट नहीं होने दिया कि तुम्हारा पड़ोसी है। तुम्हारी प्रतिष्ठा को बचाने के लिए अपने सीने को पिस्तौल के सामने अड़ा देने वाले ऐसे ही लोगों से तुम्हारी साथ-सोहबत होनी चाहिए थी।"

"मैं आपके आदेश का पालन करूंगी" विशालाक्षी ने गुस्से में कहा और बखरी में चली गयी।

"हां, तो माथुर साहब, आप तुरंत बस पकड़िये। विश्वविद्यालय पहुंचिये। याद रखियेगा कि बड़े चाचा ने कहा था कि अगर वहां आपने इस लड़की का पीछा किया तो व्यर्थ बवेला में फंसियेगा।"

"आप मुझे धमकी मत दीजिए पोंगापंथी चाचाजी, मैं और विशालाक्षी दोनों जानते हैं कि हमें क्या करना है। इसे जवानी का जोश मानने की गलती न करें, हम मंजिल के अत्यंत निकट पहुंच गये हैं, और कारवां मंजिल पर ही जाकर रुकेगा, विशालाक्षी मेरे लिए हर चौकठ लांघ सकती है और मैं उसके लिए प्राण निछावर करने वाला एक अदना सेवक हूं। मुझे बस की याद मत दिलाइये। आपमें अगर जरा-सी गैरत हो तो विशालाक्षी को बुलाइये और पूछिये कि मैं अकेले जाऊं या उसे साथ लेकर। हम दोनों के शरीर, मन, आत्माएं एकाकार हो चुकी हैं। हमारा प्रेम इतना गहरा है कि पोंगापंथियों की धमकी के सामने झुक नहीं सकता।"

"चंदुवा!" बड़े चाचा की गुर्राहट सुनकर डरा हुआ चंदुवा सामने आकर खड़ा हो गया।

"जा, मुन्नन धरकार को बुला ला। कहना कि गूलर फूल गये हैं।"

थोड़ी देर में मुन्नन और बिरजू आकर खड़े हो गये, "आज्ञा करें मालिक पेड़ काटना है या फूल तोड़ना।"

"दोनों करो, यह है वह अकाल कुसुम जो अपने को इतना बड़ा गुंडा समझता है कि तुम्हारे मालिक को पोंगापंथी कहता है।"

चंदुवा बखरी में जाकर विशालाक्षी को आगाह कर आया।

ज्यों ही मुन्नन ने लाठी में जड़ा कुठार उठाया कि सामने आकर विशालाक्षी खड़ी हो गयी।

"रानी बेटी", मुन्नन ने गडासा उलट दिया, "मालिक, पेड़, फूल ही

काटना-तोड़ना है कि नागफणी को भी खोदकर निकाल लेना है ?"

"तुम, कुत्ते की औलाद," विशालाक्षी मुन्नन की ओर देखती हुई बोली, "मैं तेरे रास्ते की नागफणी हूं ! तू मुझे हटायेगा !"

तभी माथुर ने अपनी जेब से देसी पिस्तौल निकाल ली, जब तक मुन्नन संभले गोली उसके कंधे में घुस गयी।

"इस कुलक्षणी वंश बोरनी को छोड़ना नहीं है !" बड़े चाचा दहाड़े, "बिरजू दौड़ो–मुझे चिंता नहीं कि त्रिलोकी क्या कहेगा, क्या होगा ! हो सकता है कि मेरे भाग्य में सूली ही लिखी हो, चिंता मत करो।"

"चाचा," पद्मभूषण ने कहा, "आप मुन्नन और बिरजू को मना कर दीजिए। देखते चलिये कि ये लोग जो अपने को मंजिल के अत्यंत निकट पहुंचा समझते हैं, किधर जाते हैं, क्या करते हैं। सिर्फ एक सप्ताह रुकिये, मैं आपके वंश को तराजू पर नहीं चढ़ने दूंगा। हालांकि वंश के विषय में मैं भी माथुर के दृष्टिकोण को स्वीकार करता हूं। असली परीक्षा तो तब होगी जब पैर धरती पर पड़ेंगे। ये लोग इस समय उड़न खटोले पर बैठे हैं। जहां तक मुझे मालूम है, माथुर एक सामान्य मध्यवर्गीय व्यक्ति है।"

"लौट आओ बिरजू," चाचा बोले, "मैं तुझे भी एक अवसर दे रहा हूं भूषण, ताकि तुम इस मंजिल पर पहुंचने के पहले, उड़न खटोले को ज़मीन पर आते हुए देखो और उस पर जो भी उचित समझो करो।"

अभी तक माथुर ने कामोत्तेजना में सिर्फ विशा को चुंबन दिये थे। जिसे चाचा जुआर बाजरे के खेतों में लुका-छिपी का खेल कहते हैं, उसमें सब कुछ हो चुका था। सिर्फ विशा के विरोध के कारण वह त्रिलोकी का दामाद नहीं बन सका। जब भी वह विशा के बारे में सोचता है, अजीब किस्म की उलझन में लटक जाता है। सब कुछ सौंप देने की शपथ के बावजूद विशा के भीतर स्थित अहंकार को तोड़ नहीं पाया। वह अपने को अष्टभुजा मंदिर के सामने का शिवलिंग समझता था, उसे विश्वास था कि गर्मी में नहीं तो वर्षा काल में विशा स्वतः अपनी चूनर में लपेट लेगी।

जाड़े की छुट्टियां बीत गयीं। नये साल का नया दिन। शुभ-कामनाओं का ढेर। विशालाक्षी प्रसन्न हो रही थी। साथ ही उसका अहंकार भी बढ़ता जा रहा था। तभी एक दिन ऐसा चक्र घूमा कि वह सावन के मेले की विराट चरखी से ढुलककर जमीन पर आ गयी। वह नहा धोकर कमरे में आयी ही थी कि मालिनी ने कहा, "विशा, तुम्हारे निचले होंठों पर क्या साबुन या पेस्ट का दाग लगा है ?"

"दाग ?" विशा ने शीशे में अपने मुख को देखा। बिजली छूने जैसा करेंट सारे

शरीर को कंपित कर रहा था। यह न तो साबुन का झाग था, न पेस्ट। यह तो कुछ और ही है।

"किस सोच में पड़ गयी विशा ?"

"मालिनी, मेरे सीने में बहुत दर्द हो रहा है।"

"किस ओर ?"

"बायीं ओर।"

"जल्दी तैयार हो जाओ विशु।" मालिनी ने कपड़ा बदल लिया और वे दोनों महिला विद्यालय से बाहर आकर रिक्शे पर बैठीं।

"कहां ले जा रही हो माला ?" विशा ने पूछा।

"इस समय अस्पताल तो खुला नहीं है, मैं डाक्टर ए. पी. सेन के पास ले चल रही हूं। वे मेरे मामा हैं। यद्यपि इस समय उनका भी क्लीनिक खुला न होगा, पर मैं उन्हें, चाहे वे किसी भी हालत में हों, तुम्हें देखने के लिए विवश कर दूंगी।" वे लोग बरामदे में बैठी इंतजार कर रही थीं कि एक नौकर आया।

"आप लोग इस समय कैसे आ गयीं ! डाक्टर तो यहां दस बजे आते हैं।"

"देखो", माला ने कहा, "चाहे मामाजी किसी भी स्थिति में हों, उनसे कहिए कि बहुत-बहुत-बहुत जरूरी काम से माला, यानी आपकी भांजी आयी है।"

नौकर चुपचाप फ्लैट में चला गया। दो मिनट बाद ही लौटा।

"आप लोग ड्राइंग रूम में बैठिये," नौकर ने कहा।

"डा. सेन ने कहा है कि मैं दस मिनट में आ रहा हूं।"

डा. सेन ठीक दस मिनट बीतते-बीतते अपने कक्ष में आये। "माला", उन्होंने बंगला में कहा, "आ जाओ।"

"आ चल," माला ने विशा का हाथ पकड़ा और दोनों डा. सेन के सामने रखी कुर्सियों पर बैठ गयीं।

"क्या बात है माला ? बहुत-बहुत-बहुत आवश्यक काम क्या है ?"

"मामा, यह मेरी रूम पार्टनर विशालाक्षी है, यह चेस्ट पेन से परेशान है।"

"आओ बेटी, लेट जाओ इस मेज़ पर।"

विशालाक्षी अपने सेंडिल निकालकर लंबे और पतले मेज पर लेट गयी। डा. सेन ने ब्लडप्रेशर देखा, हार्ट देखा।

"क्यों विशालाक्षी बेटी," डा. सेन ने कहा, "इस पेन के पहले कोई ऐसी घटना तो नहीं घटी जिसने तुमको झकझोर दिया हो ?"

विशालाक्षी ने मौन साध लिया।

"अगर तुम अपने डाक्टर पर विश्वास नहीं करोगी तो सिर्फ चेस्ट पेन नहीं, कुछ और भी हो सकता है।"

"बोलो विशु," माला ने कहा।

विशालाक्षी ने वह सारी घटना बता दी, जो माला के सामने घटी थी। "छिपाओ नहीं होंठ, मैं देखूं जरा," डा. सेन ने उसकी बांह खींचकर मुख पर रखी हथेली झटक दी।

"माई गॉड !"

"क्या है मामा ?"

"बेटी, अब इसे कहीं और दिखाओ। यह ब्लड प्रेशर या चेस्ट पेन से पीड़ित नहीं है।"

"तो ?"

"यह लेप्रोसी का केस है।"

"क्या," विशा सब कुछ झटकते-पटकते खड़ी हो गयी, "क्या मुझे कुष्ठ हो गया है डाक्टर ?"

"हां, बेटी," सेन ने कहा, "तुम डरो मत। कुष्ठ अब असाध्य बीमारी नहीं है। बस, कुछ महीनों की बात है। दवा लेती रहोगी तो पुनः तुम्हारा मुख मून की तरह चमकने लगेगा।"

विशा दिन भर कमरे में पड़ी रही। वह अचानक उल्का की तरह आकाश से टूटकर जमीन पर गिर पड़ी थी। अठखेलियां लेता यौवन, ज्वार आने के पहले भाटे में बदल गया था।

"क्यों सबुज परी," किसी ने भीतर से सांकल खटखटायी, बिना खोले दरवाजा खुल गया, "अब तुम्हें हाथ में टीन का कटोरा लिये संकटमोचन के सामने बैठना होगा। मुंह की जगह अंगुलियों में गंदा कपड़ा लपेटे रहना पड़ेगा कि लोग तुम्हें गलित कुष्ठ से पीड़ित समझें और तुम्हारे कटोरे में पांच पैसा डाल दें। तुम्हें कौन पूछेगा ? क्या तुम्हारा बाप तुझ जैसी अविवाहित कन्या को, जो कुष्ठग्रस्त हो चुकी है, घर में घुसने देगा ! माना कि वह तुम्हें बहुत-बहुत प्यार करता था, पर अविवाहित कन्या का बोझ संभालने की ताकत तुम्हारे कंजूस बाप में नहीं है। क्या तेरे दोनों भाई अपनी पत्नियों के साथ अलग नहीं चले जायेंगे ? क्या तेरे नन्हे भतीजे जो तुम्हें दिन भर बुआ-बुआ करते साये की तरह तुम्हारे साथ-साथ चलते थे, उसी तरह निःशंक भाव से तुम्हें छुएंगे ?"

"नहीं, नहीं, नहीं !" वह दोनों कानों में उंगली डालकर चिल्लायी, "भगवान् यह किस पाप का दंड है ! ऐसी स्थिति में जीने से क्या लाभ, मुर्दे ज्यादा भाग्यशाली हैं।"

कई लड़कियों ने दरवाजा पीटना शुरू किया। विशा ने द्वार खोल दिया, "क्या बात है विशु," एक बहुत ही घनिष्ठ लड़की ने कहा, "तुम लोग अपने-अपने कमरों में जाओ।" द्वार पुनः बंद हो गया।

"विशु, तुम मुंह पर हथेली क्यों रखे हो ? दांत में दर्द है ? मुझे तो भाई कभी-कभी

ऐसा उठता है कि जान दे देने का मन करता है। अगर छेद हो तो तुमको शाम को डा. चटर्जी के यहां ले चलूंगी। वे चांदी भर कर ऐसा कर देते हैं कि न केवल दर्द से छुटकारा बल्कि कड़े पदार्थों को चबाने में सुविधा भी हो जाती है। चलोगी ?"

"हां, पिंटू कल चलेंगे। दरवाजा बंद करती जाना प्लीज।"

सुबह हुई।

विशालाक्षी के रोग से डरकर मालिनी ने वह कमरा ही छोड़ दिया। "मालिनी, तुम कहा करती थीं कि हम हरिश्चंद्र घाट पर साथ-साथ चलेंगे, तुम श्मशान से इतना नहीं डरतीं माला जितना मेरे स्पर्श से डर रही हो !" वह बुदबदायी, वह सो नहीं पायी थी। निढाल पड़ी रही। एक पहाड़ी के नीचे का गाव, जुआर-बाजरे के खेतों में लुका-छिपी का खेल, जब माथुर ने उसकी गर्दन के नीचे वक्षों के ऊपर अपने होंठ रख दिये थे तो वह कदंब फूल की तरह रोमांचित हो गयी थी। सारी दुनिया छोड़ दे, तिरस्कृत कर दे, पर मेरे एक मात्र सहारे को कोई अलग नहीं कर सकता। डा. सेन कह रहे थे कि कुष्ठ असाध्य नहीं अब। जो हो मुझे माथुर पर विश्वास है, वह मेरा परित्याग नहीं कर सकता। वह एकांत कमरे में लेटी रही।

तभी पोस्टमैन दो चिट्ठियां दे गया। दोनों लिफाफे थे।

"विशालाक्षी, क्या यह सही है कि तुम नीच कायस्थ कुल में उत्पन्न एक छोकरे के साथ जलकोई गयी थीं। क्या यह ठीक है कि तुम दोनों घंटों जुआर-बाजरे के खेतों में लुका-छिपी खेलते रहते थे। तुम परम प्रतापी चंदेल वंश की कन्या हो। तुमने मेरे वंश की प्रतिष्ठा को नीलामी पर चढ़ा दिया। आज बड़के भइया की चिट्ठी आयी है। पता चला कि तुम्हारे उस कमीने दोस्त ने मुन्नन धरकार पर गोली चला दी। तुम अभी बच्ची हो। मुन्नन को नहीं जानतीं। अब तक वह सौ से ऊपर हत्याएं कर चुका है। उसका गडासा अचूक शस्त्र है जो लक्ष्य को दो भाग में चीरकर रख देता है। वह हमारा पुश्तैनी नमक हलाल आदमी है। वह किसी भी तरह तुम्हारे दोस्त को नहीं बख्शेगा। उसकी जिंदगी खत्म हो चुकी है। वह अपने आप तुम्हारे रास्ते से हट जायेगा। हमेशा के लिए। और दुनिया से भी–त्रिलोकी।"

मतलब यह कि अभी बाबू जी को यह नहीं मालूम हुआ कि मैं कुष्ठ ग्रस्त हूं। वे अनभिज्ञ रहें, तो ही अच्छा है। मैं परीक्षा का बहाना करके इंडस्ट्रियल एस्टेट वाले घर पर जाऊंगी ही नहीं। किसी अच्छे डाक्टर से पूछकर तुरंत दवा शुरू कर देना चाहिए। कहीं छुपने की जगह मिल जाये तो और भी अच्छा। लोग मुझे कुलटा कह लें, छेंछी कह लें, लांठनी कह लें पर मैं एक भी व्यक्ति से 'कोढ़िन' शब्द सुनने को तैयार नहीं हूं। तभी उसे माथुर की याद आयी। आज माथुर से मिलते ही कहूंगी कि एक दो बेड का ऐसा कमरा तलाश करो जहां मैं छिपकर रह सकूं। कुछ महीनों

की बात है। यह श्वेत दाग महीने भर के भीतर उड़ जायेगा। यह कोई दंड है। मैंने किसी का क्या बिगाड़ा है भला !

उसने दूसरा लिफाफा खोला।

"नीच, कुलटा, कोढ़िन, तूने मुझे धोखा दिया। नीले रंग के वस्त्रों में लिपटी तुझ डायन से मेरी सोहबत शायद इसलिए हुई थी कि तू मेरे सारे शरीर को ऐसा बना डालेगी कि मैं सोते, बैठते केवल एक बात सुनूंगा, केवल एक दृश्य देखूंगा, केवल एक स्पर्श झेलूंगा कि मैंने लिपस्टिक में छिपाये गलित कुष्ठ भरे अधरों को चूमा है। सैकड़ों बार उन्हें गुलाब की पंखुरी कहकर अपने होंठों से चूसा है, चुमलाया है, एक उत्तेजक काम पीड़ा से ग्रस्त होने के कारण अपने मन में उठने वाले खयालात को मैंने ठोकर मार दी है। मुझे शंका उस दिन हुई जब तूने अपने बड़े चाचा के सामने खड़ी होकर साहस के साथ मेरी जीवनसंगिनी बनने की घोषण की। मैं बरबस तुझे देखकर सोचता रहा कि तूने अनाड़ी की तरह इतनी लिपस्टिक क्यों पोत ली है होंठों पर। तुझे मालूम था कि तू कुष्ठी है। आज मेरी स्थिति ऐसी है कि एक घूंट जल के लिए तरस रहा हूं, भोजन करता हूं तब, पान खाता हूं तब उबकाई से, अपने प्रति घृणा से भर जाता हूं। विदा वाले दिन जब मुन्नन धरकार सर्बला लेकर आया तो मैं उसे देखते ही भांप गया कि उसके काले चेहरे में देशी ठर्रे के कारण मशाल की तरह जलती आंखों में एक ऐसी कशिश है जो या तो अंतरंग प्रेमियों में होती है अथवा पूर्णतः बहिरंग शत्रुओं में। मैं जानता हूं कि वह प्रेतात्मा की तरह मेरा पीछा करेगा, पर मैं कायस्थ हूं, अदंत नहीं कि मां की छाती का मांस छोड़ दूं। मैं सदंत कायस्थ हूं जो सब कुछ को चबा जाने का संकल्प ले चुका है। कोढ़िन हट, एक तरफ हो जा !...माथुर।"

काश वह पत्र न आया होता। अगर माथुर अपने संकल्प को निबाहने में असमर्थ है तो उससे गिला क्या ? वह झूठ बोल रहा है। चंदुवा साक्षी है, पर वह सब कुछ समझने में असमर्थ है, अक्षम है, मैं क्या स्वयं आंगन में चारपाई पर बैठी शीशे में अपना मुंह नहीं देख रही थी। मुझे पहली बार यह मालूम हुआ कि मेरे होंठ गलफर के किंचित् लाल उजले रंग का नहीं हैं, बल्कि चित्तीदार श्वेत सर्प की तरह निचले अधर में फैल चुका है। क्या माथुर ने पहले लिपस्टिक में रंगे अधर नहीं देखे थे ?

शाम हो गयी।

मालिनी नहीं आयी।

माथुर गया, मालिनी गयी, पिंटू गयी, सब चले जायेंगे ऐसे। एक कुंभीपाक रह जायेगा यहां। जिसे छूना तो दूर, इधर झांकना भी कोई गवारा नहीं करेगा।

तभी छात्रावास का फाटक खुला और चौकीदार ने उसके दरवाजे खटखटाये।

"कौन है ?"

"मैं हूं, आपका नौकर दुलारे लाल।"

"ओह, कोई काम है दुलारे ?"

"हां बेबी, अम्मा जी आयी हैं।"

"भेज दो यहीं।"

दुलारे उस जमाने में खोया था जब दो का नोट उसकी मुट्ठी में देता हुआ कोई कहता है 26 नंबर।

फिर नोट, फिर 26 नंबर।

जाने कितनी बार 26 नंबर के दरवाजे पर थपकियां पड़ीं, पर कोई उत्तर नहीं मिलता था। दुलारे को लग रहा था कि अगर बेबी ऐसा ही इनकार करती रही तो न कोई उससे मिलने आयेगा और न तो दुलारे को दो रुपये के नोट मिलेंगे। आज बेबी की अम्मा आयी हैं तो दुलारे को विश्वास होने लगा कि फिर पिछला जमाना लौट आया है। वह गुनगुना रहा था।

त्रिलोकी सिंह की पत्नी कल ही सुबह जलकोई से आयी थीं। सारा तथ्य जानकर उन्होंने विशालाक्षी को इंडस्ट्रियल एस्टेट के बंगले पर ले जाने का निश्चय कर लिया था। विशालाक्षी के विषय में सारी सूचनाएं पद्मभूषण ने दी थीं।

"दरवाजा खोल विशु।" माता के शब्दों में अजीब किस्म की सहानुभूति और दर्द था। विशु ने दरवाजा खोल दिया। वह रोती हुई अपनी मां से लिपट गयी।

"अम्मा, मेरे सामने जहर खाने के अलावा दूसरा कोई रास्ता नहीं बचा है। मैं तुम लोगों पर भार बनकर कब तक रहूंगी।"

"विशु, तू पागल हो गयी है ? इसमें तेरा तनिक भी दोष नहीं है, यह सब तुम्हारे परदादा की कृपा का फल है। तू इस खानदान की प्रथम कन्या नहीं है जो कुष्ठ से ग्रसित हुई।"

"क्या मतलब है अम्मा ?"

"सुन, तेरे पिता के पितामह भग्गू सिंह का नाम ही गलत था। सब काम उन्होंने स्थिर रहकर ही किये। वह मैदान से कभी भागे नहीं, उन्होंने लाख समझाने के बावजूद वह किया जो उनके पत्थर दिल ने कहा। भग्गू सिंह ने लगान न देने के एवज में एक गरीब ब्राह्मण की गाय छीन ली। वह गाय ही उस परिवार का सहारा थी। दूध-छाछ पीकर वे गुजारा करते थे। जब गाय ही हाथ से निकल गयी तो घुल-घुलकर मरने के अलावा उस ब्राह्मण परिवार के सामने कोई रास्ता नहीं बचा। जोखू मिसिर ने दाढ़ी बढ़ा ली। वे सुबह शाम एक ही मंत्र बोलते थे—'जागो, जागो हरसू बरम, हमरी गाय छीनने वाले को निरवंश करो।' यही मंत्र था जो हर सुबह शाम मेरे परिवार में दहशत पैदा कर देता। तेरे पितामह ने अपने पिता भग्गू सिंह से हाथ जोड़कर कहा, "बापू गाय लौटा दो मिसिर की।"

भग्गू सिंह ने अपने पुत्र के गाल पर करारा थप्पड़ जड़ दिया, "साले, पोंगापंथी, हम हर बामन को ऐसे ही माफ करने लगे तो हमारी जमींदारी ही लुट जायेगी।"

"मिसिर के पास दूसरा सहारा नहीं है। बापू, बामन की हाय मत लो।"

"अच्छा, तू यहां से दफा हो जा, जल्दी, वरना गुस्सा बढ़ने पर मैं कुछ ऐसा कर बैठूंगा कि सचमुच निरवंश हो जाऊंगा।"

"चाहे आज हो या कल", तेरे पितामह ने कहा, "तुम्हें तो निरवंश होना ही है।" तुम्हारे पितामह चिढ़कर काशी जी में रहने लगे।

"काशी जाने के पीछे असली कारण क्या था, इसे उन्होंने नहीं बताया। यहां तक कि अपनी पत्नी से भी कुछ नहीं कहा। पत्नी गर्भवती थी। उसकी संतान जियेगी या मरेगी, इसकी चिंता किये बगैर उन्होंने बड़ा गूदड़ अखाड़े में दीक्षा ले ली। और संन्यासी होने के पहले उनकी सारी छाती सफेद कुष्ठ के चकत्तों से भर गयी थी। उन्हें कपड़े उतारकर नहाने में भी शर्म आती थी। उन्होंने यह सब जान कर किया।" अब एक अत्यंत गोपनीय बात सुन। विशु की मां की आंखें भर आयीं, "तेरे बाप की सारी जांघें कुष्ठ के दाग से भरी हुई हैं। जोखू मिसिर उपवास करके मरे थे। उनकी औरत अपनी इकलौती बेटी को सीने से दबाये विंध्याचल की पहाड़ी से कूदकर मर गयी।"

"फिर ?" विशु बोली।

"तेरे वंश का एक ब्रह्म राक्षस, और दो बामन (ब्राह्मणी और कन्या) का प्रकोप है। इससे बचने की लाख कोशिश की गयी, पर कोई लाभ नहीं हुआ। मरते समय मिसिर जी को तुम्हारे परदादा की लड़की ने पानी पिलाया था। मिसिर ने आशीर्वाद दिया था कि लड़के दुख भोगेंगे। लड़कियां राज करेंगी। पता नहीं वह आशीर्वाद निष्फल कैसे हो गया। लड़की को कुष्ठ हुआ, तो लगता है कि मिसिर के स्थान पर बामन का प्रकोप है यह। अब तक जोखू मिसिर की मरी हुई कन्या, पुत्रों, वधुओं, पौत्रों से भर गयी होती क्योंकि यह साठवां साल है जब मिसिराइन ने अपनी गोद में नन्ही बच्ची लेकर आत्महत्या की थी।"

"मेरा क्या होगा मां ?"

"तू सामान-वामान बांध और प्रचारित कर दे कि मृत्यु शैया पर पड़े अपने पितामह से मिलने को गांव जा रही है।"

जिस दिन विशु अपने पिता के अत्यंत सुखद बंगले पर आयी, दोनों भाभियों ने होल्डाल और अटैची लेकर मायके जाने का बहाना करके गृह-त्याग दिया। उन्होंने अपने-अपने पतियों के साथ अलग घर बसाने का निर्णय ले लिया था। उन्हें मालूम था कि किस

कालोनी के किस नंबर वाले मकान में जाना है।

"जो लोग मेरे सामने हाथ जोड़कर प्रार्थना करती थीं कि ननदजू हमको सावन का मेला देखने के लिए बाबू जी से हुकुम दिला दो, हम मौत के कुएं में बुलेट देखना चाहती हैं, वे आज सहानुभूति का एक शब्द कहे बगैर चली गयीं। जैसे विशालाक्षी कोई भंगिन या डोमिन है। उसके छूते ही सब कुछ भर-भ्रष्ट हो जायेगा।" वह हिचक-हिचककर रो पड़ी।

"माता जी ?" बाहरी द्वार से किसी ने पुकारा।

"कौन है ?"

"मैं हूं भूषण।"

"आजा बेटे, द्वार खुला है।"

"क्यों विशालाक्षी जी, आपकी आंखें गीली हैं ! आप जैसी पढ़ी-लिखी लड़की को इस तरह टूटते मैं देख नहीं सकता।"

"आपको मुझमें एकाएक दिलचस्पी क्यों होने लगी है भूषण जी। जब हजारों तरह की कसमें खाने वाले माथुर ने मुझे कोढ़िन और कुलटा कहकर छोड़ दिया, तो परायों की सहानुभूति का बोझ मैं कब तक ढोती रहूंगी। भूषण जी, जाइये पढ़िये, प्रथम श्रेणी में उत्तीर्ण होइये, अपने परिवार का सहारा बनिये। मुझ कोढ़िन पर दया मत लादिये।"

"हां, यह हुई बात ?" भूषण ने जोर से तालियां बजायीं।

आश्चर्य से विशु उसकी ओर देखती रही।

"भूषण से आपने शुरू किया है। आपका आत्मबल और इच्छाशक्ति सहानुभूति के बोझ को फेंकने के लिए जोर मार रही है। भूषण किसी लालच या सहानुभूति के बदले कुछ लेने नहीं आया है विशु जी। वह तो अपने अंचल की तथा अपनी कक्षा की एक सहपाठिन के मन में प्रकृति की भयंकरता पर मानव की विजय का विश्वास दिलाने आया था। जब आपको लगे कि भूषण भूषण नहीं, प्रदूषण हो रहा है तो उसे ऐसी ठोकर लगाइयेगा कि वह कदुंक की तरह आपके आंगन को छोड़कर कहीं दूर जा गिरे।"

"अच्छा माता जी," भूषण ने विशु की मां के चरण छुए। वह जाने ही वाला था कि द्वार की सिकड़ी किसी ने जोर-जोर से बजायी।

"मैं देख लेता हूं माता जी," वह द्वार पर पहुंचा और दरवाजे खोल दिये। वहां बड़े चाचा त्रिलोकी सिंह खड़े थे।

"क्यों भूषण," बड़े चाचा ने कहा, "जा रहे हो क्या ?"

"हां चाचा, विशु जी को मेरी सहानुभूति पसंद नहीं आयी। वैसे मैंने भी उनसे कह दिया है और आप लोगों से भी कह रहा हूं कि जब भूषण की आवश्यकता महसूस करें तो बिरला छात्रावास के कमरा नंबर 113 में एक चिट मात्र भेज दें। मैं हाजिर

हो जाऊंगा।"

"रुको," त्रिलोकी सिंह ने कहा, "तुम देवल भाई के पुत्र हो न ?"

"आज्ञा करिये चाचा जी।"

"मैं देखता हूं उस घमंडी लड़की को। वह कम से कम असली और नकली चेहरा पहचानना तो सीख ले," त्रिलोकी सिंह बोले, "कहीं जाना मत।"

वे आंगन में पहुंचे। सामने उनकी पत्नी थी और विशालाक्षी जो होंठों को हथेली से ढंके हुए थी। "बहुएं कहां गयीं ?"

"वे दोनों अपने-अपने मायके चली गयीं।" उनकी पत्नी ने कहा।

"ठीक है, अब वे मरने तक मायके ही में रहेंगी।"

"बाबू जी, हम भी अपनी ससुराल जा रहे हैं।" सामने से आते हुए दोनों बेटे बोले, "वैसे आपको कारखाने की चिंता नहीं करनी चाहिए। क्योंकि आप दोनों कारखाने हम दोनों भाइयों के नाम लिख चुके हैं ?"

"क्या ?" बड़े चाचा गुस्से में उफन पड़े, "तुम लोग एक रोगग्रस्त अस्थिर चित्त लड़की को छोड़कर ससुराल जा रहे हो और त्रिलोकी से यह भी कह रहे हो कि कारखाने की चिंता मत कीजिए—इसका मतलब हुआ कि तुम दोनों ने कोई और मकान किराये पर ले लिया है।"

"हम तो शुरू से कहते आये हैं बड़के चाचा, कि बाबू जी को गांव संभालना चाहिए और आपको कारखाना। क्योंकि आज के माहौल में अपनी बहू-बेटियों पर हुकूमत लादने वाला मूर्ख है। कौन मानता है बूढ़ों की बकवास। इन्होंने विशालाक्षी का दिमाग न खराब किया होता तो आज यह दिन देखना न पड़ता।"

"चलो, निकल जाओ यहां से !" त्रिलोकी सिंह क्रोध से कांप रहे थे, "हरामी साले, तुम्हारी रगों में त्रिलोकी का खून नहीं बह रहा है। तुम लोग दोगले हो।"

"हम तो रक्त संबंध तोड़ने ही आये थे बाबू जी, पर कहे देते हैं कि एक भी ऐसी बात निकली आपके मुंह से जो हमारी मां के चरित्र पर कीचड़ उछालती हो तो हम आपका अंग-भंग करने में नहीं हिचकिचायेंगे।"

"तुम्हें अपनी मां के चरित्र की रक्षा करने के लिए किसने कहा ? अगर मां के चरित्र पर तुम्हें विश्वास होता तो दोनों बहुएं विशाक्षाली को छोड़कर नहीं गयी होतीं, अब तुम लोग जाना चाहते हो तो खुशी से जाओ, मां-बाप के बीव दीवार बनाने की कोशिश मत करो।"

"ठीक है मां, जब तुझे अपमान करने वाले पति देवता को पूजना ही है तो हमें छुट्टी दो।"

दोनों चले गये।

आंगन में केवल पांच व्यक्ति थे। विशु, बड़े चाचा, छोटे चाचा, माता जी और भूषण।

अपने मुंह को आंचल से ढंके हुए त्रिलोकी की पत्नी ने कहा, "जेठ जी, आपने तो जान ही लिया होगा कि रोग का कारण क्या है। यह बामत (ब्रह्म कन्या) का प्रकोप है।"

"बहू, घबराहट में निर्णय मत करो। तुम जिन बातों की ओर संकेत कर रही हो, उनको जड़-मूल से हमारे पिता ने उखड़वा दिया था। फिर उतने बड़े तांत्रिक द्वारा कही गयी बात को भी नहीं भूलना चाहिए।"

त्रिलोकी, भूषण और विशु के पल्ले कुछ नहीं पड़ा।

"कौन-सी बात भैया ?" त्रिलोकी सिंह ने पूछा।

"तू न जाने तो ही ठीक।" बड़े चाचा बोले, "हमें दो दिशाओं से घेरना है, एक तो दैहिक रोग से लड़ाई लेनी है, दूसरी दैविक बाधाओं से।"

"बड़े चाचा," भूषण बोला, "आप लोग अंधविश्वास में झूलते रहना छोड़ दीजिए। कभी रहा होगा यह असाध्य रोग जिसकी दवाएं न मिलने से इसे भूत-प्रेत, पिशाच आदि की खूंटी पर टांग दिया गया होगा। अब यह असाध्य रोग नहीं है। हमें तर्क अंधविश्वास के द्वंद्व में लाचार होने की जरूरत नहीं है।"

"तू नहीं समझेगा भूषण," बड़े चाचा ने कहा, "यह एक लंबी परंपरा का फल है। हमने भी इसे अंधविश्वास ही माना। पर्याप्त व्यय करने पर भी हम इस अभिशाप को रोक नहीं पाये। हम तो अपनी शक्ति भर कोशिश करेंगे ही कि हमारी पानफूल की तरह कोमल बेटी हाथ से छूट न जाये, पर दवा वाला रास्ता अभी आजमाना ठीक नहीं है।"

"तो ?"

"तो यह कि हम किसी ऐसे ज्योतिषी को खोजें जो तांत्रिक भी हो ताकि इस दैविक बाधा से हमें मुक्त कराये। यह क्षमता किसी विधि विशेषज्ञ तांत्रिक में ही मिलेगी। क्यों बहू, विशु की जन्म-कुंडली तो होगी यहां ?"

"हां है," वे उठीं और सीढ़ियां चढ़ती दो मंजिले पर पहुंचीं, "जरा इधर आइये जेठ जी, सब लोग आइये," बहुत घबराहट भरी आवाज में विशु की मां ने पुकारा।

सब लोग ऊपर पहुंचे।

"कुछ देखा आप लोगों ने ?"

"बताओ भाई," त्रिलोकी बोले।

"यह पीली सरसों नहीं दिख रही है, आप लोगों को। यह कटे हुए नीबू नहीं देख रहे हैं आप लोग। अचरज है ?"

"हूं," बड़े चाचा बोले, "दो ही लोग कर सकते हैं ऐसा। एक तो वे जिन्होंने प्रेत बाधा से बचने के लिए यह जोगछेम कराया, या तो फिर कोई..."

"बोलिए बड़े भइया," त्रिलोकी बोले।

"क्या बताऊं त्रिलोकी, ऐसी ही पीली सरसों, कटे हुए नीबू जिन्हें कुमकुम से रंगा गया था,जलकोई वाली बखरी के द्वार पर भी मिले थे। उसी के सातवें दिन हमारे पिता का देहांत हो गया।"

"हा हा हा हा," डरावनी हंसी से सबको कंपाती विशु बोली, "लो देख लो मां, इस नीबू में भी कुमकुम सटा है। जरा ध्यान से देखो।" सचमुच सभी कटे हुए नीबू की फांकों में कुमकुम लिपटा था।

"बड़े भाई," त्रिलोकी ने कहा, "चलिए मेरे व्यक्तिगत तांत्रिक के पास। यह है विशु की कुंडली। इसे आप अपने झोले में रख लें।"

बड़े चाचा और त्रिलोकी जीप में बैठने ही वाले थे कि बड़े चाचा बोले, "अरे नास्तिक भूषण, चल तू भी। तेरा मनोरंजन ही सही।"

ज्योतिषी और तांत्रिक दोनों का जहां अद्‌भुत समन्वय हो, उनका निवास भी तो वैसा ही होना चाहिए। पंचगंगा की सकरी-सी गली में नये ढंग का यह मकान दुर्गंधित काई के बीच तैरती हुई बत्तख की तरह लग रहा था। दरवाजा अलबत्ता पुराने क़िस्म का था। साखू का फ्रेम, सागवान की बेनियां और हर जोड़ पर पीतल की मुठियां। त्रिलोकी सिंह ने बाहर लटकती सिकड़ी को जोर-जोर से बजाया। एक सोलह वर्षीया कन्या, जिसने आपाद मस्तक लाल रक्त की तरह का लहंगा तथा वक्ष को कसकर बांधने वाली कंचुकी पहन रखी थी, आयी और बोली, "आचार्य जी से किसे मिलना है ?"

"हम सभी लोगों को।" बड़े चाचा बोले।

"आप कह दें कि त्रिलोकी सिंह दर्शन की प्रतीक्षा कर रहे हैं।"

"चलिए भीतर," वह कन्या प्रांगण के द्वार से भीतर आयी, "आचार्य जी पूजा पर बैठे हैं। दस-बीस मिनट इंतजार करना होगा।"

सब लोग चुपचाप बैठे थे। चार चौकियों को सटाकर काफी लंबा-चौड़ा, कई लोगों के बैठने लायक मंच बना था। जिस पर मोटे गद्दों के ऊपर बहुमूल्य कालीनें बिछी हुई थीं। ठीक दस मिनट बाद आचार्य कमलाचरण कक्ष में आये। उन्होंने अपना समूचा शरीर गेरुवे चोगे से ढंक लिया था। यानी सिर पर भी एक कनटोप था, सब लोगों ने उनके चरण छुए। भूषण चुपचाप बैठा रहा।

"क्यों युवक," कमलाचरण ने पूछा, "तुझे साधारण शिष्टाचार का भी ज्ञान नहीं है ?"

"ज्ञान तो है आचार्य, पर अपरिचित के चरण छूने की मनाही भी तो है।"

"क्या करते हो तुम ?"

"आचार्य, मैं तो इन दो भाइयों का सेवक हूं, बातचीत करने ये लोग आये

है, मैं नहीं।"

"जब कोई प्रयोजन नहीं है तुम्हारा तो आने का कष्ट क्यों किया ?"

"चुप रहो भूषण," बड़े चाचा बोले, "तुम्हारे जैसी शांत प्रकृति वाले युवक को यह सब शोभा नहीं देता।"

"मैं आचार्य से क्षमा मांग रहा हूं बड़े चाचा," उसने दोनों हथेलियां जोड़ीं और एकटक आचार्य की आंखों में देखता रहा। पलक आचार्य की झंपी, भूषण की नहीं।

"कहिये बाबू त्रिलोकी सिंह जी, कैसे आना हुआ इधर ?"

"आचार्य जी, मैं तो आपका अकसर दर्शन पाता रहा हूं, ये हैं मेरे बड़े भैया और यह है मेरा भतीजा पद्मभूषण। ये लोग आपका दर्शन करने आये हैं।"

"हूं।" आचार्य ने दुर्गे दुर्गे दुर्गे तीन बार कहा और खादी के कनटोप में छिपे दाहिने कान को छुआ। लोग कहते हैं कि कनटोप के अंदर दाहिने कान में तांत्रिक कमलाचरण अपने मूत्र से भीगा हुआ फाहा लगाये रहते हैं। उन्हें कर्ण पिशाची सिद्ध है जो मामूली सूचनाएं दे देती है।

"मामला तो बहुत टेढ़ा है त्रिलोकी। प्राण छोड़ते समय आपके वंश पर उस व्यक्ति ने जो क्रोध किया, वह उलझा मामला है।"

"आप कोई कुंडली आदि लाये हैं।"

"हां, आचार्य," बड़े चाचा ने कुंडली आगे बढ़ा दी। वह मोटे बांस की नलिका जैसी थी। जिस पर लिखा था, विशालाक्षी।

आचार्य ने कुंडली हाथ में ली और बगल में रखे ताम्र पत्र से, जिसपर नवाणं मंत्र तथा यंत्र बना था, ढुलाते हुए कहा, "त्रिलोकी सिंह जी, विशालाक्षी संकट में है। है न ?"

दोनों भाई सोच रहे थे कि आचार्य ने नाम कैसे जाना, बिना कुंडली देखे कोई ज्योतिषी नहीं बता सकता कि यह कुंडली पुरुष की है अथवा नारी की फिर ऐसा चमत्कार।

"विशालाक्षी तो उस नलिकानुमा कुंडली पर लिखा ही है आचार्य, लाल स्याही से, कृपया यह बतायें कि संकट क्या है ?"

"ठीक कहा वत्स, ठीक कहा तुमने," आचार्य बोले, "नाम तो मैंने कुंडली से पढ़ लिया था। पर वह प्रेत बाधा ग्रस्त है।"

"कहो बेटे, है या नहीं ?"

भूषण चुप रहा।

"क्या बाधा है आचार्य, प्रेत क्यों सता रहा है मेरी बिटिया को ?" बड़े चाचा बोले।

आचार्य ने कुंडली खोली और कहा, "प्रेत ही नहीं है, वह ब्रह्म राक्षस है। वह भी अकेला नहीं, अपनी पत्नी और पुत्री के साथ है। तुम लोग त्रिकोण में घिर गये

हो बाबू साहब," आचार्य ने कहा, "सच सच बताना ?"

"पूछें आचार्य।"

"क्या तुम्हारे घर में पीली सरसों और कुमकुम रंगे नीबू की फांकें नहीं मिलीं ?"

"मिली हैं।"

"तो भी तुम समझ नहीं पाये कि प्रेत कितना निकट है तुमसे ?"

"प्रेत एक हो तब तो कुछ बताते हमारे चाचा। पर जब चार-चार प्रेत आपके चरणों में गिर पड़े तो आपने चार सौ रुपये दक्षिणा लेकर कहा--'ऊपरी मंजिल पर पीली सरसों और कुमकुम से रंगे अधकटे नीबू रखकर घर छोड़ दो।' सच सच बोलिये आचार्य, क्या कल त्रिलोकी काका के दोनों बेटे और उनकी बहुएं आपके पास नहीं आयी थीं ?"

आचार्य कामलाचरण ने गर्दन झुका ली। उनके नथुनों से कसकर बांधे गये सांड की तरह फों-फों की आवाज निकल रही थी, "तू मुझे नहीं जानता है युवक।" "भैरवी ! भैरवी !"

कमलाचरण की चीत्कार सुनकर रमणीया पास आयी। "आज्ञा दें आचार्य।"

"इस नास्तिक ने मेरा अपमान किया है।"

इतना सुनना था कि भैरवी ने अपने लाल लहंगे को उतार दिया। केवल एक चड्ढी पहने और उरोजों को कसने वाली लाल पट्टिका बांधे वह आचार्य कमलाचरण के पीछे लेट गयी। "नीलगिरि पर विराजमान कामाख्या मंदिर में योनिरूपा रजस्वला देवी के रक्त से रंगा यह टुकड़ा देख।"

"आचार्य, जो युवक सामने बैठा है, वह पूर्व जन्म का योगी है। भ्रष्ट होने से इसने पुनर्जन्म लिया। उसकी आत्मा अभी भी जागृत है। केवल शाप देने से आपको शांति नहीं मिलेगी। एकादश दिवस आटे का पुतला बनाकर, भूषण का नाम लेकर पुतले में इसकी प्राण प्रतिष्ठा करके जलती हुई अग्नि में झोंक दें। याद रहे कि दश महाविद्याओं में से केवल छिन्नमस्ता ही इसे दग्ध कर सकती है।" भैरवी ने एक मुट्ठी राल चौकी के नीचे रखी हुई बोरसी में डाला तभी सारा कक्ष लपटों से भर गया सभी लोग चौंककर मंच से भागे। पर भूषण ज्यों का त्यों खड़ा रहा। "कहो रम्यरम्या, इस खूसठ बूढ़े को छोड़ कर किसी नवयुवक की भैरवी बनो। मदिरा और मैथुन ही तो चाहिए तुम्हें। पौष्टिक भोजन महंगी शराब और एक युवक। इतना तो काफी है तेरे लिए। तुम इस तथाकथित तांत्रिक का साथ छोड़ दो। दूसरों की जागृत आत्मा पहचानने के पहले तुमने स्वयं सोचा कि तुम्हारी अंतरात्मा किस दलदल में धंसी जा रही है ! बोरसी में रखी आग पर राल फेंककर कब तक जादू दिखाती रहोगी !"

भैरवी ने उतारे हुए लहंगे को पहन लिया, "क्षमा करना भूषण, मैं एक गरीब किंतु ब्राह्मण परिवार में उत्पन्न बालिका हूं। मेरे पास पंचतारे होटलों से कई दलाल

आये पर काल गर्ल बनना मुझे स्वीकार्य नहीं हुआ। मैं होटल की अपेक्षा इस क्लीव तांत्रिक के साथ रहना अच्छा समझती थी। इसकी केवल एक इंद्रिय जीवित है, वह है जिह्वा। इसे मछली, मांस और मदिरा चाहिए। इस पर बनिये, व्यापारी, धनाढ्य लोग इस तरह नोट चढ़ाते हैं कि लगता है यह कोई नया विश्वनाथ है।"

"चुप रह कुतिया," कमलाचरण के दोनों होंठों पर थूक की झाग भर गयी थी। "मैं तुम्हें इतने लाड़-दुलार से रखता हूं, बेटी की तरह और तू मेरी जड़ को टांगों से काटे जा रही है !"

त्रिलोकी और उनके बड़े भाई, आश्चर्य के साथ सारा दृश्य खिड़की से देख रहे थे। "साला खुद ब्रह्मराक्षस है, पतित और नाबदान के कीड़े की तरह दुर्गंधि से भरा। इस तांत्रिक को दो लात जमाकर तब चलूंगा।"

बड़े चाचा एक ही छलांग में चौकी पर चढ़ गये, "स्साला धूर्त," उन्होंने कमलाचरण के जटिल केशों को खींचा और वे आश्चर्य में डूबने-उतराने लगे। जटाओं के हटते ही देखा कि उसका सिर केशविहीन खल्वाट था। उन्होंने उसकी खोपड़ी पर नगाड़ा बजाते हुए कहा, "नीच, तूने मेरे बेटों, बहुओं को तो अलग कर ही दिया पर आज तेरे भी प्राण और शरीर को अलग करके छोड़ूंगा।"

"मुझे क्षमा करो भाई।" तांत्रिक गिड़गिड़ाने लगा। तभी बड़े चाचा की एड़ी उसकी रीढ़ पर लगी और वह दुहरा हो गया। उन्होंने सोचा कि इसकी दाढ़ी भी नकली हो सकती है। उन्होंने दाढ़ी पकड़कर एक झटका दिया और सामने चिकने गालों वाला एक क्लीन शेव्ड व्यक्ति बैठा था।

बड़े चाचा ऊपर की ओर उछले। उनके दोनों पैर तांत्रिक के कंधों से टकराते उसकी टांगों पर आ गये।

"आह," वह एक टांग पकड़े चिल्ला रहा था।

"यह उठ क्यों नहीं रही है ?"

"क्या नहीं उठ रहा है स्साले ?"

"मेरी टांग..."

बड़े चाचा ने उसकी टांग पकड़ी। एक हाथ से पंजा और दूसरे से एड़ी। उन्होंने जोर लगाया और तड़ाक की आवाज के साथ उसकी टांग की हड्डी चरमरा उठी।

"क्यों बे, कहां गयी तेरी बेटी, छैल-छबीली, बुला उसे ?"

"भैरवी, भैरवी !" उसने पुकारा।

"किसे बुला रहे हैं भूषण जी ?"

"तुम्हें और किसको, कोई और भी है क्या तुम्हारे जैसी, जिसे इसने छुपा रखा है ?"

"नहीं, यह वेश्याओं से अलग रहता है। अगर कोई युवती इसकी सहायता लेने आती है तो वह इसे बगल वाले एकांत कमरे में ले जाकर चुंबन देता रहता

है। यह एकदम दयनीय और दिग्भ्रमित प्राणी है।"

"चलो भूषण।" बड़े चाचा ने उसे बुलाया और वे लोग बाहर आ गये। जीप पर बैठे त्रिलोकी सिंह आत्मग्लानि में डूबे हुए थे।

"क्यों त्रिलोकी," बड़े चाचा ने कहा, "इतने चुप क्यों हो ?"

"क्या कहूं भइया। भूषण ने तो मेरी आंखें खोल दीं। मैं तेली के बैल की तरह आंख पर अंटौतल लगाये गोलाई में घूमता रहा। इसे आज तक मैंने कम से कम दस हजार रुपये तो दिये ही होंगे।"

"खैर छोड़ो इसे, मैंने सुना है कि बांस फाटक पर अट्टालिका की तरह जो बिल्डिंग बनी है उसमें भृगु संहिता जानने वाला सूरजनाथ त्रिपाठी नाम का कोई चमत्कारी ज्योतिषी रहता है। उसके पास राष्ट्रपति से लेकर उद्योगपति और राज्यपाल से लेकर लेखपाल तक के, प्रधान मंत्री से लेकर ग्राम प्रधान तक के प्रमाणपत्र बाकायदा फ्रेम में जड़े दीवार की शोभा बढ़ाते हैं।"

"क्यों भूषण ?"

"मैंने तो कभी इस ज्योतिषी का नाम भी नहीं सुना। वैसे मैं काशी में पिछले दस साल से रह रहा हूं पर चाचा मैं इतना बुद्धू हूं कि किसी तांत्रिक, भृगु संहिता सुनाने वाले वगैरह के पास कभी गया ही नहीं।"

"तुम भाग्यशाली हो बेटे कि तुम्हें इस तरह की विपत्ति ने कभी नहीं घेरा।" बड़े चाचा लंबी सांस लेते हुए बोले, "सारे संसार में दुखी हम ही हैं जो चार पुश्त से इन निकृष्ट लोगों के हाथ में खेलते रहने के लिए विवश हुए। हमें काठ की पुतली की तरह नचाते रहे और हम आर्त होकर इनकी जायज-नाजायज आज्ञा का पालन करते रहे।"

"निराश न हों—बड़े चाचा, जब आप जैसे कठोर धरती पर पैर रखने वाले भी इन चमत्कारों से खिंचकर अंधेरी गलियों में घूमते रहे तो कोई न कोई बात तो होनी चाहिए जिसने आपको इस ओर आने के लिए प्रेरित किया।"

"चलो त्रिलोकी, सूरजनाथ को भी देख लें।"

"आपकी जो मर्जी बड़े भइया, मैं तो भूषण के सामने मुंह दिखाने लायक भी नहीं रहा। इस लड़के ने जिस तरह गुब्बारे में पिन चुभायी और वह फिस् की आवाज करके पिचक गया, वही मैं हूं मूढ़मति जो इस पतित तांत्रिक के चरणों में गिरकर कृपा की भीख मांगता रहा। दस हजार रुपये तो दे ही चुका हूं।"

"आप अपने को कोसना छोड़िये त्रिलोकी काका," भूषण ने कहा, "सारा भारत, उसके बुद्धिजीवी, राजे-महाराजे, सरकारी अफसर, बड़े-बड़े केंद्रीय मंत्री जब इनकी चाटुकारिता से प्रेरित अनर्गल बातों से इस तरह उत्तप्त हो जाते हैं कि उनकी सीढ़ी निचले तल्ले से ऊपरी तल्ले को छूने लगती है, तब आपको ही दोष क्यों दिया जाये। अखबारों में रोज छपता है; अमुक ज्योतिषाचार्य का भंडा फोड़, प्रधान मंत्री की मृत्यु

के लिए विंध्याचल में पुरश्चरण, अग्नि में मछलियों की आहुति—यह है भारत का समाज, ये हैं हमारे मार्ग दर्शक लोग, किसी दिन कोई भगवान् आसमान से टपककर जमीन की कठोर चट्टान पर गिरकर चकनाचूर होता है, कहीं बालों और दाढ़ियों से निकालकर हीरे की अंगूठियां वितरित करने वाले, सजे-सजाये गजराज के नमस्कार से लेकर शाम तक भक्तों के कष्टों को दूर करने वाले, बिना आपरेशन के हृदय विकार को छूमंतर करके भगा देने वाले गुरु किसी न किसी रोग की चपेट में पड़कर खुद ढह जाते हैं, कैंसर मूत्रावरोध, किडनी की निष्क्रियता के लपेट में स्वयं सूली पर चढ़ जाते हैं, उस देश का भगवान् ही मालिक है जो इस गर्हित अंधकार में डूबे देश को चला तो रहा है।"

जीप बांसफाटक पहुंची। लंबा और रंगीन बोर्ड घोषणा कर रहा था कि आप अगर भृगु संहिता सम्राट से मिलना चाहते हों तो तीसरी मंजिल पर आइये।

तीनों लोग जब आचार्य के आवास पर सीढ़ियों पर सीढ़ियां लांघते पहुंचे तो यह देखकर दंग रह गये कि राशन की दुकान पर जैसी 'क्यू' लगती है, वैसी ही कतार आचार्य के कक्ष में पहुंचकर अपनी पीड़ा-व्यथा का कारण जानने के लिए खड़ी है।

"क्यों त्रिलोकी," बड़े चाचा बोले, "सारी दुनिया बीमार लगती है, डाक्टर से मिलने जाओ तो लंबी कतार, किसी भगवान् या भगवती से आशीर्वाद लेने जाओ तो भीड़। यह भीड़ है या भेड़ियाधसान ?"

"भइया, अब तो आ ही गये," त्रिलोकी सिंह बोले, "तो इन्हें भी आजमा लें।"

"क्यों श्रीमान्", एक गावदी-सा युवक गेरुवे रंग का वस्त्र पहने तीनों के सामने अवतरित हुआ, "आप लोग आचार्य जी से मिलने आये हैं ?"

"तो क्या आपसे मिलने आये हैं, इतने लोग ?" भूषण बोला।

"देखिए, नाराज होने से काम नहीं चलेगा। आचार्य जी से मिलने के लिए पहले से ही समय निश्चित करना चाहिए था। फिर जिसे कष्ट है उसकी कुंडली जमा कर देनी चाहिए। आचार्य के पास लाखों कुंडलियां भगवान् भृगु की बनायी हुई हैं, उसमें आपकी कुंडली से मिलान करके लाखों में कोई एक कुंडली चुननी पड़ती है..."

"रुकिये, रुकिये," बड़े चाचा बोले, "मैं समझा नहीं। आचार्य जी के पास लाखों कुंडलियां हैं, इसका मानी समझा दीजिए।"

"आपको तो मालूम ही होगा श्रीमान् कि भृगु ऋषि बड़े क्रोधी थे। उन्होंने यह परीक्षा लेने का निश्चय किया कि ब्रह्मा, रुद्र और विष्णु में सबसे बड़ा कौन है। जब वे विष्णु भगवान् के पास पहुंचे तो देखा कि विशाल अनंत नाग पर वे लेटे हैं और लक्ष्मी जी उनके चरणों को दबा रही हैं, तभी ऋषिवर ने विष्णु की छाती पर लात

का प्रहार किया। भगवान् ने आंखें खोलकर देखा, 'ओह, आइये आइये ब्रह्मर्षि, आपके कोमल चरणों को पीड़ा तो नहीं हुई। कहां आपके पद्म के समान चरण और कहां मेरी कठोर छाती–कष्ट हुआ हो तो क्षमा कीजिए।'

" भगवान् ने तो क्षमा मांग ली, पर देवी लक्ष्मी कुपित होकर बोली, 'आज से ब्राह्मण परिवारों को लक्ष्मी सदा के लिए त्याग देगी। तुम्हें रोटी दाल के लिए भी भिक्षाटन करना होगा।'

" भृगु ऋषि हंसे, 'देवि, आपका शाप तो अमोघ है। मैं उसे रोक तो नहीं सकता पर मैं एक ऐसा ग्रंथ बनाऊंगा जिससे सारी ब्राह्मण जाति युग-युगांतर तक न केवल रोटी दाल पायेगी, बल्कि वह राजाओं से भी अधिक ऐश्वर्य को उपलब्ध करेगी।' उन्हीं ऋषिवर ने युग-युग तक चलने वाली लाखों कुंडलियां बनायीं। इसमें सृष्टि के कर्ता से लेकर आज तक के किसी भी मनुष्य की कुंडली उपलब्ध है और भविष्य में भी युग-युगांतर तक यह परंपरा चलती रहेगी।"

"श्रीमान्," भूषण बोला, "कुंडली में कुल द्वादश भाव होते हैं, हैं न ?" "हां भाई," गावदी युवक भूषण को देखकर यों हंसा जैसे किसी छोकरे ने किसी विश्व विश्रुत पहलवान को चुनौती दी हो।

"ग्रह कुल नौ हैं ?"

"हां भाई।"

"तो अगर नवग्रह को आधार मानकर द्वादश भावों को देखें तो कुल एक सौ आठ कुंडलियां हुईं, हुईं न ?"

"हां भाई।" गावदी फिर हंसा।

"गोचर में जब ग्रह भ्रमण करते हैं तो शनि ढाई साल तक गुरु बारह-तेरह महीने तक एक भाव या राशि में रहता है, है न ? तो शनि को अगर मुख्य बिंदु मान लें तो ढाई साल में कुल दो सौ साठ कुंडलियां हुईं। मैंने सुना है कि भृगु संहिता में कुंडली से मिलान करने के लिए शनि को आधार बनाना होता है। अब गुरु पर आइये। पूरे राशि चक्र की गुरु मोटे तौर पर बारह वर्षों में एक परिक्रमा समाप्त करता है, है न ? सूर्य, चंद्र, मंगल, बुध, शुक्र, राहु, केतु के हिसाब से इसी तरह गणना की जाये तो दस हजार से अधिक कुंडलियां बन ही नहीं सकतीं। यह सामान्य गणित के अनुसार भी असत्य वचन है कि लाखों कुंडलियां हैं आपके आचार्य के पास। यह अनभिज्ञ और अबोध लोगों को फुसलाने का बहाना है। आप लालीपाप दिखाकर कब तक भरमाइयेगा ?"

गावदी युवक पसीने में भीग गया, वह धीरे से बोला, "श्रीमन्, मैं आपको बिना टर्न की प्रतीक्षा के आचार्य के पास ले चलता हूं। यही बातें आप उनसे कहकर देख लें कि सत्य को असत्य कहना कितना खतरनाक होता है।"

"चलिये, " भूषण बोला।

"भूषण बेटे, हम साथ आये हैं तो साथ चलेंगे भी, क्यों जी उपाचार्य महोदय, हम तीनों को अपने आचार्य से मिलवायेंगे ?"

"यह मेरे क्षेत्र से अलग की बात है। केवल मैं उन लोगों को ही ले जाता हूं जो ज्योतिष के अधकचरे ज्ञान के बल पर महर्षि भृगु का अपमान करते हैं।"

"कुंडली भी साथ ले चलना होगा उपाचार्य या बिना कुंडली के चलना होगा !"

"बिना कुंडली चलिए श्रीमान्, कुंडली तो आपको जबानी याद होगी।"

"चलिये, आप घबरायें नहीं काका, बड़े चाचा, बस गया और आया सिर्फ पांच मिनट।"

कतार को ठप्प कर दिया गया। सबसे कहा गया कि आधा घंटा रुकना पड़ेगा। उपाचार्य भूषण के साथ कक्ष के भीतर चले गये। उन्होंने द्वार भी बंद कर दिया।

"क्यों श्रीमान्," सूरजनाथ त्रिपाठी बोले, "आपको मालूम है कि सायण और निरयण क्या होता है !"

"बच्चे की तरह उपहासास्पद प्रश्न मत करो। तुम्हारे पंचांग बनाने वाले ग्रिनविच टाइम के अनुसार लंदन से प्रकाशित होने वाले ग्रहों के चालन की बुलेटिन से नकल करते हैं। तुम लोग उसमें से वर्षानुसार जो अयनाश होता है उसे घटाकर ग्रहों की स्थिति का निर्धारण करते हो। कहो आचार्य त्रिपाठी, गणना करके जो ग्रह की स्थिति बतायी जाती है वह वैज्ञानिक है अथवा अत्यंत शक्तिशाली दूरवीक्षण से ग्रहों का बेध करने वाली सायण पद्धति ?"

सूरजनाथ त्रिपाठी के ललाट पर पसीना झलकने लगा, "आपका नाम क्या है श्रीमन् ?" आचार्य बोले।

"मैं हूं पद्मभूषण।"

"कौन-सी जाति है आपकी ?"

"मैं पंक्तिपावन ब्राह्मण हूं आचार्य।"

"आपके चेहरे पर जो क्रोध की अरुणाभा है भूषण जी, उससे तो लगता है कि आप ब्राह्मण नहीं हैं।"

"यह भी भृगु संहिता में लिखा है क्या ?"

"अरे कन्हैया, कन्हैया !"

उपाचार्य कन्हैया सामने खड़े थे, "क्या आज्ञा है आचार्य ?"

"अरे भई, भूषण जी पंक्तिपावन ब्राह्मण के सत्कार का प्रबंध तो करो।"

दो क्षण में कन्हैया जी चाय के दो प्याले, जो चांदी के थे, लिये हुए भूषण के सामने खड़े हुए। "लीजिए श्रीमान्।"

भूषण ने सामनेवाले प्याले के स्थान पर थोड़ा पीछे रखे हुए प्याले को ले लिया।

"आप भी ग्रहण करें आचार्य।"

"मेरा मन नहीं कर रहा है भूषण जी, वैसे भी अभी घंटा भर पहले चाय पी चुका हूं मैं।"

तभी टेलीफोन की घंटी बजी। आचार्य ने टेलीफोन उठाया, "बोलिए।"

"हां हां, सूरज त्रिपाठी ही हूं मैं, क्या कहा ?"

"देखिए श्रीमान् मुख्यमंत्री जी से कह दीजिए कि उनसे मिलने का समय नहीं है मेरे पास। क्या कहा, दंड, ओह, मैं अगर आप जैसे राजन्यों को चाहूं तो छिन्नमस्ता की कृपा से एक क्षण में शीश विहीन कर सकता हूं। पर मैं ब्राह्मण हूं। दंड की धमकी से डरने वाला शूद्र नहीं हूं मैं। अपने मालिक से कहिए वे अगर मुझसे मिलना ही चाहते हैं तो आने के पहले समय निर्धारित करा लें। नमस्कार। नमस्कार।"

"कहिये सूरज त्रिपाठी, आप इस तीन मंजिले पर अकेले ही रहते है ?"

"यह सारी बिल्डिंग भूषण जी आप ही की यानी मेरी ही है। मुझसे मिलने आने वालों की कतार तो बाहर आपने देख ही ली होगी, मैं किसी का सेवक नहीं हूं, विश्व के सिरजनहार ब्रह्मा के पुत्र हैं हम। धर्म को अविचलित रखना हमारा संकल्प है।"

"धर्म धुरीण त्रिपाठी जी, अभी-अभी आपने मुख्य मंत्री के पी. ए. को जैसा डांटा है उससे मेरा मन गद्‌गद हो गया है। मेरी आत्मा पुलकित हो रही है। आप सरीखे त्रिकालदर्शी इस कलयुग में मिलते कहां हैं !"

"हें हें हें," सूरज त्रिपाठी ने दांत निपोरे। अपनी प्रंशसा सुनकर वे हवा में उड़ रहे थे।

"त्रिपाठी जी, इस टेलीफोन का कनेक्शन किस कक्ष में बनवाया है आपने ?"

"मतलब।"

"मतलब यह है श्रीमान् कि आप मुख्यमंत्री के पी. ए. से नहीं अपने उपाचार्य से बात कर रहे थे।"

"आपको भ्रम हुआ है भूषण जी, उन्होंने टेलीफोन उठाकर भूषण के सामने रख दिया। आप स्वयं किसी भी नंबर को डायल करके देख लीजिए।"

भूषण ने अपने हाथ में लिये हुए बैग से रबड़ का दस्ताना निकाला, "क्षमा करियेगा आचार्य, आज ठंडक बहुत ज्यादा है।" उसने दस्ताना पहना और टेलीफोन उठाया, डायल करने के स्थान पर उसने एक बटन को दबाया।

उपाचार्य दौड़े हुए आये। सूरज त्रिपाठी चिल्लाये, "तुमको किसने बुलाया ?"

"टेलीफोन की घंटी बजी। ओह, क्षमा करें आचार्य, मुझसे गलती हो गयी।"

"कहिए त्रिपाठी जी, एक परामर्श है मेरा। यह सब आपकी जीविका का अंग है, यद्यपि आपने आयकर वालों को धोखा दे दिया और इन झूठे प्रमाणपत्रों को दिखाकर टैक्स से मुक्त हो गये, पर टेलीफोन में बिजली के तार मिलाकर खेल करना

बंद कर दीजिए। अगर किसी दिन आपकी गलती से बटन दब गया और उसे आपने बिना दस्ताने के उठा लिया तो भृगु लोक को सिधार देंगे आप। हां, एक बात और। जब चाय मंगानी हो तो दो प्याले नहीं एक ही को मंगाया करें। जै राम जी की।"

भूषण उठा और उसने फाटक को पीछे की ओर खींचा और कतार में खड़ी भीड़ को चीरता वह बड़े चाचा और त्रिलोकी सिंह के पास पहुंचा। उसने आरंभ से अंत तक सारा किस्सा कह सुनाया।

"साले हरामी, अगर हमारा बेटा इतना जाग्रत न होता तो चाय के प्याले में डाले हुए पदार्थ से अगर मृत नहीं तो बेहोश तो हो ही जाता। और फिर टेलीफोन में छिपा बिजली का तार—क्यों तिरलोकी, इस साले को भी दे दूं वही दंड जो कमलाचरण को दिया। साले अपने भतीजे की हत्या करने के षड्यंत्र का बदला लेकर रहूंगा।"

"चलो भइया, आदमी गलत रास्ते पर चाहे जितना भी चल चुका हो, अगर लौट आता है तो यह भी सौभाग्य है।" त्रिलोकी के नेत्रों ने भविष्य वक्ताओं की असली तस्वीर देख ली। "अब लौटिए और भूषण जो भी राय दे उसके अनुसार कार्य कीजिए।"

"मैं क्या राय दूंगा काका, विशालाक्षी मुझसे घृणा करती है, इसलिए सारा प्रबंध तो आप लोगों को ही करना पड़ेगा। मैं दवाएं लाकर आपको देता रहूंगा। अगर वह ग्लानि छोड़कर एक बार डाक्टर को दिखा लेती तो उन्हें दवाएं निर्धारित करने में सुविधा होती।"

"सब होगा, तुम्हारी बारीक बुद्धि ही विशालाक्षी की रक्षा कर सकती है।"

"काका, आप लोग बहुत भरम चुके हो। ज्योतिष, तंत्र, पुरश्चरण सुनते-सुनते मैं ऊब गया हूं। तो भी अगर आप लोग दवा के साथ ज्योतिष का मेल देखना चाहते हों, जिसे काका ने दोनों ओर से घेरना कहा था यानी भौतिक और दैविक—तो चलिए बाबा के पास।"

"यह बाबा कौन है रे भूषण ?"

"बाबा संन्यासी हैं। जाड़े के दिनों में ऋषिकेश के आश्रम को छोड़कर वे ललिता घाट पर राजराजेश्वरी मंदिर से संबद्ध एक कुटिया में रहते हैं।"

"हां हां बेटे चलो, वहां।"

"क्यों रे भूषण," बाबा ने चरण खींच लिये, मैंने तुझसे कहा था न कि नवयुवकों को अपने चरणों पर खड़ा होना चाहिए, वृद्धों के दुर्बल चरण तुम्हारी क्या सहायता कर सकते हैं ?"

"बाबा, क्षमा करें, मैं आपकी एक और आज्ञा का उल्लंघन करने जा रहा हूं।

आपने कहा था कि ज्योतिष वगैरह अंधविश्वास है। सत्य बोलने वाला, व्यवसाय से अलग रहने का इच्छुक ज्योतिष उस रास्ते की ओर संकेत कर सकता है, जिससे रोगी का मनोबल बढ़े और दवा ठीक से काम करे।"

"हां हां, कहा था," बाबा ने रुष्ट होकर कहा, "क्या रोग है तुझे ?"

"मैं तो बाबा आपकी कृपा से स्वस्थ प्रसन्न हूं, ये हैं मेरे काका लोग जो आपकी शरण में आये है।..." त्रिलोकी सिंह और बड़े चाचा ने बाबा के चरणों में सिर रख दिया, "बाबा, हमें बचा लीजिए।"

"बाबा जादूगर नहीं हैं बेटे, बचाने वाला तो तेरे भीतर ही है, उसी को जगा। भूषण भविष्य में अगर बाबा से जुड़े रहना चाहते हो तो हमारी गलत प्रशंसा करके लोगों को भरमाना छोड़ दो। कोई कुंडली-उंडली है ?"

बड़े चाचा ने विशालाक्षी की कुंडली बाबा के हाथों में सौंप दी। बाबा कुछ क्षण कुंडली को देखते रहे, "तो तुम्हारी बेटी कुष्ठ से पीड़ित है, है क्या भइया।"

"बाबा, आपने मरते हुओं में प्राण डाल दिया।"

"मैंने कुछ नहीं किया। दीन-दुखियों की सेवा के लिए अनुभव पर आधारित सत्यों को प्रचारित-प्रसारित किया गया। यह तो हमारे पूर्वजों की तपश्चर्या का फल है। यह उनके द्वारा इंगित दिशा की ओर जाने का संकेत है। तुम मानो या न मानो, तुम्हारी मर्जी। घाघ भड्डरि किसी ऋषि से कम नहीं थे। तुम लोग कृषक हो, क्या इन लोगों के बचन तुम्हें रास्ता नहीं दिखाते ! ऋषि का मतलब गुफावासी नहीं होता। वह तो जन-जन के कल्याण के लिए अपने अनुभूत सत्य को लुटाता रहता है। आज के वैज्ञानिक युग में ट्रैक्टरों के साथ-साथ जब 'घाघ' के परामर्श को जोड़ दिया जायेगा तो कृषि में नयी जागृति आ जायेगी। तथ्य को ही नहीं सत्य को भी पकड़ना होगा। भौतिक ही सब कुछ नहीं है, अपने भीतर की संकल्प शक्ति से भी जुड़ना होगा हमें।"

"बाबा, थोड़ी कृपा अपने उद्दंड दासानुदास पर भी करें।" भूषण ने कहा।

"बोल।"

"आपके सत्संग से थोड़ी आदत बनती जा रही है कि पूछूं कि कौन से ग्रह ऐसे हैं जो इस कन्या को कष्ट दे रहे हैं ?" भूषण ने पूछा।

"इस कन्या का लग्न वृश्चिक है। लग्न में ही लग्नेश मंगल है। नीच का चंद्रमा है, और सबसे बड़ी मानसिक यंत्रणा देने वाला गोचर का शनि इस समय कन्या के लग्न यानी वृश्चिक में भ्रमण कर रहा है।"

"बाबा।"

"बोल बोल।"

"आप थोड़ी-सी कृपा कर दें, क्या यह असाध्य रोग है ?"

"तो तू बाबा को वैद्य समझता है ?"

भूषण हंसा।

"यह असाध्य नहीं है, क्योंकि 2 जनवरी 1987 में गुरु मीन राशि में आयेगा और उसकी सीधी दृष्टि लग्न पर पड़ेगी। बस तुम लोगों को पांच महीने की प्रतीक्षा करनी होगी। जड़मूल से तो वह 2 जनवरी 1987 के बाद ही नष्ट होगा।"

श्री त्रिलोकी सिंह इतने गद्गद हुए कि उन्होंने एक सौ रुपये का नोट बाबा की चौकी पर रख दिया।

"आप पागल हैं काका ?" भूषण ने गुस्से में कहा, "क्या आप यहां ज्योतिषियों की दुकान समझ कर आये हैं ?" उसने नोट झटक दिया।

"भूषण, इन लोगों को दूर ले जाओ, इतने मूढ़ व्यक्ति मैंने नहीं देखे।"

"बाबा," बड़े चाचा ने चरण पकड़ लिया, "हम मूढ़ ही नहीं, संस्कारहीन, असभ्य हैं, पर हैं तो आप ही के, हमें क्षमा कर दीजिए।"

बाबा हंसे, "देख, अगर यह कुमारी कन्या की कुंडली न होती, जिसका सारा भविष्य अंधकार में डूबने जा रहा था, तो मैं भूषण के साथ ही तुम दोनों को भी कुटिया से बाहर कर देता।"

भूषण ने चरण छुए और दोनों काकाओं के साथ ललिता घाट से गलियां पार करता मुख्य सड़क पर आ गया।

"आपने काका, सारा गुड़ गोबर कर दिया।" भूषण ग्लानि में डूबा जा रहा था, "मैंने आपको पहले ही आगाह कर दिया था कि वे संन्यासी हैं, जो ऋषिकेश में निवास करते हैं। अब मैं क्या मुंह लेकर जाऊंगा उनके पास। ग्रह बाधा से उबरने के लिए यानी पांच महीने तक प्रतीक्षा करने की जगह महीने भर में ग्रहों की शांति के लिए कुछ हो सकता है या नहीं ? मैं यही पूछने वाला था कि आपने सौ रुपये का नोट फेंक दिया। आपने कमलाचरण पर दस हजार फूंका और वह मक्कार आपको केवल उल्लू बनाता रहा। और आपने सौ रुपये में बाबा को खरीदने का गर्हित कार्य किया ! जाइये आप लोग, विशालाक्षी ने मना कर ही दिया था, अब मैं भी मना कर रहा हूं कि मेरे निकट आने का कष्ट न करें।"

"क्यों त्रिलोकी, तुमने तो सारी लुटिया ही डुबा दी। हिमालय में ऐसी-ऐसी जड़ी बूटियां हैं कि उनके लेप से अथवा चूर्ण बनवाकर खा लेने से सप्ताह भर में कुष्ठ वाली जगह काली हो जाती है और महीने भर के भीतर कुष्ठ गायब हो जाता है। तुम तांत्रिकों के चमत्कार में पड़े हो। अगर तुम्हें अपने को धनाढ्य दिखाने की आवश्यकता ही थी तो बाबा के सामने तुझे एक हजार रुपये रखने चाहिए थे, सच कहा भूषण ने, तुमने बाबा को रुपये दिखाकर खरीदने की कोशिश की भइया, जब भूषण चला गया तो कुछ भी नहीं होगा हम लोगों से, तुम्हारी लाडली पुत्री उसे लताड़ रही है कि यहां सहानुभूति लुटाने की कोशिश न करें, वहीं तुमने उसकी प्रतिष्ठा को सौ

के नोट पर रखकर तौल दिया। क्या देवल भाई संपत्ति, प्रतिष्ठा और प्रभाव में तुमसे घटकर हैं ! टीन के दो कारखानों पर मत ऐंठो त्रिलोकी, देवल आज भी एक हजार बीघे के काश्तकार हैं।"

"मुझसे गलती हो गयी भइया, अब आप कोई ऐसा उपाय करें कि भूषण जो इतना खरा और बुद्धिमान व्यक्ति है, पुनः हमारी रक्षा के लिए लौट आये।"

"उसे मनाना मुश्किल है तिरलोकी, वह वापस तभी आयेगा जब तुम और तुम्हारी बैटी उससे क्षमा मांगें, अन्यथा भूषण सहायता तो क्या पेशाब करने के लिए भी तुम्हारे बंगले पर नहीं आयेगा।"

"भइया कोई इंतजाम करिये," त्रिलोकी सिंह हिचक-हिचककर रो पड़े।

"मैं चलता हूं विशालाक्षी के पास, उसे क्षमा मांगने के लिए तैयार करूंगा।"

"और अगर तुम्हारी लाडली बेटी ने तुम्हारी आज्ञा अस्वीकार कर दी तो ?"

"तो हम भी उसे अस्वीकार कर देंगे।"

शाम को बड़े चाचा बिरला छात्रावास का कमरा नंबर 113 खोजते हुए भूषण के द्वार पर पहुंचे।

"भूषण !"

भूषण ने दरवाजे को खींचा और सामने खड़े बड़े चाचा को देखकर उनसे लिपट गया, "चाचा उन लोगों ने जो कुछ किया, उसे भुलाकर मैंने बाबा के पास जाकर क्षमा मांगी, यहां तक कि उनके चरणों को आंसुओं से धो दिया। उन्होंने कहा, 'क्या इस कन्या में तेरी दिलचस्पी है ?' मैंने कहा, 'बाबा इसका तो प्रश्न ही नहीं है। मेरी दिलचस्पी हो भी, तो वह नहीं मानेगी, उसे तो माथुर ही चाहिए। तो भी मैं उसकी ओर से प्रार्थना लेकर आया हूं। बाबा, वह बहुत ही मानिनी लड़की है। समूचा परिसर उसके नाम से परिचित है। अगर कहीं से बात फूटती है तो वह आत्महत्या कर लेगी।'

" 'अच्छा बाबा, यह कुष्ठारि जड़ी है, इसे वायविडंग भी कहते हैं। इससे अट्ठारहों किस्म के कुष्ठ तो ठीक नहीं हो सकते, यह केवल श्वेत कुष्ठ की दवा है जिसे जनसाधारण सुनबहरी कहते हैं। होंठों पर प्रायः गलित कुष्ठ नहीं होता। तुम चाहो तो मैं उस लड़की को देखकर बता सकता हूं।' "

बाबा की कुष्ठारि जड़ी से विंध्य की पहाड़ियां भरी हुई थीं। इसे वायविडंग कहा जाता था और इसे तथा काली मिर्च को गोमूत्र में पीसने से जो लेप तैयार होता था वह कुष्ठ की अद्भुत दवा थी। विशालाक्षी ने स्वयं कहा था कि मैं जलकोई में रहूंगी। बड़े चाचा उसे गांव ले गये। उसकी मां को त्रिलोकी का खाना नाश्ता आदि बनाने

के लिए छोड़ दिया गया। हफ्ते भर के अंदर श्वेत कुष्ठ धूमिल लगने लगा। बाबा की बतायी जड़ी ने अधरों से कुष्ठ को विनष्ट कर दिया। विशालाक्षी के चेहरे में पौष-माघ की धूप प्रसन्नता के साथ अलसाने लगी। तीखी ठंड और नर्म धूप। वह आंगन में चारपाई बिछाकर पत्र-पत्रिकाएं पढ़ती।

विशालाक्षी ने भूषण को लिखा था, 'तुम भूषण हो और मैं विशालाक्षी हूं। तुमको भैरवी ने योगभ्रष्ट योग कहा था। अतः योगिराज, इस मानिनी को क्षमा करें। इस विश्वनिंदक शिष्या के अपराध भुला दें। मैंने जब यह कहा कि सहानुभूति न लादें, तब मैं स्वस्थ नहीं, परस्थ थी। आज से भूषण मेरे गले का भूषण बन गया। अगर योगिराज, इस समर्पण को ठुकराना चाहें तो भी पतित विशु के प्रति अपने अंतःकरण में थोड़ी जगह खाली रखें। क्योंकि ठुकराने का मतलब होगा, विशु की आत्महत्या।'

यह पत्र पढ़कर भूषण बहुत पछताया, कहीं सचमुच वह आत्महत्या न कर ले। मिर्जापुर वाली बस पकड़कर वह अपने गांव पहुंचा और अपने पिता से आशीर्वाद लेकर जलकोई पहुंचा।

"चाचा ?"

"अरे भूषण।"

"विशालाक्षी कहां है !"

"वहीं आंगन में चारपाई पर लेटी पत्र-पत्रिकाएं पढ़ती होगी।"

"तो किसी से कहलवा दीजिए कि भूषण मिलना चाहता है।"

बड़े चाचा मन ही मन मुस्कराये, "तू चला जा। बाहरी द्वार की सिटकनी भी लगा देना।" भूषण हंसा, "बड़के चाचा भी कितने कौतुकी हैं !"

"विशु, विशु।"

सामने भूषण को देखकर विशु चारपाई से यों कूदी जैसे वह रबर की गेंद हो।

भूषण ने उसे अंकवार में भर लिया, उसके वक्ष की दोनों गेंदें भूषण की छाती में प्रवेश करने को उमग रही थीं। उसने विशालाक्षी के खुले वक्ष के नीचे अपने होंठ रख दिये। वह उत्ताप न सह सकी और दोनों चारपाई पर गिर पड़े।

चरित्रहीन

मैं सोकर उठा ही था कि सटे हुए छत पर रेणु को देखा। मेरे मन में खुशी का नशा छा गया। वह नहा कर सीधे छत पर आ गयी थी। खुले हुए लहराते केश, भोला मासूम चेहरा, काले किनारे वाली सफेद साड़ी—मैं चुंबक से खिंच कर उसकी छत की चहारदीवारी तक आ गया और बोला, "अरे रेणु, तुम कब आयीं ?"

उसने कुछ नहीं कहा। गीले कपड़ों को लोहे की तार पर फैलाती रही। सिर से गिरी साड़ी को खींच कर माथा ढंक लिया।

"रेणु कब आयीं ?"

"कल... ।"

"अकेली आयी हो ?"

"मतलब ?"

मैंने बड़ी कठिनाई का अनुभव किया। ऐसे उत्तर तो वह कभी नहीं देती थी। एक शब्द के एक शब्द में उत्तर की मैंने शायद अपेक्षा नहीं की थी। पूछ बैठा, "तुम्हारे पतिदेव नहीं आये क्या ?"

"क्यों पूरे परिवार का साथ आना क्या जरूरी है। वे रोपनी करा रहे हैं। आपने तो यह शब्द शायद सुना ही न हो। शहर के लोग चावल जानते हैं, बहुत मिहरबानी करेंगे तो कहेंगे, धान से निकलता है, पर धान कैसे होता है ? मालूम है ?"

"अरे भाई, मैंने चिढ़ाने की गरज से नहीं कहा। मैं तो केवल यह जानना चाहता था कि कहीं पति-पत्नी में झगड़ा तो नहीं हुआ ?"

"और आप सोचेंगे भी क्या ? जिसकी जड़ धरती में नहीं होती, वह हर पेड़ के उकठने की आशा लगाये रहता है शायद। आपको जान लेना चाहिए था कि हम उखड़े पेड़ नहीं थे। आप जानते भी कैसे ? गलती तो मेरी थी कि एम. ए. पास क्या कर लिया पर लग गये और उड़ने लगी। कभी सोचा ही नहीं कि अपनी धरती से कट जाने से हम अकेले हो जाते हैं।"

"तुम उखड़ा पेड़ हो या नहीं, बातें ज़रूर बहुत उखड़ी-उखड़ी कर रही हो। लगता है गांव जा कर तुम्हारा गंवारपन फिर से वापस आ गया है।" मैंने गुस्से में कहा था।

"आपको शहरीपन दिखाने में शायद खुशी मिलती है।" वह नागिन की तरह लहर कर बोली, "शहरीपन हमेशा बाजारूपन ही रहा है भाई साहब। गिरगिट की तरह रंग बदलना यहां पेशा है। खोटे माल की दलाली खाने वाले हर माल की तारीफ का पुल न बांधें तो वह न तो बिकेगा, न तो नफे में उनके हिस्से के कमीशन में बढ़ोतरी ही होगी।"

"तो तुम्हें लग रहा है, मैं बाजारू आदमी हूं ?" मैंने तीखे स्वर में कहा, "जाहिल लोगों के साथ और सीख भी क्या पावोगी।"

"शहर तो बाजार है ही। खरीद-फरोख्त की जगह। यहां मिट्टी भी बिकती है। फिर लड़के न बिकें यह तो मुमकिन था ही नहीं। मैंने इतनी बुरी आदतें पाल लीं कि आज अपने पर ही घिन आती है। सिर पर साड़ी हटा कर कंधे पर उलटा पल्लू डाल लेने से ही लड़की सही ढंग से चलना सीखती है, ऊंची एड़ी की जूतियां उसके कद को उभार देती हैं, बात-बात में एक दूसरे से पूछना कि तुम्हारे घर में फ्रिज है, टी. वी. है, सोफा है, यही यहां शगल हो गये हैं। अपने को नये ज़माने की कहलाने के लिए यही तो चर्चा करती हैं सभी सहेलियां। सच, लड़कियां कितनी बुद्धू होती हैं कि अब तक जान नहीं पायीं कि अपने को फैशन के विरोधी, 'मॉड' शब्द से नफरत का स्वांग करने वाले पुरुषों की यह नयी चाल है। पहले आधुनिकता जता कर ये औरत को छलते थे, अब अपने को फैशन और बनावट के खिलाफत करने वाले नये ज़माने का युवक बता कर छलते हैं। छल तो छल ही होता है। मैं भूल गयी थी भाई साहब कि मर्द के वेश में आप जैसे दरिंदे अब नये तरीके से जाल बिछा कर मासूम लोगों को ठगते हैं। कृपा थी परिवार की जड़ की कि सब कुछ खोने के पहले मैं नकाब में छिपे भेड़िये को पहचान गयी।"

वह घृणा से मुंह बिदकाती चली गयी।

मैं उसकी बातों से तिलमिला गया था। आज तक ज़िंदगी में मैं ऐसा अपमानित नहीं हुआ। रेणु गलत कह रही है ? क्या वह झूठ कह रही है ? यह प्रश्न बार-बार हवा में टकरा रहा था। मेरे ही मकान के बगल वाले फ्लैट में जब उसका परिवार किरायेदार बन कर आया तो मैं बेहद खुश हुआ। पिछले दस साल से हमेशा यहां काशीवास करने वाले खूसट किरायेदार ही आते रहे। बार-बार सुनता रहा कि अमुक के बगल के किरायेदार परिवार में बहुत ही खूबसूरत लड़की रहती है। अमुक की उसके साथ खूब पटती है। अमुक को उस लड़की के साथ रिक्शे पर जाते अमुक ने देख लिया था। बोला, "यार, क्या माल है। एक दम ताज़ा, टटका और अनछुवा। वह एक जंगली गुलाब है जो न अब तक किसी की कोट में लगा न तो किसी ने

उसे कभी सूंघा।" मैं अपने दोस्तों से ऐसी बातें सुनता था। मैं अपनी बदकिस्मती पर दुःखी होता था। मैं सच कह रहा हूं कि जब रेणु का परिवार मेरे मकान में किरायेदार बन कर आया तो मैं खुश हुआ। मैंने बार-बार उसे छेड़ने की कोशिश की। मसलन पूछा कि आप कहां पढ़ती हैं, किस क्लास में हैं। वह तब बहुत शरमा कर नीचे भाग जाती थी। एक दिन बहुत साहस करके उसके फ्लैट के दरवाज़े को खटखटाया—"क्यों, माता जी हैं क्या ?"

"देख तो नलिनी कौन है ?" आवाज़ से लगा कि रेणु की मां होगी।

नलिनी ने दरवाज़ा खोला। मुझे सामने देखकर बोली, "कौन हैं आप ?"

"मैं...मैं मकान मालिक का बेटा हूं सुरेश।"

"ओह, यानी मकान मालिक नम्बर टू। कहिए क्या सेवा करूं आपकी ?" लड़की बहुत शरारती और तेज़ लगी, "आप यदि पापा से मिलने आये हैं तो माफ करियेगा। वे कचहरी गये। यदि ममी से मिलने आये हैं तो वह मुमकिन नहीं। मेरी ममी अब भी घूंघट डाल लेती हैं। वह देखिये। घूंघट में हैं न ? यदि मेरी बड़ी बहन से मिलने आये हैं तो वह भी मुमकिन नहीं "क्योंकि वे कालिज गयी हैं ?"

"जी, आप समझदार नज़र आते हैं," वह लड़की बोली—"अभी पहली तारीख में दो दिन बाकी हैं। आपका किराया बिना तकाजा आप तक पहुंच जायेगा। नमस्कार।"

"और अगर मैं आपसे मिलने आया हूं तो ?"

"बेकार है, क्योंकि मैं बहुत ज्यादा होशियार और अपनी उम्र से बारह साल बड़े लोगों की दुनिया से नफरत करती हूं। मेरी उम्र के छोकरे छेड़खानी करते हैं तब मज़ा आता है। बड़ी उम्र वाले जब ऐसा करते हैं तो लगता है वे जालसाज़ हैं। भला आप ही बताइए बाघ और मेमना कभी एक घाट पर पानी पीते हैं ?" वह खिलखिला कर हंसी, "आपको मालूम है कि दफा चार सौ बीस, या कोई और नंबर हो, उसकी तहत 'ईव टीजिंग' को सख्त अपराध करार दिया है सरकार ने। और आप तो जानते हैं कि हमें बाहर से वकील नहीं खोजना है।"

उसने दरवाजा बंद कर लिया।

अजीब लोग हैं। मैंने बार-बार सोचा। धीरे-धीरे समय के साथ एक दूसरे पर अविश्वास करने, दूर-दूर रहने, अपरिचय से पैदा अजनबीपन ढोने का दिखावा खतम होने लगा। मैं मानता हूं कि पहल मैंने ही की। बी. ए. पास करके रेणु ने उसी वर्ष एम. ए. हिन्दी में एडमिशन लिया था। मैं राजनीति में रिसर्च कर रहा था। दोनों छोरों को मिलाने की जब भी मैं कोशिश करता था वह निकसार से बाहर हो जाती थी। वहां सैकड़ों जोड़ी आंखें सब कुछ देखने के लिए ही तो लान में भीड़ बनाये इंतजार करती

थीं। बरसात बीती। जाड़े के दिन थे। मैं स्कूटर पर बैठा हिन्दी विभाग की ओर देखते हुए चला जा रहा था। वह चूंकि जानकर मुझे एवायड करती थी, इसलिए मैंने भी ज़िद कर ली कि एक न एक दिन इसी जगह खुले आम उससे मिलूंगा और दुनिया को दिखा दूंगा कि मैं रेणु से दिखावा नहीं सच्चा प्यार करता हूं।

एक दिन वह पोस्ट ग्रेजुएट भवन की ऊपरी छत पर अपनी सहेलियों के साथ रेलिंग से सटी खड़ी थी। बेहयाई तो नहीं की, हां उधर देखने से मैं रोक नहीं पाया। तब तक उसकी एक सहेली बोली, "लगता है यार कि यह तुझसे किराया वसूल कर रहेगा। कैसा बेहया है। आगा लोग भी इतनी सख्ती नहीं करते, बकाया वसूलने में।"

"मेरे ऊपर किसी का बकाया नहीं है," वह बोली, "हर कुत्ते की छठी इंद्रिय बहुत दूर की चीजें सूंघ लेती हैं, पर इसका मतलब यह तो नहीं होता कि गलत आदमी को भोंक-भोंक कर परेशान किया जाय।" सभी खिलखिलाकर हंस पड़ीं। बहादुरी और तुनक मिजाजी को शब्दों में कह देने से ही क्या एक दूसरे को प्यार करना रोका जा सकता है। मैं भी मुस्कराया और पेट्रोल का भभका खाली करता गायब हो गया।

बसंत पंचमी की बात है। प्रातःकाल मैं सोकर उठा तो बगल वाले फ्लैट में सन्नाटा था। नीचे उतरा तो रसोइए ने बताया, मां और पिता जी गंगा नहाने गये थे। रेणु भी नहाने गयी है या वह अकेली है ? नलिनी है कि कहीं गयी है। बड़े जोर का तूफान उमड़ा और मैं छत की चहारदीवारी लांघ कर आहट लेने लगा। तभी रेणु ढेर सारे कपड़े धो कर फैलाने छत पर आयी।

"क्यों, आज तो आपने बहुत दिलेरी दिखलाई। यहां कैसे आ गये।" उसने मेरे उत्तर की परवाह किये बगैर कपड़ों का पसारना जारी रखा।

"असल में रेणु मैं तुम्हें बहुत प्यार करने लगा हूं। तुम्हारे बिना मैं जी नहीं सकता।" मैंने कहा और उसकी ओर बढ़ा।

"मिहरबानी करके चहारदीवारी लांघ जाइए और बेमतलब बातें करना बन्द करिये। नलिनी और अम्मा तो नहीं हैं, पर पिता जी हैं। आप प्यार करते हैं। धन्यवाद। प्यार के लिए शरीर का निकट होना लाज़िमी होता है क्या ? कुछ तपिए, कुछ तपाइए, देखेंगे तब कि क्या यह तपिश ईमानदारी से जुड़ी है कि धोखेबाज़ी से। जो जिस्म के करीब आ कर प्यार करने को ही सही मानते हैं, वे अक्सर बेईमान होते हैं।"

"ठीक है रेणु, मुझे तपिश झेलना स्वीकार है।" मैंने कहा और चहारदीवारी डांक कर छत पर आ गया। उसके बाद लगभग तीन महीने बीत गये।

गर्मियां शुरू हो गयीं। छत आग पर रखे तवे की तरह जलने लगी। दिन भर तेज गर्मी। बेहद धूप। लू इतनी तेज चलती थी कि सामने की गुमटियों को ढंकने वाली चादरें हिलने लगती थीं। कोई घर से बाहर नहीं निकल पाता था। मेरी आंखों

में नींद नहीं आती थी। मैं छत पर घूम रहा था।

"क्यों लू में अपने को झुलसा रहे हैं।" रेणु बोली, "मारे गये गुलफाम वाली मुद्रा क्यों बना ली है।"

मैं एक झटके से दीवार डांक कर उसकी छत पर पहुंचा, और उसे आलिंगन में बांध लिया। लू में सांसें और गर्म हो गयीं। "अब जाइए" रेणु बोली।

"रेणु मैं तुम्हें बहुत प्यार करता हूं। अब जुदा नहीं रह सकता।"

"तो अपने पापा से कहें, मेरे पिता जी से कहें। शादी के पहले अब मिलने की गलती मत करियेगा।" वह बोली और चली गयी।

मानता हूं कि मैं ईमानदार नहीं रहा। मेरे बाप ने मेरी बात को एक झटके के साथ तोड़ दिया। "जिन्हें खाने के लाले पड़ते हैं, उसके घर में शादी।" उन्होंने कहा, "लोग कहते हैं कि दोनों बहनों का चरित्र अच्छा नहीं है। वकील साहब क्या कमाते हैं। कोई बहुत प्रसिद्ध वकील तो हैं नहीं। अपने गांव देहात के लोगों के मुकदमे लड़ते हैं। उस कमाई पर उनके परिवार की लड़कियां जो फैशन करती हैं, महंगे कपड़े पहनती हैं, इस तरह राजकुमारियों जैसी रह सकती हैं क्या ? उनके सपने देखना छोड़ दो।" पता नहीं पिता जी की बात रेणु के परिवार वालों को किसने बताई, पर वह जान जरूर गयी। वह फिर कभी छत पर नहीं आयी। उसी मई में उसकी शादी गांव में हो गयी, और आज वह व्यंग्य कर रही है। मैं बाजारू हूं। मैं बिकने वाला आदमी हूं। इतनी हिम्मत कैसे हुई। जो खुद बाजारू हैं, वे ही ऐसी बातें कह सकते हैं। इस नीच परिवार को इस मकान से निकाल देना ही ठीक रहेगा।

मैं सीढ़ियां उतरता धड़धड़ाते हुए नीचे पहुंचा। रेणु के फ्लैट के दरवाज़े को पीटा, "खोलो भई, आप लोग किरायेदार हैं कि मकान मालिक। यह तुम्हारे बाप की कोठी है।"

दरवाजा खुला। सामने एक गौर वर्ण का बहुत ही आकर्षक युवक खड़ा था।

"हमने इसे अपने बाप की कोठी नहीं समझा है सुरेश जी।" वह व्यक्ति बोला।

"आप कौन हैं ?"

"आइये, बैठिये, चाय पीजिए, मैं रेणु का पति हूं सूरज। अभी आ रहा हूं गांव से। सोचा था कि थोड़ी देर में आपकी सेवा में चलूंगा। आपके लिए ढेर सारी हरी सब्जियां लेता आया। आपको करेले की भुँजिया या कलोंजी पसंद है ?"

"सुनिये आप ये सब्जियां किसी भिखारी को दे दीजिएगा। हम बासी सब्जियां खाने वाले लोग हैं। आपसे मैं कहने आया हूं कि यह मकान छोड़ कर चले जाइए।"

"ठीक है। मकान छोड़ देते हैं अभी। हमारे कारण आपको परेशानी नहीं होगी। आपने रेणु को पढ़ने-लिखने में सहायता दी। आपके मां-बाप किरायेदारों का कुशल

मंगल पूछते रहे, यह सब एहसान है आपका। हम तो कल खुद ही जा रहे हैं मकान छोड़ कर। महीना बीतने में आठ दिन की देर है। नियमानुसार महीने भर का एडवांस ले कर किरायेदार को एक हफ्ता पहले ही निकाल देना उचित नहीं तो भी हम कल चले जायेंगे। मैं भी आप ही की तरह सोचता था। नई किताबें पढ़ कर सोचता था कि बहुत विद्वान् हो गया हूं। किताबें जानकारी देती हैं, ज्ञान नहीं। मैंने इसी किताबी बोझ को फेंक देने के लिए शहर को छोड़ कर गांव को चुना। गांव में आज भी पड़ोस की बहन-बेटी को अपनी बहू-बेटी ही मानते हैं। और एक आप हैं शराफत के नकाब में छिपे मांसखोर गीध जिसके लिए पड़ोसी लड़की मुर्दे जानवर की तरह लाश बन जाती है। आप क्या समझते हैं कि हम इस क़साईखाने में रहने के लिए मजबूर हैं ?"

"कसाईखाना था तो आये क्यों ? मुझे आप नहीं जानते श्रीमान् सूरज जी। मैं बहुत खतरनाक आदमी हूं।"

"मैंने ज़िंदगी भर आप जैसे लोगों को सुधारने का ही धंधा किया है। आप भी जान जायेंगे सूरज को।"

मैंने उसकी आंखों में देखा एक निर्मम चुनौती और चमक थी। लौट पड़ा। "हम ऐसे चरित्रहीन लोगों को अपने साथ रखकर जगहंसाई नहीं करा सकते।" मैंने कहा।

"चरित्रहीन कौन है ? वह जो किसी मासूम लड़की को शादी के पहले आलिंगन में बांधने की नीचता करता है या वह जो इस कदर कमीने आदमी को ठोकर मार देती है।" शराफत आपकी बपौती नहीं है मिस्टर सुरेश। रेणु ने ठीक कहा था कि आप बाजारू क़िस्म के इंसान हैं। शराफत भी हमारे गांवों के पालने में ही पनपती रही है। जैसे हम अपने अनाज से आपको जीने का सहारा देते हैं, वैसे ही ईमानदारी से जीने के लिए शराफत भी हमें ही सिखानी पड़ेगी।

●

सुनो परीक्षित सुनो

राजा अभी नहा-धोकर मंदिर की ओर जाने ही वाला था। उसे मंदिर कहना भी अनुचित होगा क्योंकि बेडौल आकार का एक पत्थर था सिंदूर से रंगा हुआ। राजा उधर जाने के लिए बढ़ा कि हजारों लोगों ने घेर लिया। उन सबों के पेट की जगह मुर्दा चमड़ा झूल रहा था। रीढ़ की हड्डी लटक गयी थी। बाल सफेद हो गये थे। पैरों में घट्ठे बन गये थे। उनमें न कांटे चुभते थे न कोई छुवन होती थी। वे सब गलित कुष्ठ से लुंजपुंज हो गये थे। उनकी हवा में उठी हथेलियां सड़ गयी थीं। आंखें कोटरों में धंस गयी थीं। उनके पास फटे-फटे गंदे छोटे से कपड़े थे जिनसे उन्होंने लंगोटियां बनाकर अंग ढंक लिया था। अनेक लोग नंगे थे।

"हा-हा हा-हा" सामने खड़ी भीड़ हड्डी के ढांचों को भी हिला देने वाली आवाज में बोली, "हमें अन्न दो, अन्न दो, अन्न दो!"

"भाइयो, मैं और मेरा परिवार खुद अन्न के दाने-दाने के लिए तरस रहा है। बड़ी मुश्किल से मैं यहां से पचास मील दूर गंगा से जल मंगवाता हूं क्योंकि गंगा की वह शाखा सूख गयी है। जिसके तट पर यह हस्तिनापुर नगर आबाद है। वह जल भी जहरीला है। उसे खौलाकर पीना पड़ता है, जहां तक अन्न का सवाल है, मैं अगर कहूं कि मेरे परिवार में कंदन भी नहीं है हम कंद, मूल, आलू और जमीन के अंदर मिलने वाली वस्तुओं से किसी तरह जिंदगी बसर कर रहे हैं, हमें खाने के लिए आधी टुकड़ी रोटियां भी नहीं मिलतीं।"

"हम कुछ नहीं सुनना चाहते, तू भोग रहा है भोग, हमें भोगना है सो हम भोगेंगे। तू भी अन्न और जल के बिना मरेगा, तेरी प्रजा भी मरेगी। जानता है तू कि कसूर किसका है?"

"नहीं भाइयो, बतायें आप लोग?"

तभी भीड़ में धक्का-धुक्की शुरू हो गयी, जितने लोग थे उतने मत-मतांतर थे। आखिर में इनमें से सबसे अनुभवी एक बुड्ढे ने कहा, "यह सब इसलिए हो

रहा है कि कलियुग आ गया है। कलियुग के बारे में मेरे ऋषि अग्निहोत्री पिता कहा करते थे कि जब अकाल पड़े, सब कुछ जल में समा जाये तभी आग की लपट अग्निहोत्री के कान में कह जाती है कि अब कलियुग आ गया। यह लपट मेरे कान में पंद्रह दिन से रोज गुनगुनाती है और मैं पंद्रह दिनों में सूखकर कांटा हो गया हूं। सुना है कुरुक्षेत्र से जो लोग जितना ही अधिक दूर हैं, उन पर असर उतना ही कम है।"

"झूठ मत बोलो, " एक युवक बोला—"तुम्हारे शब्द उसी दिन राख हो गये जिस दिन ब्रह्मास्त्र का इस्तेमाल किया गया। इस तरह सड़-सड़कर मरने वालों को अग्निहोत्री, ज्योतिषी, वैद्य किसी की भी जरूरत नहीं है अब। वह नकाब उलट गया है महाराज जिसमें तोप ढंक कर दुःख से छुटकारा दिलाने वाले भंड ईश्वर से याचना करते हैं।"

"चुप रह अनीश्वरवादी।" अग्निहोत्री जी बोले, "इसी तरह की अनास्था वालों के कारण यह प्रलय आया है जो भगवान् को नहीं मानते।"

"चुप भंड अग्निहोत्री, वह कुछ हो, तब न आस्था उपजेगी।"

"बूढ़े बाबा," एक नवजवान छोकरा बोला, "बाबा, आप झूठ तो मत बोलो। आपके अग्निहोत्री बाप ने कहा होगा कि जब कलजुग आये तब समझना कि अन्न-जल के लिए छछनेंगे। यह सब बेहूदा बहकावा है। मैं दशार्ण से आ रहा हूं। क्या वह कुरुक्षेत्र से नजदीक है ? वहां भी कलियुग आने वाला है शायद। अरे अग्निहोत्री महाराज, बकवास बंद करो। महाभारत युद्ध को बीते हुए लगभग सोलह वर्ष बीत चुके हैं। मगर तेरा ईश्वर अब तक भक्तों के योगक्षेम जुटा नहीं पाया। पाखंडी, मेरे जैसे अनीश्वरवादी पर चिढ़ता है तो चिढ़, पर निर्दोष मानव जाति पर तो रहम कर! क्या तुमने अपनी आंखों से ऐसी विचित्र लीला देखी कभी ? जिस रूप में कौरव-पांडव लड़ाई चली और जिस रूप में घोड़े, हाथी, रथ तथा पदातिक लड़ते रहे, वैसी ही लीला अब भी जारी है। कुरुक्षेत्र में अब न तो लाशें हैं और न ही घोड़े, हाथी और टूटे रथ हैं। एकदम सफाचट मैदान है, वहां यह भूत लीला क्यों हो रही है ? छायाएं नाच क्यों रही हैं ?" किल्विष बोला।

"क्या ?" भीड़ एक छिन के लिए अचंभे में पड़ गयी, "क्या कहा तुमने, वहां जो जिस रूप में मरे हैं उसी तरह उनकी प्रेतात्माएं नाच रही हैं ? दुहाई-दुहाई वरुण देव।" सब लोग हाथ जोड़कर बैठ गये, हमारी रक्षा करें। बुड्ढे ने सबसे पहले आंखें खोलीं, "है कोई माई का लाल जो मेरे साथ मसान में चले ?"

"ना बाबा, किसी को कुत्ते ने काटा है क्या ?"

"अरे अभागो, तुम जीओगे भी सड़-गलकर तो अधिक से अधिक एक-दो महीने।" बूढ़े बाबा ने कहा, "मरते-मरते यह तो देख लो कि अग्निबाण से जब बाण टकराता है तो क्या नतीजा होता है ? ये देख रहे हो। महाभारत बीते अभी दो दशक

भी नहीं बीते कि हरे-भरे पेड़, तालाब, नदियां, जलाशय, सब लपटों में समा गये। खेत-खलिहान, बैल-गाय, भंइस, पड़वे भी तो नहीं बचे कि उनके दूध का मट्ठा पी-पी कर किसी तरह दिन कटे।"

"चलो, बूढ़े बाबा," परीक्षित बोला, "चलो, हम भी मसान देखने को तैयार हैं। हमें भी लालसा है कि माता के गर्भ में मेरी रक्षा करने वाले मातुल और पितामह का रथ कैसा था ?"

"मारो स्साले पातकी को।" भीड़ ने अपने टूटे-फूटे, लुंजपुंज हाथों से कंकड़ उठाकर परीक्षित की ओर फेंकना शुरू कर दिया, "यह चला है हरामी अपने पितामह का दर्शन करने। जिसने यह सब कहर ढाया है उसे ही पूजने चला है यह। क्यों रे, क्या तेरे पिता अभिमन्यु के मामा ने तेरी माता के गर्भ में जान नहीं बचायी थी तेरी ? अश्वत्थामा के अग्निबाण से तेरी रक्षा नहीं की ? एक तरफ तेरा शिखंडी है, कृष्ण है, दूसरी तरफ तेरा पितामह अर्जुन। ये सब मतलबी दुनिया के रहनुमा हैं। हम मानते हैं कि गलती अश्वत्थामा ने की कि ब्रह्मास्त्र का उसने पहले प्रयोग किया। दुनिया भर के बौद्धिक बता चुके थे कि जहां इस बाण का प्रयोग होता है वहां सब कुछ जलकर राख में बदल जाता है। संतानें कुरूप और ऐबी पैदा होने लगती हैं। उनकी बुद्धि की जगह नासमझी और कूड़ा भरा रहता है। विकलांग संतानें इतनी विचित्र होती हैं कि उनके कुष्ठ-ग्रस्त मां-बाप भी किसी पगडंडी पर छोड़कर भाग जाते हैं। पूरी दुनिया में बारह साल तक अकाल छाया रहता है, वर्षा नहीं होती। लोग जिस तरह अन्न के बिना मरते हैं, वैसे ही जल के लिए छछनते हैं। बोल राजा यह सब क्यों हुआ। हम बूढ़ों को उतना ही जाहिल समझते हैं जितना तेरा खानदान पितामह भीष्म को समझता रहा। भीष्म लाख-लाख बार समझाते रहे कि कृष्ण भगवान् हैं, वह अवतार हैं। कहां गया तेरा अवतारी कृष्ण। उसे जंगली बहेलिये ने मार डाला, कहां गयी उनकी ताकत। यह सब बकवास है। कहां गयीं हजारों पटरानियां, कहां गया समुंदर के किनारे बना हुआ नया नगर, कहां गयी द्वारका जिसे मय दानव जैसे वास्तुशिल्पी ने तिल-तिल जोड़कर बेजोड़ बनाया था। वह नगर उसी तरह समुंदर में डूब गया जैसे तेरे पितामह के अग्निबाण में उत्तर भारत मरा।"

"सुनिये भाइयो, अगर मुझे कंकड़ और पत्थर के टुकड़ों से मार-मार कर मेरी हत्या से आपको शांति मिलती है तो चलाइये पत्थर। मगर इतिहास की गलत व्यवस्था मत कीजिए। भगवान् व्यास देव जैसे वैज्ञानिक को झूठ के जाल से मत तोपिये। क्या यह सच नहीं है कि पितामह अर्जुन ने गुरुपुत्र अश्वत्थामा को हमेशा गुरुपुत्र ही माना। युद्धभूमि में भी उसकी हत्या का इरादा उनके मन में नहीं उठा। फिर भी कुरुवंश की आखिरी निशानी अबोध और मासूम बच्चों की हत्या क्यों की, गुरु पुत्र ने ? जब गुस्से को सहने में वैज्ञानिक नाकाम होता है तो उसे अपने या दूसरे के परिवार को उबारने का खयाल भी नहीं रहता। खुद अपने अस्तित्व को बचाने का

उसे ध्यान नहीं रहता। आपको मालूम होना चाहिए कि व्यास देव जैसे तटस्थ वैज्ञानिक ने झूठ की नकाब नहीं ओढ़ी। युधिष्ठिर, अर्जुन, कृष्ण के पहुंचते ही अश्वत्थामा भय से कांप उठा और उसके पास थोड़ी शक्तिवाला अग्निबाण था, उसे चला दिया गुरुपुत्र ने। जो धुआं और जहरीले तत्वों को इस तरह मथ दे रहा था कि वहां खड़े तमाम लोग अंधे हो गये। अनेक की नाकों से रक्त निकलने लगा। सांस लेना भी मुश्किल था। भगवान् व्यास के सामने यह सब घट रहा था। अश्वत्थामा ने मंत्र तकनीक से बाण चलाने के संकल्प में क्या यह नहीं कहा था कि यह बाण समस्त पांडवों का विनाश कर दे। बाण छोड़ने के तुरंत बाद उस सींक के बाण से काल, अंतक और यमराज के समान भय से कंपा देने वाली आग से तीनों लोक झुलसने लगे। मैंने कहा था भाइयो कि अग्निबाण का इस्तेमाल अर्जुन ने नहीं किया। जब बाण विश्व को जलाता अर्जुन के पास पहुंचा तो अपने बचाव के लिए वे रथ से कूद पड़े। उन्होंने आंख मूंदकर महाकाल को प्रणाम करके संकल्प में कहा, 'आचार्य पुत्र का कल्याण हो!' उन्होंने अपने भाइयों और अपनी सुरक्षा के लिए बाण तो चला दिया मगर संकल्प के आखिरी शब्द थे, 'इस ब्रह्मास्त्र से शत्रु का ब्रह्मास्त्र शांत हो जाये!' "

"आपको यकीन हो तो मानिये, यकीन न हो तो मेरी हत्या कर दीजिए। मैं तैयार हूं!" परीक्षित ने कहा।

"झूठ बोल रहा है, बकवास कर रहा है।" किल्विष ने कहा। व्यास देव ने साफ लिखा है कि तेरे पितामह के बाण से सब कुछ को जला देने वाली आग की लपटें उठने लगीं। अर्जुन के बाण की भयंकर लपटें अश्वत्थामा के बाण से टकराकर वज्र की तरह आवाज करती हुई नीचे गिरने लगीं। जड़-जंगम सब कुछ राख में बदलने लगा। सारा आसमान आग की ज्वाला से भर गया। भूकंप पर भूकंप आने लगे। इस स्थिति को, बाणों की तकनीक को जानने वाले व्यास और नारद दोनों ने समझ लिया। अपने मंत्र कवच को धारण करके एक साथ दोनों बाणों के बीच खड़े हो गये। सब लोग जानते हैं कि इन ऋषियों के आदेश की अवहेलना मुश्किल ही नहीं असंभव थी। दोनों ने कहा, "जरा ध्यान से सुनो परीक्षित, कहा कि तुमसे पहले भी इस शक्ति के जानकार थे। वे अग्निबाण बना सकते थे, परंतु उन्होंने कभी इसका प्रयोग मनुष्यों पर नहीं किया। तुमने यह दुस्साहस कैसे कर दिया?"

"हम मानते हैं कि तेरे पितामह ने इस झिड़की को सुनते ही अपने अग्निबाण की शक्ति को समेटना शुरू कर दिया... उन्होंने कहा कि मैं अपने बाण को शांत कर रहा हूं किंतु अश्वत्थामा ने बाण को शांत नहीं किया तो पांडव-वंश तो बिला जायेगा। कोई नाम लेवा पानी देवा भी नहीं बचेगा!"

"अर्जुन ने उचित कहा था। वे ऐसे वैज्ञानिक थे कि जिस शक्ति को समेटने की ताकत देव, दनुज, मनुज किसी के भी पास नहीं थी, इंद्र भी नहीं जानता था

जिसे उसे केवल एक व्यक्ति जानता था यानी तेरा पितामह अर्जुन।" व्यास देव के सामने हाथ जोड़कर अश्वत्थामा ने कहा, "मैं ब्रह्मचारी नहीं हूं। सुनो परीक्षित ध्यान से सुनो, एक ब्राह्मण ही ऐसा सत्य वचन बोल सकता है। अपने को चरित्रहीन कहना सबके बूते की बात नहीं है।" "मैं लाचार हूं ब्रह्मन्, मैंने बहुत कोशिश की पर यह अग्निबाण लौटाने की तकनीक मैं नहीं जानता।"

"तुम ब्राह्मण नहीं, शूद्र हो अश्वत्थामा। तुम अनोखे बाण केवल चला सकते हो उसे रोक नहीं सकते। यह तुम्हारे लिए बहुत भारी पड़ेगा।" तब दोनों ऋषियों ने अर्जुन से कहा कि दोनों ब्रह्मास्त्र वे ही शांत करें।"

"आप लोगों की आज्ञा है इसलिए मैं इसे पांडवों पर नहीं उनकी पत्नियों के गर्भों में पलते शिशुओं की ओर घुमा रहा हूं।" अश्वत्थामा गर्व के साथ बोला।

"पांडव वंश खत्म नहीं होगा गुरुपुत्र, मैं उसकी रक्षा करूंगा।" छलिया कृष्ण बोला, "मेरे पास ब्रह्मास्त्र को शांत करने वाली विद्या हो या न हो, पर इससे बचने की तक[illegible] जरूर है।"

"अगर महाभारत में अग्निबाण के इस्तेमाल से बची हुई, प्रदूषण से मुक्त धरती होती तो तेरे पांचों पितामह, द्रौपदी तथा उनका कुत्ता हिमालय में समाधि लेने के लिए क्यों चल पड़े। स्वर्गारोहण कहा है दादा व्यास ने। धरती अगर नरक से भी गयी-गुजरी होती तो चक्रवर्ती सम्राटों की तरह भोग-विलास में लीन नहीं रहते? क्योंकि विजेता आसानी से इतने विरक्त नहीं होते कि भोग-विलास छोड़कर हिमालय में गलने के लिए निकल पड़ते। इसके पीछे सिर्फ एक कारण है कि धरती अन्नजल से विहीन हो गयी थी। वे महसूस कर रहे थे कि यहां गलित कुष्ठ से तिल-तिल करके मरने की अपेक्षा हिमालय में गल जाना बेहतर होगा।"

"ठीक कह रहे हो भाई, क्या शुभ नाम है आपका?"

"मैं किल्विष हूं राजा। किल्विष यानी धूर्त, तू है परीक्षित, यानी परीक्षा में खरा उतरने वाला। सब प्रकार से काट-छांटकर, तराशकर बनाया गया महामानव। हा-हा-हा।" किल्विष ने, जिसके दोनों हाथ साबुत थे, तालियां पीटकर चिल्लाया, "कहां गया बुड्ढा अग्निहोत्री?"

"मैं यहां हूं बालक।" अग्निहोत्री बोला। सच झूठ के बाहर मजा, सत्तुक खिल[illegible]कर इसी तरह जनता को हंसाता रहा। कुछ तो शांति मिलेगी। हां, बोल तू मुझे क्यों ढूंढ़ रहा था।

"इसलिए अग्निहोत्री कि आपके बाप ने आपको कानों में फुसफुसा दिया है कि जब ऐसा वक्त आये तो समझना कि कलियुग आ गया है। तू जानता है बुड्ढे कि ये सतयुग से लेकर कलियुग का मतलब क्या है?"

"जिस ऋषि खानदान में मेरा जन्म हुआ धूर्त, वहां तेरे जैसे पातकी प्रवेश करने की भी हिम्मत नहीं करते थे। तुझे क्या मालूम कि वैश्वानर को जिह्वा के अग्रभाग

पर संभालकर रखने वाले ब्राह्मण अब दीखते भी नहीं।"

किल्विष ठहाका मार कर हंसा, "देखेगा जिह्वा पर वैश्वानर किस तरह बैठता है ? तू अग्निहोत्री ब्राह्मण है और मैं चांडाल ब्राह्मण हूं, देखा," सब लोगों ने अचरज से देखा कि किल्विष चकमक रगड़कर कपूर बटी जलाता था और अपने मुंह में डालकर हंसता था।

"भूत, भूत !" अग्निहोत्री भागा, "यह साक्षात् प्रेत है। इसकी जिह्वा पर वैसा ही दीपक जल रहा है जैसा कोई अपने संबंधी की मौत के बाद अंधेरे में प्रेतात्मा का रास्ता दिखाने के लिए पीपल के पेड़ की जड़ पर रख देता है।"

"रुक जा अग्निहोत्री !" किल्विष चिल्लाया, "हम भी तुम्हारे साथ कुरुक्षेत्र में प्रेतलीला देखेंगे। हम भी अग्निहोत्री हैं !"

"अबे स्साले," अग्निहोत्री चिल्लाया, "मुझे फांस नहीं पायेगा तू। तू मेरी बलि देना चाहता है। तू प्रेतों को वश में करके अचरज में डाल देने वाले खेल तमाशों को दिखाना चाहता है। विंध्याचल को लांघकर दक्षिण भारत में चैन से जीना चाहता है। गलित कुष्ठ पैरों से यह सब कर नहीं पायेगा। इसलिए बैताल पूजना चाहता है !"

"अरे बाबा, यह बैताल क्या होता है ? मैंने तो इसका नाम भी नहीं सुना। हां, जिस आग को तूने मेरी जीभ पर देखा, वह कौतुक है। तू भी सीख ले मुझसे। द्वारका की ओर चला जा, वहीं गया है परीक्षित के पितामह का साला और सारथी कृष्ण। उसी छलिये ने हमारी यह दुर्गति करायी है। उस अधम से बदला लेना ही है। उसने महाभारत शुरू होने के पहले सच्चे इंसान की सोच पर लात मार दिया। जब परीक्षित के पितामह ने कहा कि मैं अपने संबंधियों, कुटुंबियों, रक्त से जुड़े लोगों की हत्या नहीं करूंगा, मैं पितामह भीष्म, गुरु द्रोण की हत्या के लिए धनुष नहीं उठाऊंगा। कितनी सही और सटीक थी यह बात, पर उस मायावी ने कहा कौन मारता है, कौन मरता है, यह सब अज्ञानी सोचते हैं। तू जिन्हें मारने को तैयार नहीं है क्योंकि इनमें कई तेरे रक्त संबंधी हैं, ये सब पहले से ही मारे जा चुके हैं। कहते हैं कि उस मायावी ने एक ऐसा डरावना रूप दिखाया। जमीन पर पैर, सूर्य तक ऊंचा शरीर। हजारों मुख, करोड़ों लपटें। द्रोण, भीष्म, कर्ण यानी तमाम लोग उन्हीं मुखों में समा रहे थे। अर्जुन त्राहि-त्राहि कर उठा।" तब उस जादूगर ने कहा, "देखा तूने, ये सब मर चुके हैं। मैं इन्हें मार चुका हूं। मैं तो तुझे निमित्त बना रहा था निमित्त। हा, हा, हा, हा,..." किल्विष ठठाकर हंसा, "उसने कहा था कि जब धर्म का विनाश निकट होता है, साधु लोग पीड़ित होते हैं, पतित बढ़ते हैं तो मैं अवतार लेता हूं। पूछो उस मायावी से कि भीष्म, द्रोण, कर्ण क्या पतित थे ? अभिमन्यु की हत्या करना ही उनका जुर्म था तो जयद्रथ वध कौन-सा पुण्य कर्म था। क्यों रे राजा तू अपने पितामह और उनके साले के दिव्य रथ को देखने के लिए तो लालायित है, पर वे लाखों

विधवाएं, माताएं, बहुएं और बहन...निर्दोष होते हुए भी पतियों, पुत्रों, युवकों और भाइयों से क्यों बिछुड़ गयीं ? क्या उनके लिए अन्न-जल इकट्ठा करना तेरा धर्म है या नहीं, तू अपने पितामह, अपने मातुल की छाया देख, पर तू शायद यह नहीं जानता कि जो कुरुक्षेत्र में छाया देखने जाता है वह खुद एक परछाईं बनकर रह जाता है। बता तू कि इस डरावने और भयंकर युद्ध का सबब क्या था ? मैं तो मानता हूं कि सबब द्रोणाचार्य थे। उन्होंने बेटे को केवल ब्रह्मास्त्र चलाने की विधि तो गफलत में बता दी पर तेरे पितामह को अग्निबाण लौटाने की कला भी सिखायी।"

"इस युद्ध के कारण थे गुरु-पुत्र अश्वत्थामा।" परीक्षित बोला। "पांखडी, यह तकनीक जानने के लिए सभी ललचाते रहे, सभी गुप्तचर की तरह पेड़ की आड़ में छिपे, अथवा गुरु कुटीर के पिछवाड़े खड़े होकर, अथवा झोंपड़ी के पक्खे से सट कर इसे सीखना चाहते थे, क्यों नहीं द्रोण ने खुले आम इसकी शिक्षा दी या मानव विनाश को उनकी आंखें देख रही थीं तो क्यों उन्होंने नाइंसाफी की ? जिस बेटे को दूध की जगह चावल की धोवन पिलाकर पाला, वह तो उनका था ही, उसे ही बता देते। वे इसके परिणामों को जानते थे, इसकी विनाशक शक्ति से परिचित थे। मैं उन्हें दोषी नहीं मानता। उन्हें युद्ध में धोखे से मारा गया। अश्वत्थामा की मौत की सूचना मिलते ही उन्होंने युधिष्ठिर से सत्य पूछा। धर्मराज भी झूठ बोलने लगा, तो भी पुत्र स्नेह के कारण प्रमत्त और विक्षिप्त होकर उन्होंने ब्रह्मास्त्र नहीं चलाया। अगर अर्जुन पर ही उनका विश्वास था तो चोरी-चोरी यह सब बताने का नाटक क्यों करते रहे। एकलव्य भी ब्रह्मास्त्र का अधिकारी था क्योंकि उससे बड़ी गुरुभक्ति किसी ने कभी भी नहीं दिखायी। उनके प्रति शूद्र अगर धनुर्वेद सीखने का अधिकारी नहीं होता तो उन्होंने दुनिया भर में मशहूर एक मात्र धनुर्वेद का ज्ञाता अर्जुन को बनाये रखने के लिए तिरस्कृत शूद्र शिष्य के दाहिने हाथ का अंगूठा क्यों कटवा लिया ? कैसा घिनौना चरित्र था उस गुरु का। लोग कहते हैं, गुरु की कामना होती है कि वह अपने शिष्य से पराजित हो, किसी बाप की इच्छा होती है कि उसका बेटा उससे आगे निकल जाये। पर तेरे पितामह को मुहरा बनाकर दांव पर चढ़ाये गये वे जो सिर्फ एकलव्य नहीं अनेक लव्य थे, शताधिक लव्य तमाम लोग थे जो गुलामी के दरबार में हाथ जोड़े खड़ा होने के लिए तैयार न थे। वे नचिकेता की तरह अपनी प्रयोगशाला में सृष्टि को मौत के मुख में डालने का रहस्य पाना चाहते थे, पर द्रोण इस संधि पर हस्ताक्षर करने को तैयार नहीं थे जिनमें ब्रह्मास्त्र बनाने की क्षमता थी। मैं एकलव्य के उस भोले-भाले चेहरे का जब खयाल करता हूं तो मेरे बदन के रोंगटे खड़े हो जाते हैं। कैसी मासूमियत थी। उसने सब प्रकार के बाण चालन में अर्जुन को पराजित कर दिया। यह नहीं कि भौंकते कुत्ते के मुख को बाणों से ऐसा भर दिया कि उसे देखते ही अर्जुन उदास हो गया। गुरु द्रोण की मूर्ति को सामने रखकर वह भील बालक

जिसे वह दुत्कार चुके थे, शूद्र कहकर, अचरज में डालने वाली तकनीक का मर्मज्ञ बन गया था। वही स्वयं सिद्ध बन गया था। उससे डर था अर्जुन को, डर था तेरे गुरु को क्योंकि ब्रह्मास्त्र की तकनीक जानने के लिए हजारों राजे नरेश दिन-रात एक किये थे। क्या ब्रह्मास्त्र जयद्रथ को नहीं मिलना चाहिए था। क्या उसे पाने का अधिकारी साल्व नहीं था, दृष्टद्युम्न नहीं था, सात्यकि नहीं था, अभिमन्यु नहीं था। सातों महारथियों में सिर्फ एक को प्राप्त हुआ। अश्वत्थामा अगर द्रोण की रणनीति में फिट नहीं हो रहा था तो न सही, रणनीति की नयी तकनीक पाने के लिए पता नहीं क्या शर्त थी, गुरु द्रोण की, पर उन्होंने ब्रह्मास्त्र के लिए दो गुरु तो बना ही दिये। एक था उनका शिष्य, नहीं गुलाम, तेरा पितामह और दूसरा था रक्त की पुकार लेकर प्रतीक्षा में खड़ा अश्वत्थामा। एक ने अपनी आजादी बेचकर ब्रह्मास्त्र प्राप्त किया, दूसरे ने छुपकर सारा भेद सीखा। किंतु सीखने और पाने में बहुत अंतर होता है। नक्शे को देख-देखकर तकनीक जानने वाला कच्चा से कच्चा व्यक्ति इसे तैयार कर लेता है जब कि महान् से महान् गणित-विज्ञानी बिना नक्शे के सिद्धांतों की माला जपते, हर मोड़ पर अगले रास्ते को ढूंढ़ते, एक न एक दिन इसे बनाकर जय-जयकार से माहौल को गुंजा देता है। क्यों रे राजा, तेरा पितामह था निकृष्ट या तेरे वंश का गुरुपुत्र ? तू कह रहा था यह सब अश्वत्थामा के कारण हुआ ?"

"क्या तेरे पितामह ने एकलव्य का अंगूठा इसलिए कटवाया कि ब्रह्मबाण के भेद को खुले आम नहीं छोड़ा जा सकता। हाय रे परीक्षित, मनुष्यता की रक्षा के लिए तकनीक को गोपनीय रखने वाले धूर्त गुरु के स्वागत के लिए वह दौड़ रहा था। उसने अपनी मां से कहा कि, 'मां, आज मेरा जीवन चरितार्थ हो गया। मेरी झोंपड़ी पर गुरुदेव आये हैं', इतना सुनना था कि उसकी मां रसोई से निकलकर दौड़ती हुई गुरु द्रोण के पास पहुंची, उसने दोनों हथेलियों को पीठ पर चढ़ाकर द्रोण के सामने माथा टेकते हुए कहा, 'महाराज, आज शूद्र भीलनी का जन्म कृतार्थ हुआ कि आपके पुण्य चरण झोंपड़ी की ओर मुड़े। मुझे आप दोनों को देखकर लग रहा है कि विश्वामित्र के साथ स्वतः राम शबरी को दर्शन देने आये हैं।'

" 'शूद्रे, उठो मैं बहुत प्रसन्न हूं कि तेरा पुत्र महारथियों को ललकारने योग्य एक आकर्षक किशोर बन गया है। ये हैं मेरे साथ अर्जुन यानी भारत के सबसे बड़े धनुर्धर और वह सामने है तेरा कुत्ता जिसके मुख को तेरे पुत्र ने अपने कौशल से इस तरह बाणों से भर दिया है कि अब भौंक नहीं सकता। मैं खुद अचंभे में पड़ गया हूं!' तभी एकलव्य कटोरे में जल और जंगली फल ले कर आया।

" 'जल नहीं वत्स, मैं शूद्र का जल नहीं पीता, पर तुम्हारी विधा को परखने का इरादा है आज। क्यों एकलव्य, अर्जुन से युद्ध करेगा ?'

" 'मैं काल से भी लड़ सकता हूं गुरुदेव, अर्जुन की भुजाओं पर जो प्रत्यंचा के निशान हैं, इससे तो स्पष्ट हो ही रहा है कि अभी घट्ठे इस योग्य नहीं हुए कि

वे प्रातः से लेकर सायंकाल तक एकलव्य से लड़ पायेंगे।'

" 'अभिमानी की तरह मत बोल शूद्र।' द्रोण ने कहा, 'धनुर्धर की पहचान केवल हाथ पर उभरे घट्ठों से ही आंकना गलत दृष्टि से पदार्थ को देखना है। तू अर्जुन के अंगूठे पर उभरे घट्ठे को देख ?'

" 'देख चुका हूं गुरुदेव, अगर मैं गलत दृष्टि से देखने का अपराधी हूं तो द्वंद्व करा लीजिए।'

द्रोण का श्वेत बालों में डूबा चेहरा गुस्से से लाल हो गया। उनकी आंखों से चलवा मछली जैसा कुछ चमका और बोले, 'ठीक है, हो जाये द्वंद्व।'

" 'महाराज एकलव्य को क्षमा कर दें, वह अबोध बच्चा है। उसे कब और कैसे बोलना चाहिए वह नहीं जानता।' भीलिनी बोली, 'आपका राजकुमार अर्जुन पर शूद्र से अधिक स्नेह बरसाना स्वाभाविक है, किंतु आपने शूद्र कहकर जिस बालक को ठुकरा दिया था, उसने मिट्टी से आपकी प्रतिमा बनाकर, आपका पूजन करके जो ज्ञान पाया है वह भगवान् शिव की देन है, आपकी नहीं। एकलव्य भावुक है। वह भला महारथी अर्जुन से मुकाबला कर पायेगा। कटोरे का पानी और जंगली फलों के दोने भी आपने शूद्र कहकर ठुकरा दिये, फिर यह परीक्षा क्यों ?'

" 'देख शूद्र, तेरे पुत्र ने खुद कहा कि वह मेरा मानस शिष्य है।'

" 'झूठ बोलना शूद्रों का धर्म है महाराज क्योंकि वह आप जैसे गुरुओं की रहस्य भरी बातों से परिचित नहीं है। द्वंद्व का निर्णय लेने के पहले अचरज में थे कि अर्जुन को खतरे में डालूं या न डालूं। फिर आपकी आंखों में चमक उभरी, वैसी इस शूद्रा ने जिंदगी भर देखी है। स्वार्थ के लिए किसी को दोस्त और किसी को दुश्मन बनाने वाले, जाति, वर्ण का चोगा लटकाने वाले गरीबों को किस तरह ठगते हैं, यह मैं जानती हूं। चलो एकलव्य, इन जैसे ऊंचे लोगों, जो पहले हाथ उठाकर जय-जयकार करते हैं, तीन पग जमीन की याचना करते हैं और फिर दानशील राजा जब ऐसे अवतारी पुरुष को देखता है तो याचना स्वीकार करके थोड़ी-सी जमीन दान में देने को तैयार हो जाता है तो वे तीन पग में संपूर्ण धरती छीन लेते हैं। यह है ब्राह्मण जाति में अवतरित होने वाला प्रथम अवतार। तू भगवान् बामन के वंश के इन बहुरूपियों से बच कर रह। बलि इसी तरह छला गया, तू भी इनके छल का शिकार न बन, एकलव्य, आओ चलो।'

" 'कैसी बातें कर रही है मां।' एकलव्य द्रोण के चरणों में गिर पड़ा, 'क्या तू भारतवर्ष के धनुर्वेद के सर्वश्रेष्ठ ज्ञाता का अपमान नहीं कर रही है ? देखे होंगे तूने स्वार्थी ब्राह्मण पर मेरे गुरु प्रतिभा पहचानने वाले ऐसे वैज्ञानिक हैं जिन्होंने अपने पुत्र अश्वत्थामा तक को भी ब्रह्मास्त्र का रहस्य नहीं बताया। प्रतिभा उन्हें अर्जुन में दिखी तो उसे न सिर्फ चलाने की बल्कि शांत करने की तकनीक भी सिखा दी।'

“ ‘तो तू अब ब्रह्मास्त्र सीखने चला है, तमाम हथियारों के होते हुए भी तुझे ब्रह्मास्त्र की रट क्यों लगी ? तेरे पुरखे, खुरपे, हंसिया, भाले और त्रिशूल से अपनी रक्षा कर लेते थे। तेरे कारण यह जंगल सूना होता जा रहा है। तू लगातार ब्रह्मास्त्र को पाने के प्रयोग कर रहा है। तेरा वृक्षों, लताओं, झाड़ियों और सुगंधित कुंजों से अलग रहना मुझे नहीं रुचता। तू यह सब लपटों को सौंपने के संकल्प से अलग हो जा। वरना वनदेवी तुम्हें कभी माफ नहीं करेगी, जंगली आदिवासी कबीले उजड़ रहे हैं। जिस हिस्से में तू प्रयोग करता है वहां कुछ भी जिंदा नहीं बचता।’

द्रोण भीलनी की बात सुनकर चौंक उठे। वे मन ही मन सोचते रहे कि ब्रह्मास्त्र के ये लक्षण तो तब प्रकट होते हैं जब ब्रह्मास्त्र की प्राप्ति निकट से निकटतर होती जाती है।

“ ‘उठ पुत्र, एकलव्य, तूने क्या सचमुच ये अपराध किये हैं ? तुम्हारी अम्मा के कहने से तो लगता है कि तूने ब्रह्मास्त्र बिना तकनीक के स्वतः स्फूर्त ज्ञान से जान लिया है। क्या तू हमें वह स्थान दिखायेगा जहां इसके प्रयोग से कुछ भी जिंदा नहीं बचता ?’

‘एकलव्य’ एक संबोधन दो आवाजें।

एकरतफ से उसकी मां ने पुकारा, दूसरी तरफ से द्रोण ने। “ ‘लौट चल बेटे, लौट चल’ भीलनी बोली, “ ‘यह बिलकुल कपटी और धूर्त है।’

“ ‘सुना राजा तूने, द्रोण को किल्विष कहा था एकलव्य की मां ने और मैं जो युवावस्था में ही पंगु बन गया, जिसको जन्म से ही लोग किल्विष कहते आ रहे हैं, उसे तमीज नहीं कि बात कैसे करनी चाहिए मैं तो भीलनी से भी अधम हूं। ईश्वर के प्रतिनिधि राजा को पहचान कर भी उसके प्रति आदर न दिखाना पाप है ? क्यों रे क्या तू सचमुच ईश्वर का भेजा हुआ अवतार है ? लोग कहते हैं कि खुद तेरे प्राणों की रक्षा छलिया अवतारी कृष्ण ने की। कुछ न कुछ तो उसका असर होगा ही तेरे ऊपर। सच-सच बोल दे कि इस महाभारत में धरती पर कहर ढाने वाला कौन है, अर्जुन या अश्वत्थामा ?”

“मैं कह चुका हूं किल्विष कि कारण गुरुपुत्र था।” परीक्षित दृढ़ता से बोला।

“सुन किल्विष,” आवाज एकदम निकट खड़ी एक बुढ़िया की थी, उसका सारा मुंह झुलस गया था। शरीर नग्न था। गंदे कपड़े से जगह-जगह से पीप और मवाद भरे घावों को उसने तोप लिया था फिर भी मक्खियां भिनभिना रही थीं।

“तू कौन है माता, तूने मुझे क्यों पुकारा ?”

“इसलिए किल्विष कि तूने नासूर पर सही हाथ रख दिया है।” मेरी बात न मान कर, द्रोण को तटस्थ समदर्शी गुरु मानकर एकलव्य उन्हें वह स्थान दिखाने ले गया। गुरु द्रोण बेचैन हो गये कि गोपनीय से गोपनीय नक्शे और विधियों को इस

भील-पुत्र ने कैसे पा लिया। जिस विद्या से उन्होंने अपने पुत्र तक को अलग रखा, उसे सुनसान जंगल में रहने वाले एकलव्य ने कैसे जान लिया।

"उन्होंने एकलव्य की दोनों हथेलियों को फैलाने का हुक्म दिया। हंसते हुए एकलव्य ने दोनों हथेलियां आगे कर दीं। उन्होंने अर्जुन से भी वैसा ही कराया, एकलव्य के दाहिने अंगूठे पर इतना लंबा-चौड़ा घट्ठा था कि जिसे देखते ही अर्जुन का मुख मुरझा गया।

"क्यों वत्स।" द्रोण ने अर्जुन से कहा, "एक अशिक्षित से पराजित होने से ऐसी उथलपुथल क्यों ? एकलव्य तो एक चुनौती है। तुम्हें उसने ठीक समय पर जगा दिया। महाभारत में अभी कुछ विलंब है। अभी तू अभिमान छोड़कर अपने को एकलव्य के चरणों में डाल दो। जैसे तुम मेरे चरणों पर गिरते हो। वैसे ही कुछ दिन यहां रहकर अपने गुरुभाई से शिक्षा ग्रहण करो।" अर्जुन लज्जित खड़ा रहा। न तो वह द्रोण के चरण में गिरा न तो एकलव्य के।

"खैर तुम्हें यह स्वीकार नहीं है तो छोड़ो।"

"एकलव्य।" द्रोण ने पुकारा, "तेरी विद्या ने चरम बिंदु पा लिया। तू भारत की महान् धनुर्विद्या का आदरणीय निर्माता और विज्ञानी हो गया है। अब तुझे मैं अपने परम शिष्य के रूप में जंबू द्वीप में रणमंच पर तराशे हुए हीरक की तरह आंखों को झपका देने वाले अद्वितीय सूर्यकांत मणि की तरह प्रतिष्ठित देखना चाहता हूं।"

एकलव्य जैसे भील युवक ने ऐसी भाषा कभी सुनी नहीं थी। उसे लग रहा था कि वह सफेद हंसों की पांखों पर रखे उड़नखटोले में उड़ रहा है। ऊपर से ऊपर बहुत दूर नीले आसमान को नापता चला जा रहा था। उसने कभी न तो आंखों को चौंधिया देने वाली हीरक मणि देखी थी न सूर्यकांत। वह इन्हीं की तरह चमक उठेगा सारे विश्व में। कितने दयालु हैं मेरे गुरु। सचमुच मेरी मां भीलनी की भीलनी रह गयी। उसने कितने कटु शब्द कह दिये थे आचार्य के सामने।

"क्यों एकलव्य" गुरु द्रोण ने उसके लंबे बालों में उंगलियों को नचाते हुए कहा, "तेरी विद्या तो पूर्ण हो गयी। गुरु दक्षिणा कब देगा ?"

"मेरे पास देने योग्य तो कुछ भी नहीं है गुरुदेव, क्या दूं आपको जो अनोखा हो। यहां तो चारों ओर दरिद्रता ही दरिद्रता है।"

"तेरे पास एक वस्तु है वत्स, वही दे दे।"

"कौन-सी वस्तु है वह ?"

"तू पहले भगवान् शिव की शपथ ले। तीन बार वचन दे कि जो मांगूंगा वही मिलेगा, तब तो मांगूं !" द्रोण मुस्कराये।

"वचन दिया गुरुदेव।" एकलव्य के चेहरे पर सहज जंगली बालकों जैसी मुस्कराहट खेलने लगी।

"तो अपने दाहिने हाथ का अंगूठा काट कर दे दे।"

उस वक्त राजा, पंचभूत, आठों प्रकृति तथा मनुष्य को जिलाये रखने वाली वायु तक स्तब्ध हो गयी। एकलव्य की आंखें छलछलाने को हुई पर उसने बरजोरी आंसुओं को संभाला। उसने अपने तूणीर से अर्धचंद्र की चमक वाला नाराच निकाला और दाहिने अंगूठे पर रखकर दबा दिया।

"यह है आपकी गुरु दक्षिणा।"

"देख लिया न इस बगुला भगत गुरु को।" उसकी मां रोती हुई बोली, "जान गया इनके बारे में या गुरु पूजा के नशे में ही अब तक ये तुझे सूर्यकांत की तरह चमका देंगे, तुझे हीरक की तरह तरायेंगे। यह कपट विद्या तूने अभी नहीं देखी थी, एकलव्य तू धनुर्धर था अब फिर दरिद्र भीलपुत्र हो गया। इसे ही ये लोग मर्यादा कहते हैं। इसे कभी न तोड़ने वाले को मर्यादा पुरुषोत्तम कहते हैं।"

"जाने दे मां, मैं धनुर्धर तो हूं नहीं, पर ऐसी हिम्मत किसी पुराण या इतिहास लेखक में नहीं है जिसकी पोथी में एकलव्य का नाम गायब रहे। मैं भीलपुत्र नहीं, इतिहास पुरुष हो गया हूं।"

"बन इतिहास पुरुष," भीलनी बोली, "जो अपने जीवन में स्थान नहीं प्राप्त करता, उसे कोई भी इतिहास में स्थान देने को तैयार नहीं होता। तू अपनी भावुकता का दंड पा गया न ?"

"क्यों रे राजा", किल्विष फिर हंसा, "तू तो इस बुढ़िया का झुलसा चेहरा देखकर डर गया होगा। पर यह ब्रह्मास्त्र के स्वयंभू निर्माता एकलव्य की मां है। इसने बहुत उतार-चढ़ाव देखे हैं।"

"क्यों री माता।" किल्विष बोला, "तू बतायेगी कि यह माहौल किसने पैदा किया ?"

"गुरु द्रोण ने।"

"ले राजा, भीलनी ने भी करीब-करीब वही सबब बताया जिस पर हम इतनी देर तक चर्चा करते रहे। गुरु द्रोण की प्रयोगशाला में बनने वाले इन अस्त्रों की जरूरत क्या थी ? वह सब वह क्यों कर रहा था ? क्या ब्राह्मण होकर वह परशुराम बनना चाहता था। या व्यास और नारद जैसा विज्ञानी। उसमें अणु बराबर भी मनुष्यता होती तो वह अर्जुन और अश्वत्थामा को आज्ञा दे देता कि यह अस्त्र मानव जाति पर, शत्रु या मित्र पर छोड़ना वर्जित है।"

तभी एक झबरीला, बूढ़े बकरे की तरह दुर्गंध से भरा व्यक्ति सामने आया। उसकी भी वही दशा थी जो बचे हुए अन्य लोगों की थी फर्क सिर्फ एक था कि वह इस तरह की दारुण स्थिति में भी हंस रहा था।

"तू कौन है बे, सड़े बकरे की तरह बदबू करने वाला। देख नहीं रहा है सामने कुरुवंश के उत्तराधिकारी राजा परीक्षित खड़े हैं ?" किल्विष ने कहा।

"राजा को मुझसे अधिक पहचानने वाला अब कोई दूसरा व्यक्ति नहीं है किल्विष। मैं बहुत रहस्य से भरा-भरा लग रहा हूं न तुझे। सच तो यह है किल्विष कि तूने मुझसे पहले जन्म ले लिया। तू हमारी प्रजा का सबसे मजबूत हथियार है। धूर्तता कलियुग की खुराक है। बिना किल्विष के कलियुग बेकार है।"

"सुनो किल्विष, राजा खुद भी भयत्रस्त है, भयग्रस्त है। कलियुग को तुम्हारे चित्रकारों ने, कवियों और इतिहासकारों ने ऐसा जामा पहना दिया है कि वे खुद उसी भंवर में उलझ गये हैं। क्या है शुभ्र बैल की कल्पना ! चार में से तीन पैर गायब थे तो बताओ यह वृषभ एक पैर पर खड़ा कैसे था। वह लगातार मूतता रहता। बगल में गौ माता बछड़े से बिछुड़ी आर्तनाद करती रही। इनकी यवनिका पर मुझ बेचारे को उतारना कहां का न्याय है, बोलो किल्विष ?"

"राजन्" किल्विष बोला, "क्या यह सच-सच कह रहा है ? बताओ राजा बैल का कौन-सा पैर साबुत बचा। चारों में से तीन के गायब होने का मतलब है कि किसी बहुत बड़े वैद्य ने बैल के पेट में वह पैर जोड़ दिया हो, तुमने सुना कि यह दुर्गंध से भरा कलि तुम्हारा मजाक उड़ा रहा है ! कोई गाय का बछड़ा मर जाय तो वह आंसू बहायेगी ही फिर इसमें कलि का दोष क्या है। तुमने स्वर्ण कुंडल और नरेशों की तरह कपड़े से चमचमाते हुए कलियुग को शूद्र क्यों कहा ? कहा था या नहीं ?"

"कहा था, किल्विष, कहा था। यह झूठ बोल रहा है। इसी से पूछो कि वह इन गरीब पशुओं को बेरहमी से पीट नहीं रहा था। क्या काले कोयले जैसे शरीर पर राजवंश देखकर मुझे लगा कि यह शूद्र है जो मूक जानवरों को पीट रहा है। क्यों रे तू ही बोल किल्विष से कि शूद्र है या नहीं ?"

"अगर जानवरों को बिना अपराध पीटना ही शूद्र का कर्म है तो बोल परीक्षित क्या तुझे मालूम है कि पश्चिमोत्तर भारत में बैल गाय के मांस को खाने वाले सैकड़ों हैं। क्या तेरे पूर्वज जिन्हें तुम लोग बहकावे में आर्य कहते हो और उनको सप्तसिंधु का वासी बताते हो, बैल, गाय, बछिया पूजना तो दूर इन्हें मारकर आंच और लपट में भूनकर खा जाते हैं। तू तो आसमान से त्रिशंकु की तरह लुढ़का दिया जायेगा अगर बताऊं कि संस्कार भोजन से नहीं, मानसिकता से बनते हैं। तेरे पूर्वज क्या गोमांस भक्षण नहीं करते थे। बोल जल्दी ?"

"वे ऐसा नहीं करते होंगे। अगर वे आर्य हैं तो आर्यों का संस्कार भी होता ही उनमें। सवाल पशु के मांस भक्षण का नहीं है वह तो शिकार में हम भी हिरन, नील गाय, शकर-साही आदि को भूनकर खाते हैं।" परीक्षित बोला।

"वाह रे राजा, क्या तेरे व्यास भगवान् ने नहीं लिखा है कि रतिदेव की

पाकशाला में प्रतिदिन दो हजार गायों का वध किया जाता था ?" इसी से गवालंभा कहलाने लगा रतिदेव। और जानवरों को फेंके जाने से शुद्ध नदी चर्मण-वती बन गयी दुर्गंधित।" किल्विष ठठाकर हंसा, "तुम महलवालों के वचन भी बहुत उलझे-उलझे होते हैं। फूंक-फूंककर पैर रखे बिना वहां धूर्त किल्विष भी धोखा खा जायेगा।"

"खैर छोड़ इसे", कलि बोला, "तू जब अपनी रक्षा खुद नहीं कर सका तो तेरे पिता के मातुल ने तेरी रक्षा की, तो तू अपनी प्रजा की रक्षा क्या कर पायेगा। तू मुझे तीर से बेध कर मारना चाहता है, क्यों ? क्योंकि तुझे घुट्टी में पिलाया गया है कि सब टंट-घंट की जड़ समय होता है। वह भी यमराज के नुमाइंदे की तरह छद्म का ही रूप लगता है। बोल तेरे ऋषियों ने चतुर्युग की जो कल्पना की है। उसका समय विस्तार कुल कितने वर्षों का होता है ?"

"मुझे ठीक से मालूम नहीं है कलि, पर करोड़ों वर्षों से कम नहीं होगा।"

"चल तूने यह तो कहा। मैं प्रसन्न हूं। अब बता कि इन करोड़ों वर्षों में कितनी बार कलियुग आया इस जमीन पर ?"

"मुझे मालूम नहीं ऋषियों ने कहा है कि चतुर्युग में एक बार तो आता ही है।"

किल्विष और कलि खिलखिला उठे, "मूढ़ यह सब तुझे मकड़जाल में बांधने के तरीके हैं। क्या जब विष्णु ने कच्छप अवतार लिया तो कलियुग आया था !"

"नहीं, तब सतयुग था।"

"क्या जब उन्होंने मत्स्य अवतार लिया तो कलियुग दिखा कहीं ? क्या जब उन्होंने, पृथ्वी को, जो तेरे ज्योतिषियों के अनुसार समुद्र में समा गयी थी। जलौघमग्ना कहा तो क्या महाबाराह बनकर कलियुग आया था ?"

"नहीं।"

"क्या जब हिरण्यकशिपु ने पृथ्वी को संतप्त बनाया था, अपने भक्तों की रक्षा के लिए तुम्हारे भगवान् ने नृसिंह अवतार लिया, बोल यह क्या कलियुग के कारण हुआ ? क्या जब परशुराम ने इक्कीस बार पृथ्वी को क्षत्रिय विहीन किया तब भी वहां कलियुग ही था ? क्या रावण, कुंभकर्ण और इंद्रजीत मेघनाद ने राम को संत्रस्त कर दिया, पत्नी छीन ली, बनवासी, दुखों में डूबे दोनों भाई मारे-मारे फिर रहे थे, बोल राजा क्या यह सब कलियुग के कारण हुआ। क्या अपने स्वार्थ से तेरे पिता के मातुल ने यह विराट महाभारत रचाया तो उनके कार्यों को उचित ठहराने के लिए तूने अपने अपराधी पूर्वजों को कलियुग के नागदंत (खूंटी) पर टांग दिया है। यह तुम्हारी सचाई है कि दरिंदे जब कानून को लात मार कर अधर्म करते हैं, सांप्रदायिकता फैलाते हैं, अपने-अपने मजहब के लिए एक दूसरे का खून कर देते हैं तो इसे तुम उसी नागदंत पर टांग देते हो, यानी कलियुग पर। क्या अपने को जनता का सेवक

कहलाने वाले जब नीच से नीच बर्बर हिंसा का समर्थन करते हैं, तब तुम उन… तानाशाही को छिपाने के लिये धर्मनिरपेक्षता का नकाब लगाते हो। क्या हर बार यह सब कराने के पीछे कलियुग का ही अपराध है। सुनो परीक्षित, सुनो ! तुमने या नामशेष कलि ने किसी ने भी प्रलय को नहीं देखा है। प्रलय और सृष्टि के चक्रों का यह मोतियाबिंद उन आंखों की ज्योति छीन रहा है जो इंसानियत जानती ही नहीं। असली चक्र तुम्हारे पिता के मातुल के पास नहीं, उन धन-पशुओं की तर्जनी में घूम रहा है ज़ो प्रजा को ही नहीं न्याय प्रिय राजा को भी नहीं बख्शते। वे चक्राकार स्वर्ण सिक्कों के बदले कभी भी, कहीं भी हत्यायें करा सकते हैं। योग्य की कुर्सी छीन कर अयोग्य को बैठा देते हैं।"

"बस करो, बस करो।" परीक्षित चिल्लाया। "तुम मुझे अपमानित करने आये हो ?"

"नहीं, मैं अपमानित करने नहीं आया, न तो तुम्हारे पुत्र जनमेजय को डराने आया हूं। सिर्फ कहने आया हूं अग्नि प्रलय और जंल प्रलय में क्या अंतर है। दुनिया के तमाम धर्म ग्रंथों में जल प्रलय का उल्लेख है। किंतु द्वादशसूर्यों की ज्वाला से प्रलय केवल इस बार हुआ है, जो भौतिकी तुला पर दुनिया को परखने वाले ही बता सकते हैं कि यह क्या है ? यह किसी अज्ञात शक्ति का विधि विधान नहीं है। अपने पितामहों का करिश्मा कह कर नाचना है तो नाचो। अब क्या नाचेगा कोई। विकलांगों का नृत्य विकलांग भी देखने की जुर्रत नहीं करेंगे।"

"वाह भाई कलि, तुमने हमारी आंखें खोल दीं।" किल्विष खिलखिलाया, "क्यों रे राजा मनु, सतरूपा के पहले भी जल प्रलय हुआ था। उन्होंने पुनः सृष्टि का निर्माण कराया। आदम और ईव के जमाने में भी जल प्रलय हुआ था ? पुनः आदमी आया। पर किसी ऐसे प्रलय का नाम बता जो द्वादश आदित्यों के एक साथ उदित होने का परिणाम कहा जा सके ?"

"मुझसे क्यों पूछ रहे हो किल्विष और कलि। मेरा ख्याल है कि इस घटना को देखकर वैज्ञानिक द्वैपायन व्यास ने जो कहा उसे तुम दोनों ने कोरी गप्प या कल्पना नहीं माना। तुम्हें व्यास पर विश्वास है तो उन्हीं से पूछना चाहिए यह प्रश्न।"

"मैं साफ कह दूं परीक्षित, कि सत्य की परीक्षा बाकी है। मैं व्यास को बहुत बड़ा इतिहासकार और वैज्ञानिक मानता हूं, पर उन्होंने अपनी नासमझी का जो परिचय दिया है उसे मैं भूल नहीं पाऊंगा। उन्होंने चरित्रहीनता, परस्पर घृणा और द्वेष, मानवमूल्यों की अवहेलना, पारिवारिक कलह, तामसिक, आचरण, अनैतिक कार्य करनेवालों को कलियुग की देन कह दिया। नतीजा हुआ कि हर पुराण के अंत में चाहे वह सतयुग हो, त्रेता हो, द्वापर हो, मुझ गरीब के सिर पर गुनाहों का इतना बोझ लाद दिया है कि उनके अनुसरण करनेवाले यत्किंचित् बुद्धि का भी प्रयोग न करके सारे दुर्गंधित चोलों, चादरों, पसीने से भीगी बनियानों और स्नान से शुद्ध कर

अपवित्र वस्त्रों को कलि की खूंटी पर लटकाते जा रहे हैं।"

"हूं राजा, तो तूने गाल फुला लिये," बोला किल्विष, "इसलिए कि तेरे सामने हमने महावैज्ञानिक व्यास की चर्चा क्यों की। जिस देश का राजा अपने वैज्ञानिकों को अपने से छोटा मानता है, उनसे दासता स्वीकार करके अपने वर्चस्व का नकाब ओढ़े अपने को भगवान् मानने का गर्व करता है। वह इसी तरह बिला जाता है, जिसका उदाहरण तू खुद है। ब्रह्मास्त्र तैयार हों या न हों। इस पर लगने वाले खर्चे की परवाह न कर अपने अहंकार को तुष्ट करता है। प्रजा के लिए अन्न-जल की जरूरत को ठोकर मार कर सिर्फ मदांध की तरह जीता है वह तेरी तरह ही खतरे भरी अंध गुफाओं में खो जाता है।"

"तू मिथ्याचारी है, कलि, पर इसी बहाने तुमने एक बहुत ही सूक्ष्म बात कही है। मैं व्यास का अपमान करना तो दूर, ऐसे घृणित कार्य का सपना भी नहीं देख सकता। कलि, व्यास देव न सिर्फ अद्वितीय वैज्ञानिक हैं बल्कि मेरे पूर्वज हैं। उन्होंने कुरुवंश को पालापोसा और जिलाया है और फिर, सुनो कलि, अगर व्यास देव ने अपनी प्रयोगशाला में अनेकानेक अभूतपूर्व पदार्थों का निर्माण न किया होता तो अच्युत महावैज्ञानिक कृष्ण भी मुझ गर्भस्थ शिशु की रक्षा न कर पाते। उन्होंने ब्रह्मास्त्रों की टक्कर, प्रक्रिया और प्रभावों को देख कर सब कुछ को स्वाहा करते दोनों बाणों के बीच अपने को खड़ा कर दिया, यही ऋषि नारद ने भी किया। इस स्थिति में जो कुछ हुआ वह एक चमत्कार लगता है।" राजा बोला।

"तो तू चमत्कार का भूखा है, हा, हा, हा, हा" किल्विष खिलखिलाया, "बोल राजा तू किस तरह का चमत्कार चाहता है?"

"पहला कौतुक तो जीभ पर जलती लपटों का है। तूने खुद कहा था किल्विष कि जिस अग्नि को मुख में अग्निहोत्री भी धारण नहीं कर पाते उससे भी अधिक चमत्कारी अग्नि को मेरी जीभ पर जलता देख!"

"काफी विलंब हो गया है राजा और इस समय मानव जाति विनष्ट हो रही है तो कौतुक का मतलब है कमीनापन, देख मेरी जीभ खेचरी सिद्ध हूं मैं, मेरी जीभ इसी कारण मुंह से बाहर काफी निकल आती है। इसी के छोर को थोड़ा उठा देने से वह नागफण लगती है इसमें गोधूम के आकार का कपूर रख कर जला देता हूं। वह तब तक जलता है जलता रहता है। और मुझे याद है कि हर बार इस अग्नि को देख कर जनता भ्रम में डूब जाती है। किसी को संदेह नहीं होता डर के मारे कि जलने वाली चीज क्या थी।"

"वाह किल्विष," परीक्षित बोला, "तुम्हें दुनिया को धोखा देते हुए कितने वर्ष हो गये?"

"एक कल्प।" किल्विष और कलि बोले।

"इतना बड़ा झूठ तो मत बको तुम लोग?" परीक्षित ने कहा।

"एक कल्प के बाद तो सृष्टि ब्रह्मलीन हो जाती है। उस वक्त कोई भी नहीं बचता यानी सृष्टि निर्माता ब्रह्म भी जल की अथाह गहराई में बिला जाते हैं। अगर तुम लोग सचमुच कल्प से आज तक जीवित होते तो प्रलय की चर्चा नहीं करते ?"

"अच्छा राजा तू ही बता, प्रलय कितने प्रकार के होते हैं ?"

"दो प्रकार के तो होते ही हैं, एक प्राकृत और दूसरा नैमित्तिक।"

"अच्छा यह बता कि तेरे पूर्वज व्यास ने जिन प्रलयों की बात की है उसमें प्राकृत ढंग से घटने वाले प्राकृत प्रलय का आधार दिखता है यानी अकल्पनीय जल प्लावन, अनंत पर सोये विष्णु के मन में पुनः सृष्टि के खिलौनों की चाहत फिर सूर्य और वायु से जल का विनाश, पुनः जल से सृष्टि का आरंभ आदि आदि।"

"पर यह नैमित्तिक प्रलय क्या है ? बताओ दोनों का अंतर। बोलो परीक्षित।"

"मैं नैमित्तिक की बात करूंगा तो तुम दोनों मेरा उपहास करोगे क्योंकि नैमित्तिक के लिए ईश्वर की इच्छा को, लीला को, आधार बताया है व्यास देव ने।"

व्यास देव को कटु सत्य की अनुभूति थी, वे जानते थे कि ईश्वर को आधार मानकर जीने वालों को उस वक्त बड़ी निराशा होगी जब उन्हें पता चलेगा कि मानव विनाश का कारण ईश्वर नहीं लोलुप, तानाशाह, युद्धों के सौदागर और हथियारों को बेच कर अतुलनीय धन लूटने वाले उनके सहोदर ही हैं। यानी मानव को नष्ट करने का दायित्व केवल मानव का होगा। उन ऋषि वैज्ञानिकों को अपनी करनी पर दुःख होगा, पीड़ा होगी और अगर उन्होंने विनाश का कारण बताकर प्रयोगशालाओं में जाना छोड़ दिया तो वे चाहे कितने भी विख्यात हों उन्हें जेलों में ठूंस दिया जायेगा। यह है नैमित्तिक। ले दे कर तुम्हारे पिता के मातुल ही अवतार माने जायेंगे क्योंकि तुम्हारे पितामह से कहा था–"मयैवैते निहताः पूर्वमेवं निमित्तिमात्रं भय सव्यसाचिन।" तेरे पितामह युद्ध न चाहते हुए भी, उनके आदेश पर युद्ध में शामिल हुए और पार्थ सारथी कुरुक्षेत्र के प्रथम विश्वयुद्ध में संहारकर्ता की भूमिका में उतरे। "सिर्फ उतरे यह मत कहो राजा," किल्विष बोला, "उन्होंने द्रौपदी के पांचों पुत्रों के वध का बदला लेने का संकल्प लिया। कृष्ण और कृष्णा को वृगलात्मा समझो।"

"वृगलात्मा क्या है किल्विष ?"

"यानी एक तो भौतिक पत्नी होती है दैनंदिन कार्यों के बीच पति को प्यारी लगने वाली पर दूसरी भी होती है जो प्राणों से भी अधिक प्रिय लगने वाली अपनी अंतरंग सखी। कृष्णा का रुदन देख कर वे गंभीर हो गये। इसके बाद जब द्रौपदी ने युधिष्ठिर पर व्यंग्य करते हुए कहा कि आप संपूर्ण राज्य भोगिये, युद्ध के दिनों में मेरे पुत्रों की जब हत्या हो रही थी तो आप मेरे साथ उपलव्य में थे। आप वहीं लौट जायेंगे और सुभद्रा-पुत्र अभिमन्यु को भी भूल जायेंगे।"

कृष्ण मन ही मन मुस्करा रहे थे। कृष्णा ने पार्थ से कहा, "अगर वीभत्स गुरुपुत्र का वध नहीं हुआ तो मैं अनशन करके जीवन त्याग दूंगी।"

क्रोधित भीम गदा ले कर चल पड़े थे। उनकी रक्षा के लिए प्रेरित करते हुए पार्थसारथि ने अर्जुन, युधिष्ठिर को रथ पर बिठाया और दौड़े। "इतनी शीघ्रता किस लिए," अर्जुन ने पूछा, "तुम लोग इस अश्वत्थामा का चरित्र नहीं जानते एक बार द्वारका यात्रा पर गया था। यदुवंशियों ने पूर्ण आदर-सत्कार से आ।तेथ्य किया। एक दिन अकेले में मुझे देख कर उसने कहा कि मेरे पास पिता का दिया हुआ ब्रह्मशिर अस्त्र है वह तो अमोघ है ही। इस ब्रह्मस्त्र को ले लीजिए और अपना चक्र मुझे दे दीजिए।"

मैंने हंसते हुए कहा, "तुम न केवल चक्र, यह धनुष, यह गदा सब ले लो बल्कि शक्तिबाण भी उठा लो।" वह पसीने-पसीने हो गया पर कोई हथियार वह उठाना तो दूर हिला भी न सका। ऐसा व्यक्ति कुछ भी कर सकता है।" कृष्ण बोले, "भीम के पहुंचने के पहले रथ को वहां पहुंच जाना चाहिए।"

तभी हल्ला मचा लोग अग्निहोत्री को अपने-अपने लूले हाथों से किसी तरह उठाये हुए ले आ रहे थे।

"बचाओ, बचाओ, बचाओ" चिल्लाहट निकट से निकट आती गयी।

किल्विष और कलि उधर की ओर दौड़े। भय से घबराये हुए लोगों के पास पहुंचने पर दोनों ने देखा कि अग्निहोत्री बेहोश है और उसका शरीर कुश के वस्त्रों से ढंका हुआ है।

"इसे तुम जानते हो किल्विष ?"

"अच्छी तरह जानता हूं मित्र। यह अग्निहोत्री है। अभी कुछ घड़ी पहले मसान में गया था।" किल्विष खिलखिलाया।

"क्यों ?"

"वहां दिव्यास्त्र से भरे हुए तमाम जीवों की प्रेतात्माएं उसी रूप में परछाईं की तरह कार्यरत हैं जैसी वे युद्ध में तल्लीन थीं।"

"बोलो, बोलो किल्विश क्या यह सत्य है ?"

"मैंने देखा नहीं मित्र, देखना है क्या ?"

कलि ने सब लोगों से हाथ जोड़ कर कहा, "अब आप लोग इस रेती पर इन्हें रख दें। मैं इनका निरीक्षण करूंगा। मैं सदानीरा के दक्षिणी जनपद का रहने वाला अनुभवी वैद्य हूं। यद्यपि हमारे वंश का इतिहास नया है, क्योंकि मादव विदेध के सदानीरा पहुंचते-पहुंचते वैश्वानर तिरोहित हो गया। फिर उन्हीं की आज्ञा से हमने कभी सदानीरा को लांघना वर्जित कर दिया।"

"जरा-जल लाइये।" कलि ने सराब के जल से अग्निहोत्री के मुख पर छींटे मारे और कुछ देर बाद अग्निहोत्री की तंद्रा टूटी।

“क्यों आर्य,” कलि बोला, “कैसा लग रहा है आपको ?”

“चुप बे पांखडी,” अग्निहोत्री बोला, “मैंने आज वह देख लिया जिसे देखने के लिए मेरी पांच पीढ़ियां तरसती रहीं। तुझे बोलने की भी तमीज नहीं है। तू अग्निहोत्री को मनुष्य समझने की कोशिश कर रहा है। कहां गया अधम कुरुवंश का उत्तराधिकारी परीक्षित। बुलाओ उसे। आकर देख जाय कि ब्राह्मण का मतलब क्या होता है ?”

“बाबा,” किल्विष बोला, “अब तो बतला ही दो। ज्यादा दर्शन मत बघारो।”

“हूं, तो छोकरा, अधम अनीश्वरवादी नास्तिक तू अब तक यहीं है। तू मुझसे तिल भर श्रेष्ठ अग्निहोत्री तो है...”

“तो दिखला रहा हूं कि मैं तुझसे तिल बराबर नहीं बल्कि एक मन से भी अधिक वजनी अग्निहोत्री हूं। किल्विष की जिह्वा पर आज सात जिह्वा वाले भगवान वैश्वानर तेरे जैसे नकली अग्निहोत्री की बलि लेंगे यह सब मैं अभी दिखा रहा हूं...”

अग्निहोत्री घबड़ा कर बैठ गये।

“ऐसा मत करना वत्स। मैं तो मजाक कर रहा था। आर्य किल्विष. ...हें हें हें।”

“बस एक घुड़की से ही कांप उठा तू। अरे मूर्ख अचानक आर्य कब बन गया मैं ? यह है वैश्वानर का प्रभाव। अच्छा बोल तूने शरीर में क्या लपेटा है और यह कुशा चीर क्यों पहन लिया है ?”

“लपेटा तो घृत है और सकल जगत को पराजित करने वाले इस कुशाचीर को धारण किया है ताकि मूर्ख लोग ब्रह्म तेज को समझें। तू ने कृष्ण द्वैपायन की वे पंक्तियां तो सुनी ही होंगी वत्स कि जब छलिया कृष्ण भीम, अर्जुन और युधिष्ठिर के साथ वहां पहुंचा जहां ऋषियों के बीच अश्वत्थामा बैठा था।”

“पंक्तियां बोलो, पंक्तियां।” किल्विष बोला, “तुम शोधकर्ता लोग अप्रमाणित या अनदेखे संदर्भ को अपना बता कर अपने नाम से छपाते हो। मैं ऐसे किल्विष बंधुओं को बहुत अच्छी तरह जानता हूं। मैं नहीं मानता कि अश्वत्थामा घृत से नहा कर, कुशाचीर पहन कर बैठा था। पंक्तियां बोलो अग्निहोत्री।”

“ले सुन...”

तं च कूर कर्माणं घृताक्तं कुश चीर्रणम्
रजसा धवस्तमासीनं ददर्श द्रौणिमत्तिके...

“हूं” कलि मुस्कराया, “किल्विष।”

“कहो मित्र ! इसने बड़ा पाप किया है। मैं इसे क्षमा नहीं करूंगा।”

“किसे क्षमा नहीं करोगे ?”

"इसी अग्निहोत्री को, यह महाभारत के श्लोक को देखकर पगला गया है। यह अंश्वत्थामा बनने चला है। अश्वत्थामा मृत्यु को निकट से निकटतर आती देख रहा था। वह द्वैपायन व्यास के साथ धार्मिक समस्याओं पर विचार करने वाले ऋषियों के साथ गंगा तट पर उनके बीच अपने को छिपाये बैठ गया था। पर यह श्लोक कुछ ज्यादा वजनी होना चाहिए। घृत और कुशाचीर ? बोलो कलि यह घृत और कुशाचीर क्या बला है ?"

कलि तर्जनी से कान खुजलाते हुए कुछ देर सोचता रहा। "मुझे तो लगता है कि यह कोई टोटका है। मृत्यु से बचने का कोई त्राणदाता कवच है।"

"बिना प्रमाण के किल्विष कुछ नहीं मानता मित्र। टोटका है तो उसका प्रमाण दो, मृत्यु से बचने का कवच है तो उसका प्रमाण दो।" किल्विष बोला।

"अब सीधा प्रमाण कहां से बताऊं। शुभ-अशुभ के कीचड़ में धंसी इस धरती को हिरण्याक्ष का वध करके महावाराह की तरह ऊपर कैसे ले आऊं। मैंने क्या ठीका लिया है ? अलबत्ता उन ज्योतिषियों और ऋषियों की तरह मैं कह सकता हूं कि आर्य जाति का विनाश केवल एक कारण से हुआ, यानी कलियुग के आगमन से।" कलि खिलखिला कर हंसा, "वही समस्या, वही खूंटी। लटका दो एक और झूठ। क्या फर्क पड़ता है।"

"नहीं कलि", किल्विष अपने सिर के बालों को खुजलाते हुए बोला, "यह रहस्य है और काफी गहरा रहस्य है।"

"यह रहस्य-वहस्य कुछ नहीं मूरखो। यह अंडा है वत्स अंडा।" अग्निहोत्री ने मुंह को विकृत बनाते हुए कहा। "क्यों रे छोकरे, सुना है तूने इस अंडे के बारे में।"

किल्विष एक क्षण चुप रहा। "मैंने तुमसे कहा था न अग्निहोत्री कि किल्विष बिना प्रमाण के कुछ सुनना पसंद नहीं करता। बोल कहा है वह अंडा ?"

"तो तू मेरी परीक्षा लेना चाहता है प्रेत, तू अब मुझको फांसे में फंसा नहीं सकता..." सुन–

तत्क्रमेण विवृंद्ध तु जलबुद् बुद्वत् स्थितम्
भूतेभ्योऽण्डं महाबुद्धे वृहत्तदुदकेशयम्।

"वाह अग्निहोत्री, धन्य है तू, तूने सारा धिक्कार, जुगुप्सा, तामसिक नकाब, चरित्रहीनता को बढ़ाने वाला कह कर जो अब तक कलि के माथे पर मढ़ा जाता रहा है, इस घृणित चोगे को कलि की खूंटी पर नहीं लटकाया बल्कि समुद्र की गहराई से बचाकर महावाराह भगवान् की तरह अंडे को सतह पर ले आये।"

"मैं चला मित्र, मैं भूखों के प्रलाप सुनने-सुनाने वालों से घृणा करता हूं। तुम जिस अंडे का जिक्र कर रहे हो उसके भीतर ही सारा जगत है। मैं हूं, तू है, परीक्षित

है और यह मूर्खाधिराज अग्निहोत्री भी वहीं हैं। ब्रह्मास्त्र ब्रह्मांड को कंपित कर रहा है, इस अंडे की रक्षा कैसे होगी इस पर सोचो, तो कुछ क्षण रुकूं वरना तुम लोगों से अंतिम विदा लूं।"

तभी पागलों के प्रलाप का स्वर तेज से तेज होने लगा, डिंवनाद निकट से निकटतर होता रहा।

"अभी भी तुम लोग जिंदा हो ?" एक जटाजूट से ढंका, कुशाचीर पहने, जल के लिए तरसते पानी-पानी चिल्लाता वह बटोही आया और थक कर रेती पर गिर पड़ा। गंगा सूख चुकी थी, परंतु उसके भीतर के ह्रदों में पानी शेष था। लोग अंजुरी पानी लिये आते और उसके मुंह में गिरा रहे थे, "मुझे खाल के पास ले चलो, मैं अभी भी प्यासा हूं। बिलकुल प्यासा। सुन रह हो, सुन रहे हो ?"

"हां सुन रहे हैं व्याध, भविष्यत् पीढ़ी पर कुछ भी दया दिखाई होती तूने, तो सिर्फ कुष्ठ से गलित लूलों के पास वे हाथ होते जो तुझे गंगा की खाल तक उठा कर ले जाते। तुझे गंगा से घृणा है, ईश्वर कहे जाने वाले छलिया पार्थसारथि से घृणा है, तो तू ब्रह्मास्त्र का प्रयोग करते वक्त पांडवों के विनाश का जल हथेली पर न रखता, क्योंकि पांडव तो निमित्त थे, जिन्हें अस्त्र-शस्त्र इस वादे पर दिये गये थे कि ये केवल कौरवों के विरुद्ध इस्तेमाल किये जायेंगे, यह तकनीक भी गुरु द्रोण ने इसी शर्त पर बनायी थी कि मानव विकास के स्थान पर मानव ध्वंस बिलकुल नहीं किया जायेगा। किंतु अश्वत्थाभा तू ने अतुल संपत्ति के मोह में पड़ कर दुर्योधन की सलाह से एक गोपनीय प्रयोगशाला बनवाई, यानी तूने द्रव्य के मोह में उसे अपनी अविकसित तकनीक ही नहीं जमीर भी बेच दी। तू ने अतुल संपत्ति पा ली, दो दायादों में युद्ध करा दिया क्योंकि जब तक यह सत्य छिपा रहा कि ब्रह्मास्त्र केवल अर्जुन के पास है तब तक दुर्योधन शांत रहा। पर तुम्हारा उल्लसित चेहरा देख कर ही वह अपनी नीली कंजी आंखों से समझ गया कि तकनीक चाहे विकसित हो चाहे अविकसित शत्रु के लिए भयदायक तो होती ही है।"

"कौन है तू", अश्वत्थामा की प्यास गायब हो गयी..."कौन है तू ?"

"मैं हूं किल्विष" यानी किल्विषाचार्य अश्वत्थामा का अंतेवासी यानी सचमुच के विज्ञानी आचार्य का अविज्ञानी शिष्य।"

"तू मेरा मजाक न उड़ा पामर, मेरे पास अपराजेय धनुष तो नहीं है, हां शरीर से लिपटी कुशों की कथरी जरूर है। मेरे पिता ने कुएं में गिरी गेंद को एक बाण से मारा, उसी बाण पर दूसरा और फिर तीसरा और फिर चौथा यानी बाणों का ऐसा रहट बना दिया कि कुएं में उतरे बिना उन्होंने वह गेंद निकाल दी। आदरास्पद भीष्म पितामह इतने प्रसन्न हुए कि वे पांडु और धृतराष्ट्र के राजपुत्रों के गुरु बनाये गये। और उन्हीं का इकलौता बेटा अमरता का वरदान पा कर इस अवस्था को प्राप्त कर चुका है कि वह अपना तिल-तिल गलता शरीर देख रहा है और शरीर है कि उसे

छोड़ने को तैयार नहीं है। काश, पर्वतों में कहीं गुफाएं बची होतीं, कंदरायें होतीं तो वहीं पर शरण पा जाता। पिता के स्नेह के...कौन है हस्तिनापुर का राजाधिराज ? कहो उससे कि मुझे मौत चाहिए मौत।"

"यहां का राजा तो वही है गुरुपुत्र, परीक्षित जो आपके ब्रह्मास्त्र से भी जल नहीं पाया, विकलांग नहीं हुआ। अब तो लोग यहां तक कहने लगे हैं कि स्वयं अवतारी कृष्ण ने उसको इस तरह चक्र से कीलित कर दिया है कि कोई भी ब्रह्मशिर अस्त्र कोई भी दिव्यास्त्र उसके सामने झुक जायेगा। हां झुक जायेगा, निश्चित झुक जायेगा। अब परीक्षित जैसे लोग भूख के बिना मरेंगे और अगर गलित कुष्ठ से बच भी गये तो दुबारा मरेंगे, तिबारा मरेंगे—इस धरती को ब्रह्मास्त्र की प्रलयाग्नि शांत करने में जाने कितने वर्ष लगेंगे।"

अश्वत्थामा अत्यंत विषण्ण भाव से सोचता रहा। आखिर पिताश्री को मिला क्या। यह सही है कि उन्होंने ब्रह्मशिर का भेद बताने से बार-बार इंकार किया। लाचार एक बाप को पुत्र स्नेह के सामने झुकना पड़ा। उनकी दृष्टि में मानव से बड़ा कोई पदार्थ नहीं था और मानव से बड़ा कोई विज्ञान नहीं था। ऐसा अमोघ अस्त्र उन्होंने अर्जुन को दिया। अर्जुन उनके लाडले बेटे से भी ज्यादा विश्वसनीय शिष्य था। मेरे मन में अर्जुन के प्रति कोई व्यामोह नहीं था। ब्रह्मशिर का प्रयोग करते वक्त भी पार्थ ने संकल्प के प्रारंभ में ही कहा—"गुरुपुत्र का कल्याण हो।" और हाय रे गुरुपुत्र, तू अंततः मौत का सौदागर ही बना रहा। तुमने बाप की आज्ञा ठुकरा दी। गुरु भाई के संकल्प की निश्छल शुभकामना को ठुकरा दिया। "अश्वत्थामा मारा गया" भीम का यह कथन पिताश्री के स्नेहिल चित्त को मथने लगा! क्या युद्ध के माने छल है, क्या विश्व युद्ध में अपनी रक्षा के लिए ब्रह्मशिर का प्रयोग उचित है। कौन सोचता है ऐसा ? अब धर्मयुद्ध का यवनिका पात हो गया अश्वत्थामा। जिस ब्रह्मशिर को मेरे हाथों में सौंपते हुए मानव विरुद्ध इस्तेमाल न करने की शपथ करायी वे खुद उसी पर दृढ़ रह सके क्या ?"

"ब्रह्मास्त्र न जानने वाली प्रजा पर, निरपराध जनता को तुमने ब्रह्मास्त्र से दग्ध किया है, ब्रह्मन, तुमने घृणित कर्म किया है," एक साथ अग्निहोत्री को आगे करके विश्वामित्र, जमदग्नि, भरद्वाज, गौतम, वशिष्ठ, कश्यप और अत्रि जैसे ऋषियों की पूरी जमात पिताश्री को दुत्कारने लगी।"

द्रोण वध का नाटक हुआ। एकलव्य के साथ उन्होंने छल-कपट का प्रयोग तो किया था, पर तब वे एक राजा के नौकर थे। प्रतिज्ञा थी कि अर्जुन विश्व का अप्रतिम धनुर्धर माना जायेगा। वे हठी थे, कष्टों में पले थे। अपने परिवार को ढोते हुए खानाबदोशों की तरह मारे-मारे जिंदगी बसर करते रहे पर उन्होंने आत्मसम्मान नहीं बेचा। कभी याचना नहीं की।

"क्या सोच रहे हो गुरुपुत्र," किल्विष खिलखिलाया, "लगता है अग्निहोत्री

की तरह तुम भी अंडा देख रहे हो। पहले मुर्गी हुई कि पहले अंडा।"

"कौन हो तुम ?"

"मैं तुमसे कह चुका हूं गुरुपुत्र कि किल्विषाचार्य अश्वत्थामा का शिष्य हूं।"

"तुम मेरे शिष्य हो, तो क्या सचमुच अंडा ले आ सकते हो ?"

"क्षमा करें गुरुपुत्र जो पृथ्वी दिव्यास्त्रों से बार-बार दग्ध होती जा रही है, वहां अंडा कहां मिलेगा। अंडे का प्रयोग तो अग्निहोत्री ने किया। शायद वह जानता भी नहीं होगा कि इस बार ब्रह्मशिर का प्रयोग खंड प्रलय नहीं प्राकृत प्रलय में बन कर आयेगा। भीषण जलप्लावन अपने चपेट से बहा ले जायेगा, अंडे को भी। ब्रह्मास्त्र और ब्रह्मांड दोनों नहीं बचेंगे गुरुपुत्र, यह प्रकृति की अंतिम चेतावनी है। संभालो इसे। तुम्हें तो सड़-सड़ कर जाने कब तक मरना बदा है भाग्य में। पर तुम लोग अगर खुले मन से सोचोगे तो तुम भी मानव जाति को बचाने के लिए संघबद्ध होगे।"

"यह कौन है मेरे सिरहाने ?" गुरुपुत्र ने पूछा, "यह तो बहुत जाग्रत व्यक्तित्व का पुरुष लगता है ?"

"सुना तूने किल्विष" ठहाका लगा कर हंसते हुए कलि ने कहा, "गुरुपुत्र मुझे जाग्रत व्यक्ति मानते हैं। वे चाहते तो उन तमाम ऋषि-मुनियों की तरह इस सारी स्थिति का कारण कलि को बता कर इसी खूंटी पर टांग देते, पर नहीं, उन्होंने मुझे पहचान लिया। जल से सृष्टि जनमी है, अग्नि से नष्ट हुई है पर सदा आगे चलने वाली प्रकृति ने विराम नहीं किया। सतयुग, त्रेता, द्वापर तक जिस तरह कुछ रुद्ध नहीं हुआ है। हर युग में मनुष्य आगे बढ़ता गया है, कलि में आकर क्या प्रकृति अपनी घड़ी की सूई को उलट देगी ? कलियुग में भौतिकता कम से कम और चैतन्य ज्यादा से ज्यादा निकट होता जायेगा। वह अपनी कार्यशाला में अनवरत पहले से बढ़िया, पहले से अधिक सात्विक तथा संतुलित कर्म करने वाले मनुष्य निर्मित करती जायेगी। एक दिन वह भी आयेगा कि कलि में प्रकृति पूर्ण मानव का निर्माण करने में सफल हो जाय। सोचो किल्विष सोचो !"

किल्विष गंभीर था। वह धीरे-धीरे कलि के पास आया और उससे लिपट गया, "कलि यार तुमने जो बात बतायी तो मुझे लगा कि किल्विष का रामनाम सत्य है करने की बात कह रहा है कलि, जब संतुलित चेतना बढ़ती जायेगी तो धूर्त क्या करेंगे। मारे जायेंगे सब बिना मौत, पर नहीं मैं इस अभियान को अंत तक देखूंगा चाहे इसके लिए आत्महत्या भी करनी पड़े मुझे तो भी नहीं हिचकूंगा।"

"हम लोगों में एक विवाद ने जन्म लिया गुरुपुत्र कि तुमने जिस दिन ब्रह्मशिर का प्रयोग किया उस दिन अपने मनभावन नीले रंग के कपड़े नहीं पहने ? तुमने बदन में घृत क्यों पोता और शरीर पर कुशा निर्मित कटिवस्त्र क्यों धारण किया ?"

अश्वत्थामा मुस्कराया। बहुत दिनों के बाद मुस्कराने जैसी घटना घटी, हालांकि कुष्ठगलित अधरों पर यह मुस्कान आकर्षक नहीं थी। मन में घृणा के भाव को और

भी बोझिल कर रही थी।

"क्यों किल्विष क्या द्वैपायन व्यास ने इस पर कुछ नहीं लिखा ? मैं नरपशु था किल्विष, जिसने युद्ध के दौरान सुयोधन से कहा था–राजा सुयोधन, अब प्रसन्न हो जाओ। तुम पांडवों से संधि कर लो। विरोध से कोई लाभ नहीं है। तुम्हारे गुरुदेव अस्त्र विद्या के अप्रतिम ज्ञाता थे। तो भी वे युद्ध में मारे गये। वही दशा भीष्म जैसे महारथियों की भी हुई है। अर्जुन को मैं मना लूंगा। कृष्ण भी भाई-भाई में ऐसा विरोध नहीं चाहते। कितना समझाता उसे। सुयोधन तो कर्ण जैसे महारथी सेनापति के शौर्य से इतना अभिभूत था कि समझ रहा था कि कल कर्ण अर्जुन को रज्जु में बांध कर उसके चरणों में फेंक देगा। उसने कहा समुद्र की तरह गंभीर मर्यादा को न छोड़ने वाले गुरुपुत्र, इस तरह की सलाह न दो।"

"एक ही पंक्ति में गुरुपुत्र की मर्यादा और अपने सेनापति कर्ण में अटूट विश्वास का दर्प ढोने वाले सुयोधन ने उसके प्रस्ताव पर ठोकर मार दी। मैं विवश था किल्विष विवश। अपने सहज स्नेह से दुलराने वाले महर्षि पिता को खो कर अनाथ हो गया था। मेरे भीतर न तो अब पिता के प्रति उपालंभ था न ब्रह्मास्त्र का गर्व। हां तुम यह कह सकते हो कि द्रौपदी के शिशुओं की हत्या जघन्य अपराध था। मेरी अंतरात्मा मुझे धिक्कार रही थी। पर मैं संकल्पबद्ध था। सुयोधन की ओर से लड़ने की शपथ ले चुका था।"

"महाराज यह गाथा बंद करिये", किल्विष का धैर्य टूट रहा था, "आपने कैसे-कैसे करिश्मे किये, कैसी मर्यादायें निभायीं, किस तरह उल्लुओं के सामने घुटने टेके यह हम सभी जानते हैं। हमें तो जानना सिर्फ यह है कि अर्जुन, भीम के डर से व्यास और ऋषियों के बीच घृतासक्त शरीर और कुश का चीर आपने क्यों धारण किया ?"

"सुनना चाहता ही है किल्विष तो सुन, मेरे शीश की मणि जब तक मेरे पास थी कोई भी संकट मुझे हिला नहीं सकता था। सामान्य हथियार अनावश्यक हो गये थे। गुरुपुत्र और गुरुभाई के संघर्ष का क्या अंत होगा इसे मैं भी जानता था। न तो भाई अर्जुन ही। यह कुश का चीर मेरे पिता का आसन था। मैंने प्रतिशोध की जो साधना शुरू की उसके लिए कुश शयन ही अनिवार्य था, कुशा से जब तक पैंती (पवित्री) नहीं बनती, कोई भी धर्मकृत्य संभव नहीं। क्या व्यास देव ने यह भी नहीं लिखा है कि जब मैं प्राण रक्षा के लिए भागा और शत्रुओं से घिर गया और मैंने एक सींक ले कर मंत्राभिषिक्त करके छोड़ दिया ?"

"यह तो मालूम है !"

"तो सींकों के रहस्य को तुम भली भांति जान जाओगे, तुमने एक टुकड़ा छोड़ दिया है। मैं घृताक्त ही नहीं धूल धूसरित भी था। पिता के वध, माता के वैधव्य और प्रजा द्वारा मेरा तिरस्कार इतने भारी थे किल्विष कि मैं शोक सूचित घृत से

शरीर को भिगो कर धूल में लोटता रहा। कहां गये पिता, कहां हैं माता, अपने गुरु के हत्यारों से प्रतिशोध मेरा एक मात्र अभीष्ट थे। मैंने संपूर्ण पांडव सेना पर आक्रमण करके पिता के हत्यारे दृष्टद्युम्न और उसकी अपार सेना को सर्बला से काटता रहा। सोये व्यक्ति जान भी नहीं पाये कि उनका हत्यारा कौन है।"

"पर गुरुदेव, द्रौपदी के पुत्रों के वध के पीछे कौन-सा प्रतिशोध था ?" किल्विष खिलखिलाया, "पहले से तुम बहुत बदल गये हो गुरु। सारा भारत तो यही सोचता था कि दया, कृपा-विहीन तुम एक ब्रह्म राक्षस हो, बोलो, द्रौपदी के पुत्रों से प्रतिशोध क्यों ?"

"यह मेरा अपराध है किल्विष" गुरुपुत्र ने कहा, "रक्त पिपासु पशु जैसे मानव रक्त का चस्का लगने पर रात-दिन आदमियों की प्रतीक्षा करते हैं। कमजोरों पर तानाशाही लादने के लिए कभी शांति कभी युद्ध के नारे लगाते हैं। फिर भी जब अहम् शांत नहीं होता तो वे सोये-सोये बड़बड़ाते हैं। केवल एक शब्द--युद्ध, युद्ध, युद्ध, सब जगहों से अचूक आधुनिक से आधुनिक हथियार बटोरते हैं, सबको अपनी पशुता के सामने घुटने टेकने के लिए विवश करते हैं, मैं तब उनकी करतूतों को नहीं समझता था जब वे सब युद्ध के लिए दृढ़ निश्चय करके सेनाएं सजाते रहे, मेरे बाप को नमकहलाली निभाने की आज्ञा और उपालंभ दे कर धमकाते रहे। वास्तव में वह गुरु वन्दना नहीं, नम्रता के प्रदर्शन की नकाब थी क्योंकि उसके पीछे छिपे चेहरों में वे भेड़िये थे। मैं ऐसों के साथ उनकी कूटनीति में भाग लेता था। प्रज्वलित भारद्वाज द्रोण का यह तामसिक पुत्र सैकड़ों अन्यायों को चुपचाप सहता रहा। बल्कि सक्रिय रहा, उसे जो दंड मिला वह उचित था। द्रोण वध मेरे कारण हुआ, मेरे पिताश्री निर्दोष थे। वे चूक गये कि उत्तर भारत के एकमात्र विज्ञानवान् धनुर्धर और गुरु हो कर भी उन्होंने इस राज्य को लात मार कर ठुकराया नहीं, मैं सोचता हूं किल्विष कि वे ठुकराना चाहते तब भी या तो उनका अपहरण होता या किसी निर्मच्छिक जगह में कैदखाने में ठूंस दिये गये होते।"

अश्वत्थामा प्यास से परेशान, जीभ निकाले पानी-पानी चिल्लाता रहा पर रात में उसके बेहोश शरीर का न तो कोई रक्षक था न तो भक्षक सिर्फ एक मुर्दनी थी–सिर्फ मुर्दनी।

कलि ठठाकर हंसा–"क्यों रे किल्विष तू वज्रासन में बैठा, हाथ जोड़े किसकी आराधना कर रहा है। आखिर तेरा भी दिमाग फिर ही गया।"

"नहीं कलि," किल्विष की आंखें छलछला आयीं, "मैं तो अपनी मृत्यु की कामना कर रहा था। अगर कोई ऐसी चीज हो तो ईश्वर से अलग कर्म कांड से अलग। जो कभी-कभी सोचने के लिए बाध्य कर देती है कि कुछ और भी है अनकहा, अनचीन्हा जिसे लोग नियति या प्रकृति कहते हैं तो मैं उसी 'कुछ है' से करबद्ध प्रार्थना कर रहा हूं, रोको, रोको, इस सृष्टि को बचाओ।" किल्विष के गद्गद स्वरों को सुनकर

कलि ने उसकी पीठ पर हाथ रख दिया, "किल्विष मर्द रोते नहीं, चुप हो जाओ, चुप हो जाओ।"

एक नीरव मुर्दनी छा गयी और सभी ओर तभी हिचकियों का स्वर उभरा। लंबी-लंबी हिचकियां, शरीर को हिला देने वाली हिचकियां।

"अरे किल्विष," कलि उसकी पीठ सहलाते हुए बोला, "क्यों रो रहे हो बंधु, अभी तक तुम गलेसड़े कूड़े को जिसे लोग संस्कृति और सभ्यता कहते हैं, उठा-उठा कर नाबदान में फेंक कर मस्त भाव से हंस रहे थे, हंसा रहे थे। अचानक अकारण यह व्यथा कैसी बंधु।"

"कलि," सिसकते हुए किल्विष बोला, "जो भी हो यह सृष्टि इतनी प्यारी है कि मैं पुनः ऐसे विनाश को देखूंगा तो आत्महत्या कर लूंगा। कलि पूरे ब्रह्मांड में, सैकड़ों आकाश गंगाओं में होंगे प्राणी वे मनुष्य से ऊंचे स्तर का जीवन जी रहे होंगे शायद वे मनुष्य से अविकसित जंगली जानवर ही हो, तो भी हमारी पृथ्वी जैसा कुछ नहीं है इस अनंत खगोल में। मैं अपनी पृथ्वी मां का कृतघ्न पुत्र हूं। कलि जो उनकी रक्षा में अपने प्राणों को सौंप नहीं पाया। पर जल्दी ही सौंप दूंगा कलि, निश्चित सौंप दूंगा।"

●

शरीफ लोग

पिछले पांच वर्षों से हरीश की जिंदगी में सिर्फ एक ही भाव आ गया था—दमघोंट ठहराव। उसे गांव की तमाम चीजें, बदली-बदली-सी नजर आतीं। ऐसा नहीं कि अब जेठ की खरी दुपहरी में नीम पर बैठा कौवा अपनी चोंच से पंख नहीं खुजाता। वह अब भी दोपहर के एक-धार सन्नाटे को चीर कर वैसे कर्र-कर्र कांव की टेर लगाता ही रहता है, पर हरीश ने पिछले पांच सालों से इस आवाज से चौंककर कंकड़ी उठाकर डाल पर फेंकना और बिलावजह खिलखिला उठना छोड़ दिया है। उन दिनों जब वह कुएं की जगत की ओर से गुजरता रामरक्खी कमारिन के भरे मटके को झुकाकर गटगट पानी पी लेता। दूसरी नयची कमारिनें मुस्करातीं, "बबुआ घर से पानी पीकर नहीं चलते।" वे छेड़तीं, पर हरीश पूरे मटके को खाली करने के लिए जरूरी काम में तब तक लगा रहता जब तक गली के मोड़ से रामरक्खी के बड़बड़ाने की आवाज नहीं सुनाई पड़ती, "जाने कहां से आवे है अब की बहुरिया। तीन मटके पानी से खाली एड़ी रगड़ती रहती है। हाय रे कलजुग ! इनकी आंख का पानी मर गया है ! खुली अंगनाई में 'बाडी' पहनकर 'सिलेमा' करती हैं।"

बुढ़िया कमारिन जब तक कुएं की जगत पर रखे घड़े की दुर्गत देखती तब तक हरीश गमछे से मुंह पोंछता बगल की गली से फुर्र हो जाता। वह अपने मटके पर हसरत भरी नजर फेरती हुई बिफर उठती, "आ, आ, पी पानी सुमेर का बेटा, हम तोहे गंगा के दहाने में भेज के रहबै। पताल से पानी निकारत हिया फाट जात है और ई मुंहझौंसा हमरा मटका भर के पानी विरला देत है।"

हरीश को अब वे पुरानी बातें वाहियात लगती हैं। जिंदगी भी एक अजब मृग मारीचिका है, कब प्यासे को पानी नजर आयेगा और कब अघाये को चिलचिलाती धूप, यह कहना मुश्किल है। अब भी रामरक्खी कुएं से वैसे ही पानी भरती है, पर वह चुपचाप बिना उसे देखे चलता जाता है।

आज भी ठीक दोपहर वह कुएं के पास पहुंचा। तभी लगा अचानक जैसे किसी ने उसके पैरों के पंजे उलट दिये हों।

"अब कुछ करना ही होगा।" वह बडबड़ाया और गांव से बाहर के रास्ते पर चल पड़ा। सामने पेड़ों की झुरमुट से कन्याविद्यालय की लाल इमारत दिखाई पड़ रही थी। सरकारी इमारतों की साइज जैसी हो चेहरा बदस्तूर एक जैसा लगता है। सामने से कन्याविद्यालय और बॉयज स्कूल की इमारतों में फर्क करना नामुमकिन है।

मई का महीना पूरे चढ़ाव पर था। दोनों इमारतें चिलचिलाती धूप में तमतमा रही थीं। सामने की बगिया से निकलने वाली पगडंडी सूखे पत्तों से भर गयी थी। पैर रखते ही चर्रमर्र की आवाज आती। हरीश सीधे वहीं पहुंचा। उसके दिमाग में कोई चीज चरखी की तरह नाच रही थी। पता नहीं उस हरकत के मारे या कुछ और सोचते-सोचते वह एक आम के तने से पीठ सटाकर बैठ गया। तपता सूरज ठीक सिर पर आ गया था। बगिया में हरी दूब की कालीन पर पेड़ों के पत्तों से छनकर आती हुई धूप चितकबरी लगती। वह उखड़ी नजर से कभी गांव की बसबारियों को देखता, कभी सामने की लाल इमारतों को। उसने पाकेट से कैंची सिगरेट की डिब्बी निकाली और सलाई पर तीली रगड़कर एक सिगरेट जला ली। पेड़ के तने से उसने पीठ हटायी और कन्याविद्यालय के अहाते में घुस गया। उसके मन में जलन थी। बी. ए. पास करने वाला चंदर हैड-क्लर्क है और एम. ए. करके वह बेकार घूम रहा है। आखिर क्यों ? क्या उसका ठाकुर होना ही गुनाह है ! काश वह भी किसी पिछड़ी जात में पैदा हुआ होता।

वह कमरा बाहर से बंद था। उसमें ताला नहीं लगा था। हरीश ने सांकल खोली ✓र कमरे में दाखिल हो गया। भीतर सारा सामान बेतरतीब बिखरा था। एक स्टूल पर सुराही रखी थी जिसका मुंह कपड़े से बंधा था। उसने सुराही का कपड़ा खोला। पूरी सुराही उठाकर मुंह से लगा ली। गटर-गटर पानी पीकर उसने सुराही कोने में पटक दी। स्टूल पर रखी जलती सिगरेट को फिर से मुंह में लगाकर वह एक क्षण कमरे का मुआयना करता रहा। "हूं।" उसकी नजर खूंटी पर लटकते कपड़ों पर पड़ी। सभी कपड़े मोटे और गंदे थे। पर ऊपर लटकता सिल्क का एक कुर्ता बहुत साफ था। जैसे उसे आज ही बक्स में से निकाला गया हो। उसने उस कुर्ते को उठा लिया, 'साले ने बारात देखने की तैयारी की है शायद।' हरीश को याद आया कि आज शाम बगल के गांव में बारात आने वाली है। उसने मुंह की जलती सिगरेट निकाली और कुर्ते पर लगा दी। एक जगह का सारा कपड़ा संवराया-मुर्झाया फिर जला। इसी तरह सिगरेट से दागता चला गया। आगे-पीछे से सारा कुर्ता छेदों से भर गया। कुर्ते की यह हालत देखकर वह मुस्करा पड़ा। धीरे-से कुर्ते को उसकी जगह पर टांगकर वह कमरे से बाहर आ गया। उसने सांकल बंद कर दी और स्कूल

का अहाता पार करके आम की बगिया में आ रहा।

"जाओ स्साले, करो बारात।" वह बड़बड़ाया।

पिछले नवंबर की बात है। अब वह आसानी से 'नवंबर' को याद कर सकता है। साल के लंबे फीते से वह नवंबर को बखूबी काटकर अलगा सकता है। मगर कभी उसे महीनों में फर्क करना बेहूदापन लगता था। रोज एकरस किचकिच लगी रहती। वह नहा-धोकर खाना खाने बैठता उधर हनुमान चालीसा के पाठ के बीच-बीच में उसके पिता 'अवारा, हरामखोर' का संपुट दे-देकर उसका दो कौर खाना हराम कर देते। उसकी मां रोज-रोज के इस 'कंजड़पने' से चिढ़कर चिल्ला उठी थी, "एक बार ही उसे मार क्यों नहीं डालते। दो रोटी खाना भी आपको जबून लगता है।"

"हां, हां, मैं तो उसका दुश्मन हूं ही। तू आयी हो बड़ी ममता दिखाने। कहीं काम-काज का बंदोबस्त कर दो। मुझसे उसका भार नहीं उठ सकेगा।" वह वैसे ही थाली छोड़कर उठ गया था। गले में फंसा रोटी का टुकड़ा सांस लेने में भी तकलीफ दे रहा था। वह धीरे-से अपनी मां के कमरे में गया और धोती-कुर्ता पहनकर आंगन से बाहर निकल आया। स्टेशन तो वह रोज ही जाता था। आज दोपहर को ही सही। क्या फर्क पड़ता है। पता नहीं आने जाने वाली गाड़ियों में क्या खोजता था वह। हसीन चेहरे। हां, वह इससे इनकार नहीं कर सकता कि उसे हसीन चेहरों का इंतजार रहता। कई-कई बार उसने सोचा है कि क्या वह यह-सब करके अपनी औरत के साथ दगा नहीं कर रहा है।

'होगी दगा। कह लें कुछ।' वह झटके से गरदन हिलाकर प्लेटफार्म पर घूमने लगा। सरिता ने उसका कब साथ दिया। बाबू की हिकारत भरी बोलियां सुनकर मैं सह लेता था तो क्या सरिता नहीं सह सकती थी ? पर वह तो बच्चे को लेकर मायके चली गयी। उसने कसम ले ली कि जब तक नौकरी नहीं लगेगी, वह नहीं आयेगा। अब इस घर में उसका पांव नहीं पड़ेगा। जायें सब, कौन किसका साथ देता है ? यह सब भरमाने की चीजें हैं।

"ऐ साहब..."

उसने सिगरेट का कश लिया और अगली परिक्रमा पर पांव उठने ही को थे कि उसने देखा सामने खड़ी एक युवती पुकार रही है। "क्यों साहब, भगीरथपुर कितनी दूर है ?" उसने सिनेमाई खलनायक के अंदाज में उस युवती को घूरकर देखा। उसके गोल सांवले चेहरे पर खिजलाहट थी, "क्या देखते हैं इस तरह ?"

"मैं भी भगीरथपुर का बाशिंदा हूं, कहिए क्या सेवा कर सकता हूं आपकी।" उसे लगा कि युवती के खीज भरे चेहरे पर कुछ ऐसा है जो बड़ा आत्मीय है। एक

सचेत सीधापन है शायद। अपनी कृत्रिमता पर उसे बड़ा दुःख हुआ। उसने सिगरेट फेंक दी और चेहरे के तनाव को यथासभव मिटाता हुआ बोला, "आपको भगीरथपुर जाना है क्या ?"

"हां जी, क्या रिक्शा वगैरह मिल जायेगा।"

"देखिये, खेतों की पगडडी से चलिये तो कुल मील भर है। रिक्शा नहीं मिलता उधर के लिए। आप इक्का ले सकती हैं, पर पक्की सड़क के बाद का रास्ता काफी ऊबड़-खाबड़ है।"

"तो..."

"तो पैदल चलिये...! !

"चल तो सकती हूं पर मेरा सामान..."

"इसे मैं किसी मजूरे से भिजवाने का इंतजाम कर दूंगा।"

"ठीक है।" युवती हल्के मुस्करायी। हरीश को बुरा लगा। अब उसके चेहरे पर आत्मीयता नहीं थी। वह अपने को काफी तेज-तर्रार दिखाने की कोशिश कर रही थी।

एक मजूरे को बुलाकर उसने सामान गांव भेजने का प्रबंध कर दिया। "आप इसी के साथ चली जाइए, कन्याविद्यालय ही जा रही होंगी आप।" उसने रुखाई से पूछा।

"जी हां, आपने ठीक ही समझा। मेरी नयी-नयी नियुक्ति हुई है।"

"ठीक है, ठीक है। जा रे बहादुर, इन्हें लड़कियों वाले स्कूल पहुंचा देना। इसे दो रुपये दे दीजिएगा।" उसने पाकेट से सिगरेट की डिब्बी निकाली।

"आप नहीं चलिएगा।" युवती बोली।

"आपको पहुंचाने ?" उसने उसकी आंखों में निधड़क देखते हुए पूछा।

"जो समझें ?"

"माफ कीजिएगा, इस काम के लिए मेरी नियुक्ति नहीं हुई है।" उसने ऐसा कडुवा चेहरा बनाकर कहा कि युवती झेंप गयी। उसने सिगरेट जलायी और अपनी परिक्रमा पर चल पड़ा।

वह कई दिनों तक अपने मन को समझाने की कोशिश करता रहा। पर मन था कि अड़ियल टट्टू की तरह एक ही मुद्दे पर टिका रहता। अब उससे मिलना ही होगा। उसने मन को थपथपाया। स्टेशन की परिक्रमा भी उसे बेमानी लगती। नवंबर की सांझ को स्टेशन से घर लौटते उसने कितनी बार चैती के नये अंकुर के ऊपर मंडराती झरबेरी की गंध से फेफड़ों को तर किया। पर एक अबूझ प्यास उसके सारे वजूद को अपनी गुंजलक में लपेट लेती। पता नहीं क्या नाम है उसका। उस दिन गुस्से

में उसका नाम भी नहीं पूछा। दो दिन भी नहीं बीते कि बहाना हाथ आ गया। उसकी बहन शोभा कक्षा सात में पढ़ती थी। वह उसकी 'होम वर्क' की कापी उलट-पुलट रहा था। उसी में उसने हस्ताक्षर देखे—रेवा।

"यह रेवा कौन आ गयी शोभा ?" उसने पूछा था।

"नयी बहन जी, क्यों ?"

"इन्हें कुछ आता जाता नहीं, तुम्हारे अनुवाद में कितनी गलतियां हैं, पर इन्होंने बिना देखे नीचे सही मार दिया है।"

"बहन जी तो बहुत अच्छा पढ़ाती है।" शोभा बोली।

"पढ़ाती होंगी, पर ड्यूटी की पक्की नजर नहीं आतीं।"

शोभा ने कुछ नहीं कहा।

दो दिन भी नहीं बीते होंगे कि वह एक दिन ठीक ग्यारह बजे कन्याविद्यालय पहुंचा। ऑफिस में उसकी मुलाकात हेड-क्लर्क चंद्रप्रकाश से हो गयी। वह उसे पिछले दो-तीन वर्षों से जानता था। प्रायः तब से जब वह भगीरथपुर के कन्याविद्यालय में हेड-क्लर्क बनकर आया था। चंद्रप्रकाश का बदन खिलाड़ियों जैसा कसा हुआ भरा-भरा था। वह आकर्षक युवक था। बी. ए. था। गांव वालों से कम ही मिलता-जुलता। उसका व्यवहार बहुत शालीन होता, जो भी उसे जानता था, उसकी प्रशंसा ही करता था। हरीश से उसका संबंध कुशल-मंगल पूछने तक ही सीमित था।

"हेड-मिस्ट्रेस हैं ?"

चंद्रप्रकाश कोई फाइल देख रहा था, उसने गर्दन उठायी और हरीश को देखा, "आइए, आइए, हरीश बाबू। कहिए क्या हालचाल हैं ? सब ठीक-ठाक है न ?"

"हां, ठीक है। मैं जरा हेड-मिस्ट्रेस से मिलना चाहता हूं !"

"सामने वाले कमरे में चले जाइए..." वह फिर फाइल में तल्लीन हो गया।

बुढ़िया हेड-मिस्ट्रेस अपने सख्त मिजाज के लिए बदनाम थी। वह पास के गांव की रहने वाली थी। रोज गांव चली जाती। हरीश उसे भली भांति जानता था।

"नमस्ते बुआ जी।"

"आओ आओ हरीश।" हेड-मिस्ट्रेस खादी की साड़ी में अपने सूखे बदन को लपेटे ऐंठ के साथ बैठी थीं, "बैठ जाओ कुर्सी पर।"

"जी, बुआ जी।"

हरीश कुर्सी पर बैठ गया।

"वेल माई बॉय।" हेड-मिस्ट्रेस खनकीं, "कैसे बुआ की याद आ गयी ?"

"मैं शोभा के बारे में कहने आया था।"

"शोभा कौन ?" हेड-मिस्ट्रेस ने पूछा।

"मेरी छोटी बहन।"

"अच्छा-अच्छा, मुझे मालूम नहीं था। क्या बात है ?"

"उसकी अंग्रेजी कमजोर है। देखिये न, ट्रांसलेशन में कितनी गलतियां करती है।"

उसने शोभा की अभ्यास पुस्तिका सामने कर दी।

हेड-मिस्ट्रेस एक क्षण अनुवाद देखती रहीं और तभी उन्होंने घंटी बजायी, "सुद्धू, जरा रेवा यादव को बुलाना।"

हरीश के लिए वे क्षण बड़ी अंतर्वेदना से भरे-भरे लगे। रेवा बिना विलंब कमरे में दाखिल हुई। उसने कनखी से हरीश की ओर देखा। उसके होंठों पर एक परिचय जन्य मुस्कराहट की धूमिल किरण शायद उभरी थी, पर उसने तुरंत अपने को संयत करके हेड-मिस्ट्रेस से पूछा, "आपने बुलाया है ?"

"रेवा," हेड-मिस्ट्रेस ने गला साफ करते हुए कहा, "यह शोभा के भाई हरीश हैं। इन्होंने एम. ए. किया है। ये शोभा की अभ्यास पुस्तिका लाये हैं। इसमें अनुवादों को बिना देखे तुमने साइन कर दिया है।"

"जी, मेरा मतलब यह नहीं था। मैं शिकायत करने नहीं आया।" हरीश हकलाते हुए बोला।

"हां, हां, मैं मतलब समझती हूं।" हेड-मिस्ट्रेस ने हरीश के चेहरे को घूरते हुए कहा, "रेवा बहुत समझदार टीचर है। वह शोभा पर उचित ध्यान देगी ..."

रेवा का चेहरा तमतमा आया था। उसने कांपते हुए शोभा की अभ्यास पुस्तिका उठायी, "जी, मैं खयाल रखूंगी।" उसने कहा और कमरे से बाहर चली गयी।

हरीश के चेहरे पर ग्लानि की स्याह छाया उभरी, "अच्छा बुआ जी नमस्कार।" उसने कहा और कमरे से बाहर निकल आया। वह हारे हुए जुआरी की तरह कन्याविद्यालय के गेट से बाहर निकल रहा था।

"सुनिए," रेवा बाहर ही खड़ी थी। "देखिए मैं कसम से कह रहा हूं मैं शिकायत करने नहीं आया था।"

"तब क्यों आये थे ?"

"आपसे मिलने।"

रेवा हल्के मुस्करायी, "आपसे मिलना मेरे लिए तो बहुत महंगा पड़ता। आप हेड-मिस्ट्रेस को जानते ही हैं। मेरी तो नौकरी चली जाती।"

"क्षमा कर दीजिए। यह आपसे मिलने का बहाना मात्र था।"

"मगर उस दिन तो आपको साथ चलना भी गंवारा नहीं था। आपने घृणा से मुंह फेर लिया था।"

"साथ चलने को तो मैंने कहा था। आपने कब कहा।"

रेवा धीरे से मुस्करायी, "अच्छा मैं अब जा रही हूं। अगली बार मुझसे मिलने के लिए ऐसा संगीन बहाना मत कीजिएगा।"

"जी, बिल्कुल विश्वास रखिए, अब हल्के-फुल्के बहाने से ही काम चल

जायेगा।" वह हंसा।

"हूं।" रेवा ने चलते-चलते कहा, "आपको शोभा के बारे में मुझसे कहना चाहिए था। मैं बगल के क्वार्टर में रहती हूं। आपको हेड-मिस्ट्रेस के पास नहीं जाना चाहिए था।"

"अब आप और शर्मिंदा न करें।" हरीश बोला, "मैं क्वार्टर पर ही आ जाऊंगा।"

"मैंने यह कब कहा..." रेवा मुस्कराते हुए चली गयी।

सब कुछ ठीक था। हरीश के चेहरे पर जाड़े के सूरज की नरम धूप चमक रही थी पिछले पांच वर्षो से वह नवंबर की कुनकुनी धूप का एहसास ही भूल गया था। सामने की बगिया के पत्ते शांत निश्चेष्ट भाव से चमकती धूप में खामोश ऊंघते से लग रहे थे। पूरा सिवान धानी कालीन की तरह फैला हुआ प्रतीत होता। आज वह बहुत खुश था।

उस दिन हरीश को लग रहा था कि नीला आसमान खाली औंधा हुआ शून्य ही नहीं है। उसमें रंग-बिरंगी झंडियां एक अनबूझ उत्सव के मौके पर आराइश का सरो-सामान तैयार कर रही हैं। उसने पहली बार तलैया में उछलते मेंढक पर कंकड़ी फेंकी। आज उसे किसी का डर नहीं था। दोपहर को खाने के वक्त हनुमान चालीसा पढ़ते अपने बाप की याद भी दहशत नहीं, व्यंग्यभरी मुस्कराहट जगा रही थी।

'रेवा !'

हरीश के दिमाग में सिर्फ एक शब्द अपनी नाना रंगीन भंगिमाओं में छाया था। वह जानता था कि रेवा उसकी जिंदगी में हमेशा के लिए नहीं आयी है। आ भी नहीं सकती। वह चाहकर भी सरिता को छोड़ नहीं सकता। पर उस जिंदगी को वह क्या करे जो उसे टुकड़ों में विभक्त मिली हुई है। वह हर टुकड़े को अपने ढंग से जीना चाहता है। वह न तो अतीत में झांकना चाहता है, न तो भविष्य के बारे में बेमानी सपने देखना चाहता है। वर्तमान ही सत्य है और रेवा ने इस वर्तमान के दमघोंट वातावरण को अपनी उपस्थिति से तार-तार कर दिया है। वह इस बीच कई बार रेवा से मिल चुका। उसे किसी की परवाह न थी। हालांकि वह जानता था कि अनेक जोड़ी आंखें उसकी इस हरकत पर हिकारत से भरी हुई हैं, पर उसे सच ही अनुमान नहीं था कि रेशमी हवा में अचानक इस तरह सिलवट पड़ेगी कि वह एक वहशी की तरह अपने ही सिर को दीवार से पीट लेना चाहेगा।

मार्च की शाम ढल रही थी। हवा में एक अजीब तरह की खुनकी थी। सीवान में खड़ी फसलों की खुशबू हल्के कुहरे की तरह गांव पर मंडरा रही थी। हरीश दिन भर बेमतलब सीवान में घूमता रहा था। उसे अचानक यह सब कुछ बहुत भरा-भरा

और सुंदर लग रहा था। रेवा से सिर्फ देखा-देखी हो जाये, दो-चार बातें हो जायें। बस यही उसकी जिंदगी की सबसे बड़ी नियामत थी। वह शाम को घर लौटा। तभी उसके पिता सुमेर सिंह बहुत तमतमाये हुए घर में घुसे। वह उस वक्त आंगन में बिछी चारपाई पर बैठा था। बिला वजह अपने पैरों को हिला रहा था।

"क्यों बबुआ जी," आंगन में घुसते ही सुमेर सिंह ने कहा, "आजकल आशनाई चल रही है ? अरे तुम्हारे जैसा बदचलन आवारा सारे जहान में खोजे से नहीं मिलेगा। लड़कियों के स्कूल का क्लर्क कह रहा था कि कोई मास्टरनी आयी है नयी-नयी, जिससे तुम इश्क कर रहे हो। रोज उसके 'कुवाटर' पर जाते तुम्हें शरम नहीं आती ?"

वह कुछ नहीं बोल सका था। सच की सीधी मार ने उसकी जबान पर रोक लगा दी थी।

"आज क्या हुआ ?" हरीश की अम्मा ने पूछा।

"मुझसे क्या पूछती हो, अपने सपूत से पूछो। लड़कियों के स्कूल में कोई नयी मास्टरनी आयी है। वहीं का क्लर्क चंदर कह रहा था कि बबुआ जी आजकल उसी के चक्कर में पड़े हैं।"

अम्मा चुप रह गयीं। इस तरह की बातों में क्या कहा जाये यह उनकी समझ में नहीं आया। उनका चेहरा लाल हो गया।

हरीश चुपचाप उठा और आंगन से बाहर चला गया।

बेकार लोगों की जमात होती है। गांव के कई लोग इस जमात में शामिल थे। हालांकि पूरे गांव में इनकी संख्या दो दर्जन के ऊपर थी। पर जमात की सक्रियता कुल आधे दर्जन तक सीमित थी। इस जमात के सामने वक्ती तौर पर कई समस्याएं आयीं और वे एक ही तौर से हल की गयीं। इस बार की समस्या था चंद्रप्रकाश। क्योंकि चंद्रप्रकाश ने कई गलतियां की थीं। उसे आरक्षण में नौकरी मिली थी। वह नयी मास्टरनी रेवा के निकट होता जा रहा था। जाड़े की एक रात को जब वह सो रहा था उसे लगा कि कोई उसका दरवाजा पीट रहा है।

"कौन है ?"

"तार वाला।"

तार का नाम सुनते ही चंद्रप्रकाश के होश उड़ गये थे। घर में सिर्फ बूढ़ी मां थी। कहीं उसे तो कुछ नहीं हो गया। वह रजाई से बाहर निकला। चारपाई से उछलकर सीधे दरवाजे के पास पहुंचा। दरवाजे की सांकल वैसे ही खनखना रही थी। उसने भीतर की सिटकनी खोली। फाटक खुला और एक जोरदार घूंसा उसके जबड़े से टकराया। वह उलटकर गिर पड़ा। तभी कमरे में तीन-चार आदमी घुस आये। एक

ने दौड़कर उसका मुंह दाब लिया। दूसरे ने इधर-उधर देखा और खिड़की के पास की खूंटी पर झूलते हुए गमछे को खींच लिया। गमछा उसके मुंह में ठूंस दिया था। तभी उसे लगा कि किसी ने बड़ी सख्त चीज से उसके सीने पर जोर का प्रहार किया है। गनगना उठा। हाथ के कांपते इशारों से लगता कि वह कुछ कहने या किसी को पुकारने के लिए छटपटा रहा है। चारों ओर से घूंसे और थप्पड़ों की वर्षा शुरू हो गयी। सभी आगंतुकों के चेहरे गमछों से ढंके-तोपे थे। वह एक को भी पहचान नहीं पाया। वह घूंसे-थप्पड़ों की वर्षा से अपनी रक्षा करने के लिए सिर्फ हाथ-पैर हिला सकता था। वह एक क्षण के लिए सब कुछ सहता रहा। उसमें अभी भी हिम्मत बाकी थी। उसने पलटकर एक आदमी की कमर में हाथ डाल दिया और उसे फुर्ती से खींचकर जमीन पर दे मारा। बाकी आदमियों में इशारे से बातें हुईं। पलक झपकते बगल में खड़े आदमी ने कमरबंद की तरह बंधी लोहे की कोई चीज निकाल ली। वह साइकिल की टूटी हुई चेन थी। सपाक की आवाज हुई जैसे और चेन उसकी पीठ पर जा चिपकी। वह छनछनाकर रह गया। जैसे किसी ने गर्म सलाखों से उसे दाग दिया हो। वह नीचे पड़े आदमी को छोड़कर उठ पड़ा। तब तक सपाक-सपाक की कई आवाजें आयीं और वह बुरी तरह निढाल होकर जमीन पर गिर पड़ा। खूंटी से उसकी धोती खींचकर लोगों ने उसके हाथ-पैर बांधे और कमरे से बाहर निकल आये। दरवाजे की सिटकनी चढ़ा दी गयी।

"क्या हुआ ?" आमों की बगिया में किसी ने पूछा।

"साला बेहोश पड़ा है। अब वह किसी भी मामले में टांग अड़ाने नहीं जायेगा।"

"बहुत तो नहीं मार दिया।" फुसफुसाहट-सी उभरी।

"तुम स्साले धर्मराज भी बने रहना चाहते हो और इश्क भी लड़ाते हो !" एक आदमी हो-हो करके हंसा।

"बेहोश आदमी मर थोड़े ही जाता है।" एक दूसरा चहका।

"स्साले ने मेरी कमर पकड़ ली, धक्के मारकर नीचे गिरा दिया और छाती पर चढ़ बैठा था।"

"अच्छा !"

"पर कल्लू की चेन की मार से बिलबिला उठा।"

"अरे हटाओ यार, निकालो सिगरेट। सुबह देखी जायेगी।"

सुबह गांव में हो-हल्ला मच गया। लड़कियों वाले स्कूल के चंदर की पिटाई का हाल रंग-रोगन चढ़ाकर गांव में फैल गया। "कहीं के डाकू थे, सब नकाबपोश थे। एक को भी बिचारा पहचान नहीं पाया।" छबीले चौधरी ने खैनी मलते हुए कहा, "उसकी घड़ी, कपड़े और बर्तन गायब हैं।"

"हूं, और उसके पास था ही क्या।" सुमेर सिंह बोले, "उसने किसी को भी नहीं पहचाना ?"

"पहचानता कैसे ? सबके चेहरे गमछों से ढंके थे न।"

"वाह, यह तो जासूसी कहानी जैसा लगता है।" बगल में खड़ा एक बेकार नवयुवक बोला, "स्साला स्कूल का हेड-क्लर्क क्या हो गया, किसी से सीधे मुंह बात ही नहीं करता था।"

"वह तुम्हारे जैसा लफीफा है क्या, जिसे कोई काम नहीं है। वह क्या दिन भर गप्प करता फिरे।" सुमेर सिंह बोले, "बाप की कमाई दोनों जून ठूंसकर मटरगश्ती करने की उसे फुर्सत कहां है ? वह नौकरीपेशा आदमी है।"

"आपको किस ने मना किया है ? मरहम की डिब्बी लेकर चले जाइए न कन्या विद्यालय।" लड़के ने सुमेर सिंह को टिटकारा, "हाय, हाय, बेचारे के बदन पर साटों के निशान उभर आये हैं। लाओ जी छबीले चौधरी, जरा खैनी दो।" छबीले चौधरी की हथेली से बिना कहे लड़के ने खैनी की चुटकी भरी और निचले होंठ में दबाकर मुस्कराया, "सुमेर काका को पुलिस में रपट जरूर करनी चाहिए। इनके रहते ऐसा अत्याचार हो जाये यह तो बेजा बात है।" उसने पिच्च थूका और आगे बढ़ गया।

सुमेर सिंह उसे घृणा से देखते रहे। उनका पूरा शरीर गुस्से के मारे कांप रहा था। हो न हो यह सब हरीश की करतूत है। अभी पुलिस में रपट हो जाये तो छट्ठी का दूध याद आ जायेगा। साला आवारा, नौकरी कहीं मिलती नहीं, पूछने पर कहता है कि मैं ठाकुर हूं, पिछड़ी जात का होता तब काहे का रोना होता तो स्साले तुम्हारे लिये मैं चमार बन जाऊं—इसके कारण बाप दादों की इज्जत नीलामी पर चढ़ जायेगी। ऐसा बदचलन छोकरा पूरे देहात में नहीं होगा। इन ससुरों को पता नहीं क्या हो गया है। एक तो किसी लायक नहीं हुए कि कहीं दो पैसे कमायें, उल्टे जालिमों जैसा काम करते हैं और मूंछ पर ताव देते घूमते हैं। वे घर की ओर चल पड़े। आंगन में हरीश पानी पी रहा था।

"किसी ने लड़कियों वाले स्कूल के चंदर को मारा है।"

वे हरीश की अम्मा को सुना रहे थे और कनखी से हरीश की ओर ताक रहे थे, "बेचारे को अधमरा करके छोड़ दिया है।"

"हाय राम," हरीश की अम्मा बोलीं, "गऊ-सा सीधा लड़का है। उसको किसने मारा ?"

"जिसने भी मारा हो पुलिस छोड़ेगी नहीं।"

हरीश ने गिलास जमीन पर रख दिया और चुपचाप आंगन से बाहर चला आया।

चंदर ने न थाने में रपट की और न पंचायत ही बुलायी। उसकी समझ में ही नहीं आता था कि इस तरह का काम किन लोगों ने किया। वह ऑफिस में बैठा-बैठा सोचा करता। उसका सारा चेहरा जर्द हो गया था। आंखों के नीचे स्याह गड्ढे उभर

आये थे। उसे रह-रह कर हरीश पर संदेह होता, पर सबूत क्या है। वह कहे भी तो क्या कहे ? किससे कहे ? हरीश बाबू पढ़े-लिखे आदमी हैं। वे भला ऐसा क्यों करेंगे। दिन पर दिन बीत रहे थे और हर दिन पहाड़ जैसा लगता। चंदर को स्कूल की इमारतें अनजान जैसी प्रतीत होतीं। उसे लगता कि उस घटना के बाद से उसका और इन इमारतों का रिश्ता ही टूट गया है। पता नहीं क्या सोचते होंगे लोग।

हरीश और उसके दूसरे साथी अपने 'करतब' पर खूब खुश थे। उन्हें लग रहा था कि बेहूदे आरक्षण का उन्होंने जवाब दे दिया है। अब चंदर ठीक रहेगा। रेवा पर उनका कब्जा होगा।

●

प्रमाण-पत्र

मैं आज बहुत परेशान हूं। दुखी हूं। सोचता हूं कि मरने के पहले उसकी आखिरी ख्वाहिश पूरी कर दूं। पर क्या अपने पाप को, अपने अभिमान को सबके सामने खोल कर रख देने की ताकत है मुझमें ? शायद नहीं। यदि मैं उसको दिये वचन को पूरा कर दूं तो यह दुनिया कभी माफ करेगी ?

"तुम दुनिया से इतना डरते क्यों हो ?" वह बहुत अजीब ढंग से बोली थी, "क्या तुम्हें गेहूं के खलिहान में, फागुन की इस रात में, महकते हुए डांठों की छुवन से खुशी नहीं होती ? क्या यह सोंधी महक तुम्हें पागल नहीं करती ? बर्रे के चिकने भूसे पर पांव बिछल जाते हैं, तुम जब इस पर चलते हो तो गुदगुदी नहीं होती ?"

मैंने जुबान में मधु घोल कर कहा था, "तुम इस धरती का, इस सीवान का हिस्सा कब से बन गयीं ? तुम तो एक कलक्टर की बेटी हो। महीने भर के लिए आयी हो। एक दिन अचानक तुम्हें लगेगा कि सोंधी महक में सोया खलिहान, बर्रे के बिछलन भरे लाल-पीले भूसे की छुवन वाहियात है। इसमें वह मजा कहा है जो अफसरों के क्लब में मिलता है। तुम..."

"चुप करो !" वह बिफर कर बोली थी, "तुम्हारी जुबान में जहर है। तुम क्या कहना चाहते हो ? क्या मैं जिस गांव में बारह साल तक रही, जहां जनमी, जहां लोटी-पोटी, जहां आम के खट्टे टिकोरे तोड़ने गिलहरी की तरह पेड़ों पर चढ़ती रही, जिन डालियों से उलझी, जिन्हें देखा, सुना, सूंघा–वह सब सिर्फ इसलिए भुला दूं कि मैं कलक्टर की बेटी हूं ? यह सब तुम्हारी 'मोनोपली' है ? बाप-दादों के गांव से, उनकी जन्मभूमि से कट कर अलग हो जाने का हुक्म देने वाले तुम होते कौन हो ? मेरे पास मेरे खेत हैं, खलिहान हैं, मेरा घर है, मेरे चचेरे भाई-बंधु हैं, उनका परिवार है, मेरे..." वह बहुत ज्यादा हांफने लगी और खलिहान की कड़ी जमीन पर बेहोश होकर गिर पड़ी।

मैंने एक अपराधी की तरह उसे उठाया। वह बहुत हलकी-फुलकी थी। वह

कोई औरत नहीं, मेमने का बच्चा लग रही थी। मैंने उसे बगल में खलिहान में रखी चारपाई पर लिटा दिया। चारपाई पर पुवालों का गद्दा था। हम रात में खलिहान अंगोरने के लिए जब आते थे तो उसी पुवाल पर सोते थे। अपने बइठकों में भी पुवाल का गद्दा बना कर उस पर दरी डाल कर सोते हैं लोग। यह देहाती तरीका है। पर उम्मी तो 'डनलप' पर सोती होगी! उसे चारपाई पर सुलाना ठीक नहीं था। पर कोई चारा नहीं था। मैं बगल के तालाब की ओर दौड़ा। मेरे पास यह बताने की फुर्सत नहीं थी कि यह तालाब उमा के परिवार की गौरव-गाथा की चीन्हारी था। मैंने गमछे को पानी में डुबाया और उमा की ओर दौड़ा। चेहरे पर ठंडे पानी के स्पर्श से उसे राहत मिली होगी। उसने आंखें खोली, "मैं यहां कैसे आ गयी ?"

"शायद किसी की नीयत खराब हो।"

वह व्यंग्य से हंसी, "मेरे साथ बदनीयत वाला जुड़ा ही कब ?"

फागुन का आखिरी सप्ताह था। चारों ओर केसरिया धूप बरस रही थी। धूप का अपना अलग मजा होता है। खलिहानों में चैती फसलों के डांठों पर दंवरी चलती थी। बैलों को, गृहस्थों को यह धूप बहुत आराम देती होगी। पर शहरी बाबुओं को इसमें तपन के अलावा क्या मिलता होगा ? उमा के बाप गजराज सिंह की कोठी के सामने ही तो गांव भर के खलिहान हैं। मैं अपने खलिहान में बरगद के तले बैठा था। अचानक कोई चीज सर पर गिरी। हथेली से छुआ तो गिजगिजपने से मन विरक्त हो गया। साले हरामी कौवे ने वीट कर दी। नजर ऊपर गयी। मन हुआ कि इस डोमड़े को गुलेल से गोली मार कर गिरा दूं।

"अब का देख रहे हो भइया जी !" सूरत काका बोले, "जाओ सिंर धोई लौ !" येह कौवा का दोष भी क्या है ! देखते नहीं, पूरा बरगद का पेड़ लाल-लाल गोदे से लदर गया है।"

"हां काका, बरगद का पेड़ गोदे से लदरा गया है और साली पुखरिया बेहया से ढंक गयी है।" मैं पोखरी के पास गया और सिर धोने लगा। मन में गुस्सा ज्यों का त्यों था।

"कहिए हुजूर !" किसी ने कहा, "कौवे ने शायद शरारत में होली खेल दी है ?"

देखा सामने उम्मी थी, "उधर हरामी कौवे हैं और इधर बिना महकवाले नीले चटक बेहया के फूल हैं। हमारे जैसों की तो सब ओर से आफत ही आफत है।"

मुझे आशा थी कि यह सुन कर वह गुस्सा होगी, 'बेहया' शब्द पर गौर करेगी और कोठी लौट जायेगी। पर वह गयी नहीं। खिलखिलाती रही, "कभी आपने सोचा है हुजूर कि बेहयाई में भी एक लुत्फ होता है। अगर कौवे न हों तो अपना ही आंगन

पराया लगेगा। कौन-सी चिड़िया है ऐसी जो इंसान से इतना अधिक मिलती-जुलती हो ? भात के एक-एक दाने के लिए कौवा अपनी कौवी से भी लड़ जाता है। जूठी पत्तल चाट कर जब डोम और मुसहर फेंक देते हैं तो उन पर झांव-झांव की आवाज करते कुत्ते टूट पड़ते हैं। वे कुत्ते भी कभी नहीं सोचते कि उनकी कोई अपनी कुतिया है, पिल्ले हैं, उन्हें भी कुछ चाटने के लिए मिलना चाहिए, पर..."

"मैं कुत्तों की मानसिकता से तो परिचित हूं, पर कुतिया बड़ी अजीब होती है। वह कुत्तों को ललकार कर लड़ा भी देती है और उनकी बेवकूफी पर अलग खड़ी हो कर मुस्कराती भी रहती है।" मैंने बहुत कठोर बाण मार दिया और अपेक्षा कर रहा था कि वह इस बार अपना गुस्सा नहीं रोक पायेगी और कटकटा कर मुझ पर बरस पड़ेगी। पर वह कहीं खोयी थी।

"क्या सोच रही हैं, देवि ?" मैंने जोर से पूछा।

"मैं यही सोच रही थी हुजूर कि कुत्तों के मनोविज्ञान को इतनी गहराई से जानने वाला शायद यह भी जानता होगा कि कुत्ते का चाटना और काटना दोनों खतरनाक होता है।"

मैं ठठा कर हंसा, "काटनेवाले कुत्ते प्रायः गावों में होते हैं। और चाटनेवालों को देवि आपने जितने नजदीक से देखा है, मैं नहीं देख पाया। मैं अपनी जानकारी की हद जानता हूं।"

वह खिसिया गयी। "आप अपनी फिलासफी बंद कीजिए !" वह चिल्लाई। "शट अप ! आप इन गांववालों के सामने मेरी बेइज्जती करने पर क्यों उतारू हैं ? मैं तो केवल आपकी जुबान में कहूं तो एक महीने की तफरीह पर आयी हूं। एक महीना अगर आपको बहुत भारी लग रहा है तो मैं कल ही लौट जाऊंगी।" उसकी आंखें छलछला आयीं।

"माफ करो उम्मी, मैं इतना नीच नहीं हूं कि तुम्हारी बात को बिना समझे मजाक में बदल दूं। तुम पहले वाली उम्मी रही भी तो नहीं। अब न वे खेलों के दिन हैं, न साथ-साथ हंसने और रोने के दिन। न तो तुम पेड़ पर चढ़ कर टिकोरे तोड़ लाने का हुकुम दोगी और न तो हम एक साथ तुम्हारे पुरखों के बनाये तालाब में तैराकी करेंगे, छूल-छुलइया का खेल खेलेंगे। अब मैं चाहूं भी तो पीछे लौट नहीं सकता। कहां से लाऊं वह हरारत जो तुम्हें छूने के लिए ललचाती थी। तुम्हारी हथेली पर हाथ रखते ही सारा बदन थरथराने लगता था। मेरी सांसें बहुत गरम हो जाती थीं। वह छुवन जला-जला कर राख कर देती थी। तुम यह कह कर गयी थीं कि मैं तुम्हें भूल जाऊं। कोशिश करता रहा, पर भूलना तो दूर पहले से भी ज्यादा याद करके रोता रहा। जब बाढ़ आती है तो एकाध टीले डूबने से बच जाते हैं न ! उसी टीले पर मैंने अपनी नाव का लंगर गिरा दिया है। मालूम है कि इस टीले पर जान बचा कर भागने वाले चूहे, सांप, बिच्छू सभी हैं। फिर वह उनका अधिकार भी तो

है। बाढ़ से बचने के लिए उस टीले की जैसी सख्त जरूरत मुझे है, वैसी ही उनको भी तो है। पहले पढ़ लिख कर लौटा तो बाबूजी नाराज हुए, क्योंकि मैंने शादी से इनकार कर दिया।

" वे बोले, 'मैं सब जानता हूं कि तुम गजराज की लड़की के अलावा किसी से शादी नहीं करोगे। लेकिन तुम जो सपना देख रहे हो, वह कभी पूरा नहीं होगा, भैया जी। औरत जात बड़ी दगाबाज होती है। तुम सख्त जमीन पर खड़े हो कर सोचो। तुम एक बेकार पढ़े-लिखे नौजवान हो, जो कमबख्ती के कारण ठाकुर के घर पैदा हुआ। तुम पढ़ने में बहुत तेज थे। तुम बहुत काबिल समझते हो अपने को। चलो मान ले रहा हूं कि तुम काबिल हो। पर इतने काबिल नहीं हो कि सौ जगहों के लिए इंटरव्यू देने जाओ और तुम्हारे पास महीने भर के भीतर नियुक्ति की चिट्ठी आ जाये। तुम तो जानते हो भई कि तुम्हारा दुर्भाग्य है कि तुम ठाकुर हो, जिनके लिए सीटें सुरक्षित नहीं होतीं और न तो होंगी कभी। अब जमानियां डिग्री कॉलेज में जो छोटी-सी जगह मिली है, उसे ईश्वर की कृपा समझ कर काम शुरू कर दो। मेरा क्या, एक बूढ़ा आदमी हूं। रिटायर हूं कल नहीं रहूंगा। तुम्हारी मां मरी तो मैंने तुम्हें गोद में उठा कर संतोष कर लिया। अपनी ओर से पढ़ाई-लिखाई के खर्चे देने में कभी कोताही नहीं की। एक जवान बहन है। तुम अपनी जिंदगी खराब करने पर आमादा ही हो तो कर दो खराब। पर उषा की शादी हम कब तक रोके रखेंगे ? लोग पूछते हैं भाई ने शादी क्यों नहीं की ? कौन-सा ऐब है लड़के में ? अगर भाई में ऐब है तो बहन में भी हो सकता है...' आदि।

" मैंने बहुत गलत ढंग से डांट दिया था बाबूजी को—'यह किसने कह दिया आपसे कि मैं किसी ऐब की वजह से शादी नहीं कर रहा हूं ?'

" वे बोले, 'देखो भाई, राजपूतों में खून देख कर रिश्ते होते हैं। हम गाहरवाड़ हैं, पूरा महाइच गाहरवाड़ है। हमसे पूरब में चंदेल हैं। उससे पूरब राठौर हैं, हम तीनों आपस में शादियां करते हैं। हम मानते हैं कि ऐसे ही लोगों में रिश्ते होने चाहिए। लेकिन तुम्हारी जिद के कारण कोई भी यहां नहीं आता।'

" मैं विफर बड़ा था, 'नहीं आता तो नहीं आता। कौन हरामी कहता है कि आदमी-आदमी का खून अलग-अलग होता है। पिताजी, अस्पतालों में जाइए और देखिए कि धन्नू चमार और समेश्वर पंडित का खून एक ग्रुप का है। कासिम अली और जोजेफ का खून और आपके खून का ग्रुप एक है।'

" वे चिल्लाये थे, 'खबरदार अगर दोबारा ऐसी बात की तो मैं घर से निकाल दूंगा तुम्हें। मेरे वंश के खून से तुम दोगले-फिरंगियों की औलादों के खून की बराबरी कर रहे हो !' मैं ठहाका लगा कर हंस पड़ा। उम्मी, वह बहुत ही खतरनाक हंसी थी। बुड्ढा तर्क से जवाब नहीं दे रहा था। मैंने गैर मामूली ढंग से उसकी हंसी उड़ायी, जिसका छिपा मतलब था कि तुम एकदम वाहियात और बेवकूफ हो। वह सह नहीं

पाया और गिर पड़ा। इसके बाद कुल तीन महीने तक जी सका वह। मैं सोचता हूं कि वह मरा नहीं, मारा गया। खून की शुद्धता तौहीन बन जायेगी मेरी हंसी की वजह से, यह कभी सोचा था ही नहीं। बाप सब कुछ सह लेता है। वह दुश्मनों का आरोप सह लेता है। कोई कहे कि तुम घूसखोर हो, वह सह लेगा। कोई कहे कि तुम अयोग्य हो, फल-मिठाई की डलिया ले कर गलत तरक्की पा कर यहां आ गये तो वह सह लेगा। कोई कहे कि तुम जानवर हो, दकियानूस हो, गैर-सामाजिक हो तो वह सह लेगा। पर जब उसका बेटा उसे बेइमान कहे तो अकसर अंजाम होता है मौत। मौत के अलावा अशरण-शरण और कुछ भी नहीं है। यही हुआ मेरे बाप हरकीरत का।"

यह सब बक कर मैंने जब उम्मी की ओर देखा तो कांप उठा। वह धारासार रोये जा रही थी। मैंने अपराधी की तरह उसकी ओर देखा, "मुझे क्षमा करो, उम्मी। मुझे ये बातें नहीं करनी चाहिए थीं। तुम्हें इतना दुःख होगा यह सब सुन कर, यह सोचा भी नहीं था।"

"नहीं मैं तुम्हारी बात पर नहीं काका की मौत के कारणों को सुन कर रो रही हूं। तुमने उन्हें बुड्ढा कहा, तुमने उन्हें सनकी कहा, तुमने उन्हें खून की पवित्रता पर उस तरह सोचने वाला दकियानूस कहा, पर तुम नहीं जानते कि मेरा कलक्टर बाप उनसे ज्यादा दकियानूस है। वह आदमी-आदमी में जुदा-जुदा खून तक ही नहीं बंधा है, वह तो यह कहता है कि मैं सूर्यवंश का हूं। मैं चंद्रवंशी ठाकुरों को छोटा मानता हूं। मैंने इतने दिन के अनुभवों से जाना है लड़की कि जिनका खून छोटी जातियों से जुड़ा है, वे कभी भी एडमिनिस्ट्रेशन में कामयाब नहीं हो सकतीं। जिनमें बड़े खानदान की तहजीब नहीं है, उन्हें हुकूमत की तमीज कहां से मिलेगी ? वह कहता है कि जब तक सेना में राजपूत और गुरखा बहुतायत में न होंगे, हिन्दुस्तान हर लड़ाई हारता जायेगा। अब कौन बताये उस अधम बाप को कि लड़ाई को जीतने की तमाम नयी तकनीकें उन लोगों ने ईजाद की हैं, जो सूर्यवंशी और चंद्रवंशी तो दूर कट्टर हिंदुओं की जुबान में खालिस मलेच्छ हैं।" अचानक वह एक अजीब ढंग से ठहाका लगा हंस पड़ी। उसके बिखरे बालों की लट चेहरे पर आयी तो उसने उसे झटक दिया, आंखों की पुतलियां टॉर्च की मानिंद चमकीं और उसके दांत इस तरह लगने लगे जैसे वह कच्चा चबा जायेगी सबको।

"उम्मी, उम्मी !" मैंने उसे गिरते हुए देखा था, दौड़ा भी, फिर भी संभाल नहीं पाया और वह तालाब में गिर पड़ी।

वह डूबने वाली ही थी कि मैं चिल्लाया, "सूरत काका, दौड़ो ! ठाकुर की लड़की तालाब में डूब रही है !" मैं छपाक से कूदा और वहीं डुबकी लगायी जहां वह जल में समा गयी थी। मेरी मुट्ठी में उसके बाल आये और मैंने उन्हें पकड़ कर धीरे से खींचा। वह मरी हुई मछली जैसी एकदम सफेद लग रही थी। तालाब के किनारे

लोगों की भीड़ जमा हो गयी थी।

"का रे बेटवा," सूरत काका कह रहे थे, "उठाय लेगा कि आई जाऊं मैं भी ?"

"मैं उठा नहीं पा रहा हूं काका। मेरी सांसें भी उखड़ रही हैं। संभालो काका !"

तभी उम्मी के ताऊ धरमराज ठाकुर आये, "सरम नहीं है तुम लोगन को कि एक जवान लड़की को बेवकूफ की तरह उठाय रहे हो ! दिखात नहीं है का ऊ अधनंगी है, अयं ?" वे गुस्से में आंखें लाल-लाल किये बोले, "ई ससुरा हरकीरत का बेटवा हमारी लड़की के जियना हराम कै रहा है।"

"ऊ का किये है हो ठाकुर धरमराज ! तुम्हारी लड़की इहां पोखरा पर खलिहान में काहे आय गयी। अइसन लाजाधुर हो तो घेरे में बंद रखौ अपनी बिटिया को।"

"हम तुम लोगन के चमड़ी देख के जान जात है कि हंटर चाहो हौ। तू इनकै बताय दो सूरत कि आज के बाद अगर उम्मी के पंजरे गवा तो हम इहिका नाक कटवा देवेंगे, हां !"

"अरे जावो !" सूरत काका बोले, "तुम जौन जात हो, हम जानत है। अपने को सूरजवंशी कहत हो। अब सारे दिहात के भर-भड़भूले भी अपने को सैंगरै कहत हैं। चलो रे बेटवा, चल खलिहाने में। ई ससुर अब्बो अपने के जमींदारै बुझत हैं। हंटर देखाये रहे हैं। चमरौधा से अइसी पिटाई कर देवेंगे ससुर पापराज कि तोहरे वेलमुंड की सारे बार सफाचट होई जावेंगे, हां !"

इसे ही बात का बतंगड़ कहते हैं। मेरे गांव तक ही यदि यह किस्सा कैद होता तो कुछ खास बात नहीं होती। यह किस्सा महाइच भर में फैल गया। सूरत काका बोले, "देख सोमू बेटवा, सारा दिहात कटकटा रहा है, कह तो ई सार धरमराज के पिटवाय दूं भर हींछ।"

"अरे जाने दो काका। तुम्हें यह शोभा नहीं देता। तुम इतने बड़े हो काका कि इन चीजों में रस लोगे तो खुद अपने मन से उतर जाओगे। आज के जमाने में काका पूरे हिंदुस्तान में नये युग की हवा चल रही है। समस्या अंतर्जातीय हद लांघ कर अंतर्धर्मी हो गयी और ई साला है महाइच कि ठाकुर-ठाकुर में बड़का-छोटका कौन सवाल पर लड़ रहा है।"

मुद्दत बाद मैं एक दिन खलिहान वाले बरगद के नीचे जब चुपचाप बैठा सोच रहा था, सूरत काका आये। "सुना हो बेटवा, तनी ये चिट्ठी के पढ़ा ला। भइया ई गऊ गुहार है इके ठुकराया मत।"

नदी की धारा में बहती गाय को बचाने के लिए हमारा गंवई समाज सारी

जकड़बंदी तोड़ देने को ललकारता है। बचाओ इसे। गऊ-गुहार एक ऐसा अतली शपथ है, जिसे कोई किसान ठुकरा नहीं सकता। चाहे उसके लिए मरना भी पड़े। गाय की पुकार सुन कर बैठे रहना नामर्दी है।

वह चिट्ठी उम्मी की थी। लिखा था उसने–सोमू।

मैं बहुत दिनों तक जीऊंगी, ऐसा नहीं लगता। पिछले दो हफ्तों से हम लड़ रहे हैं, कितनी नकली है यह लड़ाई। चहारदीवारी डाल कर उसे बार-बार लांघने की कोशिशें दोनों तरफ से होती रहीं। मैं नहीं जानती कि तुम सचमुच मुझसे अलग हो गये हो। जितने व्यंग्य तुमने किये, जितने व्यंग्य मैंने किये, सबके भीतर परछाईं एक थी–यानी सोमू और उमा के सरकटे शरीर की एकाकार परछाईं। तुम भी जानते थे कि हर व्यंग्य करने में मैं खुद को अनावृत करती थी और तुम हर व्यंग्य में उसी उम्मी की याद करते थे जिसे बचपन में तुमने झोंटा पकड़ कर कभी पीटा था, कभी दुलारा था, कभी पुचकारा था, कभी आंसू पोंछे थे, कभी साथ-साथ रोये थे, साथ-साथ हंसे थे। पर हिंदुस्तान में जनरल नॉलेज में यह पूछने की जरूरत नहीं कि क्वांटम थियरी क्या है ? यहां पूछना चाहिए कि वर्ण का मतलब क्या है ? काम के मुताबिक वर्ण होता है या नकली जात-पांत की जकड़न में बंद ? पूछना चाहिए कि गजराज और गर्धभराज में अंतर क्या है ?

जाने दो, तुम हंस रहे हो। उम्मी तुम उपन्यास पढ़ती हो, तुमने कभी कहा था, वे भी बारबरा कार्टलैंड के। हां सोमू, मैं आज उस स्थिति में आ गयी हूं जहां बारबरा कार्टलैंड को पढ़ने का मतलब है मूर्खता। उसके उपन्यास के अंत में हर सुंदर, चतुर, व्यावहारिक पर दरिद्र युवती किसी लार्ड या ड्यूक का मन जीत लेती है; और हर जलसे में अपनी गरीबी को पीली मुस्कराहट में छिपा कर ड्यूक के साथ नाचते-नाचते शरीर से इतना सट जाती है कि उसी की बन कर रह जाती है। और वह ड्यूक अपनी पूर्व घोषित मंगेतर को त्याग कर गरीब किंतु सुंदर और चतुर परिचारिका सहेली को जब अपना बना लेता है तो मेरे जैसी मूर्ख पाठिकाएं सोचती हैं कि मन से संपन्न तन से गरीब लड़की की तरह उनकी मुरादें भी पूरी हो जायेंगी। अथवा इसका ठीक उलटा भी हो सकता है, यानी एक बड़े बाप की बेटी एक छोटे किसान के बेटे को चुटकी बजा कर खरीद लेगी। सोमू, क्या मैंने ऐसी बेवकूफी की ? क्या हम चाची की बनायी बेसन की रोटियां साथ-साथ बैठ कर नहीं खाते थे ? मैं जानती हूं कि तुम इतने सहज और स्वाभिमानी हो कि धनी लोगों को बेहिचक मानसिक चमार कहते हो। मैंने तुमसे पूछा कि तुम चमारों को इतना प्यार करते हो। वे सब तुम्हें भइया कह कर चिट्ठी लिखवाने से ले कर अपने दिल की व्यथा सुना-सुना कर तुमसे राह पूछते हैं। बाहर आने का तरीका जानना चाहते हैं। ऐसे लोगों को तुम धनी लोगों के साथ जोड़ कर क्या पाप नहीं कर रहे हो ? तुम्हारे चमार दुनिया के चमारों से अलग हैं। वे सहज इनसान हैं। उनके सामने धनी तो तिनके

की तरह हलके हैं। फिर मानसिक चमार क्यों कहते हो ? तुमने ठहाका लगा कर कहा, 'देवि, आप नहीं जानतीं। उस 'चमार' का मतलब होता है चिकने चमड़े पर फिसल जाने वाला नीच आदमी। धन से चमड़े पर बाजी लगा कर खरीदने के घमंडी। वे जानते ही नहीं कि मानसिक सतह का इन्सान कभी चमड़े के लिए दिल का सौदा नहीं करता। दिल तो दिल को ही देख कर उछलता है। हमारे सूरत काका कहते हैं कि जहां पानी के जमाव जियादा होता है दइब भी हुवां बरसात जियादा करत है।'

दस दिन हो गये, सोमू, तुमने और सूरत काका ने डूबने से बचाया था। आज मेरे कलक्टर पिता अपने खरीदे हुए खच्चर के साथ (जिसे वे रेस का घोड़ा कहते हैं) गांव पहुंच रहे हैं। मेरे ताऊ धर्मराज उन्हें रिसीव करने जमनियां गये हैं। मैं जानती हूं कि धर्मराज से तुम्हारी और सरत काका की वे कितनी शिकायत करेंगे। कहो तो एक रणनीति के तहत तुम्हें बुला कर अपने होने वाले दामाद खच्चर के सामने जलील करने का नाटक किया जाये कि उम्मी को चाहने वाले सोमू से उनका चुना खच्चर लाख गुना बेहतर है देखने में, अक्ल में और बोलने में भी। खच्चर के साथ अपनी बेटी उमा की शादी सिर्फ इसलिए कर रहे हैं क्योंकि खच्चर खानदानी आदमी है। वह उच्च राजपूत है। मैं जानती हूं कि इस नाटक की बात तुम सुनोगे तो अपनी आदत के मुताबिक उसी भाषा का इस्तेमाल करने का अवसर हाथ से छूटने नहीं दोगे, जिस भाषा में तुम मुझसे बात करते हो। कितनी घातक भाषा बना ली है तुमने। भाषा के जड़िया तो गली-गली हैं, गढ़ियों की भी कमी यहां कहां है ? पर वसू डोम की तरह मोटे बांस को छिलगाने वाले वंका की तरह तुम्हारी भाषा ऐसी है, जिससे बहुत डर लगता है। मौका चूकना मत। मरने के पहले की यह ख्वाहिश पूरी कर देना और जब मौका मिले मेरी याद में एक कहानी लिख देना। एक बात कहते खुद रोते हुए हंस रही हूं कि यह मेरी सौगंध है, सोमू कि तुम एक मन लायक लड़की से ब्याह जरूर कर लेना। और जब बनारस आना अपनी पत्नी के साथ तो पंचगंगा पर कनेर फूलों की एकमाला गंगा में मेरे नाम पर फेंक देना।

—तुम्हारी कुछ भी नहीं।

दूसरे ही दिन सुबह धर्मराज का कारिंदा जग्गू आया। बोला, "सोमू भइया, बड़े हुजूर ने कहा है कि जा कर कहो कि वह तुरंत आये।"

मैं मुस्कराया था। मैं चाहता तो एक लमहे में जग्गू से कह सकता था कि जाओ गजराज से कह दो कि मुझे फुर्सत नहीं है, मिलना है तो कल शाम छह बजे मेरे खलिहान में आयें। किंतु जग्गू के चेहरे पर जो परेशानी थी, उसे देखते हुए मैंने कहा, "चलो जग्गू भाई, गजराज तुम्हें बुरा भला न कहे, नौकरी से छुट्टी न दे दे, इसलिए गुस्सा

पी कर चल रहा हूं।"

"भइया, क्या करें, तोहरे जैसे छुट्टा होइत तो सारे के सफाचट बेलमुंड पर चार जूता लगा देइत, बाकी लाचार हैं। तीन ठो लड़किन हुईं। आ कमाई के नाम पर ठन-ठन गोपाल।" कोठी पर पहुंचे तो धर्मराज विदेशी नस्ल के कुत्तों ने हरामजदगी शुरू कर दी। लगे गुर्राने, पंजों को रगड़-रगड़ कर छलांगने की कोशिश कर रहे थे।

"अबे, क्या नाम है सर आपके कुत्तों का..." एक ऐंठू किस्म का नौजवान बोला।

"टाइगर और बाधा !" गजराज चहका।

"इनको पुचकारें सर, सुना है बाभन, कुक्कुर नाऊ जात देख गुर्राऊ।"

"वाह भई वाह, राणा श्याम, तुम भी रिपार्टी में बेजोड़ हो। अरे जग्गू जरा कुत्तों को संभाल !"

"प्रणाम काकाजी !" मैं एकदम निकट पहुंच कर बोला, "मैं सिर्फ काटने वाला कुत्ता हूं और राणा श्याम चाटने वाला। मैंने इन्हें देखकर जान लिया कि अल्शेसियन नस्ल कितनी भयंकर होती है। वह आदमी के बातचीत के ढंग को ही नहीं, बोलते वक्त चेहरे को भी अजीब रंगों में डुबो देती है। वह एक साथ सब कुछ बन जाता है—उदार, कंजूस, मिथ्याभिमानी, डरपोक, चापलूस, बेवकूफ वगैरह-वगैरह। एक साथ गुड्डमगड्ड हो कर सब कुछ बड़ा गिजगिजा लगता है। कहिए काकाजी, क्यों बुलाया आपने ? क्या सेवा करूं आपकी ?"

"सुनो मिस्टर सोमनाथ गाहरवाड़, तुम अपनी हैसियत छोड़ कर बात मत करो, वरना पछताओगे, मैं तुम्हारा काका नहीं लॉर्ड हूं, लैंड-लॉर्ड। और तुम मेरी प्रजा हो। होश के साथ बात करो !" गजराज ऐंठ कर बोले, "दोबारा मुझसे और मेरे भावी दामाद से बातें करते वक्त अपनी हैसियत का खयाल रखना।"

मैं ठठा कर हंस पड़ा, "प्रजा का मतलब जानते हो गजराज ? कई-कई मानी होते हैं इस लफ्ज के। तुम प्रजापति हो। यह अहंकार है मिस्टर कलक्टर। एक प्रजापति था ब्रह्मा। उसने दुनिया बनायी। वह देव और दानव दोनों का पिता था। पर वह अपनी ही बेटी सरस्वती पर मोहित होकर दुराचार करने चला था, तब सोमेश्वर शिव ने उसकी गर्दन कलम कर दी थी। तुम देव और दानव को एक पलड़े पर रखने की जुर्रत कर रहे हो। तुम्हारे जैसे प्रजापतियों को जनता ने धक्के मार कर जमींदोज किया है। रस्सी जल गयी पर ऐंठन नहीं गयी। तुम्हारा भी कोई पुरसा हाल नहीं होगा। तुम्हें बहुत गरूर है अपने खून पर, लेकिन यह गरूर टूट कर बिखर जायेगा। बगल में खड़ा तुम्हारा भावी दामाद तुम्हें लूट चुकने के बाद तुम्हारी तरफ देखेगा भी नहीं। वह तुम्हें नहीं, तुम्हारी तिजोरी देखने आया है। वक्त बतायेगा गजराज। तुम्हारे सारे मनसूबे असफल हो जायेंगे। जो वक्त को नहीं पहचानता, उसे समय का दरिया भी किनारे पर कूड़े-कचरे की तरह फेंक देता है। तुम डस्टबिन में पड़े हुए आउटडेटेड चेक हो। एकदम वाहियात और जीरो बटा जीरो।"

राणा श्याम चिल्लाया, "स्साले, कुत्ते ! तुमने एक सिंह को ललकारा है। मैं तेरे जैसा नकली सिंह नहीं हूं, असली हूं। तुम शरीफ बाप से उसकी लड़की छीनना चाहते हो। तिजोरी पर तुम्हारी नजर होगी, मेरी नहीं। मैं तुम्हें डुएल के लिए ललकारता हूं।"

"तुम डान किकजोट मत बनो ! विडमिल से टकराओगे तो परखचे उड़ जायेंगे मिस्टर श्वानू। यही नाम है तुम्हारा। मेरी ओर से बतौर तोहफा इस नाम को कबूल करो श्वानू। मैं तुम्हारी ललकार को खाली नहीं जाने दूंगा। मैं तुम्हें छट्ठी का दूध याद करा दूंगा, मगर कहे देता हूं, याद रख कुत्ते, अगर तेरे भावी ससुर और उनके प्यादे मेरी ओर बढ़े तो यह कोठी नहीं बचेगी..."

"रुक जाओ श्याम बाबू !" कलक्टर बोला, "इसने मुझे गाली दी है। लड़की का सौदा करने वाला प्रजापति कहा है। मैं गोली मारूंगा इसे।" कोट की जेब से उसने पिस्तौल निकाली। "चुप खड़ा हो जा कमीने..." वह बोला।

"भाई साहब," धरमराज बोला, "ई सब का कर रहे हो भइया। ई सहर नाही है। इहां पिस्तौल चली तो इस कोठी के ईंट-ईंट बजा दइहैं लोग। सामने देखो पूरब में। सुरता सार के साथ चालीस मनई गड़ासा-भाला लिये खड़े हैं।"

"खाली खड़े नाही हैं हो गजराज, तोहार हेकड़ी भुलवा देवे के खातिर फैसला भी होय गया है। तौहरे लास के बोटी-बोटी काट के कौवन के खिलावे के पहले तोहरे दरवाजे से जुलूस निकाले जात हैं हम। एहि जुलूस तोहें जूतन की माला पहिना कै रोरी के टीका लगायके गांव-गांव घुमायेंगे हम सब।"

तभी बहुत तीखी आवाज उभरी। किसी नारी कंठ की चीख थी वह। सामने कोठी के दोतल्ले से धम-धम पैर पटकती उम्मी आयी, "भागो, भागो तुम लोग बहुत विकट आंधी है। सब कुछ गर्द-गुब्बार में छिपा गया है। कहां जड़ है, कहां दरख्त है, कहां डाल है--कुछ भी नहीं है।"

वह बेतहाशा फाटक की ओर दौड़ी और श्यामू ने उसकी कलाई पकड़ ली, "कहां जाती हो।"

"छोड़ दे कुत्ते ! तू हड्डी ही चबाना चाहता है न ? देख, वो सामने से आ रही है ! अब मूर्ख अंधों की तरह आंखें क्यों मुलमुला रहा है। तुझे इतनी सफेद, इतनी साफ चीज भी नहीं दिख रही है क्या ? यह तेरी मौत है। वह तुझे चबाने आ रही है। हे भगवान कितनी लपटें उठ रही हैं उसके बालों से ? आंखें नहीं हैं। स्साले देख तो दो-दो टार्चे जल रही हैं। खायेगी, खायेगी।" वह अपना ही झोंटा मुट्ठियों में भींचे गिर पड़ी।

कलक्टर दौड़ा, "क्या हुआ मेरी उमा को ? धरम तुमने कहा था कि आज जमनियां का डॉक्टर आने वाला है। हे भगवान ! बुलाओ उस डॉक्टर को। मैंने इसे गांव भेजा था कि तबीयत सुधर जायेगी। पर ये नीच, कृतघ्न, हरामी, बदजात गांव

वाले मेरी उमा को छीनना चाहते हैं। बुलाओ डॉक्टर को। हम यहां से अभी चल देंगे। चलो बनारस लौट चलें राणा श्याम !"

"घबराइए नहीं, डैडी !" राणा बोला, "यह कमबख्त सोमू ही उमा की इस हालत के लिए जिम्मेदार है। मेरे एक खासमखास आदमी ने कहा कि तालाब में बेहोश होने से पहले इस कमीने की गोद में बेहोश हो गयी थी..."

भाला-गंडासा लिये भीड़ ठेल कर कोठी में घुसी। उदित कलक्टर और उदीयमान कलक्टर दोनों की सांसें तेज हो गयीं। ऐसी निर्लज्ज होती जा रही है हमारी प्रजा। उन लोगों ने सत्य के सूखे गले में थूक निगला।

"रुक जाओ, काका !"

"हट बे सोमू। तू हमें राजनीति मत बता ! हम देख चुके गांधी बाबा का रास्ता...हम अपनी राह खुदै चुनेंगे। कहो भाइयो...हल्ला बोल !"

"रुक जाइए आप लोग।" सोमू खड़ा हो गया। "अब खून-खराबा बेकार है। जिसे बचाने के लिए आप 'हल्ला-बोल' कह रहे हैं, वह तो कब की जा चुकी है।"

"कवन जा चुकी रे, सोमू बेटवा ?"

"काका, उम्मी चली गयी।"

"नहीं, अइसा अनियाव ईस्सर नहीं कर सकता।"

तभी शोर मचा, "हट जाओ, जमनियां के बड़के डॉक्टर आ गये।"

जीप ठाकुर की कोठी के फाटक पर रुकी–इतनी भीड़ क्यों है, सूरत सिंह ?"

"ई सब बाद में पूछिहा, हुजूर, पहले देख के बतावा कि हमरे गांव के इज्जत हमें सचमुच छोड़ के चली गयी।"

डॉक्टर भीड़ को चीरते उम्मी के पास पहुंचे। उन्होंने आंखों की पलकें उठा कर देखीं, आला लगा कर दिल देखा। फिर लंबी सांस ले कर बोले, "ठाकुर गजराज सिंह, अपनी बेटी के कातिल तुम हो। मैंने हजारों बार तुम्हें चेतावनी दी। उमा के नर्वस ब्रेक डाउन की बात बतायी। तुमने यह जानते हुए कि उसे तुम्हारी और तुमसे जुड़े लोगों की सोहबत से नफरत थी, तुमने जबर्दस्ती उसे अपनी घमंड की रस्सी से बांधा। काल-कोठरी में बंद करके तुमने उसे अनेक बार सताया। उसकी सही ख्वाहिश को हमेशा कुचला। उसे अपनी सोसाइटी के सामने शो रूम की गुड़िया की तरह पेश करते रहे। लो यह है टोटल ब्रेन हैमरेज। सारी आंख खून से भरी है। बस सिर्फ पांच मिनट पहले इस वहशी दुनिया को छोड़ कर वह चली गयी। तुम निहायत बर्बर हो । राक्षस हो, आदमखोर हो। तुमसे बात करना इन्सानियत की तौहीन है !" बड़ा डॉक्टर चुपचाप जीप की ओर चला।

"सर," राणा श्याम ने अंग्रेजी में कहा, "उसकी मृत्यु का प्रमाण-पत्र तो बना दीजिए।"

"वह तुम्हारे ललाट पर लटक रहा है !"

●

अमृता

"आ गये ?"

"हां, यह तो शपथ थी। निभानी ही तो थी।"

"और अगर कहूं कि तुमने निभा दी। मृत्यु-शैया के पास आकर बैठे, दो मीठे बैन भी सुना दिये, अब लौट जाओ। कैसा लगेगा तुम्हें ?"

"वैसा ही। मरने के समय किसी के आने-जाने से कोई फर्क पड़ता है क्या ? एक मोह। तुम उसकी तृप्ति चाहती थीं। कल-परसों डाक से चिट्ठी मिली कि तुम अब अपने को समेट कर लौट जाना चाहती हो, तो याद आया कि कभी ज़िंदगी से दूर जाते वक्त तुमने एक कसम दिलाई थी। उसे पूरा करना है। अब कर दिया। तुमने लौट जाने का आदेश भी दे दिया तो जा रहा हूं।"

"तुम बहुत अभिमानी हो", उसने मेरे कुर्ते का लटकता कोना पकड़ लिया..."विदा देते वक्त भी तुनककर चले जाओगे। ज़िंदगी भर तो मैं तपती रही। रेत पर तड़पती रही ठीक मछली की तरह तुम्हारे स्नेह की एक-एक बूंद के लिए तरसती। खैर, छोड़ो। अभी अमृता गयी है। चाय पी कर जाना।" मैं बैठ गया।

मैंने कमरे में चारों ओर आंखें दौड़ाईं। सिरडी के सांई बाबा का चित्र टंगा था सिरहाने। बाकी कमरा एक नंगे चौकोर डब्बे जैसा लगा।

"क्यों तुम्हारी मन-पसंद अगर-बत्तियों में यहां एकाध... ।"

"दुर्गंध आ रही है ? अभी अमृता आयेगी तो जला देगी। अकेले क्या-क्या करेगी अमृता। दिन में दस बार तो उसे कै ही काछनी पड़ती है चारपाई पर भी कभी-कभी पेशाब हो जाती है..." वह फीके ढंग से हंसती हुई बोली—तुम मुझे जादूगरनी कहते थे। याद है जब सोनारपुरा वाले मकान पर पहली बार आये। परिचय यों बहुत गाढ़ा हो चुका था। परंतु तुमने पहली बार...हां पहली बार कहा था, "तुम आंखों को चाबुक मार कर रोकती रहती हो क्या ?"

मैं खिलखिलाकर हंस पड़ा। "छोड़ो। वे भी कैसे दिन थे। हां, जादूगरनी शब्द

ठीक नहीं था। जादूगरनी तो सच को झूठ और झूठ को सच बनाती रहती है। वह सब तुम्हारे मन की ऐंठन थी। भई, इंद्रियों को कुछ हद तक तो पशु भी साध लेता है। मनुष्य तो, बाप रे...जाने क्या-क्या साध लेता है इन दिनों। तुम्हीं कहो यदि एक अणु को तोलना पड़े तो तुम तौल लोगी ? जाने दो। स्थूल पर ही सोचें। हम भूख रोक लेते हैं, प्यास रोक लेते हैं, टट्टी-पेशाब तक रोक लेते हैं। कैसा साधा है आदमी ने।"

"पर मैं जो साध नहीं पायी। मुझे तो पता ही नहीं चलता कि भूख-प्यास भी लगती है या केवल डूबना, अंधेरे में पत्थर के ढेले की तरह उतरते जाना मीलों, नीचे, जाने कितना नीचे। बस उतरती जाती हूं। यह सब क्या है ?" मैं चुप रहा।

"बोलते क्यों नहीं ?"

"क्या बोलूं। कुछ बोलने को हो तब तो। रुको, तुम्हारे लिये चाय लेकर आता हूं।"

"नहीं चाहिए चाय।"

"आखिर क्यों।" मैं चलने को हुआ तो उसने पुनः कुर्ते का खूंट पकड़ कर कहा, "बहुत थक गयी। जल्दी लौटना। अमृता को बुलाओ। वह दो मिनट में चाय ला देगी। जल्दी क्या है। अंधेरा क्यों लगने लगा। कितने बजे हैं ?"

"बस कुल चार बजे हैं। आसमान बादलों से भरा पड़ा है न ? इसलिए सूरज की रोशनी कमरे में नहीं आ रही है। कहो तो उधर वाली खिड़की खोल दें।" मैंने उसकी मुट्ठी से कुर्ते का खूंट छुड़ा लिया। बाहर आंगन में आया तो तुलसी चौरे से पीठ टिकाए एक किशोरी बैठी थी।

"हे सुनो" वह मुझे सामने देखकर चिहुंककर खड़ी हो गयी। "आप जा रहे हो ?"

"नहीं तो, मुझे क्या जाना चाहिए ?"

"नहीं तो, रुकना चाहिए। रुकना ठीक रहेगा। वह कुछ मांग रही है क्या ?"

"हां, क्या तुम दो कप चाय ला सकती हो। उधर गली के नुक्कड़ पर चाय की दुकान देखी थी...।" मैंने उसकी श्याम आंखों में झांकते हुए कहा, "डर क्यों रही हो। एशो आमरा चा खाई। मिलेगी चाय ?" उसे थपकी देकर मैंने बांग्ला में पूछा।

"पैसा दो", वह बोली, "पैसे से क्या नहीं मिलता। यहां हर चीज पैसे से ही मिलती है।" वह खिलखिलाई। उसकी हंसी में घंटियां बज रही थीं।

"ये लो" मैंने पांच रुपये का नोट निकाला तो उसने उछलकर छीन लिया..."मात्र चाय ? और कुछ नहीं ?"

"भूखी हो ?"

"यह कौन-सी भद्रता है ? भूखी नहीं तो क्या भर थाल भात खाये हूं ? यहां

भूखे ही रहना पड़ता है बाबा। हमारा बाप इसके लिए निमाई से बीस टाका जो पाता है।"

"अरे, गुस्सा क्यों होती हो। खूब ढेर सारे ले आना सिंघाड़े, गरम-गरम। हम तीनों खायेंगे ?"

"तीनों कौन ?"

"अरे मैं, तुम दो और वह तीन। हुए कि नहीं ?"

"और वह" शरारत से हंसती बालिका ने पूछा, "क्या तुम्हारी औरत है ?"

"औरत ?" मैं हंसा..."हां जब तक वह अपने को औरत मानती रहेगी, औरत ही तो रहेगी।" अच्छा बोलो..."तुम्हारा नाम क्या है ?"

"सुधा-मोयी"

"वाह कितने छोटे-छोटे एक तार दांत हैं तुम्हारे। क्या तुम अधपके धान के कचरस को जानती हो।" वह मेरी ओर कुतूहल से देखती रही। निःसंदेह वह मुझे पागल समझ रही थी।

मैंने कहा, "घबराओ नहीं। मैं उस औरत की तरह पागल नहीं हूं। वह पहले बहुत अच्छी थी। सुधामोयी। कितनी बदल गयी। जब किशोरी थी तो उसकी दंत पंक्ति नीले आकाश में एक साथ कतार बांधे उड़ती वलाकाओं जैसी लगती थी। हां, सच कह रहा हूं तुमसे। सुधामोयी। वह इस तरह नहीं थी। वह अपने को खूब संभाल कर रखना और दिखाना दोनों जानती थी। पागल नहीं है रे, वह बहुत अभिमानिनी थी। हम लोगों को बोका कहती थी। बोका। वा रे सुधामोयी, तू जिसे चाहे हंस बना दे, जिसे चाहे बोका। अब देखो वह संभाल नहीं पाती। कहती थी बिस्तरे पर पेशाब हो जाती है।"

"छिः, छिः" सुधामोयी बोली, "नारी मुख से ऐसी अभद्र वार्ता ?" "लज़्जाहीन।" "कैसे बोल जाती है वृद्धा धत्।"

"सुनो सुधामोयी, तुम किशोरी हो। वह संध्या की स्याह गर्दिश में पड़ी हुई एक लाचार औरत है। तुम्हारे कवि ने लिखा है सुधामोयी :

आमारे ऐ अन्धकारे एमन करे चालाय के गो
आमि देखते नारि, धरते नारि, बुझते नारि,
कि छुइ लेगो।

समझी न ? मेरे जीवन के अंधकार में इस तरह कौन आ कर चला गया। मैंने नारी देखी है, उसे पकड़ा है, उसे समझा-बूझा है, पर जाने क्या है कि वह हमेशा अपने साथ मेरा कुछ लेकर ही जाती रही।"

वह मेरी ओर टकटकी बांधे देखती रही। मुझे बेहद गुस्सा आ गया। "इस तरह मूर्ख जैसी टकटकी बांधे क्या देख रही हो ? इस स्त्रीदेश में औरत क्या अभी

भी छूंछी तिज़ोरियों की ताली का गुच्छा आंचल के खूंट में बांधे इतराती रहती है ? क्या हो गया परिवर्तन ? कुछ तो नहीं दिखता। मूर्खता जरूर बढ़ गयी है। पहले औरत को एक साथ कीचड़ और कमल दोनों कहा जाता था। अब ? अब क्या हो गया। क्या कोई नारी कमजोरी के कारण अपने को संभाल न पाये, पलंग पर पेशाब कर दे तो क्या वह नारी नहीं रहती। सुधामोयी एक दिन तुम्हारी बकपंक्ति जैसी दंतुलिया भी टूट-टूट कर गिर पड़ेगी...एक दिन तुम्हारा मुंह भी झुर्रियों से भर जायेगा। चिकने कपोल सुनार की भाथी की तरह पिचक जायेंगे, तुम्हारे उन्नत उरोज बकरे के गले की ललरी की तरह झूलेंगे सुधामोयी।"

"बस करो, बस करो, नहीं नहीं..." चिल्लाती हुई वह भाग गयी, "तुम प्रेत हो, प्रेत हो, प्रेत हो।"

"हां मैं प्रेत हूं सुधामोयी, प्रेत...वही तो हूं न ?"

वह चाय लेकर आयी। कमरे की चौखट पर खड़ी थी। मैंने कहा, "कौन है ? सुधामोयी चा लायी हो ?"

"हां" वह डर के मारे कांप रही थी..."भय करो नाहिं, चा निये एशो।"

सुधामोयी चाय और केले के पत्ते पर चार समोसे रख कर चली गयी।

"अमृता आयी थी न ? चा दे गयी।" उसने पूछा।

"हां, यह लो चाय।" मैंने उसकी गर्दन को हाथ डाल कर उठाया..."लो, चाय पी लो। वह बहुत भूखी थी। गटगट चाय पी गयी। फिर अपनी जीभ से होठों को चाटती रही। तुमने अपने लिए चाय नहीं रखी ?"

"रखी तो है, यह है नीचे। ज़मीन पर। तुम समोसे खाओ।"

"गरम है।" वह मुस्कराई..."अमृता कितना ध्यान रखती है।"

"हां, नहीं रखेगी कैसे ? वह तो मां है न सबका ध्यान रखती है। सिंघाड़े बनारस से मंगाए अभी ? खूब गरम, कुरकुरे लगते हैं कि नहीं।"

वह ठठा कर हंसी..."तुम्हारी दुष्टता घटी नहीं। याद है यह तुमने कब कहा था ?"

"नहीं।"

उसका चेहरा अचानक स्याही में डूब गया। खिलखिलाहट होठों में भिंच गयी। वह आक्रामक की तरह टकटकी बांधे मुझे देखने लगी। –"जाओ, चले जाओ यहां से।" वह हांफती हुई बोली, "तुम्हें क्यों याद आये ? नहीं ही आनी चाहिए। तुम मेरे होते ही कौन हो ?"

"राग करो ना। एई छिलो तोमार आदेश। याद मत करना ! यही कहा था तो ? मैं जा रहा हूं।" मैं चलने को हुआ कि वह हिचक-हिचककर रो पड़ी।

"रुक जाओ। एकटु खानि दांड़ाओ। चले जाना। पर रूठ के नहीं। बशुन।"

मैं बैठ गया। मेरे पास कहने को अब कुछ नहीं था।

"बहुत बुरा लग गया ?" वह हंसी, "तुमि एखाने एशो। और पास। और पास आ जाओ। मैं तुम्हारी हथेली छूना चाहती हूं।"

"इस हथेली में क्या है ? तुम मेरी हथेली में अपनी जीवन रेखाएं क्यों खोज रही हो। मैं बहुत अभागा मानुस हूं न। तुम मुझे निकट बुलाकर छूने का जतन करोगी तो हो सकता है फिर तुम्हारी छोटी पतली हथेली पसीने से भीग जाये।"

"भीग जाने दो, जब सत्य है ही तो बहलाने को बचा क्या ? मैं तुम्हें बहुत प्यार करती हूं ठाकुर। मैंने तुम्हारा कैंसर अपने सीने पर उतार लिया है। ठाकुर। तुम अपने को अभागा क्यों समझते हो। यह तो नवरात्र है। तुम दक्षिणेश्वर नहीं जाओगे ? रूठे हो तो क्या भवानी से बात भी नहीं करोगे।"

"करूंगा बाबा। बिना भवानी से मिले कभी लौटा भी क्या ? पर अब तो भवानी बहुत बदल गयी होगी। क्या वह अब भी अपने जादुई केशों को पीठ पर फेंकती गंगा की लहरों में उतराये बजरों में नृत्य का हुड़दंग देखती है ?"

"पागल। ठीक पहले ही की तरह अब भी हो। कुछ नहीं बदला तुम्हारे अंदर। तुम मेरी जैसी अट्ठावन वर्ष की नारी से क्या चाहते हो ? हुड़दंग ? तुम बनारस वाले उस हर शब्द से गले लग जाते हो जिसमें अंग का स्पर्श हो। गंग, भंग, हुड़दंग, संग, असंग...अभी भी डमरू के धड़धड़े से कान चौंकते हैं ?"

"हां, कान चौंकेंगे क्यों नहीं। मेरे परिवार के बच्चे तो बगटुट भागते हैं। डमरू बजाने वाला अब बंदर नचाने लगा है, समझी। यह भी शायद कोई खेल हो रहा है। एक बार उसने खेल दिखाते कहा, "अब देखें आप लोग मीनाकुमारी, गुलज़ार से कैसे प्यार करती है। अब सुनो। अट्ठावन साल की हो गयीं तुम, दोनों प्रेमियों के बारे में कुछ सुना है तुमने ?"

"बाबा मुझे तो सिनेमा से न पहले प्यार था न तो अब है।"

"नहीं अमृता नहीं। तुमने सिनेमा के बारे में एक धारणा बना ली है, जिसे ठिगनी बौद्धिकता का विस्फार कहा जाता है। भई, उस स्थान में भी हमारी ही तरह के जीव रहते हैं ? ढेर सारे हल्के छिछोरें हैं तो एकाध जैनुइन और गंभीर भी तो है। छिछोरों की चर्चा में मीनाकुमारी का नाम मैं तो नहीं ले सकूंगा। ताप को राख में उसने बदल दिया, पर दर्द का समुद्र सीने में छुपाए चली गयी।"

"उजाले अपनी यादों के मेरे साथ रहने दो। न जाने किस गली में ज़िंदगी की शाम हो जाये।" वह इसे बहुत दर्द के साथ गाती थी। चुप क्यों हो ? इसमें कहीं मन कसने की पीड़ा है क्या ?..."

"मुझे बहुत बुरा लगता है। एक औरत मर्द का प्रेम दूसरी औरत मर्द का प्रेम कभी बना है क्या ? तुम सर्वदा कुछ एकांत जीनेवालियों को आवश्यकता से अधिक महान् मान लेते हो। यह नकल की नकल नहीं तो और क्या है ?"

"नकल की नकल, तुम कहना क्या चाहती हो ?"

"नहीं समझे ? हां, समझना कटिन होता है। पुरुष जब प्रेम करता है तो समझता है कि आलिंगन में बांधते ही नल हो गया है, प्रेमिका में दमयंती देखता है। चुंबन की गर्मी मात्र से बादरे की तरह सोचने लगता है कि इतना अनदेखा, टटका, एकदम निजी चुंबन तो कभी माधव को कंदला से भी नहीं मिला होगा। हमारे स्त्रीदेश के बारे में तो तुम व्यंग्य करते ही रहते थे—"रवीन्द्रेर एक टि मोन, तेई हो लो प्रान।"

मैं ठठाकर हंस पड़ा, "सुनो तुम चाहे अट्ठावन की जगह एक सौ आठ वर्ष की भी हो जाओ प्रेम को समझ नहीं सकतीं। मैं व्यंग्य में नहीं कहता था। या कि कहता भी होऊं। आज जान पाया कि वे ठीक कह रहे थे। मैं ही गलत था। मैं अपने अहंकार में था तब। तुम ठीक कहती हो। प्रेम बड़ी उलझी चीज़ है। इसे कहें कैसे ? इसे जानने के लिए मन के धरातल से उतरकर प्राण के स्तर पर आना ही पड़ता है। पर पुरुष को ही भ्रम होता है क्या सुधामोयी।"

"ई सुधामोयी कौन है ठाकुर ?"

"पता नहीं। हारे-जूझते, गिरते-उठते, लड़खड़ाते, मौत की ओर बढ़ते किसी भी जन को चाहे वह 'आपुन जन' हो या नहीं, संभाल लेना सुधा-दान तो है ही। है कि नहीं ?"

"ओह तो यह वैसी बात थी ? मैं समझी कि यहा कोई सुधामोयी भी रहती है तुम्हारी।"

"वही पुरानी ईर्ष्या। नहीं, तुम्हें ऐसे नहीं सोचना चाहिए। पुरुष प्रायः मधुप होता है, पर इसे इतना सार्वजनिक मत बनाओ। आज तो तुम्हारी ईर्ष्या ने भी एक नयी खिड़की खोल दी। ठीक कहा है। मन तो बड़ा विशाल है। तमाम चीज़ें हैं। वह न कभी रिक्त होता है न तो कभी पूर्ण। एक को छोड़ कर दूसरे पर लपकता है। सब कुछ अपने लिए ही बटोरना चाहता है। लोभी कहीं का।"

मैं उसे किसी तरह बहलाकर उस दमघोंट वातावरण से बाहर आया और एक लंबी सांस से अपने फेफड़ों को भर लिया। बेलिया घाटा में इन दिनों हरसिंगार कहां से आये। रात ढल रही थी और बासी सब्जियों और प्याज़ की महक से नथुने कलकला रहे थे। मैं कहां जा रहा हूं ? खुद से खुद का मंतव्य पूछना अजीब विवशता है। इतना बड़ा शहर है। अब तो भुंइघरों के भीतर मेट्रों रेलें भी चलने लगी हैं। तब भी बसें उसी तरह धक्कमपेल मचाये हैं।

"ओए..." उसने मेरे पास आ कर ब्रेक मारा—और टैक्सी की खिड़की से हाथ निकालकर मुझे बगल में धकेलते हुए बड़बड़ाया, "तैनूं जाण देणी है तो होर जगै जा श्शाला।" सिख ड्राइवर ने कहा और गालियां बकता चला गया।

"जान देनी है।" मैं बहुत जोर से ठहाका लगाकर हंसा। "जान देनी इतनी आसान चीज़ नहीं है कलकत्ता में सरदार जी। हान जी। यहां तो आधा शहर क्यू में खड़ा है जान देने के वास्ते। उसका तो नम्बर आता ही नहीं जिसे बहुत प्रतीक्षा

है उसकी। किसकी ? मौत की।" मैंने ईंट के एक टुकड़े पर किक मारी तो मेरा अंगूठा झनझना उठा। स्साले, भूल ही गये कि स्लीपर पहने हैं। बूट सोच कर मारा था पैर। बूट और स्लीपर। स्लीपर और शंख की चूड़ियां। चौड़े काले गोटे की सफेद साड़ी...दूसरी ओर फटी चोली से झांकती कलशी धत्–बोका। सात्तुखोर। हिश्ट स्साला। एइ आमरा सोनार देश।

"ऐ" तीन चार नवयुवक दौड़ कर आये.."दुर्गापूजा का चंदा दो।"

"चंदा ? दुर्गा का तो मायका है न कलकत्ता ? बाबा लोग, तुम अपनी, बहन का स्वागत चंदा मांग कर करना चाहता है ? दुर्गामाता का ऐसा अपमान ?"

"श्शाला, फिलास्फी वोलच्छे।" तभी एक ने मेरा झोला छीन लिया। मैं हंसा, "तुम जिस फिलास्फी में जी रहे हो बाबा लोग वहां जगज्जननी का स्वागत दूसरों के पारिश्रमिक से करते हो ? चंदा खुशी-खुशी देने दो। जबर्दस्ती का चंदा लूट और डाका कहलाता है बाबा लोग। कौन है ऐसा जो यह सुने कि मां की आरती के लिए कपूर चाहिए, पूजा के लिए फूल चाहिए और बिना अपने अंशदान के चला जाये। याद रखो बाबा लोग, प्रेम से समर्पित एक फूल हजारों हजार रंगीन झंडियों से ज्यादा सुगंधित होता है। बिजली के लट्टुओं की माला से अलग प्रेम के रंग की मालायें मांगती है मां।"

"कतो आच्छे ?" रिंग लीडर ने पूछा।

"टू हंड्रेड फिफ्टी।" दूसरे ने झोले से रुपये निकालते हुए कहा।

"रिटर्न फिफ्टी टू हिम। झोला भी दे दो।"

"थैंक्स फार एवरी थिंग" मैंने हंसते हुए कहा।

शुनो एकटि गान, तोमार रूपचांद पक्की गेये छिलेन।

> "कैनो रे होली प्रभात, नवमी बलो।"
> पुत्र शोके जीर्ण जरा भूले छिलाम पाइये तारा।
> होई यदि तारा हारा जीवनेर की फल बलो *

नवमी तिथि आयेगी और उमा गिरिजेश के घर लौट जायेगी। यदि तारा ही चली जायेगी तो जीवन निष्फल हो जायेगा। और तुम हो कि तारा को बेचने का धंधा चला रहे हो।

"श्शाला, भीशोण हॉरामी...।" वे बड़बड़ाते चले गये।

"भीशोण भद्रता।" मैंने कापालिक मुद्रा में ठहाका लगाया और तभी लगा कि बेलिया घाटा के भीतर से मल-मूत्र की महक भभके के धुएं की तरह मेरी नासिका

(डॉ. कृष्ण बिहारी मिश्र के माध्यम से डॉ. कांचन कुंतला मुखोपाध्याय के प्रति आभार। यह खोज कर भेजा।–लेखक)

में चढ़ती जा रही है।

दूसरे दिन जब मैं दोपहर बाद उसके घर पहुंचा तो मन बहुत खिन्न था। मैं दक्षिणेश्वर में भवानी के दर्शन करके आया था। वहां की सड़ांध अब भी माथे में चक्कर पर चक्कर लगाये जा रही थी।

क्या दक्षिणेश्वर को स्वच्छ बनाये रखना सरकारी असमर्थता है ? यह भी एक दिन पूछेगी जनता...यह अफीम है तो तुम्हारा नशा भी किसी धक्के से ही टूटेगा। चुपचाप कुछ नहीं होता अब। अचानक भूकंप आता है और सब कुछ को घरौंदे जैसा बिखेरकर पृथ्वी के गर्त में झोंक जाता है...सुनो...तमाम पूर्वी योरप के गिरजाघरों में प्रभु के आगमन की घंटियां बज रही हैं। पुनर्जन्म, पुनर्जन्म...

मैंने सिकड़ी खड़खड़ाई। द्वार सुधामोयी ने खोला।

"तुमको पूछ रही थी" उसने कहा, "आज दिन भर कै करती रही। मरती भी नहीं, जीती भी नहीं। क्या जीवन है बेचारी का।"

मेरे पैरों की आहट सुनकर वह भीतर से बोली, "आ गये ?"

"हां।"

"तो भीतर क्यों नहीं आते। क्या पांव में मेंहदी लगी है ?"

"नहीं। आमि आसबो कि करे। पाये कांदा मेरते गेछे।" कीचड़ से पैर गंदा हो गया है।

"पानी लेकर धो लो। और जल्दी आ जाओ।"

भीतर आते ही मैंने पूछा, "क्यों, बहुत थक गयी हो ?"

वह कुछ नहीं बोली। मैं भी दो क्षण उस दुर्गंध भरे कमरे में शीतलपाटी पर बैठा रहा।

"क्यों" उसने करवट बदली, "बाहर जल पड़ रहा है क्या ?"

मैंने बाहर झांक कर देखा। सुधामोयी झाड़ू लगा रही थी। यह लड़की भी आफत की परकाला है वक्त-बेवक्त कुछ भी इसकी समझ में नहीं आता। अचानक एक दृश्य देखा और उसी का हो रहा। सुधामोयी के सुडौल उरोज छोटी-छोटी सुवर्ण कलशी की तरह झुके थे।

"बोलते क्यों नहीं, पानी पड़ रहा है क्या ?"

"तुम्हें वर्षा से इतना अनुराग क्यों है अमृता। कीचड़ कांदो...छिः छिः यह भी कोई ऋतु है। हां पानी पड़ रहा है। अब तो सो जा।"

"बिना प्रेम गान के सो भी तो नहीं सकती।"

"तो गा लो और सो जाओ।"

गान उन्होंने"हां, तो सुनो..."

आसमाने तम कालमेघ डाके घन घन
हाय बन्धु आजि बूझिना हइल मिलन
वृष्टि पड़े टुपुर-टुपुर वाहिरे केन भिज
घरेर पाछे मानेर पाता काइअूया माथार धर
भिंजिल सोनार अंग श्रान्ति निशाकाले
अभागी निकटे थाकले मुछाइताम केशे।

आसमान में काले-काले बादल गरज रहे हैं। हाय, मित्र तुमसे मिलन नहीं होगा। टुपुर-टुपुर वर्षा की झड़ी लगी है। घर के पीछे मानकुचू (सूरन) के लंबे चौड़े पत्तों को काटकर सर पर रख लिया तब भी अर्धरात्रि में मेरी सोनाली देह भीग गई। मैं अभागी निकट ही केश पोंछती रही; पर मिलना नहीं हुआ...

वह सिसक कर रो उठी–

"बाहर कोई भीग रहा है ठाकुर, उसे छत के नीचे तो बुला लो।" वह हिचक-हिचककर बोली।..."बेचारी सब कुछ हार कर लौटी है।"

"छत चाहने मात्र से तो कोई शरण नहीं दे देता। शरण में रखना और शरणार्थी के दाना-पानी का प्रबंध करना कठिन होता है अमृता।" मैंने कहा। "मैं छत पर नहीं आंगन में देख रहा हूं।"

"क्या देख रहे हो।"

"वही खूब छलछलाती दो गोल-मटोल कलशियां। हां तुम जब सोनारपुरा वाले घर की ऊपरी छत बुहारती थीं तो ये कलशियां अंधेर करती थीं अमृता। पर सुख कोई लोटा भर पानी तो नहीं है कि जब चाहा उसे दुगुना कर लिया। तुम्हारी कलशियों की छटा भी क्या अद्‌भुत हुआ करती थी।"

"चुप करो..." वह सिसककर बोली–

लज्जा नाइ निर्लज्ज ठाकुर नाई रे तर
गलाय कलसी बाइन्दा जले डुब्या मर

वह हंसी और करवट बदलकर मुंह पीछे कर लिया। "छिः छि, कितने निर्लज्ज हो गये हो।"

"हां हो गया हूं। निर्लज्जता ही तो है वह जो पृथ्वी पर आसमान् को उतारना चाहती है। जानते हुए भी कि माटी पानी पड़ते ही गल जायेगी, लोग उसी कच्ची कलशी पर लहाछेह वर्षा होते देखना चाहते हैं। सुनो अमृता, तुम साठ के पास पहुंच गयी हो, पर बाहर की अमृता और भीतर की अमृता में इतनी दूरी क्यों है ?"

"तो तुम चाहते हो कि मैं इस तथ्य पर पर्दा डाल कर सोचूं कि मैं वृद्धा नहीं मुग्धा हूं। मात्र नारी नहीं, प्रेमिका हूं।"

शरीर को पार करने का साहस नहीं है, इसीलिए तो तुम्हारे इस जर्जर शरीर

में भी विगत की अमृता को देख रहा हूं। मैं तो अभी भी तुम्हारी दोनों कलशियों को लबालब प्रेमाश्रु से भर कर गले में डालकर ही तुम्हारे भीतर की अथाह गंगा में डूबना चाहता हूं। नदूयार ठाकुर ने क्या कहा था–

कोथाय पाब कलसी कइन्या कोथाय पाव दड़ी
तुम्ही हओ गहीन गांगा आमि डुव्या मरि

"हुंह" वह मुंह पीछे किये ही बोली, "इस वृद्धा के पास न तो लबालब अमृत भरी कलसी है न तो उसे बांधकर लटकाने के लिये केशों की दड़ी ही। तुम यह सब सपना क्यों पाले हो ?"

"अरे अमृता तुम तो बहुत चतुर होती जा रही हो। तुम्हें इतना भी पता नहीं कि किस वय में चांदी सोने की कलसी माटी हो जाती है और उस समय कलशियों के स्रोत से ही एक ऐसा चटुल व्यक्ति पैदा होता है जो उन पर गुलेल चलाकर तोड़ देता है। यही उसका धंधा है। हजारों सालों से यही करता आ रहा है पर कभी थकता नहीं। रस को चारों ओर बिखेर देता है। बाबा तुम हर बात के बीच में 'मैं तो नहीं रही ऐसी' याकि 'मैं अब कहां हूं वैसी', जैसे वाक्य बोलती हो तो हंसी आती है। वृद्धा के कलश टूट गये तो क्या युवतियों की कलसी देखकर आंखें बंद कर लेनी चाहिए। भई, देखने और उन्हें बांधकर गंगा में डूब जाने के बीच कोई तो अंतर होता होगा। मैं तो सुधामोयी की बात कर रहा हूं।"

नाम का सुनना था कि वह झनझनाकर पलटी, "क्यों, क्यों" वह हांफते हुए बोली, "इस बार तुम भरमा नहीं सकते, बोलो, बोलो कौन है तुम्हारी सुधामोयी ?"

"पागल मत बनो। तुम्हें ज्वर है। अपना जी क्यों दुःखा रही हो। समय को इतना ठोस मत होने दो कि उसके आर-पार देखना असंभव हो जाये। सुधामोयी ही अमृता है, अमृता ही सुधामोयी है। इस देश में अमृता है तो उस देश में सुधामोयी है। यहां सुधामोयी है तो वहां अमृता है–बाबा दोनों देशों को इतना मत विलगा दो कि सोपान ही टूट जाये। ऊपर चढ़ने वाले ऊपर और नीचे आने वाले नीचे ही अंटक कर रह जायें। कभी इन दो देशों में वैतरणी मत लाओ। वैतरणी वितरण कर देती है। पर सुधामोयी तो दोनों के बीच मिशामिशि करती रहती है," द्वेषा-द्वेषी नहीं अमृता मिशामिशि पर ध्यान लगाओ–

से देशे ऐ देशे अनेक अंतर
जानए सकल लोके
से देशे ऐ देशे मिशामिशि आछे
ए कथा कओ ना काके

दूसरे दिन कहीं जाने-आने का मन नहीं बना। उसके कमरे की घुटन और कै-दस्त की बदबू से मुझे उबकाई आती थी। पर उसके साथ बैठना उसे थोड़ा-बहुत हंसाने की कोशिश करना धर्म था। मैं उसकी वाड़ी पहुंचा। कमरे में ठिठककर बैठा रहा। मेरा आना उसे ज्ञात था। पर बहुत देर तक चुप रही।

तुम पिछले बीस साल से तो कभी मेरे पास आये नहीं। इस बार क्यों लगा कि यहां आना चाहिए। इस बार क्यों आये ?

"तुम पूछती हो कि तुम आये क्यों ? अमृता, सत्य जो हो जब भी कहा जाता है उसका असर धक्का ही मारता है। शायद झूठी खुशामदों को सुनते-सुनते सत्य के स्वाद की क्षमता ही भूल गयी हो तुम। तुम ही क्यों ? हम सभी सत्य में जीने के नाम पर झूठी तारीफ को सत्य कहकर सुख पाते हैं। फिर पाते हैं तो इसमें बुरा भी क्या है ? अगर वाणी का छद्म पिपासा को बुझा सके तो उस वाणी को अमूल्य मानकर पछताना भी तो नाटक ही है। वह तो देने के लिए ही छद्म का आवरण डालती है। मैं कहूंगा कि मैं तुम्हारे पास इसलिए नहीं आया था कि तुम मेरे बंधु की पत्नी हो, इसलिए भी नहीं कि मैं किसी स्थूल रिश्ते से जुड़ी औरत को देखने आया था... ।"

"चुप करो, ठाकुर" तुम इतने कठोर क्यों हो जाते हो। मान लो कि मैं नोरेन की मां हू...मान लो...मान क्यों नहीं लेते ? वह हांफते हुए बोली ... "तुम क्या नोरेन की शरारतों के लिए मुझे दंड दे सकते हो...?"

"नहीं, नोरेन के दिमाग की ताली तो मेरे पास रहती थी न अमृता। मैं उसके कार्यों का दंड उसकी मां को कैसे दे सकता था। और फिर नोरेन की मां...। बाबा रे...ओ तो इतनी ऊंचे कद की औरत थी कि मैं सोचता कि उसे कितना ऊंचा कहूं...आकाश में अनंत कितना ऊंचा है अमृता...तुम्हीं साहाय्य करो बंधु, मैं नोरेन के मुख मंडल पर देखते समय सोचने लगा था कि जिसने उसे गर्भ में धारण किया उसे ऊंचा कहूं कि गहरा...ऊंचा कहूं तो कहीं सीमा नहीं, गहरा कहूं तो कहीं थाह नहीं। फिर नोरेन तो महामीन था, चेम्मीन...वह ताल पुखरियों में उपजने वाली कुंई का फूल नहीं था न अमृता। मैं कीचड़ से कमल का जन्म लेना सुनता हूं, गुनता हूं, देखता भी हूं, पर शरीर के कीचड़ से नोरेन नहीं जन्मते अमृता। नोरेन तो शिव का कटाक्ष था, उसकी लूक जैसी चमकती आंखों में जाने कौन-सा सुदूर नाचा करता था...मृग-मरीचिका...हंसती जाओ तुमने यदि वह आंख पायी ही नहीं जिसमें 'सुदूरेर पियासी' आत्मायें नाचती रहती हैं, तो विश्वास कैसे करोगी। देखो तो न जानो। नरेन्द्र दत्त तो शुधु मानुस छिलो ना। से तो विराट चोखेर मणि।"

"देख रही हूं बाबा। हर जीत अपने नाम दर्ज क्यों कराना चाहते हो ? कभी हार भी दर्ज करा दिया करो। आज तुम बहुत बदल गये हो। तुम कभी इसी शरीर के कीचड़ को इतना-इतना प्यार करते थे कि समझना मुश्किल हो जाता था। खैर

छोड़ो"...उसने आंसू पोंछ लिए। "शायद इससे ज्यादा अपमानजनक और कुछ नहीं होता होगा ठाकुर कि तुम भोग्या को भूल गये ?"

"बकवास बंद करो, मैंने न तुम्हें कभी भोग्या बनाना चाहा न तो बनाया। इसे यदि तुम भोग मानती हो तो तुम्हारी सोच का फेर है। मैंने सिर्फ एक चीज़ पायी जो भोगने वाला या चाहत रखने वाला कभी नहीं पाता। वह है आग। अमृता, आग से लिपटकर जल जाने का दुःख उतना नहीं बड़ा होता जितना उसके चरम ताप को पीकर, अंगों के अंगारों में घंटों पंचाग्नि तप करते रहने की व्याकुलता में होता है। अगर किसी की निकटता में घंटों ताप सहने का सुख भोग्या से मिलता है तो तुम भोग्या थीं, किंतु यदि ऊंचाई से गिर जाने को चरम आनंद समझने की बकवास को ही तुम भोग मानती हो तो तुम मेरी कभी भोग्या नहीं थीं। देवासुर संग्राम के लिए ताप सहने वाले को ऊंचाई से स्खलित हो जाना पड़ा ताकि देव सेना का पति आ जावे, पर मेरी तो कभी कोई देवसेना थी ही नहीं। षट्मुख या दुर्मुख पुत्रों की चाहत जब उपजी नहीं अमृता तो तुम मेरी भोग्या कैसे बन गयीं, अगर ताप की भागीदारी से अपने को भोग्या मानती हो तो तुम मेरी भोग्या थीं। मैं तुम्हारा भोग्य था। हंसो मत ...तुम औरतों की आदत हो गयी है कि प्रेम का सारा तत्व छीनकर अपने को भोग्या कहकर नारी होने के नाते ज्यादा शीतल आचरण की मांग करती हो और जब पुरुष अपने भोग्य बनने का दुःख कहे तो यह तुम्हें उपहास लगता है। लगता है तो लगे। मैं तो डंके की चोट कहता हूं कि तुमने मुझे भोग्य बनाने का हर दांव खेला। तुमने निश्चोई यह कामना मन में बसा ली थी कि अपने कजरारे घन केशपाश में एक दिन इस मेष को डोरी से बंधा मजबूर बना दूंगी। यह गलत नहीं है।" वह फिर खिलखिलाई। घंटियों की आवाजें बेलियाघाटा के भुंइघरों में झंकार जगाती विलीन हो गयीं। इतने बड़े-बड़े खाल। इतने जहरीले कीटाणुओं से भरे अंधकूप जैसे गहरे और तीस चालीस फीट से ज्यादा लंबे। जैसे यहां कोई दो बड़े विशाल दैत्योपम मुर्दे सोये थे। उन्हें किसी ने कब्र से निकाल लिया।

वह खिलखिलाई..."रक्तदंतिका याद है ठाकुर ?"

"मात्र स्मरण। नहीं रे अमृता, साक्षात् खड़ी रहती है वह तो। बाप रे रक्तवर्णी साड़ी, रक्त आभूषणों से लदी फंदी। ऐसा-ऐसा रूप तो चल जायेगा अमृता, किन्तु 'रक्तकेशा' तो रोमांच पैदा कर देती है। सिहरन जैसी होने लगती है।"

"अगर डरना ही है तो रक्तदंतिका से डरो। सबको चबा जाती है वह। भोयंकरा...भोयंकरा।"

"मुझे तो रंगे हुए दांत वाली अच्छी लगती है। अमृता, तुम जानती हो मैं उसे अपने साथ डोमिनी बनाकर घुमाता रहता था।"

"एक टु खाने भय पाउ। भवानीर साथे एइ धरनेर इयारकि (मजाक) करते नेई। डरो कुछ तो डरो।" वह डरी आवाज में बोली, "उसे डोमिनी कहते हो ?"

"हां रे, जब वह मेरे साथ मेरे गांव के निकट गंगा किनारे चक्का बान में रहती थी। एक बार कोई बड़ा भारु जमींदार मर गया था। हम लोगों को नेवता था उसने। पहली बार के मृत्यु-भोज का आनंद ही कुछ और होता है। साली वह भी गज़ब की छोरी थी। मुझे देखकर पगला गयी। साथ लग गयी। छैंछी। कुलटा किसी तरह छोड़ने को तैयार नहीं होती थी। मैंने उसे नियति मान लिया। सांवली कसी देह। नाग रंग जैसे उरोज...और..."

"बस भी करो" वह बीच में टोककर बोली, "वैसी चीजें क्या पहली बार देखी थीं तुमने ? मैं क्या उससे कम थी ?"

"धत् कितनी निर्लज्ज है तू। एक डोमिनी से स्पर्धा करने लगी। सुनो तो, वहीं एक मनचले ठाकुर के नौजवान छोकरे ने पूछ दिया..."

"क्या पूछ दिया ?"

"जाने दो मुझे गाना नहीं आता।" मैंने कहा।

"जैसा भी गाते हो सुनाओ।"

कहवां पवले रे डोमवा
कहवां पवले रे
दंत रंगिनी डोमिनिया डोमवा
कहवां पवले रे
गंगा लांघ के हो...बबु जी...गंगा लांघ के हो
गंगा लांघ के हो
पवलीं दंत रंगिनी डोमिनिया, बबु जी
गंगा पंवर के हो...ओ...ओ

"जाओ मैं नहीं सुनती यह सब तुम मुझको कह रहे हो। तुमि आमा के डोमिनी बोलछो ? चांडालिनी बोलछो ? पान की आदत थी। तुमने ही तो धराई। और पहली बार सोनारपुरा के सामने गंगा पार करके ही तम अपने बन्धु भट्टाचार्य से रेती पर मिले थे। वहीं देखा था न मुझे बोलो...?"

"अरे बाबा, हर जगह तुम अपनी ही छाया क्यों देखती हो। हर जगह तुम अपनी ही गुंथी-बुनी रस्सियों में उलझ क्यों जाती हो और हर बार यही क्यों कहती हो कि यह सब मैंने किया। रस्सियों में मैंने बांधा ? तुम्हारे सिर की मांग में सिन्दूर मैंने भरा ? मेरे पुत्र की मां तुम बनीं...? मैं ही सकल अनरथ का हेतु हूं। अद्भुत है नारी...बाबा, मैं तो कुछ नहीं था। न कभी तुम्हारा पति बना। न कभी तुम्हारी मांग भरी, जाने किसके बच्चों को गोद में चिपकाये घूम रही हो बन्दरिया की तरह और एक ही रट है कि तुम मेरी पत्नी हो। तुम अविवाहिन मातृत्व से ग्रसित हो। जाने इस तरह तुम्हें मां कहने वाले इस विश्व में कितने हैं। अरबों लोग तुम्हें मां

कहेंगे तो तुम्हें अरबों बार यही लगेगा कि ये सारी संतानें मेरे वीर्य से उत्पन्न हुईं। देवी, मैं अपनी लघुता से परिचित हूं। मुझे दूसरा नकली प्रजापति मत बनाओ। यह माया कहीं और डालो...मुझे निस्पृहता से प्रेम है, ताप से प्रेम है। ठंडी बातों को मैं नहीं समझता।"

"सुनो ठाकुर, नारी अगर कुवारा मातृत्व ढोती है तब भी शिशु यीशु को जन्म देती है अविवाहित मातृत्व ढोती है तो यशोदा बन जाती है, किंतु ये दोनों शब्द आज पुरुष की दुनिया में पाप बन गये ?" छिः "सुनो...सुनो...सुनो" अमृता पागल जैसी चीखी..."देखो रक्तदंतिका गा रही है... !" वह शांत होकर बोली, "तुम पर भी पागलपन का दौरा आने लगा है क्या ?" उसने घूरते हुए देखा।

"वह तो मैं हूं ही। मैं ही मूर्ति रहस्य का अर्थ बताने आया हूं। तुमने जो करोड़ों गोबर गणेशों की मूर्तियां सजा दी हैं वे मेरे पुत्र नहीं हैं। हां सत्य सिर्फ रंक्तदंतिका है। जो हजारों पुत्रों की एकत्र मां कहलाती है।" सुनो–

रक्ततीक्ष्ण नखा रक्तदशना रक्तदंतिका
पतिं नारीवानुरक्ता देवी भक्तं भजेज्जनम्

देवी अपने भक्त की पत्नी रूप में सेवा करती है। पति मान कर अनुरक्त रहती है। और सुनो–

वसुधैव विशाला सा सुमेरु युगलस्तनी
दीर्घी लम्बावतिस्थूलौ तावतीव मनोहरौ

"बाबा, यह मरण शय्या है मेरी। तुम पगला गये हो आज। इतने बड़े-बड़े पयोधर और इतना विशाल नितंबों का भार धारण करना जब पृथ्वी के लिए असंभव था तो ठाकुर तुम मेरे अधमरे शरीर में इतने गलित उरोजों में सुमेरु और नितंबों में पूरी पृथ्वी क्यों भर देना चाहते हो। बाबा रे ! आमार ऊपरे एतो शिला पाथर दिउ ना। तुम स्थूल में अभी भी उलझे हो ठाकुर"...

"सुनो अमृता तुम जानती हो कि रक्तदंतिका के प्रश्न पर तुम्हें कुतूहल हुआ। मुझे नहीं। मानता हूं ! पुरुष हूं। स्थूल को छोड़कर जी भी तो नहीं सकता। नितंबासन पर श्मशान बनाने की कामना तुम करना चाहती हो, मैं तो इस विराट नारी रूप को देखकर डर जाता। उससे कहता कि तुम बेलियाघाटी की दोनों खालों में चित्त लेट जाओ...बहुत थकी हो रक्तदंतिका मुझे तुम्हारी सेवाओं की आवश्यकता नहीं। तुम पत्नीवत पति की सेवा करने की विरुदावली बंद करा दो।

मुझे ऐसी सर्वकायालंगित पत्नी नहीं चाहिए अमृता। मैंने तो जिस दिन डोमिनी को देखा था वह इतनी सुंदर दंतपंक्तियां रखती थी कि उसके दांतों को निहारने के सुख में ही भूमा का आनंद था। वह सूखी रोटी की तरह कुतर-कुतरकर खाने की

चीज़ थी। वह भूखे की रोटी थी, अंधे की लाठी थी, अपाहिज की सगड़ी थी, अंधेरे की डिबरी थी, कीचड़ की कुंई थी, धनखेतों में दुपहरिया का फूल थी, बबूलों में उलझी गुंजा की माला थी। उसके स्पर्श से सूखे काट किसलयों से भर जाते थे। वह तो साम्राज्ञी थी। क्यों-क्यों, क्यों अमृता कहां गयी मेरी रक्तदंतिका।"

"अभया की यह आदत थी ठाकुर" वह हांफती हुई बोली..."कहती थी वह बड़ा भोला लगा। दया आ गयी। उसे बुखार था। घर उठा कर लाई। वह श्मशान में बैठने का आदी था। मैंने उसे नागों से खेलना बंद करने को कह दिया। वह गुस्से में चली गयी। बोलीबड़ दी, आप सर्वत्र शासन दिखाती हैं। मैं उच्छृंखल हूं। हां हूं। जो तुम्हें करना हो कर लो। वह चली गयी। ठाकुर। मेरी बहन ने मुझसे कुट्टी कर ली। सहोदरा थी। तुम्हारा पुरुष तो सहोदर प्रीति में न्याय-अन्याय सब कुछ को जायज़ ठहरा देता है। पर मेरी सहोदरा को तुम लोगों ने रूठकर चले जाने को क्यों कहा ? मुझे तुम्हारे पुरुष समाज से घृणा हो गयी है। हां, हां, घृणा।" वह गुस्से में हिचकती हुई बोली, "नाग वाले ने नकली प्रेम की महुअर बजाकर मेरी नाग कन्या को लूटा है, और तुम, तुम पुरुष उसे प्रगतिशील नारी कह कर उसका यश बखानते हो। तुम हर औरत को विजातीय घर जाने को ही नारी की क्रांति क्यों मानते हो। क्या नाग बालाएं तुम्हारे गलों में कभी जय मालायें डालती हैं ? डलवाकर देखो—धिक्-धिक् वह विफरकर बोली—पाखंड देखते-देखते मेरी आंखें पथरा गयी हैं। मैं अब घूमावती हूं। घूमावती। हा-हा-हा—डरो नहीं।" वह थक कर चुप हो गयी।

"जोल"

मैंने नीचे लोटे से थोड़ा पानी गिलास में उड़ेला जिसे गट-गट पीकर वह चित शव की तरह निश्चेष्ट पड़ी रही। हल्का कंपन वक्ष के पास हो रहा था, तो वह जीवित है। मैंने सोचा और बाहर आ गया।

प्रातःकाल शारदीय नवरात्र की चतुर्थी थी। मैं जब उसके घर पहुंचा तो बन्द दरवाजे की सिकड़ी बजाई। कई बार बजाना पड़ा। तब द्वार खुले। सामने सुधामोयी थी। मैंने क्रोध से देखते हुए कहा, "अभी से सोने लगी क्या ? केवल निमाई से बीस टाका पाने हेतु ही यहां रहती हो ? कोई चिल्लाये, सिकड़ी पीटे पर तुमसे मतलब। तुम यों सोई हो जैसे रात भर जगी रही हो। कुल सोलह-सत्रह की ही तो होगी, कितनी हो ?"

"तुम से प्रयोजन ?"

"यह कि मैं तुम्हारे कान उखाड़ लूंगा।" मैंने कहा और उसके दोनों कान उमेठने के लिए पकड़ लिये।

"छोड़ो भी।" वह लज्जा से नहा उठी। उसके सांवले गालों पर सुबह की ललछौंही किरणों की लाली उभर आयी। वर्षा से भीगी, तारकोल की सड़क पर किसी सरपट भागती कार की स्टेपनी के पास की लाल बत्ती कौंधती चली गयी।

वह शरारत से मुस्कराते हुए बोली, "आमि कि सेई बुढिर थेकेउ खाराब ?"

मैंने उसके कान छोड़ दिये। मेरी आंखें छलछला आयीं। "हे ईश्वर, यह कैसी विडंबना है। मेरे जैसे साठ वर्ष की डगर पूरा कर चुके पथिक से किसने, किस लता-वितान के भीतर से ऐसी मासूम आवाज में इतना हृदय बेधक प्रश्न किया ?"

"नहीं भद्रमुखी, तुम काली नहीं हो। तुम मेरे नील नेत्रों से अपनी सुंदरता का विवरण जान सकती हो। पर कठिनाई है। लगता नहीं कि तुम आंखों में प्रवेश करके मन की ग्रंथि को छुड़ाकर प्रेम प्रीति की पूरी डोर को बटोर पाओगी ? तुम मूंज की अछोर अनंत रस्सी में गुंथे पीले कनेर फूलों की गिनती करने लगोगी तो महीने लग जायेंगे। अभी तुम बहुत सुकुमार हो। कंकड़ों भरे रास्तों पर चलने के लिए विह्वल क्यों हो ? तुम किससे लड़ाई करने चली हो सुमुखि ?"

"पागल हो ? जाने क्या बड़बड़ा रहे हो।" उसकी आंखें खंजन युग्म की तरह पलकों के कोने में चिलक उठीं, "तुमि पागल हये गेछो, एक टु लज्जा करो।"

"किससे ?"

"संसार से।"

"पर संसार से तुम लड़ रही हो। मैं तो नहीं। तुम अचानक बुढ़िया के रूप से घृणा क्यों करने लगीं। ठीक है तुम्हारे शोख केश तुम्हारे सुगंधित रक्त करबी जैसे होठों का चुंबन ले रहे हैं। क्या छेड़ना ठीक है ? मैं तुम्हारी जैसी किशोरी के प्रेम का आधार बनाऊं तो मेरी बेटियों की दुनिया में व्यंग्य की आंधियां उठेंगी। बवंडर जानती हो।" वह निहायत गावदी की तरह मुझे टुकुर-टुकुर ताके जा रही थी। बोली, "लाओ पांच टाका।"

"क्यों ?"

"भूख लगी है। कहा था न कि निमाई जो देता है उसे मेरा बाप ऐंठ लेता है।"

"तो तुम्हें पांच टाका प्रतिदिन मिलता कहां से है।"

"प्रतिदिन, नहीं। प्रतिदिन नहीं मिलता। एक दो मिलता है।"

"कैसे ? भीख मांगती हो ?"

"तुम पांच टाका दो और अपना काम करो। जल्दी। मुझे भूख लगी है।"

मैंने उसे पांच टाका का एक नोट दिया। और चुपचाप उसे देखता रहा।

"आरंभ करो ना।"

"क्या ?"

"अरे तुम क्या मोफत में देगा। कुछ लेगा नहीं।"

"तुम्हारे पास होता ही कुछ देने को तो पांच टाका मांगती ही क्यों ? क्या दोगी ?"

उसने नोट ज़मीन पर फेंक दिया और पैर से रगड़ते हुए कहा, "थू"। "मैं भीख

नहीं मांगती। शरीर लो, नोट दो।"

"सुनो यह नोट ले जाओ। मैंने पा लिया जो तुम देना चाहती थीं। और सुनो निर्लज्जतारओ एकटा शेष आछे।" मैंने उसकी आंखों में झांकते हुए कहा। "बेशर्मी की भी एक सीमा होती है।"

"निर्लज्जता। तुम मूर्ख हो जो ऐसी बात करते हो।" वह बोली।

"तुम भद्रजन हो ? ढोंगी। तुमी आमाके भिखारिनी बोलछो ?" उसने नोट उठाया और लालच से देखते हुए बोली, "सच, ले जाऊं ?"

"हां।"

मेरी आंखें छलछलाईं। मैंने बरजोरी रोका और चौखट पार करके आंगन में आ गया।

"किससे बातें कर रहे थे ?"

"अपने से।"

"तो तुम भी अपने से बातें करना सीख रहे हो। अपने से अपनेपन की बात तो मैं करती थी ठाकुर। तुम इस चक्र में क्यों उलझ गये।"

"जब सामने वाला दुविधा विभक्त हो तो मौन में मैं अपने से नहीं तो क्या अपनी परछाईं से बातें करूं ?"

वह खिलखिलाई। पर सहसा उसके गले में थूक अटक गया और वह खांसते-खांसते बेबस हो गयी। मैंने नीचे रखे जलपात्र को उठाया, "लो पी लो।"

वह कुछ नहीं बोली। दसेक मिनट मौन रहा।

"हां तो तुम कह रहे थे...।" क्या कह रहे थे।

"वही विभक्त होने की बात।"

वह हंसी। मैं कुढ़ गया।

"पागलों की तरह हंसो मत। यह हंसने की नहीं रोने की वस्तु है। तुम्हारी भीतर की नारी दो टुकड़ों में बंट गयी। दुविधा ग्रस्त। एक टुकड़ा जब हुंकार करता है तो तुम सोचती हो कि अमृता अमृता है। अमृता सहज प्रकृति का रूपांतर है। तुम आदि पुरुष को भी अपने मायाजाल में समेट सकती हो। उसे रस्सियों से जकड़ कर अपने पैरों में गिरने के लिए विवश कर सकती हो। यह तुम्हारा अहंकार है। प्रकृति पुल्लिंग और स्त्रीलिंग में वैसा भेद नहीं करती जैसा तुम सीमित दृष्टि से सोचती हो। तुम प्रकृति की सारी शक्तियां और क्षमताओं को एकाएक कभी नहीं पा सकोगी। हर अमृता जो नारी है, अधिक से अधिक प्रकृति के साथ जुड़कर अधिक से अधिक प्राकृतिक शक्ति पा सकती है। पर यह भ्रम है कि तुम इतनी शक्ति पा सकती हो कि हर पुरुष तुम्हारा दास हो सकता है। नहीं, नहीं, नहीं। संभव ही नहीं। तुम्हारे भीतर की नारी जो नब्बे प्रतिशत शक्ति रखती है मेरे भीतर की नारी से जो मात्र दस प्रतिशत है संपूर्णता की मात्र दस, पराजित और विवश बन जायगी। वह तुम्हारे

भीतर की लय को लालित्य को मसल देगी। तुम्हारी भीतर की नारी ललिता बन सकती है, काम शक्ति की पराकाष्ठा यौवन और रूप की असीमता पर मेरे भीतर की रक्तदंतिका ललिता को मरोड़कर बाहुओं में बांधकर दबोच सकती है और तुम्हें तब लगेगा कि रक्तदंतिका का ऐसे मरोड़ना कितना सुखद लगता है। पुरुष ऊर्जा का यही सुख तुम्हें निरीह कर देगा। है कि नहीं।"

"चुप करो ठाकुर" वह सिसककर बोली, "तुमने दूसरे हिस्से की बात नहीं बताई लेकिन अब जानने को रहा भी क्या। मेरा दूसरा अंश पुरुष का होगा और स्पष्ट है कि वह तुम्हारे नब्बे प्रतिशत पुरुष से आक्रांत होकर निष्फल हो जायेगा। है न ? बाबा यह गणित नारी और पुरुष को बांटता ही तो रहा। कभी ऐसा गणित भी बताओ, जहां बंटवारा न हो। समता का गणित बोलो ठाकुर। समन्वय का गणित बोलो ना। कहो तो ?"

"वह मैं जानता नहीं, तो कहूं क्या ? योग्य पुरुष जानकर ही तो दास बनता है देवि।"

"तुम बहुत कठोर होते जा रहे हो। तुम बार-बार अपने को भोग्य बताते हो। भोग्य कभी आक्रांत नहीं करता ठाकुर। सोचो तो। तुम कहते हो कि तुम्हें ताप में सुख मिलता रहा, किंतु ईमानदारी से कहो क्या सचमुच ताप का भोग तुम्हारे शरीर में कोई विकृति नहीं जगाता था। तुम वल्गाविहीन पुश को दबा पाते थे ? लागाम दिलेई जानोआर के वशे करा जायना ?" वह हंसी ..."गोरा प्रेम के लिए पुरुष का नारी बनना मूर्खता लगती है।" तुमने गर्व से कहा था।

"हां कहा था ?"

"मैंने कहा था कि उसके लिए शरीर की बनावट बदलनी होती है।"

"हां तुमने कहा था। पर वह मूर्खता थी। सिद्ध करके दिखा दिया तो ?"

"सिद्ध करके।" हुंह। तुमने निर्लज्ज की तरह कहा था, "देखो लंगोट बांधने पर भी मैं नारी नहीं लगता कहीं से। तुम जिसे नारी न लग पाना कहते हो, वही तो तुम्हारा शस्त्र है। उसी से हारने का स्वप्न देखती है हर युवती। क्यों ? कहो तो ? इस तरह के कठोर से इतना कोमल प्रेम क्यों करती है अभागी नारी ?"

"क्योंकि तुम्हारे भीतर का पुरुष कभी रक्तदंतिका से लड़ने के लिए वीरभद्र, नहीं बन सका।"

"हां, यह नया कोण है," सोचने दो...। रक्तदंतिका और वीरभद्र वीरभद्र और रक्तदंतिका...मेरा माथा फटा जा रहा है...

"तो मत सोचो. अब आराम करो।"

"तुम जा रहे हो ?"

"ना। अभी कैसे जाऊं। तुमने तो रुकने को कहा था ?"

"मैं नहीं कहती तो चले जाते ?"

"चला जाना ही कहलायेगा तो ?"

"जाओ-जाओ, जाओ...भागो।" वह चीखी और बेसुध हो गयी, निढाल।

मैंने उसके माथे को हथेलियों से ढंक लिया। इस स्पर्श से उसने एक गहरी सांस ली। "इसका अंत भी पशुता ही है न ?" मैं बुदबुदाया।

"नहीं। वल्गा लगा देने से ही जानवर वश में नहीं होता। परंतु वल्गा बहुत बड़ा अवरोध है। वल्गा लग जाने पर अश्व अपने मन से किसी भी दिशा में नहीं जा सकता। उसे एक ही दिशा में मोड़ना सहज होता है।"

"अन्यथा क्या वह चारों दिशाओं में घूमता रहता है तुम्हारी तरह ?" वह रुष्ट थी।

"मेरी तरह नहीं। सर्व पुरुष मात्र की तरह।" या नारी मात्र की तरह।

"तो वह जिस भी दिशा में जाये, उसे पकड़ने वाली एक न एक नारी मिल ही जाती होगी ?"

"निश्चित। यदि वह पुरुष अपनी स्थिति को भूल कर नारी पाना ही चाहे तो। यों कहो कि यदि वह अपने मन के ढांचे और सांचे को तोड़ कर हर नारी को अपने योग्य मानता रहे तो। वैसी नारी बहुत आसानी से मिल सकती है।"

"मगर वह तो बहुत निकृष्ट कर्म है।"

"क्यों निकृष्ट है ? ऐसा ही कर्म तो हर दिशा की शताधिक नारियां भी प्रायः करती रहती हैं।"

"वे वेश्यायें होंगी।" वह बिफरकर लंबी सांस से छाती को भरती हुई बोली..."ऐसे पुरुष पर मैं थूकती हूं।"

"इसलिए कि तुम्हें कभी मिला नहीं ?"

"नहीं, अन्यथा मत बको। मैंने कभी चाहा ही नहीं।"

"तो मतलब हुआ कि तुम अपने मत के ढांचे और सांचे को तोड़ना चाहती ही नहीं थीं।"

"हां, वह सही लगता है। किंतु यदि पशु की दिशा तै हो तो उसी की तरह पशु नारी तुरंत मिल जाती है ?" वह व्यंग्य से बोली।

"जी नहीं। एक दिशा चुन लेने पर मन निश्चिंत होकर उधर की यात्रा करता है। एक उद्देश्य, एक चरैवेति। हो सकता है मंजिलों पर मंजिलें पार करनी पड़ें। और वह सांचा और वह ढांचा सब कहीं अनफिट होता दुरदुराया जाता रहे, पर कोई आवश्यक तो है नहीं कि 'मनेर मानुष' की तरह 'मनेर मानुषी' इसी जन्म में मिल जाय। उसे यह तो ज्ञात ही रहना चाहिए कि जिस सांचे और ढांचे को उसने उपलब्ध किया, वह एक जन्म की ही देन नहीं है शायद। कौन जाने। जब सती का ढांचा टूटा तो वे तुरंत ढूंढ़ पाई थीं ? पुनर्ज़न्मों की साक्षी को प्रमाण करने वाले कालिदास की अजइन्दुमती क्या उसी जन्म में मिले और चरितार्थता पा ली ?"

"नहीं तो" वह बहुत संभल कर बैठ गयी..."क्या किया होगा इन्दुमती ने ?"

"वही जो तुम नहीं कर पाईं" मैंने कहा और अचानक उछल पड़ा। वह हिचक-हिचककर रो पड़ी..."मेरे करम ही खोटे थे। वरना मेरे मन का पुरुष मुझे ऐसे ठुकराता नहीं जैसा तुमने किया ?"

मैंने उसके आंसू काछ दिये हथेलियों से..."तुम क्यों सोचती हो बावलियों की भांति ? क्या शारीरिक संबंध का न होना ठुकराना कहलाता है। ऐसा नहीं कहते। और फिर ऐसा भी तो नहीं कि तुम शरीर से कभी करीब आ नहीं पाईं।"

"उस निकटता को मैं अपमान मानती हूं क्योंकि जलाने भर के लिए जलती थी, कभी भी स्वाभाविक शांति पाकर बुझी ही नहीं। बुझाई प्यास तुमने ? बोलो, बोलो बुझाई तुमने ?"

"नहीं।"

"कितने निष्ठुर और कठकरेजी हो। तुम समझते क्या हो। तुम अपने पर इतना अभिमान क्यों करते हो ? कौन-सी सुर्खाब की पांख लगी है तुममें कि बिना तुम्हारे कोई जी नहीं सकता ?"

"एक सांस में दो विरोधाभासों को जन्म मत दो। एक ओर तुम मुझे अभिमानी कहती हो और दूसरी ओर निष्ठुर। अभिमानी न होता तो तुम अविवाहित माता कहलातीं और ऐसे आमंत्रण को ठुकराता नहीं तो तुम्हें जार से मिलने वाली पापिनी कहा जाता। तुम न तो पाप करने वाली कहलाना पसंद करती हो न तो एक मनुष्य से सर्वकाम तृप्त होने तक सीमित रहना चाहती हो। तुम्हारा ही क्यों यह दुर्बलता तो नारी और पुरुष के भीतर हर दिशा में, हर इकाई के भीतर विद्यमान है। फिर ऐसा क्यों होता है कि आज पांच हजार वर्ष पुरानी इस सभ्यता ने नारी और पुरुष की स्वच्छंदता को वरेण्य मानने से इनकार कर दिया। क्यों पानी और अन्न की तरह नारी पुरुष के संबंध को भी सार्वजनिक नहीं माना गया ? क्यों ? क्यों ? बोलो अमृता ? सुधामोयी तुम्हारे पास कोई उत्तर है तो बताओ। मैं खुद इस बंधन से कसा-कसा भागता रहा हूं पागल मृग की तरह। हे मृगनयनी, इस मरुभूमि की विशाल यात्रा का कहीं अंत भी है या नहीं ?" बोलो अमृता ?...

"राजलक्खी, राजलक्खी..." दरवाज़े पर लोहे के पिंजरे में बंद सुग्गा बोला..."निशा शेष होलो। निशा शेष होलो।"

"इसे जब भूख लगती है तो इसे लगता है कि रात्रि समाप्त हो गयी। मूर्ख..." वह बोली।

"मुझे तो शुकदेव मूर्ख नहीं लगता। वह तो सही कहता है अमृता। सचमुच रात समाप्त हो रही है।"

मैंने कलाई घड़ी देखते हुए कहा..."तुम केवल आठ घंटे तक बेसुध रही हो।" मैंने कहा।

"झूठे" वह मुस्कराई... "आठ घंटे तक बेसुध रखने वाली कोई दवाई है क्या तुम्हारे पास। कभी थी। अब तो सब कुछ जागते-जागते ही घटता है। बेसुधी का सपना भी नहीं आता बहुत दिनों से। हां जब खूब भात-माछ खा लूं तो थोड़ी नींद आती है।" वह बेमतलब हंसती रही।

"क्षमा करो। तुमि मृत्यु-वेला तेउ मांस-लोलुप हये आछो।"

"मेरी मासी कहती थी कि मृत्यु के समय मांस-मछली खा लेने से तृप्ति मिल जाती है," वह बोली, "जमपुरी में इन्हें देखने से लार नहीं टपकता, इसीलिए यमराज यातना में कमी कर देते हैं। इसलिए खूब खाती हूं। तब रात शेष हो जाती है।"

"हां, यही तो जगत है। भूख लगती है तब रात्रि शेष होती है। और जब उपवास होता है तब रात्रि कभी भी शेष नहीं होती। भूख की कोई पाबंदी नहीं है। भूखी होने पर गायें भी जला मांस खाती हैं। मैंने मणिकर्णिका पर देखा है।" मैं अपने आप बड़बड़ा रहा था।

"चुप करो। तुम मेरे पास बैठकर मृत्यु की मनौती मान रहे हो क्या ? मैं जला मांस खाने वाली गाय हूं ?"

"अरे नहीं रे पगली। मैं तो तेरे लंबे जीवन के लिए प्रार्थना कर रहा हूं।"

"बिना तुम्हारी प्रार्थना के भी मैं मरने वाली नहीं हूं। अमृता कहती हैं कि मैं सचमुच अमृता हूं।"

"तुम क्या नहीं हो। तुम सचमुच सब हो। यहां तक कि कुछ भी नहीं भी" तो तुम्ही हो। शोनो...

"तुम रत्नपीठ पर बैठी हुई मातंगी हो तुम्हारे सामने स्वर्ण पिंजर में आबद्ध शुक्र है। तुम उसे गाना सिखा रही हो श्यामलांगि, तुम्हारा पैर कमल पुष्प पर टिका है। ललाट पर द्वितीया का चंद्र सुशोभित हो रहा है।...गोद में वीणा रखी है जिसके शततार तुम्हारी उंगलियों के स्पर्श से झनझना उठे हैं। श्वेत कमल की माला गले में झूल रही है। सुबद्ध केश चोटी में गुथे हैं। हे लाल वस्त्रों वाली, शंखपात्र में मादक शराब पीते हुए तुम्हारा शरीर शिथिल हो गया है हे मातंगी..."

"चुप करो" वह सिसकने लगी..."तुम क्यों बार-बार उन्हीं चीजों की याद दिलाते हो जो मेरे जीवित शरीर की चिता में भस्म हो चुकी हैं। इतनी व्यंग्य-विडंबना किस लिए ? क्या मुझे रुलाने में तुम्हें आनंद मिलता है ? बोलो; बोलो।"

"सुनो अमृता, शुक या सुग्गे का नाम सुनकर तुम्हें पढ़ावत गणिका तारी की क्यों याद आने लगती है। सच है कि गणिकाओं की कोठियों में ही पिंजरे में बद्ध सुग्गे टंगे होते हैं। नवीन युग के सेठिया बंगलों में तो सुग्गों की पूछ नहीं होती। वहां तो खरगोश जैसे उजले-उजले कोमल रोवों को झुलाते घूमते, या मालकिन की गोद में मचलते कोई टाइगर होते हैं, कोई होंडा कहलाते हैं। कोई टिना बेबी (कुतिया) कोई फरका कोट लपेटे, वर्ण संकरी स्वीटी कहलाती है। ये सारे जानवर पिछले जन्म

में ऋषि रहे होंगे न अमृता ?" मैंने पूछा।..."सार्थक जन्म आमार जन्मेछि एइ देशे।" सच मुझे ऐसे देश में जन्मना कितना व्यर्थ लगता है। "हे भगवान्" वह दोनों हाथ जोड़कर सिर से लगाती बोली..."इस अकृतज्ञ को क्षमा करना।"

"मैं अकृतज्ञ नहीं हूं अमृता। मैं तो केवल अपनी तुम्हारी और ऐसी ही एरियाज़ में बनी बदबूदार झुग्गी झोंपड़ियों में केंचुवे की तरह सरकते, गिजगिजे बच्चों, बच्चियों की जिंदगी को जब देखता हूं तो जाने क्यों मन में आता है कि या तो अपने को गोली मार लूं या फिर आकाश जितना ऊंचा कोई झाड़ू बनाऊं और जोर-जोर से रगड़-रगड़ कर गलीज़ समुद्रों में बहा दूं। होगा प्रदूषण उनमें तो बला से। इस दमघोंट जहर से हम तो बचें, यही कामना करनी चाहिए।" बाकी तो वह देखती ही है...

कि गरज़ बाबा आमि गंगा जाबो
कालेर मायेर छेले हबे विमातार शरण लबो ?

तुम्हारे साधक कमलाकांत ने कहा था, "वे हमारी काशीपुरी की गंगा को विमाता कहते थे। ठीक है। हम तो विमाता की शरण में हैं पर तुम काली माता के पुत्रो अपनी लाज बचाओ।...ये नौ मंजिली इमारतें किसी क्रांति के सपने को पूरा करने के लिए अपनी जगह झुग्गी-झोंपड़ियों को नहीं सौंपेंगी। ये भी चार्न विल या आर्मीनिया के भूकंपों से ही जमींदोज़ होंगी। न सही ये भी। मेट्रो ट्रेनों के दुचके ही इन्हें धूलि चटा देंगे। ब्लू फिल्में देखकर पाप छिपाने के लिए अवैध संतति के निरोध गुब्बारों की तरह कलकत्ते के आसमानों में उड़ेंगे। हाय क्रांति देवि, कितने वर्ष लोगी अभी और..."

"छोड़ो कोई गान गाओ।" अमृता रुक गयी थी। "जीवन में गान नहीं तो जान नहीं।" तुम्हें याद है, "नोइले बंधु, बंधवो न चूल। गादार फूल लाख टि पलाश फूल...आगे याद नहीं आता तुम बोलो। इस वक्त तो बनारस में भी गेंदे के फूलों की बहार छा गयी होगी।"

"तुम्हें अचानक काज़ी की याद कैसे आ गयी। वह गाना तो याद नहीं, पर 'प्रेम दीवाना' कहीं भूलने की चीज है। तुम्हीं भूल गये शायद ठाकुर।"

"मैं तो जब काज़ी नज़रूल को सुनता हूं तो श्रीकांत का गौहर याद आने लगता है...नोइले बंधु। तुम भी याद आती हो, कमललता भी याद आती है। झूठ नहीं कह रहा। नोइले बंधु।"

"झूठ नहीं कहते तो आश्वासन देने की आवश्यकता ही नहीं पड़ती। अच्छा अब मुझे सोने दो। आज तो महाष्टमी है न ?" वह बोली।

"हां, महाष्टमी है। आज भर और हजारों-हजारों भाइयों की बहन, माता-पिताओं की पुत्रियां, मायके में पूजी जायेंगी। फिर आंख की पुतली, नयनतारा गिरिजेश के पास लौट जायेगी नवमी रात के खत्म होते ही।"

"और तुम भी।" वह फुसफुसाई।

"हां, मैं भी।"

शाम को कुछ पहले ही पहुंच गया। देखा सामने निमाई अपनी पत्नी और बेटी के साथ खड़ा था। मुझे देखते ही उतावली में दौड़ पड़ा, "नमोस्कार केमन आछेन अंकल ?"

"भाल आछि" मैंने बिना उसकी ओर देखे कहा।

"बलुन् की खबर आछे ?"

"कोई खास नहीं।"

"आपनि कखन एखाने एसेछेन ?"

"तुम्हें क्या सुधामयी ने बताया नहीं ? मैं तो पितृ-विसर्ज़न के दिन ही आ गया था निमाई। तुम्हारी मां अब जाने वाली है। तुम्हें इस असहाय वृद्धा का भी कुछ ध्यान होना चाहिए था। आओ चलो उसके खाट के पास। निकट से देख लो।"

"वहां तो लिली को नौसिया होने लगता है अंकल।" हम उधर जा ही रहे थे कि वह चीख उठी। "विवश लौट आये।"

"अच्छा, बच्ची को शायद कंकाल से डर लगा हो। हां बुरी महक तो है ही। जब खुद कै करने वाली को महक सही नहीं जाती तो दूसरे क्या सहेंगे। अपना-अपना कर्म लेख है। तुम्हारे जैसा पुत्र, सीता-सी पुत्रवधू और कपोती जैसी पौत्री पाकर भी वह अकेली कहती है अपने को। बुढ़िया के प्राण पता नहीं किस अज्ञात सूत्र से बंधे हैं बेटे। उसे भी तोड़ दो आज ताकि अब वह इस नरक में और न रहे।"

"हैं, हैं" उसने कहा..."जब आप गये तो मैं निश्चिंत हो गया।"

हम दोनों उसके पास जाकर सिरहाने खड़े हो गये। वह बोला..."दिन भर सुधामोयी तो देखती ही है अंकल। ठीक से दवा-दारू भी चल रही है। मैं नौकरी पेशा आदमी हूं। इसकी चारपाई की पाटी पर सिर झुकाये हमेशा बैठा तो नहीं रह सकता।"

"हां, ठीक कहते हो। नौकरी बड़ी चीज है बेटे। अगर दोनों में तालमेल न हो, किसी एक को ही चुनना पड़े तो बहुत कम लोग बीमार मां को चुनेंगे। इसके पास है ही क्या। जो था सो तो तुम पा ही चुके।"

"आप तो व्यंग्य कर रहे हैं अंकल। इसके पास वह सब न होता तो भी मैं यही प्रबंध करता। जो मिला वह इसका नहीं, मेरे स्व. पिता का था।"

"यह तो तुम्हारी कृपा है बेटे कि तुम अब भी इसे मां कहते हो।"

"हां" वह बोला...यहां अच्छा प्रबंध नहीं है तो "तो उके तानेई निये जान। विश्वनाथ गली ते भिक्षा चेये जीवनटा केटे जावे। मरे बोले मणि-कर्णिकाय पुड़िये गंगाय भासिये देवे।" "मैं तो यह करने आया ही हूं निमाई इसे विश्वनाथ गली में कटोरा लेकर भीख मांगना नहीं पड़ेगा। निश्चिंत रहो, मैं अभी मरा नहीं हूं।" "निमाई"

वह बोली.. "एई तोमार बाप नय। बापेर बंधु। मित्र मात्र।"

"मैं कहां कह रहा हूं कि ये सारा भार उठायेंगे। मैं तो वहां भी प्रबंध कर ही दूंगा। जैसे यहां एक सुधामयी है, वैसे ही वहां भी एक रखवा दूंगा।"

"निमाई तुमि एक जन निकृष्ट मानुष, बदमाश छेले आर भ्रष्ट स्वामी।"

मैं बिना कुछ कहे लौटने लगा तो वह बोला, "आपको नवरात्र में यहां असुविधा हुई क्या ? मैंने क्या किया है ? आप व्यर्थ रुष्ट हो रहे है।"

"आमार कोनो अशुविधा नेई। जेई रकम एशेछि सेई रकम फिरे जाबो। तुम इसके लिए कुछ नहीं करोगे ? अब तो यह भार हो गयी है। मरने पर बनारस आओगे ? शोनो निमाई एइटा तोमार मां। उके्.कफ़नटाओ देबे कि ना ? बोलो कफ़न भी दोगे या नहीं ?"

"कफन दिये कि निर्लज्जताटाओं ढांका पड़े जावे ?"

"कौन सी निर्लज़्जता जो कफन से भी ढंक नहीं पायेगी। तुम्हारे जैसे कुपुत्र का जन्म ही इसकी सबसे बड़ी निर्लज्जता है। तुम अगर बनारस में होते तो मैं बताता कि तुम्हारे जैसे तीन पोंड के मृतक को इसने कैसे पाला। कैसे-कैसे तुम्हें बड़ा किया। क्या-क्या पापड़ बेलने पड़े इसे। तुम्हारे बाप तो तभी मर गये जब तुम तीन साल के थे।"

"अब अंकल मुझसे सब उगलवाइए मत। मैं भी बनारस में बारह साल रहा हूं। सुधीन भट्टाचार्जी की यह रखैल नहीं हो गयी थी ? मेरे बाप को इसने एक-एक बूंद जल के लिए तड़पाया।" वह रोने का नाटक करने लगा।

"चुप हो जाओ तुम", वह मेरी बांह पकड़कर बोली, "इसे कुछ भी बताने से लाभ नहीं। यह मेरा पुत्र होता तो मुझे ऐसा कहता ? यह तो मेरा पाप है। इससे कफन मत मांगो। मुझे बिन कफन के गंगाये मासिये देवे।" वह हिचक-हिचककर रो पड़ी, "जिस दिन तुम्हारे मित्र का धन इसके नाम रजिस्टरी हुआ उसी दिन मैं इसके लिए निर्लज्ज और पतिता बन गयी। यह दुनिया है। यही रीति है। अमृता को बुलाओ। मुझे उल्टी आ रही है। बुलाओ शीघ्र। हट जाओ तुम नहीं छींटे पड़ेंगे।" उसने हलहलाकर कै की। कुछ गले में अटक गया। खांसियों का तांता लग गया।

"आपने देख लिया न ? सुन लिया न ? यह अपने को भूल गयी है। अमृता ही अमृता को बुला रही है। कितनी बावरी हो गयी है। इसे ले जाइए, अंकल, वहां शांति से मरेगी। चाची से इसकी बहुत पटती है। मैं तो भूल ही गया। चाची कैसी है अंकल। स्वस्थ तो हैं न ?"

"हां स्वस्थ हैं। न भी होंगी तो इसे देखकर हो जायेंगी। तुम अपने को उद्विग्न मत करो।" मैंने कहा। मेरी आंखों को देखते ही उसने गर्दन झुका ली, "हजारों औरतें यहां से काशीवास को जाती हैं। उसकी रक्षा तो वहां आप करेंगे ही। इससे अच्छा प्रबंध और क्या हो सकता है ? बोलिए ? मैं तो अब जा रहा हूं।" वह बोला, "आज

नवमी पूजन है। बड़ा-सा पंडाल लगा है, एक हजार की प्रतिमा है अंकल। फैन्टेस्टिक। आप देखते तो खुश होते। मैं तो चाहता था कि वह नवरात्र भर हम लोगों के साथ ही रहती। नौ दिन थोड़ा कष्ट ही तो होता। पर अच्छा लगता। लेकिन आप तो देख ही रहे हैं इसकी दशा। कितनी बदबू है इसकी कै में।"

"हां बेटे ठीक कह रहे हो।" मैंने कहा, "इसी बदबू से तुम्हारे जैसा कमल फूला है। इसी कनई से तुम्हारा यह छैला शरीर बना है। तुम जाओ, दुर्गा, निसर्ज़न करो। मैं तो हूं ही। इसके जीवन से जुड़ा तो मृत्यु से भाग नहीं सकता।"

निमाई तो चला गया। पर मैं चिंता की भंवर में घिर गया। कुल पचास रुपये में क्या होगा ? दो सेकंड क्लास के टिकट भी तो नहीं मिलेंगे, कैसे ले जाऊंगा इसे। अचानक अपने गांव के हीरा की याद आयी।

"शोनो," सुधामोयी से मैंने कहा, "मैं अभी आता हूं। कहीं जाना मत।"

वह कुछ नहीं बोली। द्वार के बाजू को पकड़कर सुधामोयी खड़ी थी।

"आपनि कोथाय जाबे।"

"कोनो काज आछे। भय कर ना। अभी आ रहा हूं। बैठो।"

मैं भुतहे आंगन से बाहर आया तो लगा धूमावती अपने कंकालों को खड़खड़ाती हड्डियों के अस्थि-पंजर को हिलाती-बजाती डोम कौवे को मुट्ठी पर बिठलाये बदहवास भागी जा रही है। मातः नमामि। सुधामोयी से धूमावती तक, गणिका से गौरी तक, मृता से अमृता तक, रक्तदंतिका से त्रिपुर-सुंदरी तक सर्वत्र एक ही सूत्र में पिरोया हुआ है। ठीक भी है। यही सूत्र तो नचा रहा है मुझे। और मैंने अमृता से मिलने का वादा टाल दिया होता तो जिंदगी भर अपने को क्षमा नहीं करता। इस स्त्री-देश में आया न होता तो नौ दिनों में जो पाया वह कभी पाया न होता। मैं मनुष्य खोज रहा हूं पागल की तरह। इंसानियत के पीछे दौड़ना। वह भी अपयश के साथ। मैं दौड़ता जा रहा था। बड़ा बाजार जाना था। हीरा पता नहीं दुकान पर मिलेगा या घर पर। मैं चिंतित नहीं था। बस चिंता यही थी कि बनारस पहुंचने के पहले नियति नटी उस कठपुतली के सूत को काट न दे। सामने चमचमाती झालरों वाला पंडाल था। कोई गा रहा था...

> नवमी तिथि पोहालो, की करी, की करी बलो
> छेड़े जावे प्रानेर उमा देखो न विजया एलो...
> होई यदि तारा-हारा जीवने की फल बलो

हाय नवमी की रात्रि का प्रभात निकट है। क्या करूं। बोलो ? कल नयनतारा उमा छोड़कर चली आयेगी। विजया दशमी आ गयी, आज जाना है। यदि उमा को खो बैठा तो जीवन का फल ही क्या रहा। बोलो ? नहीं। कौन बोलता है। सब नाटक है। अमृता को निमाई निर्लज्ज कहता है। मां को विदा करने का यह भी अनुपम

दृश्य है। मुझे किसी ने चाबुक मारकर पूछा–अमृता चली जाय तो ? बनारस पहुंचने के पहले उसकी चिरबिदाई रोको। वह यदि निराश्रित कै-दस्त की बदबू से भरी कोठरी में मर जायेगी तो तुम्हें तुम्हारा ही अंतर्यामी कभी क्षमा नहीं करेगा। दौड़ो। मैं सचमुच दुलकता हीरा की ओर मंजिल ढूंढ़ता चलता गया।

मैंने दो सौ रुपये उधार लिये। दौड़ता गया था। दौड़ता आया। हीरा को साथ लिये पहुंचा। सांकल खटखटाई। सुधामोयी ने द्वार खोला.."आ गये ?"

"तुम यहां बैठी हो ?" मैंने गुस्से से पूछा।

"हे देखो" वह नथुने फुलाती बोली, "टेयं टेयं करो ना। निमाई ठीक बोलता था। इस बदबू में कौन बैठेगा। बीस टाका की बात थी। नहीं तो मैं क्या झांकती ?"

"अच्छा-अच्छा हो गया। अब तो तुम्हारी छुट्टी कर देता हूं।"

"क्यों तुम क्या उसको सचमुच ले जाओगे ?" वह अचानक उदास हो गयी।

"तुम्हें कष्ट हुआ ?"

"क्यों न होगा। अभी चार-पांच महीना घिसटती तो सौ टाका तो मिल जाते।" वह मूर्ख की तरह मेरी ओर याचना मुद्रा में खड़ी थी।

"थू," मैंने कहा, "आओ जी हीरा।" हम दोनों आंगन लांघते उसकी कोठरी के पास पहुंचे तो देखा कि पिंजरे में सुग्गा चित लेटा था।

मैंने पिंजरे पर ठोंका। "क्या हुआ इसे ?"

"ओह, वह देखो" सुधामोयी मुझसे सट गयी। "ओए बाबा, कतो बड़ो नाग।"

"हां, वह तो आया ही था।"

"कब ?"

"जब निमाई आया था तभी। काट लिया तोते को।" बेचारा मिट्ठू "तोमार निशा शेष होलो–मिट्ठू, निशा शेष होए गैलो।" भीतर मैं उसकी चारपाई के पास पहुंचा। बल्ब की मद्धिम रोशनी में वह आंख तरेरकर दीवार पर त्राटक कर रही थी।

"क्यों, क्या देख रही हो ?"

वह कुछ नहीं बोली। ज़रा-सी भी कंपन नहीं। वक्ष भी निष्पंद था।

"अमृता गई सुधामोयी, दौड़ो, निमाई को खबर दो।"

वह दौड़ती चली गयी। उसके भागने में खुशी थी। जैसे नरक से बाहर जा रही हो।

हम लोग बाहर आंगन में ज़मीन पर बैठ गये।

"कहां से इस चोंचले में फंस गये भैया ? बंगालिनों से दूर रहना ही ठीक होता है। जब इसका अपना बेटा अपना नहीं है, तो आप काहे इसमें टांग अड़ाये रहे हैं। अरे जैसा देस वैसा भेस। वे हमें नहीं पूछते, तो हम उन्हें नहीं पूछते।"

"सुनो हीरा, तुम दौ सौ रुपये देकर हमारे गुरु नहीं बन गये। मैं उससे आज का नहीं फंसा हूं, जनम-जनम फंसा रहा। मैं मानुष हूं। क्या समझे, मानुष। यही रिश्ता है। यही अपना देश है, यही अपना भेस है। बाकी जो कुछ है चक्र है। भव-दंड है। तेली का कोल्हू है।"

आधा घंटे बाद निमाई की चिट्ठी लिये सुधामोयी आयी।

निमाई को खबर किये तो यह चिट्ठी दी, बोला, "बखत नेई।" चिट्ठी में एक पंक्ति थी।

"अंकल उसकी लाश गंगा में डाल दें। आपके हाथ से ही उसकी लीला का पटाक्षेप अच्छा रहेगा--आपका निमाई।"

"स्साले, मेरे हाथ से पटाक्षेप—तुम्हारी नग्नता पर कोई भी पटाक्षेप तुम्हें ढंक नहीं पायेगा निमाई। तुम हजार ऊंचा समझो अपने आधुनिक संस्कार को, तुम जैसा नीच मैंने नहीं देखा। नौंसिया ? स्साले पीली अमरबेलि के जाल में तड़प-तड़पकर मरोगे तब समझ में आयेगा कि मां के अंचल का अर्थ क्या होता है। वह जाल तुम्हारी जड़ों का सारा रस चूसता जायेगा। तुम्हारी पत्तियां तक चाट जायेगा। तुम खंखर बने रह जाओगे। विदेशी जूठन का रूपाकार बदल गया है। पहले वह कुछ कहलाता था, आज कुछ, पर हैं दोनों एक ही सिक्के के दो पहलू।"

हम और हीरा उसकी लाश बाहर ले आये।

"भैया उस चिट्ठी को ठीक से संभालकर रख लो, समझे ?" हीरा ने ताकीद की।

"हां समझ गया। सही बात है। लो धोती के खूंट में बांध लिया।" मैंने तोते का पिंजरा नीचे उतारा--मरे पक्षी को बाहर फेंका तो आंगन में बैठी बिल्ली उसे मुंह में दबाकर भागी। "बिल्ली भी मरेगी स्साली," मैंने कहा। इस दुर्गंधि से कब तक बचेगा कोई कमज़ोर आदमी।

मैंने खाली पिंजरे को उसके दरवाजे पर लटकी अकुसी में टांग दिया। हवा के झोंके से पिंजरा हिल रहा था।

सुधामोयी डर ने पिंजरे की ओर देख रही थी। दड़बड़ाई..."टिआ पाखी उड़ि गैलो। खोंचा खोलार खोलाई रये गैलो।"

"ठीक कहती हो सुधामोयी...एक दिन हर खोंचा खुला का खुला रह जाता है। तुम तो फिलासफी बोल गयी खोखी। यही दुनिया है। पाखी के मरने का दुःख भी कितनों को होता है। वे तो उसे पिंजरे में बंद किये टाका वसूलने में ही आनंद पाते हैं। प्रभु ऐसे पिंजरे खोलते रहना हमेशा।"

"कफन का क्या होगा भैया," हीरा ने पूछा।

"हां कफन ? लो यह चादर इसे पूरी तो नहीं पर काफी ढंक देगी।"

नीमतल्ला घाट पर चितायें जल रही थीं। काले चेहरे और श्वेत खुंटियाये श्मश्रु

वाले चार पांच लोग मैली पगड़ी बांधे एक चिता के चौगिर्द बैठे थे। गांजे की चिलम को दोनों हथेलियों में प्यार से समेटे एक ने इतनी तीखी सांस सटकी कि चिलम पर लप् से लवर उभर आयी। उसने सारा धुआं निगलते हुए कहा..."भेस बानी से भइया लोग देसाउर के लगत हो तू लोग। कौन हो भैया।"

"हम लोग भी मनई हैं हो भइया। तोहार पगड़ीए से समझ गइलीं भैया कि तूहूं बिहारी लाल हौ अपने देस-दिहात के।"

"कै कर लाश है।"

"औरत की।"

"औरत जात।" बड़े चिलमची ने झोंटा फटकारते हुए कहा..."आमि पंच कौड़ी, मालिक श्मशान देवता। आमि शबेइ जानी। बूझी औरत जात...जन्म दरिद्री...हूहूं।" उन्होंने घृणा से मुंह बिदोरकर कहा, "नीये जाव ओ दिके भासिये दाओ।"

मरने के बाद मुरदे में भी औरत जात और मर्द जात के अंतर पर श्मशान देवता पंच कौड़ी से कौन पूछे। तुम्हारे मरने पर क्या जलेबी-पूड़ी मिलेगी। स्साले...। मैंने दो मजबूत घड़े काफी ठोंक-बजा कर लिए थे। उनके गले में जब मूंज की रस्सी बांधने लगा, तो मन में हूक सी उठी..."निर्लज्ज ठाकुर लज्जा नाई रे तर। गलाय कलसी वाइन्दा जले डुव्या मर।" मैं इतना भावुक नहीं हूं अमृता कि एक औरत की मृत्यु पर गंगा में डूबकर आत्म हत्या कर लूं। कोई नहीं करता। कर सकते हैं पर करने से क्या नारी की निर्लज्जता पर ढांका पड़ जायेगा ? मैंने दोनों घड़ों को उसकी छाती के पास मजबूत रस्सी से बांधा। हाय, माटी की कलसी, माटी के घड़े। दो छलछलाती कलशियां रिक्त हैं। दो छूंछे घड़े उन पर रस्सी से बंधे हैं। हमने एक छोटी नाव तै की। सब कुछ उस पर रखकर बीच धारा में पहुंचे। हम दोनों ने शव को उठाया। घड़ों को डुबाया। और नाविक ने डांड हिलाकर नाव को बगल में किया। भरे घड़ों के वजन से लाश गंगा में विलीन हो गयी। मैंने हाथ जोड़कर कहा, "प्रभु, तुमि ऐके शांति देउ। एइ एक टि महिला छिलो। एक टाई छिलो उर पाप।" महिला होने से बड़ा पाप और कुछ नहीं है इस देश में।

नाव किनारे की ओर चली।

पंचकोरी मालिक की चिलम गरम थी। आज शायद कोई पुरुष जात का शव नहीं आया। जलेबी के अभाव की बातें हो रही थीं। एकदम शुद्ध जीवन की बात। मृत्यु ही परम सत्य है। और पुनर्जन्म...?

"ना, ना अमृता तुमि एशो ना। फेर एइ देशे एशो ना। कभी मत आना। कभी मत।"

●

आदमखोर पैंथर

आधी रात के बाद सहसा मनसा चिल्लाकर उठ बैठी–"पकड़ लो उसे, वह आज फिर पूछ रहा था... ।"

बगल में सोई सुरसतिया बोली, "अरे सुत्तल रहू। तोकें हर रात एकै सपना आवत है ? का करैगी पकड़कर। वह कोई आदमी तो है नहीं। आदमी जैसा लगता तो होगा, पर सपने का आदमी आदमी थोड़े होता है।" "नहीं अम्मा वही था, हां एकदम से वही था। उसके घुंघराले बालों पर पीले कनेर की माला झूल रही थी। क्यों अम्मा जब किसी औरत को भूत पकड़ता है तो खप्पर क्यों चढ़ता है। खप्पर ही तो कहते हैं न ? बड़े मुंह की कड़ाही की तरह मिट्टी की हंड़िया में दूध उफनता है। हंड़िया के गर्दन में भी तो पीले कनेर की ही माला होती है। क्या पीले कनेर की माला पहनने वाला भूत होता है ?"

"अब चुप हो जाओ।" सुरसतिया बोली, "जाने तोकें का का दिखात रहत हैं रात भर। तूने ही भरम को असल बनाया। तू तो उस जोगिन्दरा की मुसकान पर जान देबै को तैयार बैठी थी। मैंने कहा था तुझे कि सिधारी के कोठी में रहकर जोगिन्दरा को कभी नहीं पा सकती।" सुरसतिया बड़बड़ाती रही। मां बेटी दोनों चुप हो गईं। सरवेंट कुआटर में ठस किसिम की अंधेरिया छाई थी। यही महान नाम जमींदार सिधारी ने दिया था इस गन्दे दरबे को। दोनों उसके भीतर समा गयीं।

"फूलकुंवर" कोई फुसफुसाया, "वाह तुम तो रात की जुन्हाई हो। हंस परी हो जो अपने आंचल में पिया को छिपाये उड़ती हो। मैं तारों के देश से आया हूं मेरी रानी। सिर्फ इसलिए कि मैं बिना तुमसे मिले रह नहीं सकता। जी नहीं सकता। सब कुछ है मेरे पास। आराम देह महल है। दास-दासियां हैं। नौकर-चाकर हैं। महल के चारों ओर शहरपनाह है। गहरी खाइयां हैं। इसे घेरकर दानवादूत रात भर जागते रहते हैं। तुम्हें मैं तारों के पार ले जाऊंगा...वहां, वहां..."

क्यों बे जोगिन्दरा, स्साले तू रोज छिप-छिपकर मनसा से मिलता है। उसे भरमाने

की कोशिश करता है। अबे छुछुन्दर की औलाद तुझे मालूम नहीं कि इस गांव में नीम की एक पतई भी सिधारी के हुकुम के बिना हिल नहीं सकती। हरामी सुरसतिया पर मेरा दस हजार कर्जा है। यह स्साली मनसा मेरी बंधुआ मजूरिन है। यह जिन्दगी भर जॉंगर ठठाती रहेगी, तब भी वह कर्जा नहीं चुक पायेगा। इसे बेटी, बेटे होंगे, वे भी इसी तरह जॉंगर तोड़ कमाई करते रहेंगे तब भी कर्जा नहीं चुक पायेगा। इसके बाद उसके बेटे की शादी होगी। शादी तो मुझे ही करानी पड़ेगी न ? कहां से रुपया लायेगी मनसा। चलो माने लेते हैं। जमाना बदल गया है। किफायत से शादी करेगी, पर किफायत करने के लिए इसके पास क्या है ? सिर्फ बदन। बस यही तो है न इसकी पूंजी ? और स्साले सुन ले तू भी। तू चाहे लाख इनकलाबी बातें कर, रोटी के लिए तो सिधारी सिंह के दरवज्जे के चौकठ पर सिर पटक-पटक कर चिल्लाना ही पड़ेगा--ठाकुर, एक टुकड़ा...

"नहीं, ले यह है रोटी," धमाके।

"एक टुकड़ा, सिर्फ एक टुकड़ा।" धमाके।

नहीं, ले यह है रोटी। धमाके...

"मत मारो, मत मारो इसे मनसा चीत्कार करती उठ बैठी।

"क्या हुआ री ?" सुरसतिया चिढ़कर बोली, "रांड़ न खुद सुतत है न हमके सुत्ते देत है। किससे चिरौरी कर रही थी। कौन मार रहा था, किसे मार रहा था, बोल न ?"

"कोई भूत था, उसके बालों में कनेर की माला थी। पीले कनेर की। देखो, देखो, खप्पर का दूध उफन रहा है। क्यों अम्मा तुझे दूध जलने की महक नहीं लग रही है ?"

"हां महक लग रही है।" तड़ाक, तड़ाक...

"और मार तड़ाक, तड़ाक" मनसा की घिग्घी बंध गयी, "तू हरामजादी तो इहै सोचतै रहत है कि तेरी तरह मैं भी सिधारी की जांघों के भीतर समा जाऊं। तब तुझे वजरी की मोटी रोटी की जगह गेहूं की रोटी और एक गिलास छाछ मिलती रहेगी। तू बाहर जा जाकर कहेगी। अभी सिधारी ठाकुर की उमिर ही क्या हुई। बेचारे। एक दम टिमाटर की तरह गाल हैं उनके। ऐसी लाली तो खाली वरमचारी के चेहरे पर होत है। हरामजादी अपनी जनी बेटी के पाप की कमाई खाना तेरी आदत हो गई है। तूने बड़की को ऐसे ही दांव पर लगाया। अब मुझे लगा रही है।" ले, "तड़ाक तड़ाक" "हुंह तू अइसे ना मनबी" सुरसतिया चुड़ैल की तरह मनसा का गला घोंटने के लिए लंबे-लंबे नाखूनों भरी उंगलियों को नचाती, हाथों की फंसरी को आगे की ओर बढ़ा रही थी, "तुझे अब नहीं बकसूंगी, नीच कुतिया तू मुझे दोस लगावत है। मैं सिधारी की जांघों के नीचे सोवती हूं हरामजादी, तू यह भी नहीं जानती दोगली की सिधारी ही तेरा बाप है, और वही होगा तेरा खसम भी। वही जेठरी का भी बाप

था। वही जेठरी का खसम भी था। जेठरी को तेरी ही तरह सपने आया करत रहे। स्साली दगाबाज़ फंसरी लगाकर मर गयी। कुतिया की जिनगानी में ऐश करने की तकदीर ही नहीं थी। बड़े भाग से सिलिक के चदरे पर नंगेबदन की छुवन का मजा मिलत है रे कुतिया। तेरा यह पिहान जैसा चूतड़ जब सिलिक पर सरकेगा, तब जानेगी कि शराब के नशे में डूबकर लहर-लहर पर उठने-गिरने का मजा क्या होता है।"

"स्साली रंडी, बेसवा, खानगी, कुतिया।" मनसा ने एक जोर का थप्पड़ सुरसतिया के गाल पर दे मारा। "क्यों री। चट्टनी, अपने ऐस के लिए तुझे क्या हक था चुड़ैल की तूने बड़की को अपनी तरह रंडी बनाने की बेहयाई की क्यों री हम बरतन-भांडा हैं, हम तेरी गहना गुदड़ी हैं कि तू जिसे चाहेगी बन्धक बनाकर रख देगी। साली तूने अपनी खातिर अपनी जोनि से निकली लड़की को खूसट बुड्ढे की हबस में झोंका। ले, तड़ाक, तड़ाक देख यह है दूध का खप्पर। जाग रे खप्पर वाली रह जा। अभी कनेर के फूल माला लाती हूं। तेरे गले में माला डालकर, तेरे माथे को चंदन रोरी से टीक कर गड़ासे से ऐसा मारूंगी कि तेरा सिर एकदम नदारद–तेरा धड़ एकदम बदबू भरा। हां देखना। दोनों को अलग-अलग कर दूंगी जैसे काली पुजैया के वखत खस्सी की करते हैं। तेरे सिर में साली गोबरीली कीड़े बज़बजात हैं और तेरे धड़ में हरामजादी जोनी से नरक का पनाला बह रहा है। मनसा ने एक तेज थप्पड़ मारा। हाय जन्मते ही तू ने मेरा गला क्यों नहीं घोंट दिया ?"

मनसा चुपचाप सोने की कोशिश करती रही। अब कहती है कि मुझे जोगिन्दरा का भूत लग रहा है। मैं भी इसे भूत से ही भरमा रही हूं। स्साली मुझे पागल कहकर कुछ दिन तो सांस लेने दे। लेकिन नहीं। मैं क्या करूं। जेठरी मुझे सोने नहीं देती। जिस रात कुलछना से उसने सुना कि ठाकुर ने सुलछना को बल्लम घोंप कर मार डाला, वह पागल हो गयी। वही बताती थी। देख वो है वह। अपने काले-काले घुंघराले बालों पर कनेर के फूलों की माला बांधे। हे भगवान् सुलछना भूत होकर आता है तो कनेर की माला पहने, जोगिन्दरा आता है तो वह भी वैसी ही माला बांधे आता है। कब तक ये तमाम लोग भूत बनते रहेंगे, कब तक उनके प्रेत कनेर की माला बांधे अपने दिल के टुकड़ों को खोजते रहेंगे। हे भगवान् कब तक गरीब लड़की की किस्मत में प्रेत की जगह जिन्दा जवान लिखोगे कब तक, कब तक, कब तक...

"हुजूर, माईबाप नियाव करिये हुजूर..."

"कौन हो तुम, क्या नाम है तुम्हारा ?"

"हम सुलछना के बाप हैं सरकार। हम सभे हरिजन हैं। सोनापट्टी में रहते

हैं। अबे कहानी मत सुना। मेरे पास इतना वखत नहीं है।" थानेदार ने डांटकर कहा, "क्या हुआ है उसे बता ?"

"हुजूर सोनापट्टी के जमीनदार साहेब ने त मेरे इकलौते बेटे को साहब बल्लम कोंचकर मार डाला। हुजूर, आप लोग गांधी बाबा के राज के अमले हैं। रच्छा करो हुजूर। हम गरीबन को सुनने वाला कोऊ नाहीं दिखता है।"

थानेदार ने घुड़ककर कहा, "अबे सुलछना। सार तू जब मर गये थे तो हियां आये कैसे ?"

"मैं सुलछना का बाप हैं हजूर।"

"अबे जब तू सुलछना नहीं है तो तू है कौन ?"

"मैं तो कुलछना हूं सरकार।"

"समझ गया। ई स्साला सुलछना और ऊ स्साला कुलछना, सब एक हैं। इनमें कोई फरक नहीं है। क्यों बे, सुलछना और कुलछना का फरक जानता है ?"

"फरक क्या होवे है सरकार ?"

"अबे घोचूं साले सेवापट्टी के जमीनदार बाबू सिधारी सिंह के खिलाफ एफ. आई. आर. दर्ज कराने आया है और तुझे सुलछना कुलछना का फरक नहीं मालूम। सुलछना तभी बनेगा जब स्साले खस्सी, दारू, औरत का इंतजाम करेगा। सिधारी ठाकुर से लड़ने के खातिर गांधी बाबा का नाम ले देने से कुलछना सुलछना कैसे बनेगा ? बोल हरामी, अभी एक घंटे में सिधारी ठाकुर इक्का लेकर आयेंगे। हम लोग सुबह से काम-काज बंद करके उनका इंतजार कर रहे हैं। अबे तूने कभी खस्सी की करेजी को सूजे में पिन्हा कर आग पर सेंकते और नमक मिर्च के साथ खाते देखा है किसी को ?"

"नहीं हुजूर बाकी ई जरूर देखा है सरकार सिधारी ठाकुर हमारे सुलछना के गोस्त काट-काट के चील कौवे न को खिलाय रहे थे। हम लाख गिड़गिड़ाए। पैर पर गिरे। रोते-कल्पते उनके पास गये, अरज-गरज की कि ठाकुर अब तो तू उसकी लाश की दुर्गत मत करो।" बाकी वे लाल-लाल आंखों से मुझे डरवाते हुए बोले, "भाग जा हियां से। कोठी में दिख गया चमरपिलई तो तेरी लाश की भी ऐसी ही दुर्गति बनाऊंगा। हम भाग कर हियां आये सरकार आपकी सरण में।"

"सुनो हो शकूर मियां," थानेदार बोले, "आज खस्सी के साथ आदमी की भी करेजी भून के खाये वास्ते बंदोबस्त कर दिया है ठाकुर सिधारी ने।"

"क्या बोले जेनरल, कैसे इंतजाम की खबर है आज। मैं तो उछल रहा हूं स्प्रिंग पर रबड़ के गुड्डे के माफिक। क्या असलतन आज इन्सान की करेजी खिलाने की दावत है हुजूर ?"

"अरे हां मियां, मैंने अपने पितामह से सुना था कि चक्कावान का डोम करिअवा हमेशा घात लगाये बैठा रहता था।" आधा बदन जलते ही वह मृतक के भाई-बाप

से कहता, "हुजूर, अब आप लोग नहा धोके घर जाइए। इतनी कड़ी गर्मी में आग के पास खड़े-खड़े सहना कठिन होता है। यह जो लोथड़ा बचा है, उसे गंगा मैया में फिंकवा दूंगा। अपने सूरज पंडा कहते हैं न सरकार कि लाश का एक चौथाई हिस्सा जब तक गंगा मैया को नहीं मिलता उनको शांती नहीं मिलती।" वाह क्या बात कही है आपके दादा हुजूर ने। पहले जमाने की बातें कहां रहीं आज। आज तो शकूर मियां की कोई मुर्गी चुरा ले तो शकूर भी बेबस हो जाते हैं। दस बीस हंटर झोंक कर चोर की पीठ को लहू-लुहान करके ही खामोश हो जाना पड़ता है। साले इस नये जमाने ने अहिंसा की ऐसी दुर्गति कर डाली है जनाब कि अपने मन का मलाल थानेदार भी दूर कर पाने में लाचार हो गया है। हमरे तीन पुस्त पहले के जो अकबरी शेख थे वे तो कहते थे हुजूर कि हर जुर्मकर्दा की कब्र खोद कर उसकी करेजी निकाल कर भूनकर नमक मिर्च के साथ खा जाना चाहिए। बात भी सही है हुजूर। जब इंसान को खस्सी की करेजी खाने में इतना मजा आता है तो इंसान की करेजी की तो बात ही क्या। मछली खाने वाले से मछली को खाने वाले की करेजी तो बेशक ज्यादा चटकदार होती ही होगी ? हां मियां सही है।"

"अभी हुजूर। आपने तो अभी यह बताया ही नहीं कि करिअवा डोम अधजली लाश का क्या करता था ?"

"अरे छोड़ो, शकूर मियां। अगर पूरी दास्तान बता दूं तो तुम्हारी जीभ से पानी टपकने लगेगा।"

"सचमुच ?"

"हां जी सचमुच।" वह और उसका पूरा कुनबा अधजली लाश के भुने गोस्त को काटकर खाने में मगन हो जाते थे। उनके झबरीले कुत्ते तो रोज-रोज गोस्त खाकर पागल की तरह रात भर भौंका करते ही थे, कुनबा भी झंझ बजाकर गाता रहता था...

"अयं ? गाता रहता था।" शकूर मियां लड़खड़ाए, "हुजूर फिर क्या उस आदमी का प्रेत..."

"अरे नहीं यार। कितने बदहवास आदमी हो तुम" जेनरल साहब हंसे, "प्रेतों की ओर तो डोम पहले ही पचास फीसद टुकड़ा काटकर फेंक देते थे। देखो मियां चाहे कोई जिंदा हो चाहे मुर्दा, चाहे रूह हो या प्रेत सब तरसते हैं इंसान को खाने के लिए। बस करना सिर्फ यह चाहिए कि आदमी और कुत्तों में, मुर्दा और प्रेतों में मुफ्त के माल का सही बंटवारा होना चाहिए।"

शकूर मिया जेनरल के पैर पर गिर पड़े, "वाह जेनरल आपका दिमाग भी साला अफलातून से कम नहीं है। क्या नगीने जैसी बात कही है। मुफ्त के माल का सही बंटवारा। वाह, वाह इसे कहते हैं दरियादिली और भाईचारा। मान गये हुजूर।"

"अरे शकूर तुम मानो चाहे मत मानो, वह देखो अपने जिगरी दोस्त सिधारी

बाबू का टमटम आन पहुंचा।" सिधारी सिंह का टमटम थाने के पास पहुंचा। उन्होंने कोचवान को हाथ का झोला देते हुए कहा, "होशियारी से रखना इसे। कहीं बोतलें टकराकर टूट न जावें।"

"अरे मालिक," उनका कोचवान दुरजनवा बोला, "अइसन कीमती चीज पहली बार देख पाये हैं। आप गरीब परवर हमलोगन को भी का सुलछना कुलछना जैसा बुद्धू समझते हैं। हमलोगन के दायाद हैं तो रहें। हम कहां उनकरे मुंह में जाब पहिराय रहे हैं। उनका रस्ता अलग, अपना अलग। मगर हुजूर अपन हिस्सा एहबार ज्यादा होवे के चाही।"

"सबको मिलेगा हिस्सा, सबको मिलेगा। खातिरजमा रख। चौकस रहे।" इक्के पर ठाकुर के साथ थानेदार और शकूर मियां बैठे। पीछे-पीछे रायफलधारी चार सिपाही साइकिल पर चल रहे थे।

जब इक्का थानेदार साहब और शकूर मियां को लेकर सेवापट्टी गांव में ठाकुर की कोठी पर पहुंचा तो बड़ी भीड़ थी। चमारों ने सारी कोठी घेर ली थी। उनके हाथों में तेल डूबी, कपड़े की पगड़ी वाली लुकाठी थी। जिसमें सिर्फ सलाई छुलाने की देर थी। दूसरे लोग लाठी बल्लम लिए चिल्लाय रहे थे–

हल्ला बोल, हल्ला बोल
सुलछना के हत्यारे को
मार डालो
सुलछना के हत्यारे को
मार डालो

"देखिये हुजूर" सिधारी सिंह बोले, "हाथ कंगन को आरसी क्या ? कितना मन बहस गया है नीच जात वालों का। सुलछना का बाप अपनी अरजी दे ही आया है। आप न्याय करने वास्ते हैं ही, फिर ये लोग गुंडई पर क्यों उतर रहे हैं ?"

"आप चुप रहिए," थानेदार ने कहा, "मैं सब देख लूंगा। उतरो जी शकूर मियां रायफल भरी है न ?" "भरी तो नहीं है हुजूर, पर भरने में देर कितनी लगेगी। जरूरत पड़े तो इशारा कर दीजियेगा। हम पूर्वांचल पैंथर को कुचल देंगे इस बार ?"

"चुप रहो शकूर, तुम पहले ही सारे कार्ड दिखा देते हो, पूर्वांचल पैंथर तो तब आता है जब जनता सही बात जानकर पुलिस के जुर्म के खिलाफ खुलेआम सर उठाती है। अभी ये लोग पक्के पैंथर नहीं बने हैं। इन्हें शान्त करने के लिए पांच लफ्ज काफी हैं।"

रिश्वतखोर थानेदार
वापस जा वापस जा
रिश्वतखोर थानेदार
वापस जा वापस जा

"सुनिये श्रीमान् आप लोग एक बात सुन लीजिए। मैं रिश्वतखोर हूं। अभी लौट जाता हूं। मगर बहुत पछताइयेगा आप लोग। एक अदना जनता का सेवक थानेदार आपकी रक्षा करने आया है। आपको मेरी ईमानदारी पर शक है तो आप अपने नेता रामदेव हरिजन को हमारे साथ कर दीजिए। अगर थानेदार रिश्वतखोर हैं तो आप लोग तब तक कोठी घेर कर खड़े रहिए जब तक आत्म रक्षा के नाम पर यह जमींदार अपने बंदूकचियों से आप पर गोली न चलवा दे। चाहे गलत या सही जो-भी कानून हो उसे आप अपने हाथ में लीजियेगा तो सुलछना की तरह एक दर्जन लोग और मारे जायेंगे। क्या रहेगा फिर ? मर्डर दंगा करार दिया जायेगा और आप अपने भाई बेटे से भी हाथ धोयेंगे और जमींदार मूंछ पर ताव देता आपको कीड़ें-मकोड़े की तरह कुचलता रहेगा।"

भीड़ शांत हो गयी, "हां भाई बातें तो सही कह रहा है थानेदार," रामदेव हरिजन बोले, "आप लोगों का मुझ पर इत्मीनान हो तो कहिए जाऊं और अपनी आंख से सब कुछ देख सुनकर बताऊं।"

"आप क्या बतायेंगे कामरेड" एक सख्त चेहरे वाला युवक बोला, "आप इस थानेदार से पूछिये कि यह जमींदार के इक्के पर बैठकर यहां क्यों आया। आप इक्के की तलाशी लीजिएगा तो बढ़िया शराब की कई बोतलें भी मिलेंगी इसमें।"

"मैं बताता हूं सुहेल महतो," थानेदार बोला, "कुलछना ने सुलछना की जो हाल बताई उससे लगा कि वह मरा नहीं है। इसलिए जल्दी से जल्दी पहुंचकर उसे बगल के अस्पताल में पहुंचाने के लिए मुझे इनके इक्के का इस्तेमाल करना पड़ा।"

"रही शराब की बोतलें," सिधारी ने कहा, "मैं शराब पीता हूं। मैं जानता हूं सुहेल कि तुम इसी शराब की हमेशा फरमाइश करते हो, बिना इसके मर्डर केस को सुलझाना मुश्किल हो जाता है इसलिए यह मैं घूस देने के लिए नहीं दिमाग को सही फैसले पर पहुंचाने में मदद देने के वास्ते लेकर आया हूं।"

"ठीक है भाइयो, मैं और रामदेव दोनों जा रहे हैं। आप लोग बैठिये हम सब कुछ समझ-बूझकर अभी आ रहे हैं।" रामदेव हरिजन को लेकर सुहेल भी इक्के पर बैठ गया। कोठी का फाटक खुला और इक्के तथा चार साइकिल पर सवार पुलिस सिपाहियों के भीतर जाते ही फिर बंद हो गया।

आहो राजा गलिया में बड़ा वहार वा
अगल बगल सवतियन के जेवना
आहो राजा विचवा में थाली तोहर वा

अगल बगल सवतियन के गेड़वा
आहो राजा विचवा में बोतल सराब बा
अगल बगल सवतियन के सेजिया
आहो राजा विचवा में तकिया तोहार बा

"इतना काहे खिलखिलात है री सुरसतिया।" कामरेड सुहेल बोले—"तू तो पहचान में ही नहीं आती। तू बूढ़िया हरिजन लगती ही नहीं। लेकिन अब तेरा जमाना खतम। जो बात बड़की में है वह तुझमें कहां।"

"ललचा तो भइया लोग तुम्हारी बहन चंपा के लिए भी रहे हैं। चंपा को तुम जमीन आसमान के कुलाबे मिलाकर पढ़े-लिखे लड़के को दोगे। उसके लिए तुम इस तरह की चीजें खड़ी करोगे जो इसके महतो होने के छोटे कद को ढंक लें। यानी शादी के पहले तुमने उसे इंटर पास करा दिया। चम्पा की जगह सकलडीहा के मनोरथ उपधिया की लड़की ने चंपा बनकर पर्चे को पूरा किया और फर्स्ट किलास पास कर गयी। अब उसे तुमने बनारस में जिलापरिषद में कलरक की नौकरी दिला दी। सुना वह टपटपीया की जानकार है। खूब बढ़िया टेप करती है। अब तुमहीं कहो महतो भइया डेढ़ हजार पाने वाली लड़की पर महतो तो क्या यूनिवर्सिटी के पढ़वैया बड़की परीक्षा पास भये लोग, छत्री बामन उससे बिआह करने को ललचायेंगे। बिआह करने वाले पढ़े-लिखे सुंदर लड़कों में से किसी को छांट कर नौकरी दिलवा दोगे और दोनों अपनी इकट्ठा कमाई से बढ़िया बंगला लेकर शहर में रहेंगे। इतनी बढ़िया बात पर खिलखिलाऊं न तो क्या रोऊं। वाह भइया।" सुरसतिया के चेहरे पर इस कदर व्यंग्य की रंगत उभरी कि उसका पाउडर चिपड़ा चेहरा चुड़ैल की माफिक लगने लगा।

"अरे छोड़ भी सुरसतिया रानी, जाने दे भई। सुहेल भी तो मेरे परिवार के आदमी ही हैं। इन्हें काहे को लताड़ रही है..." सिधारी ठाकुर ठठाकर हंसे, "समझ गए। समझ गये।" उन्होंने अपने कोचवान दुरजनवा को बुलाया, "अरे भई ले आ लाल परी। देख रहा हूं सबका माथा तड़क रहा है। कोई सुरसतिया पर व्यंग्य बाण मार रहा है तो कोई सुहेल भाई पर। और सब लोग इकट्ठा मार रहे हैं थानेदार साहब को जमींदार साहब को। बिना लाल परी के मर्डर का केस तो क्या, भैंस की चोरी का मसला भी हल नहीं हो पाता।"

दुरजनवा ह्विस्की की बोतल, सोडा, बर्फ और एक दर्जन गिलासें रखकर बोला, "हुजूर हुकुम होय तो खोल देवें बोतलिया को ?"

"अबे जीभ पर उतरे लार को इस तरह सुड़क के क्या बोल रहा है। खोल दे। भर दे गिलासें। कुल आठ हां।" सिधारी बोले।

"आठ क्यों सरकार नौ बोलिये माई-बाप। छ लोग थाना के। दू लोग सेवकन में, मैं आ सुरसतिया। ई सब आठ हुआ। फिर हुजूर अपने ही नहीं लेंगे तो सेवकन की का हस्ती कि ऊ गिलास छुइ दें।" कहो न सुरसतिया भौजी।

"ठीक है सरकार। दुरजन तो ठीक ही कहत हैं।" सुरसतिया बोली, "हर चीज में दुरजन का हिस्सा तो होबे करी ठाकुर।"

खाना-पींना हो गया। थानेदार शकूर मियां, दोनों नेता चटखारे ले-लेकर गोस्त की तारीफ करते रहे। अक्सर बहस चलती रही कि गोड़ की नली और पिंडलियों को चूसने में जो मजा है वह जंघे की बोटियों में कहां। अलबत्ता सुरसतिया इसके खिलाफ थी। वह हंसी, "बिना बोटी के मजा कहां। बोटी तो भइया ठठरी में भी जान डाल देत हैं।" सिधारी ठाकुर कब चूकने वाले थे, बोले, "चाहे बोटियों की जो भी बहार हो सुरसत्ती रानी तुम्हारी ठठरी चूसने का मजा ही और है।" सब लोग हो-हो-हो करके हंसे। और पुलाव के साथ शरूवा सुड़कते हुए बोले, "सिधारी ठाकुर आपकी चुटकियों को भी कोई जवाब नहीं।"

"इसके लिए तो आप लोगों को सुरसत्ती रानी को शुक्रिया कहना चाहिए। अपने पास तो सरस्वती भी है और लक्ष्मी भी। मेरा कोई क्या बिगाड़ लेगा।"

"खाना-पीना खतम हुआ। काम की बात पर आइये," दोनों गंवई नेता एक साथ बोले, "चलिये पहले सुलछना की बॉडी को देखें," सुहेल महतो उठे, "चलिये, भाई अब मेरे पास वक्त नहीं है। मुझे एक मामले की जांच करने हिरनाचक भी जाना है। कहिए ठाकुर साहब, बॉडी कहां है।"

"बॉडी तो हुजूर अब तक घड़ियाल खा चुके होंगे," शकूर मियां बोले, "मरी बॉडी को छोड़िए सुहेल बाबू जिंदा बॉडी को बुलवायेंगे ठाकुर साहब आपकी तवज्जह में। क्यों मुसम्मात सुरसती आज क्या कहे हैं आपकी लाडो बड़की नहीं दिख रही है।" "मुझे गधा बनाने की कोशिश मत करो शकूर मियां।" आपने बॉडी दरिया में फिंकवा दिया और हमें खबर तक नहीं भेजी आप लोगों ने। मैं थानेदार और दिवान दोनों को माफ नहीं करूंगा इस बार। क्या जवाब है आपके पास। कुलछना कह रहा था कि सुलछना के सीने में बल्लम के घाव हैं। आपने कोल्ड ब्लेडेड मर्डर कराया और बॉडी फिंकवा कर शराब और गोस्त पर उसे 'सेलीवरेट' कर रहे हैं। यह संगीन मामला है। आप लोगों ने इस दावत में मुझे शामिल कराकर बहुत बड़ा जुर्म किया है। मुझे उबकाई आ रही है। निहायत गिरे हुए और जलील आदमी हैं आप दोनों।

"अब चुप हो जाओ, सुहेल," सिधारी ठाकुर बोले, "सीमा के बाहर मत जाओ। बॉडी बाकायदा पंचनामा के बाद दरिया में फेंकी गयी। उस पंचनामे पर दुर्जन हरिजन, सुरसत्ती, कुलछना, थानेदार, शकूर मियां सबने 'साइन' किया है।"

"वाहे रे वाह कुलछना ने कब साइन किया, वह तो एफ. आई. आर. दर्ज कराने थाने पर गया था।"

"थाने जाना एक बात है, अंगूठा का निशान। दूसरी बात सारे हिन्दुस्तान के लोगों के अंगूठों की शिनाख्त, कौन करेगा ? एक सौ साठ करोड़ अंगूठों के निशानों से दफ्तर भरोगे प्यारे भाई ? भी जाये तो क्या ? तुम एक अदना लीडर हो सुहेल।

तुम अंगूठा पहचानोगे तो हजारों अंगूठा तुम्हारे खुद के अंगूठे के निशानात् से झांकने लगेंगे।" सिधारी ठाकुर कुटिल हंसी में डूबे थे। उनके चेहरे पर गजब की मासूमियत थी।

"बॉडी फिंकवाने से ही लगता है कि वह बैल की सींग लगने से नहीं, बल्लम की चोट से मरा था। कोई भी बैल सींग से छाती की हड्डी में चोट नहीं मार सकता। सींग या तो कमर के ऊपर लग सकती है या पैर में। अगर छाती तक सींग उठी तो उससे वह इतनी गहरी चोट कर ही नहीं सकती। नामुमकिन। इम्पासिवल। चलो जी रामदेव...सब धोखा है यहां। निहायत घिनौने लोग हैं।"

"सुहेल भाई चुप रहिये। बात करिये हिस्से पर। इस बार हम दोनों को पचास प्रतिशत से कम दिया गया तो मामला आगे तक जायेगा। हम अपने जिले के हरिजन एस. पी. सुखदेव राम के दरवाजे पर धरना देंगे। अनशन करेंगे। इस बार नहीं छोड़ेंगे इन्हें ?" "अरे जाओ भी स्साले टुकड़े..." आवाज खिड़की की ओर से आयी थी, "तुम आधी-आधी रोटी के लिए लड़ो। बंदर बांट कराओ। एक लाश ही तो दरिया में गयी है न ? दूसरी हमारे घर के कमरे में लटक रही है ? बड़की भी गयी सुलछना के साथ...हा, हा, हा, हा,..."

"क्योंरी रांड़ सुरसतिया। ई क्या बक रही है मनसा। जोगिन्दरा की पिटाई से चिढ़ी है यह बंदरिया ? संभाल इसे। वरना खाल खिंचवाकर भूसे भरा दूंगा। पकड़ साली को दुर्जनवा। अरे मिसरी लाल कहां हो। चला दो गोली इस कटही कुतिया पर। इसके चूतड़ में घुसेड़ तो रम्मा।" सिधारी कांप रहे थे, "मिसरी लाल" वे गुस्से में चीखे। फटे बांस जैसी आवाज को सुनते ही दुर्जन राम का नशा गायब हो गया। वे बोले, "सरकार मिसरी लाल तो चले गये हियां से।"

"कहां गये ?"

"मुझसे कहके तो गये नहीं। गये होयेंगे कहीं। हमें नाहीं मालूम।"

"अरे हम से पूछो" सिधारी ठाकुर, सुरसतिया हंसी, "ऊ राइफल के साथ सुहराब के नाले में छिपे होवेंगे। कहके गये कि सिधरिया हरामी एक न एक दिन हमरे गले में फांसी का फन्दा डलवाय के मानेगा। रोज खून, रोज कतल। कब तक चिड़िया का शिकार के बहाने गरीबन के शिकार करें।"

"रुको भइया सुहेल। ठाकुर ने अपनी तिजोरी से सौ-सौ के नोटों की गड्डी निकाली। उसे तोड़ा। फिर गिनकर दो जगह किया। यह है भाई सुहेल पांच हजार आप लोगों का और यह है पांच हजार थानेदार साहब और उनके अमले का।"

"और जो दूसरी लाश लटक रही है ठाकुर साहेब।" थानेदार ने बड़ी संजीदगी से ठाकुर की ओर देखा, "मैं दो लाशों को पचा नहीं सकता हुजूर। मेरे भी ऊपर अफसर हैं। नीचे अमले हैं। और अगर न भी हों तो भी, मेरे भी कुछ नजरिये हैं। मैं लाशों के व्यापारी को भागने का मौका दे दूं तो कल जिस कठघरे में आपको खड़ा

होना है, वहां मुझे खड़ां होना पड़ेगा।"

"केहुके कठघरा में जाये के ना पड़ी। आजे आप लोगन के हिसाब चुकता होये के रही।" खिड़की के पास जोगिन्दरा खड़ा था। ले रे सिधारिया...तब तक कमरे के कोने से जोगिन्दरा ने रायफल का टिगर दबाया। धमाके के साथ गोली सिधारी ठाकुर की बांह में लगी तभी शकूर मियां का रायफल गरजा और जोगिन्दरा ढेर हो गया। "हाय रे जोगिन्दर..." उसकी लाश पर मनसा गिर पड़ी थी। मिसरी लाल ने जोगिन्दरा के हाथ से रायफल छीन ली और तेजी के साथ भाग चला।

पूर्वांचल पैंथर की गतिविधियां तेज हो गयी हैं। सेवापट्टी गांव के मुखिया शिवधारी सिंह उनके हमले से बाल-बाल बचे। गोली उनकी कोहनी को छूती निकल गयी तीन हरिजन मारे गये। पुलिस का कहना है कि गुमनाम पत्र से उन्हें पता चल गया था कि आज हमला होगा, पर पुलिस को धोखा देकर आक्रमणकारियों ने पीछे से हमला किया बताया जाता है कि डाकू पचास हजार नकद रुपये और सोने चांदी के सारे आभूषण ले गये हैं। पुलिस की गश्त तेज कर दी गयी है। पुलिस इन्स्पेक्टर का कहना है कि सारे रास्तों पर सख्ती से पूछताछ और छानबीन चल रही है।

मनसा अंधेरे में बैठी सिनेमा की तरह घूमती, बात करती, भागती, हांफती हजारों तस्वीरों में जाने क्या तलाश रही थी। वह सोच रही थी कि क्या उसकी तकदीर जेठरी से भी जियादा दमघोंटू नहीं हैं? जेठरी तो सुलछना के साथ मर गयी। सुलछना गया तो वह भी चली गयी। मगर क्या ऐसे जाने से सब रुक जायेगा, जो हो रहा है। आज उसकी चुड़ैल महतारी उसे ठाकुर के हाथों में सौंप कर क्या पाना चाहती है। यह नट्टिन मिस्सी लगने और पान खाने से एकदम चीकठ बैठे, दातों को निपोर कर जब कहती है, "मनसा धीरज धर बेटी। बदला से कुछ नाहीं मिलता। जोगिन्दरा में कौन-सा सुर्खाब लगा था। तेरे लिए उससे भी बांका, उससे भी बढ़िया गबरू जवान मरद ले आऊंगी, बिटिया, तू दिन-रात सोच-सोच कर अपनी आत्मा को काहे सता रही हैं। देख तो तेरा सूरजमुखी-सा चेहरा कैसा कुम्भलाता जाये रहा है।"

"कुलटा" मनसा ने अपनी जांघों के बीच टीसते हुए घाव को छूआ। "हे भगवान ऐसी बेइज्जती और इतनी विधा किसी भी गरीब लड़की को मत देना। क्यों पगला गया है सिधारिया। मैं सुनती थी कि बहुत डरावने लगने वाली बातें सिरफ डरवाने को बोली जाती हैं। पर उस नीच ने नशे में चकनाचूर दुर्जन को हुकुम दिया, डाल दे रम्मा।" तब भी मुझे यकीन नहीं आया। इतना गन्दा, इतना घिनौना, इतना नीच कर्म सिधारी करायेगा—मैंने तो सोचा भी नहीं। उसने टांगें नीचे ऊपर करके...ओह

मइया, हाय रे भगवान औरत के करम में इहै रचाया है तूने ?

"बस कर, खाली चेतावे के लिए कहे थे हम, इतनी जोर से नहीं। मूरख तुझे अकल है कि नहीं ? इसका सब कुछ चिथड़ा बनाने का हुकुम नहीं है। जब वही नहीं रहेगा बदन में तो औरत के बदले पेड़ का खोडरा लेकर क्या करूंगा। ई तो दस बरस तक सिधारी को गरमाती रहेगी। बस, हो गया। जा तू उसने दुर्जनवा को भगा दिया।" बोलो-"ले स्साली ई इमरती खा। एकदम टटकी है गरमागरम।"

"थूह" मनसा ने कहा था।

"ठक्, ठक्, ठक" कोई दरवाजा पीट रहा था।

"के हैं हो ?" सुरसतिया ने पूछा।

"अरे खोलो भाई, हम मतदाताओं की नई सूची बना रहे हैं। खोलो।"

"खोलत हैं, इतना चिल्लाय काहे रहे हो।" दोनों युवकों के सामने एक अजीब किस्म की औरत खड़ी थी। छींट की बढ़िया साड़ी ब्लाउज और पैर में स्लीपर ।

"माफ करना भई, हम गलती से आ गये।" नवयुवक बोला, "ठाकुर सिधारी सिंह ने कहा कि हमारे सरवेंट कुवाटर की भी मरदुमशुमारी कर लेना। सो आ गये हैं। उन्होंने दो हरिजन सरवेंट कहा था। किधर रहते हैं वे लोग ?"

"अरे वाह रे वकलोल राम इहै है हरिजन कुवाटर।" बुढ़िया अजीब चेहरा बनाये उसे घूर रही थी। हरिजन लोगन के माथे में सींग होती है क्या ? अरे ऐसे का घूर के देख रहे हो हमरी ओर ? फिस्स, वह हंसी। काले-काले दांतों को देखने में घिन आती थी।

"मजाक बंद करये। हमको धोखा देने की कोशिश मत करो। क्या नाम है तुम्हारा ?"

"सरस्वती।"

"उमर।"

"सोलह साल"

"क्यों री बुढ़िया तू सोलह साल की है ? मजाक कर रही है ? कहा न कि सच बोलो।"

"अबे नासपीटे, मैं बुढ़िया हूं। का वोट देने वाले का जवान होना जरूरी है ? जो कह रही हूं, लिखो न लिखना हो भागो। मगर जान लो कि वोट की बहुत कीमत होती है। तुम भुलवा नहीं सकते मौके पर हजार रुपया भी मिल जाता है एक वोट पर। इसीलिए मैंने सोलह साल कहा।

"बेकूफ है ? 18 से नीचे के लोग तो वोट दे ही नहीं सकते। बड़ी आई वोट की कीमत वसूलने। साठ की हुई या सत्तर की बोल ?"

"क्यों बे, चुरैल का बेटा मैं सत्तर की लगती हूं तुझे अयं ?"

"सत्तर की नहीं बुढ़िया तू कबरगाह से कबर तोड़ कर निकली है। ऐसा लग रहा है तुझे देखकर..." चलो भाई भागो हियां से। वोट नहीं दे सकती। सुरसतिया ने दरवाजे को छेंक लिया। ऊ क्यों रे स्साले ? बोलो, सुरसतिया ठठाकर हंसी। उसने अपने बालों के जूड़े को खींचा और पके हुए केश उसके चेहरे पर फैल गये, "काहे नहीं दे सकती वोट ?" क्योंकि तू पागल है। पागल को वोट देने का हक नहीं है। "अयं", नाबदान के कीड़े हरामी...मैं पागल हूं। पागल हूं मैं, उसने कोने से झाड़ू उठाया और भागते हुए युवकों की ओर दौड़ी, "हां पागल हूं, वह धसककर बैठ गयी। पागल न होती तो यह घर क्या ऐसे ही उजड़ जाता ?" हाय राम अपनी छाती मुट्ठियों से पीटती हुई बोली, सब विलाय गया। तभी सारंगी वाला गूदड़ जोगी कोठी के दरवाजे आया। सारंगी रो रही थी।

हो डेराला जियरा वरबा मिलेले बउराह
हो डेराला जियरा
अंग में भभुत सोहे गले मुण्डमाला
अइसन कुरूप बर गौरा न सोहाला
हो डेराला जियरा
हमरी गौरा रहिहै कुंवार
हो डेराला जियरा
हो डेराला जियरा

"जाओ बाबा," सुरसतिया बोली, उमरी गौरा तो फंसरी लगा के चली गयी और ऊ गयी भी अपनी महतारी के कारन। उसे अपनी खुशी, ऐस, आराम की खातिर, अपने खून दूध से पाला पोसा और खुद ही कोठा वाली डायन बन बैठी उसे रंडी बनाने वास्ते–हे परमेसर–वह धाड़ मारकर रोने लगी।

एक और देवयानी

आचार्य आद्या प्रसाद हमारे लिए मात्र एक प्राध्यापक ही नहीं थे। वे अपने में कई-कई व्यक्तित्वों को सहेज-समेट कर जीने वाले ऐसे आदमी थे जो हमारे अभिभावक भी थे, गुरु भी, मित्र भी। कभी-कभी तो हम उनकी छलहीन वत्सलता की प्रशंसा गा कर उन्हें इतनी हवा दे-देते कि वे हंसते-हंसते लोट-पोट होने लगते और यह कह कर तख्त से उठ पड़ते, "तुम लोगों की चारण वृत्ति का अर्थ मैं समझता हूं। इस दुनिया में कोई भी बिना प्रशंसा सुने बहुत दिनों तक नहीं जी सकता। प्रशंसा एक नशा है। यह वैसों पर बहुत ज्यादा चढ़ जाती है जिन्हें प्रशंसा के अभाव में मुर्झाए-मुर्झाए जीना पड़ता है। मैं इतना बेवकूफ भी नहीं हूं कि तुम्हें चापलूस कह कर घर से निकाल दूं क्योंकि ऐसा कार्य मूर्ख ही करते हैं जो जीवन-धारा में बहते हुए भी एक के बाद एक को दबाती-धड़काती, जगाती लहरों के धक्कों के छंद को नहीं जानते। प्रशंसा पर कौन-सा बिल्ला लगा है यह मैं नहीं देखता, क्योंकि जो अपने को सही तौर पर प्रशंसा के योग्य मानते हैं उनके यहां भी जी-हुजूरी को चलते देखा है, दो कौड़ी के लोगों की अधकचरी प्रशस्ति को बाबा वाक्यं प्रमाणं समझ कर मुस्कराते देखा है। इसलिए बच्चो तुम्हें आज भी इस सावनी संझा में गरमागरम पकौड़ी ही खिलाऊंगा।"

हम बेवकूफ की तरह हंसते। फिर अपने मेहनत करके तैयार सुनियोजित जाल को फेंककर भी आद्या बाबू को फंसा न पाने पर कुढ़ते। वाकई ! इसे ही क्या घाघपन कहते हैं ? हम सभी अपने-अपने गिरेबान में झांक कर टटोलते—क्या हमारा जाल नकली लगा ? क्या उसे आद्या प्रसाद ने ताड़ लिया। नहीं जी, वह पहाड़ी पंडित क्या ताड़ पाएगा। वह तो खीर-मोहन के दो टुकड़ों से खुश होकर किसी को भी अद्वितीय प्रतिभा-संपन्न होने का प्रमाण-पत्र बांटता रहता है। वह भला कैसे ताड़ सकता है। हम चालाक बनते। बाकी बाद में कहूंगा, पहले आद्या प्रसाद को तख्त पर आदर से बैठने का मौका तो देना ही पड़ेगा। तभी जल्दबाजी में जीने वाले एक छोकरे

ने दांत-निपोर कर कहा, "गुरुदेव !" उसके चेहरे पर आंखों की जगह वर्षा में भीगे तार पर बैठी मक्खियों के एक झुंड जैसा दृश्य था। मैं ऊब रहा था। यह भी एक दंत-निपोर है। अगर किसी को मूर्ख बना कर काम निकालना है तो दो अदद खीर-मोहन लेता आता। हमारी बनी-बनाई धाक इस कदर खुले बाजार में नीलाम तो नहीं होती। मैं उस पर चिढ़ गया, "यार गुरुजी की भलमनसाहत का मजाक तो मत बनाओ। तुम्हें दो टुकड़ा खीर-मोहन महंगा लग रहा था तो तीन रुपए मुझसे मांग लेते ?" मैं बोल पड़ा। वह लड़का रुआंसा-रुआंसा हो गया, जैसे किसी ने सारे चेहरे से माहेताबी की आखिरी बूंदें भी निचोड़ लीं, "अब क्या कहूं बड़े भाई, अपने को भीख मांग कर प्रमाण-पत्र लेना आता ही नहीं। मैं यहां पकौड़ी के लिए भी नहीं आता। पालक या चौलाई की बेसन डुबोई गरमागरम जूरियां मुझे बहुत अच्छी लगती हैं, मैं तो उनके लिए भी कभी नहीं आया। मुझे तो एक साधारण नौकरी के लिए एक ईमानदार आदमी का प्रमाण-पत्र चाहिए बस।" मैं निरंतर उसकी ओर ताकता रहा। उसने इस कदर की बयानबाजी कर दी थी कि उसे झेल पाना असंभव लगा। और मेरे कान के नीचे का हिस्सा जलने लगा। "मैं इसका जवाब दे सकता हूं शांतिलाल, पर छोड़ो। तुम दया के पात्र हो।" मैंने निराधार विजय के मुखोश में अपनी खिसियाहट छिपा कर हंसते हुए कहा, "जाने दो।"

"अरे गुरुजी" मैंने झटके से उठते हुए कहा, "यह तो अंधेर है। मेरे रहते मेरी माता से भी अधिक बड़ी अम्मा को पकौड़ी लानी पड़ी ? छिः छिः धिक्कार है मुझे।" मैं उठकर आगे बढ़ा ही था कि गुरुपत्नी ने कहा, "जब पकौड़ी बनाने में मैं नहीं थकी बेटे, तो तुम लोगों को परोसने में क्या थक जाऊंगी ?"

मेरे मूर्ख साथी खिलखिला कर हंसे। "फंस गए न !" वे फुसफुसाए।

"आज जितेंद्र जी नहीं हैं क्या गुरुदेव ?"

"तुम तो जानते हो भाई, कि वह बिना नागा शिवाजी हाल जाया करता है। इस वक्त पर क्या तुमने उसे कभी उपस्थित देखा है ?"

"हां यह बात तो है गुरुदेव, पता नहीं मैंने कैसे जितेंद्र जी के न होने की बात कह दी।" मैं बोल पड़ा, "यही तो एक चीज है जो उन्होंने आपके वातावरण से अलग रह कर प्राप्त की है। स्वास्थ्य से बड़ी नियामत तो दूसरी है ही नहीं।"

"ओह !" आद्या प्रसाद ठठा कर हंसे, "इसे भी मेरी भलमनसाहत ही कहो सुनील, कि मैंने बच्चों पर अपने को कभी आरोपित नहीं किया। वे खुद जिस वातावरण में पल रहे हैं, अपनी राह भी खोज ही लेंगे। और फिर तुम तो जानते ही हो कि आज की पढ़ाई से ज्यादा सच्ची चीज स्पोर्ट्स है। वहां केवल शरीर स्वस्थ रखने के लिए ही वह नहीं जाता। जितेंद्र को जिमनास्टिक में काफी रुचि है। मैं तो चाहता हूं कि वह एक राष्ट्रीय स्तर का जिमनास्ट बनें।"

"जी, जी।" मैंने दांत निपोर कर कहा। लड़के मेरी ओर कनखी से ताकने

लगे, जैसे वे मुझे किसी अगले प्रश्न के उचित-अनुचित पर खूब सोच कर बोलने की चेतावनी दे रहे हों, पर मैं ऐसे डरपोक लड़कों को अच्छी तरह जानता हूं। नानी के आगे ननिहाल का बखान। ये मुझे इस शताब्दी के अंत तक भी शायद ही पहचान पाए।

"लाइए अम्माजी, अब बहुत हो गया। शेष प्लेटें मैं खुद अपने दोस्तों को दे दूंगा।" मैंने इस बार ट्रे पकड़ ही ली और अम्माजी हंसी में खिल उठीं, "अरे भई, मुझे अपने पति के शिष्यों की सेवा में आनंद आता है। तुम लोग जम कर खाओ।"

"नंदिनी जी भी नहीं हैं क्या अम्मा जी।" मैंने पूछा।

तभी उसने दरवाजे के पीछे खड़ी नंदिनी को ओर देखा। वह हाथ हिला कर अपने होने का प्रमाणपत्र देकर छुप गई।

"अब नंदिनी बड़ी हो गई है न। उसके पिताश्री यानी तुम लोगों के गुरुदेव की चले तो उसे वे प्रदर्शनी में खड़ा करा देंगे। ऐसे औघड़दानी हैं तुम्हारे गुरुदेव, पर मैं बेटे, देहात की रहने वाली हूं। मुझे अपने ग्रामीण होने का बोध बहुत पंसद है। मैं हर चीज की सीमा समझती हूं। बहुत हो चुकी नंदिनी की प्रदर्शिनी। गुरुदेव छले जा सकते हैं, गुरुपत्नी नहीं। वह न तो जितेंद्र को जिमनास्ट बनाना चाहती है न नंदिनी की प्रदर्शिनी सजाना। वह कहीं गई नहीं है, घर में ही है। पर पकौड़ी की मांग इतनी लंबी हो तो मुझे ही दोनों काम निभाने पड़ेंगे। पकौड़ी छनती रहे, गरमागरम परोसी जाती रहे तो किसी एक को चूल्हे के पास तो होना ही पड़ेगा ना ? है कि नहीं ?"" गुरुपत्नी मुस्कराती हुई बोलीं। मैंने एक पकौड़ी का हिस्सा दांत से कुटका था। उसे चुभलाते हुए कहीं और खो गया। आज ऐसा कैसे हो गया ? क्या इन्हें मेरा और नंदिनी का अकेले कंपाउंड में घूमना विदित हो गया ? हम तो सबसे दूर उस सड़क पर घूमते हैं। एकांत में। वहां इमली के पेड़ों से हाशियों को सजाए एक सड़क हुआ करती है। उस दिन कुछ पहले ही आ गई थी नंदिनी। मैं सोचता था कि कुछ देर से आएगी। पहले आना तो मेरा धर्म है जिसे मैंने अपनी विश्वसनीयता के प्रमाण-पत्र की तरह चेहरे पर लगा रखा है। आते ही बोली, "चलो सुनील, आज कुछ पहले आ गए तो अच्छा ही हुआ। कभी-कभार समय को सही तौर पर फिट न होते देख हम चिढ़ते हैं, पर मेरे पिताश्री कहते हैं कि हर कार्य यह प्रकृति इस तरह करती है कि वाहियात लगने वाली बात के पीछे भी एक प्रयोजन होता है। वह हमारा उपकार करती चलती है। तुम तो सुनील नियति और भाग्य को नहीं मानते होंगे ?"

"क्यों ? मैं भी नियति और भाग्य को उतनी ही अहमियत देता हूं जितनी तुम देती हो, या अन्य लोग देते हैं। तुमने ऐसा प्रश्न किया क्यों ? क्यो मेरे व्यवहार में कोई अनचाही अन-अपेक्षित बात दिखी ?"

"अरे नहीं, तुम्हारे पिताजी कम्युनिस्ट हैं, और सुनती हूं वे ईश्वर को नहीं मानते। धर्म को नहीं मानते, इसलिए कहा। और इसमें पछताने का नहीं, सच कहो तो खुश होने का भाव रहता है मेरे मन में। अगर सब जगह ईश्वर को उपस्थित मानकर या गीता पर हाथ रखकर शपथ लेना सत्य बोलने की निशानी होता तो इतने तलाक क्यों होते अपने देश में ? अब देखो हमारे दोनों परिवारों में कितना बाहरी फर्क है। तुम लोग नास्तिक कहलाते हो, हम आस्तिक। तुम्हें क्या कभी बोध हुआ कि मेरे पिताजी प्रातःकाल बिना शत रुद्रिय पढ़े नाश्ता तक नहीं लेते। नमस्ते रुद्र मान्यवउतो ताइषवे नमः–को जपते शिवलिंग पर जल चढ़ाए बिना बातें नहीं करते। उन्होंने वर्तमान को और उसकी नवीनतम चेतना को कभी नहीं नकारा ? न कभी अपने बच्चों को पोंगापंथी में झोंका ?"

"यही तो सबसे बड़ी चीज है उनमें। इसी कारण तो मैं उनका बिना दाम का गुलाम मानता हूं अपने को।"

"अच्छा छोड़ो, जरा दो-चार पत्थर के टुकड़े बटोर कर इमलियां तो तोड़ो। आज खट्टा खाने का बहुत मन कर रहा है।" अचानक नंदिनी ने बात का सिलसिला तोड़ कर कहा, "तुम्हारी निशानेबाजी का इम्तिहान है आज।"

"मेरी निशानेबाजी का तो तुम शिकार हो चुकी हो मेरी जान। यह लड़कपन की विद्या है। जिसे बहुत पहले छोड़ चुका हूं पर लोगबाग कहते हैं कि प्रेमिका की हर फरमाइश पूरी करना भावी पति का दायित्व है। तो ठीक है। यह परीक्षा मैं दिए देता हूं।"

मेरे पहले ही ढेले से तीन फलियां टूट कर गिरीं। "वाह कमाल के निशानची हो तुम।" वह दौड़ी और फलियां समेट कर ले आई। एक के ऊपर से छिलके छुड़ा कर उसने जीभ से छुआ ही था कि गनगनाती हुई मुझसे लिपट गई। "वाह कैसी तेज खटाई है।" उसने गीले होठों से मेरे खुदरे चेहरे पर चुंबन की वर्षा कर दी। मैं उसे सीने से चिपकाए खड़ा था और वह बार-बार जीभ से उस कच्ची और खट्टी इमली को चाटती और मुझे चुंबन देती रही थी। शायद मेरे गालों के नमकीन स्वाद से उसे राहत मिल रही थी।

"हटो भी", मैंने उसे अलग किया, "देखो सामने से दो-तीन लड़के स्कूटर से आ रहे हैं।"

"आने दो। कौन-सा अवैध कार्य कर रहे हैं हम।"

वह परे हट कर बोली, "एक ढेला और फेंक दो। वे तीनों तुम्हारी निशानेबाजी से डरकर भाग जाएंगे।" वह इमली चाटती रही और बेखौफ सड़क पर देखे बिना पेड़ों की ऊपरी डालियों पर दृष्टि लगाए देखती रही।

"हे, हैलो सुनील।"

"हाय।" सुनील ने हाथ हिलाकर उन्हें विदाई दी।

"यह है सफल प्रेम।" एक ने ठहाका लगाया।

"चीप।" दूसरा बोला।

नंदिनी पर कोई असर नहीं था। यद्यपि 'चीप' ने उसका मन खट्टा कर दिया।

"चलो यार कहीं दूर, जहां इस तरह के व्यंग्य सुनाई नहीं पड़ते। तुम्हें भी क्या हमारा प्रेम सस्ता लगता है।" वह बोली।

"तुम बेकार तुनक रही हो," मैंने समझाया, "वे सभी हमारे-तुम्हारे प्रशंसक हैं।"

"ठीक है श्रीमान, यह प्रशंसा मेरे पिता को सुनाइएगा। उन्हीं पर लुटाते रहिए अपनी प्रशंसाओं की गठरी। वे खुश होकर जब आपके लोफर दोस्तों को पकौड़ी खिलाने का हुक्म देंगे तो मैं कुछ और तो नहीं कर सकती, पर पकौड़ियां छानना अहम चीज बन जाती है क्योंकि उसकी फरमाइश आपने की होती है। है ना ?"

मैं कुछ नहीं बोला! मैं रास्ते भर यही सोचता रहा कि शुक्राचार्य की इस कन्या को अपनी भोग्या बनाने के लिए और कितने धैर्य की जरूरत है। मैंने कहीं पढ़ा था कि जब देवयानी ने कच से प्यार की याचना की तो उसने एक पवित्र रिश्ते का बहाना बनाकर उसे ठुकरा दिया। पर मैं कच नहीं बनना चाहता था। मैंने उसे ठुकराना तो दूर, आंखों से ओझल भी नहीं कर पाता था। हमेशा-हमेशा उसके खट्टे तरलायित होठों की याद करके ही सिहर उठता था।

"कहां खोए हो सुनील।" अचानक मुझे लगा कि मैं किसी अमापनीय अंधे कुएं में पड़ा हूं और किसी ने मुझे उबारने के लिए पूछा है, "कोई समस्या है क्या ?"

"नहीं सर," मैंने बहुत अदब से कहा, "मैं जरा अपने पिताजी के बारे में सोच रहा था। उसी में डूबा रहा शायद।"

"डूबे तो थे ही, पर तुम अपने पिताजी पर क्या सोच रहे थे ऐसा। और दिनों से बिल्कुल अलग ? तुम्हारी प्लेट की पकौड़ियां ठंडी हो गईं," आद्या प्रसादजी ने कहा, "तुम्हारे पिता का स्वास्थ्य तो ठीक है ना ?"

"जी, वे अस्वस्थ कहां होते हैं ? बहुत कम। वे शाश्वत स्वस्थ हैं सर। मुझसे भी अधिक स्वस्थ।"

आद्या प्रसाद ने ठहाका लगाया, "तुम भी उनकी शाम-पार्टियों में हिस्सा लेने लगे हो क्या आजकल ?"

"मैं समझ नहीं पाया गुरुदेव।"

"इसमें कौन-सी गुत्थी है शिष्यदेव। तुम्हारे पिता तो पर्याप्त वारुणी के प्रेमी हैं। यह तथ्य क्या किसी से छिपा है ? और मैं तो अक्सर जब महानगरों में जाता हूं, बौद्धिकों की गोष्ठियों में बैठता हूं। ऐसी पार्टियां सर्वत्र होती देखता हूं।" मेरे

एक मित्र ने कहा था, "पंडतजी, इंटलेक्चुएल हो तो उनकी ही तरह जीना सीखो। अलग बैठकर नमकीन खाने से तुम उस तरह की तेज-तर्रार साहित्य-रचना नहीं कर सकते, जिसे आधुनिक कहा जाता है। समय की नब्ज पहचान कर तो चलो। और चल कर देखो कि जिंदगी में कोई भी चीज ऐसी सहायक और भरोसे लायक नहीं है जितनी कि यह शराब। दो भाइयों में, सहोदर भाइयों में अंतर आ सकता है, दो आमने-सामने रखे शीशे टूट सकते हैं, एक दूसरे के भीतर किसी अन्य की छवि देख कर। पर शराबियों की मित्रता तो सारे अवरोधों को तोड़ कर हमारी मर्यादा के ऊपर से होते हुए ऐसी उड़ान भरती है कि एक शराबी दूसरे शराबी को ऐसी ऊंचाई पर पहुंचा देता है जहां पहुंचना असंभव होता है। सारे माध्यमों, पत्र-पत्रिकाओं, रेडियो, दूरदर्शन पर यानी सर्वत्र उसी शराबी की उपलब्धियों की चर्चा होती है। जो पहले एक असफल अध्यापक मात्र होता था, वही रातोंरात एक महान लेखक, कवि, चित्रकार, संगीत और रंगमंच की बेजोड़ हस्ती बन जाता है।" तुमने यह श्लोक कभी सुना है, आद्या प्रसाद जी बोले,

'चिता चिंता द्वयोर्मध्ये चिंतानामगरीयसी
चिता दहते निर्जीवं चिंता दहति सजीवकम्'

"बहुत बार सुना है गुरुदेव और इसका अर्थ भी जानता हूं। इसी कारण ऐसा कहने का अपराध कर रहा हूं कि मेरे पिता को किसी की भी चिंता नहीं। वे सचमुच रागद्वेष से हट कर जीने वाले व्यक्ति हैं।"

"हो सकता है", आद्या प्रसाद जी बोले, "मैंने तुम्हारे पिता पर कोई लांछन नहीं लगाया है सुनील, मैं तो सिर्फ उस ओर संकेत कर रहा हूं जहां से ऐसी बातों का जन्म होता है। तुमने मेरे मन की बात कही है। मैं कभी तुम्हारे पिताश्री से भी कहूंगा कि इतने बड़े व्यक्तित्व के होते हुए भी उन्हें कच्चे कान वालों की कही-सुनी को सही नहीं मान लेना चाहिए। उन्हें सोच समझ कर फूंक-फूंक कर चलना चाहिए ताकि कोई उनके खिलाफ निराधार आरोप भी न लगा सके।"

"जी गुरुदेव, मैं उनसे खुद ही पूछ लूंगा कि क्या आपने इधर कोई ऐसी बात कही है जो गलती से निकल गई हो और आप उसके लिए चिंता में पड़ गए हैं।" मैंने कहा।

"लेकिन यह ठीक नहीं होगा, क्योंकि मैं जिन बातों की ओर संकेत कर रहा हूं वह तुम चाहो भी तो पूछ नहीं सकते। तुम अभी बच्चे हो और उस स्थिति में क्या कहना चाहिए और क्या नहीं कहना चाहिए, के बीच का अंतर अभी तुम समझ नहीं पाओगे। उनके विरुद्ध यह किसी की साजिश भी नहीं है। जाने दो, भूल जाओ तुम। मैं उनका पड़ोसी हूं। क्या हुआ कि मैं पहाड़ से आया और वे मैदान के हैं।

क्या हुआ कि हम ब्राह्मण हैं और वे क्षत्रिय हैं। हम जो भी हों, एक ही तो हैं। वे भी शिक्षक हैं, मैं भी शिक्षक हूं। एक शिक्षक अगर दूसरे की चिंता नहीं बंटाता तो फिर उसके पड़ोसी होने का अर्थ भी क्या होगा।"

"जी।"

"अरे भाई, तुम्हारी पकौड़ियां तो प्लेट में पड़ी-पड़ी एकदम ठंडी हो गई हैं। उन्हें रख दो," आद्या प्रसाद जी ने पुकारा, "नंदिनी, भई सुनील के लिए गर्म पकौड़ियां लाओ। चटनी भी। हरे धनिए वाली। इमली वाली नहीं। यह तो पान खाता है, इसके दांत कोठ (वाधित) हो जाते हैं। पान खाने का दंड भी बड़ा कठोर लगता है, पर हमारे विद्वान तो इसे परंपरा से तांबूल कह कर हर भोजन के बाद इसके बीड़े थमाने का नियम बना गए हैं।"

उस दिन काफी देर हो गई। मैं घर आया। मैंने बहाने बना कर अम्मा को देर से आने की मनगढ़ंत कहानी सुना दी। "क्या कहा", आश्चर्य से अम्मा ने पूछ लिया, "अरे बेटा, जमाना बड़ा खराब है। सुनती हूं कि आजकल लोग ठंडे पानी में सफेद बुकनी डाल कर पिला देते हैं। आदमी बेहोश होकर गिर पड़ता है। पैसा, चेन, घड़ी सब उतार लेते हैं। ऐसे में तुम्हें वह पानी पीना ही नहीं चाहिए था।"

"क्या करूं अम्मा। उससे ज्यादा ठंडा पानी तो दस पैसे में कोई पिलाने वाला था भी नहीं। होता भी तो सफेद पानी में सफेद बुकनी को पहचान लेना कोई आसान बात होती क्या ?"

"हां, सो तो है। हे भगवान सफेद पानी में लाल बुकनी अगर डलवाते रहते तो हमारा इतना पढ़ा-लिखा बेटा किसी चक्कर में तो नहीं फंसता। खैर किरपा है तुम्हारी कि खाली घड़ी और चेन गंवा कर ही लौटा। साबुत आ गया। तंदुरुस्त है। सब तुम्हारी महिमा है प्रभु।" अम्मा खो गई किसी अथाह भंवरजाल भरे समुद्र में। मैं धीमे पैरों बगल वाले कमरे में चला गया और जूते उतारता सोचता रहा।

"अरे हाथ-मुंह तो धो लेता। गर्म करके खाना लाई और तू है कि दस मिनट से जूता ही उतारने में लगा है। आजकल तू बहुत बदला-बदला लग रहा है। सुन्नी, जरा बच के रहना। नहीं तुम्हारे बाप के माथे की पगड़ी उछालने में यहां के लोगों को दस सैंकेंड भी नहीं लगते। समझ गया न ?"

दूसरे दिन नदिनी कक्षा में आई थी, पर उसने मेरी ओर देखा तक नहीं। कुछ देर प्रतीक्षा करता रहा पर उसने उचटी नजर से भी नहीं देखा। क्या करूं। समझ में नहीं आ रहा था। एक अपराध भाव होता है सिर्फ ऊपरी सतह पर तैरता-सा। मैं नंदिनी की चिंता क्यों करूं। मैंने तो उस एक घंटे में नीले आकाश में बादलों के बीच घिरे चांद की सुंदरिमा को छक कर चखा था। मैं तो उसे कृतज्ञता देना चाहता

था। सौंदर्य लहरी में शायद। याद आया शंकराचार्य ने कहा था—छक कर अमृतपान करने के बाद मन कुछ खट्टे, कुछ कसैले स्वाद के लिए ललकता है। वैसे भी कषाय रस की परिणति तो मधुर ही लगती है वरना आंवला खा कर पानी पीने पर इतना मीठा क्यों लगता। मेरे मन का भ्रमर इमली के कसने से खट्टे लगने वाले अधरों पर बार-बार मंडराने लगा। मैं झटके से उठा। वर्माजी पढ़ा रहे थे, "क्या बात है सुनील ?"

"कुछ नहीं सर, सर में दर्द है।"

"यह सर-सर का दर्द दूर भगाओ, परीक्षा सर पर है।"

"जी सर !"

लड़के खिलखिलाए। "कुल पांच बार सरसराया" किसी मनचले ने कहा। मैं सचमुच सिरदर्द से पीड़ित नहीं था, पर फबतियों ने सिर भन्ना जरूर दिया। मैं सीधे केंद्रीय पुस्तकालय में गया और सबसे पीछे की पंक्ति की आलमारियों को बेवकूफों की तरह देखता रहा। इतना विलंब तो यहां आने में कभी नंदिनी ने नहीं किया। फिर ? क्या वह नहीं आएगी ?

"कहिए सुनील बाबू", सरजू ने पूछा, "कौन-सी पत्रिकाएं खोज रहे हैं ?"

"पत्रिकाएं ? मैं तो कालिदास की लालित्य योजना खोज रहा था।" मैंने उसकी ओर देखते हुए कहा।

वह हंसा, "तो पत्रिकाओं की काली जिल्दों में क्या ढूंढ़ रहे हैं। कालिदास की कृतियों पर समीक्षा 'एल रो' में देखिए श्रीमानजी। लिटरेचर भरा है वहीं।"

"ओफ !" मैं विदूषक की तरह हंस पड़ा।

तभी नंदिनी कक्ष में घुसी।

"सुनील बाबू हैं भीतर, पत्रिकाओं वाली कतार में।" सरजू ने बिना पूछे या मांगे सूचना दे दी। मैं पीछे वाली पंक्ति के पास खड़ा था। वह एक कतार में कुछ खोजती भुनभुनाई, "सिर्फ शोषण, सिर्फ स्वार्थ सिद्धि, सिर्फ नारी का अपमान, और भी कुछ जानते हो सुनील सिंहजी।"

"बात क्या है, तुम इतने ताव में क्यों बोल रही हो ?" मैंने पूछा।

"जो भी बोल रही हूं वह झूठ नहीं है, सत्य है। कड़वा सत्य। तुम्हारे भीतर एक मृतक कच छिपा है जो मुझे अपनी संगिनी नहीं बनाना चाहता। किसी बदमाश को मुझे सौंपने चला है।"

"मैं ?"

"जी हां। आप एक घंटे साथ-साथ चांदनी रात के सहवास-सुख के लिए तो चारणों की तरह यश गाते हैं, पर यह नहीं सोचते कि इसके लिए एक लड़की की दुर्दशा भी संभव है। मैं घर गई तो मेरी मां ने कहा, 'क्यों री कुतिया, तू उस श्वान-पुत्र का मुंह चाटने गई थी ?' कितनी मार पड़ी तुम्हें पता है कुछ ? मेरी सारी पीठ लहूलुहान

हो गई ? किसके लिए ? पहली बार मेरे पिता ने मुझे ठोकर मारी। बोले, 'निकल जा घर से। मैं विश्वास नहीं करता था, किंतु तू उससे छिप कर मिलती थी। जब तेरी बहन की तरह विश्वस्त सरला ने तेरे प्रेम के उपद्रव का वर्णन किया तो मैं कांप उठा। तू उससे लगातार मिलती रही है ? भोले बाप की सदाशयता को तूने छला है ? बोल ?' क्या बोलती ? मैंने विवश होकर कहा, जो कोई दूसरी लड़की नहीं कह सकती।"

"क्या कहा।"

"यही कि मैं और तुम अंतर्जातीय विवाह करना चाहते हैं।"

"तब ?"

"तब क्या ? अपने पिता को भेजो। कहो उनसे कि तुम मेरे बिना जी नहीं सकते।" वह गुस्से में बोली। न चाहते हुए भी मैं हंस पड़ा, "तुम्हें भ्रम है। सच तो यह है कि न तो तुम्हारे पिता हम दोनों की शादी चाहते हैं, न मेरे पिता। आना तो लड़की के पिता को ही पड़ता है। यही दस्तूर है। है कि नही।"

"यही है उनकी प्रगतिवादिता," नंदिनी बिफर पड़ी, "तुम तो अपने प्रेम के पक्ष में हमेशा अपनी जगह अपने बाप की ध्वजा लेकर चलते थे। मेरे पिता दकियानूसी नहीं हैं। मेरे पिता रूढ़ियों के सख्त विरोधी हैं। वे मानवीय रिश्तों में जाति-धर्म आदि का हस्तक्षेप स्वीकार नहीं करते। अब क्या हो गया कि वे अचानक मेरे पिता की पंक्ति में खड़े हो गए। तुमने अपने पिता के नारे लगाए। बार-बार मुझे यही विश्वास दिलाया कि तुम बाप के घर में रहोगी ही क्यों ? विवाह के बाद तो नारी का घर श्वसुरालय होता है। क्यों ? आज वे अपने से वृद्ध व्यक्ति के पास जाने से मुकर क्यों रहे हैं ?"

"यह सभी सच है भई। तुम मेरा विश्वास करो। तुम्हें घर लौटने में डर लगता है। है न ?"

"यह क्या नंगी पीठ दिखाकर बताना होगा ?"

"तुम आज बहुत संवेदनशील हो रही है। सभी होते हैं ऐसे में। मैं भी तो छिप कर गया था घर में। दोनों हाथों में जूते उठाए। कहीं खट-खट की आवाज से पिताजी को ज्ञात न हो। मेरी मां ने भी मुझे डांटा। खैर अब एक ही रास्ता है। अगर तुम स्वीकार करो।"

"बोलो।"

"चलो आज हम किसी मंदिर में शादी कर लें और कुछ दिनों के लिए अज्ञातवास में चले जाएं।"

"कहां ?"

"यहीं मेरा एक जिगरी दोस्त है। वह एक होटल का मैनेजर है। उसके यहां दस-पंद्रह दिन रहेंगे। इस बीच यह तूफान थम जाएगा। पता लगा कर उचित अवसर पर हम लौटेंगे और तब विवश होकर दोनों बुड्ढों को हमें स्वीकार करना पड़ेगा।" मैंने धीरे-धीरे फुसफुसा कर कहा। वह ध्यान से सुन रही थी, पर उसका चेहरा बर्फ की तरह सफेद पड़ गया। वह बहुत डरी-डरी और खामोश थी। उसके आगे शायद नदी थी। बर्फ से भी ज्यादा सर्द नदी। एक ग्लैशियर जैसी कोई चीज। वह ठिठकी रही। मैंने कहा, "डरो मत। जो भी निर्णय लेना हो, शीघ्र ले लो। यहां तो सरजू तक हमारे गोपनीय को जान चुके हैं। पूरा विश्वविद्यालय में कौवा-रोर मचेगा, तब क्या होगा ?"

"कौवा रोर से बचना तो किसी भी तरह संभव नहीं है। कब चलना है ?"

"तुम शाम पांच बजे संकटमोचन दर्शन करने आना। चाहो तो अपनी मां से कहकर आना। जैसे भी घर वाले मानें, वैसा कर लेना।"

"क्या मैं नंगी रहूंगी वहां ? कपड़े तो लेने होंगे। तुम्हारे पास पैसे भी हैं या होटल के मैनेजर की कृपा का ही संबल है ? तुम मुझे किसी माया-सरोवर में झोंकना तो नहीं चाहते। मेरी और दुर्गति हुई तो समझ लो एक निरपराध ब्राह्मण पुत्री का तुम्हें शाप लगेगा, तुम कहीं भी रहोगे, शांति नहीं मिलेगी। रात के डरावने अंधेरे में चीख-चीख कर बैठ जाओगे। एक क्षण भी चैन की सांस नहीं ले पाओगे। सोचो, और सोचकर कहो कि क्या तुम उस होटल में मेरी सुरक्षा का वचन दोगे।"

"तुमने एक साथ इकट्ठे इतने प्रश्न कर दिए कि जो पूछना था, वह भी भूल गया हूं। याद आया तुमने कपड़े की बात की थी। एक झोले में दो-तीन साड़ियां रख लेना। ऊपर ऊन का एक गोला, जैसे तुम स्वेटर बुन रही हो···; कोई संदेह नहीं करेगा। कर सकती हो ?"

"करने की भी खूब कही। मैं तो तुम्हारे लिए स्वेटर बुन ही रही हूं। वही रख लूंगी। होटल में अपार समय मिलेगा। दिन भर कमरे में बंद रहने पर कुछ मन लगाने को तो चाहिए भी तो। चलो स्वेटर ही बुनेंगे। तो चलती हूं। हां याद रखना। ठीक पांच बजे।" वह बोली और चली गई।

प्रतिलोम विवाह। मेरे मन में घंटे बजने लगे थे। सोच रहा था कि क्या इस विवाह से मेरे आगे के तमाम रास्ते कहीं रुंध तो नहीं जाएंगे। मेरे पिताजी तो लड़की की शादी में भी ऊपर-ऊपर की प्रगतिशीलता के आवरण में भीतर की गोटियां फिट करते हैं। किसी राजपूत लड़के को अगर प्रथम श्रेणी दिला कर एक अच्छी नौकरी का प्रबंध करा देते हैं तो वर-पक्ष अपने आप झुक जाता है, क्योंकि दस वर्ष तक भी वह लड़का पांच हजार रुपए प्रति मास पाता रहा तो छः लाख बन जाते हैं। इससे बड़ा दहेज

और क्या होगा भला। ऐसी ही दो शादियां हो चुकी हैं मेरी बड़ी और छोटी बहनों की। मैं अभी शादी नहीं करना चाहता। यही कहकर मैंने उनकी जुबान बंद करवाई है। क्या वे इस प्रतिलोम विवाह का विरोध करेंगे।

'नहीं।' उसके मन में उसके पिता का अंश बोल पड़ा, 'मौज मस्ती में जब वे खुद जीते हैं तो मेरा रास्ता क्यों रुंधेंगे। उनके अफेयर्स की चर्चाएं क्या कैंपस में कम गूंजती हैं ? ऐसे लोग बहुत उदार होते हैं। किसी दिन क्लास से सीधे घर आए ही नहीं। लोगबाग कहते हैं कि दोपहर का भोजन वे अक्सर बाहर करते हैं। मेरी माताजी पढ़ी-लिखी हैं, पर इतनी एडवांस नहीं हैं कि पति की प्रेमचर्चाओं से अप्रभावित रहें। कई-कई बार किसी न किसी लड़की को लेकर दोनों में युद्ध हो चुका है। पति-पत्नी में युद्ध अक्सर बाहरी तत्व के बीच में आ जाने से छिड़ता है, पर दोनों में से कोई भी ऐसा नहीं है कि अपने वैध पति या पत्नी के बिना रात गुजारें। फिर मेरे बारे में कुछ कहने का अधिकार उनको किसने दिया।' अगर परीक्षित पूछे, 'ब्राह्मण कन्या का क्षत्रिय से विवाह करना प्रतिलोमक है ? ऐसा संभव हुआ कैसे ?' परीक्षित था खंडहरों को माथे पर लादे चलने वाला मृतक प्राणी। वह पूछेगा, पर मेरे लोकायत पिता कभी भी इस तरह की तुच्छ चीजों पर ध्यान नहीं देते। वे हंसते हैं। मेहतर से लेकर प्रधान शासिका तक कोई भी नारी असुंदर नहीं होती। असुंदर तो वह किसी के द्वारा प्रणय-निवेदन न किए जाने पर बनती जाती है। किसी भी नारी पर झुक कर प्रणय पुष्प चढ़ाओ, शीश झुकाओ, बस वह एक सुंदर सर्व समर्पण की इच्छुक गंधर्व कन्या बन जाती है।

"कौवारोर मचेगा।" ऐसा कहकर नंदिनी डरी थी। आज कुछ जरूरी चीजें खरीद कर 10 बजे के करीब छिपते-छिपाते होटल पहुंचा तो मेरे मित्र श्याम मोहन पाठक ने कहा, "आज का अखबार देख लेना सुनील।" उसने दराज में से अखबार निकाले। "देख क्या रहे हो इस तरह। सारे लोकल अखबार कौवारोर से भरे हैं। किसी में काशी समाचार के पृष्ठ पर, किसी ने स्थानीय कालम में, तो किसी ने 'चटपटे समाचार' में तुम दोनों के गायब होने की खबर छापी है। लाचार होकर सारे लोकल अखबारों का पुलिंदा दराज में छिपाना पड़ा। नंदिनी के पिताजी ने तो पुलिस को सूचित भी कर दिया है। इस बंडल को उठाओ और घुस जाओ अपने कमरे में, जब तक मैं न खटखटाऊं, दरवाजा बंद रखना। अच्छी सांसत में डाल दिया है तुमने। न कुछ करते बनता है, न मुक्ति का उपाय सूझता है। जाओ-जाओ। मेरे सिर पर क्यों खड़े हो ?" मैं दुरदुराए कुत्ते की तरह धीरे-धीरे सीढ़ियां चढ़ता अपने कमरे के पास आया। तीन बार खट-खट की आवाज दी। नंदिनी ने दरवाजा खोला तो लगभग अर्धचेतन जैसा मैं उसके शरीर को पकड़कर बैड पर आया, "दरवाजा बंद करो प्लीज।" मैंने

कहा और दोनों हथेलियों से सिर के बालों को खींचता बड़बड़ाया, "पहाड़ टूट पड़ा हो जैसे। हरामजादे तिल का ताड़ बनाते रहते हैं।" सहसा उसके मन में कोई चीज कौंधी और वह कृत्रिम ढंग से मुस्कराया।

"क्या बात है ?" नंदिनी बोली।

"कुछ भी नहीं। तुम्हारे पिता ने पुलिस में रिपोर्ट दर्ज करा दी है। क्या गम है। आए पुलिस। हम बालिग हैं। हमें अपने बारे में कोई भी निर्णय लेने का हक है। पूरा अधिकार। भारत के संविधान को क्या पुलिस बदल देगी ?"

"पर आएगी तो कहोगे क्या ?"

उसने नंदिनी की कलाई पकड़ कर खींचा और हजारों चुंबनों से उसके शरीर पर, अधरों पर, स्पर्श के निशान बना दिए, "हम पति-पत्नी हैं। किसी की चोरी नहीं की है। डाका नहीं डाला है। सिर्फ प्यार किया है। प्यार करना गुनाह है क्या ?"

"नहीं गुनाह नहीं है। गुनाह होता तो क्या मैंने यूं ही तुम्हें अपनी सबसे अनमोल चीज सौंपी होती ? सब तो कर चुके रात में। अब दिन में रात लाने की कोशिश क्यों कर रहे हो ?"

"इसे कोशिश नहीं स्वतः स्फूर्त भावावेग कहते हैं।"

नंदिनी ने कुछ कहा नहीं। उसने उसे खींच कर सीने से चिपका लिया। "दुख में भी, अपमान में भी, आशंका और भय में भी, आतंक और शांति में भी, नारी पुरुष के मिलन में समान ज्वाला, एक जैसी दहकन, एक जैसी तपिश क्यों होती है।" नंदिनी बड़बड़ाई।

एक पखवाड़ा छोटा समय तो नहीं है। इतने में क्या-क्या नहीं बदलता। सब बदल जाता है। सिर्फ एक दूसरे से टक्कर में कुछ चिह्न बन जाते हैं जो किसी के लिए अगम अपार लगते हैं तो किसी के सामने एक शून्य, जिसमें कुछ भी शेष नहीं होता। जीवन की घोर निराशा में भी आद्या प्रसाद का मन भले ही उलझा हो, पर उन्हें इस बात का उतना दुःख नहीं था कि सुनियोजित ढंग से उन्हें बदनाम किया गया। उन्हें तो कलुष में छिपे अदृश्य रास की छाया दिख गई थी, जब किसी ने बताया कि उनकी पुत्री को पान चूस कर सीठी बना कर फेंक दिया गया है। चूस लेने के बाद अब बचा ही क्या। "आचार्य जी आजकल बहुत गमगीन रहते हैं। अचानक बहुत-बहुत गंभीर रहने लगे हैं।" यह सब कुछ शांतिलाल अपने एक दोस्त से कह रहा था। मैं पल्ले की आड़ में छिप कर सुन रहा था।

"मगर भाई, सुनील और नंदिनी की तो मंदिर में शादी हो चुकी है। क्या सुनील ने उस शादी को भी नकार दिया ?"

"नकार ही नहीं दिया आद्या प्रसाद जी, उसके बाप ने मुकदमा कर देने की

धमकी भी दी। कहा कि तुम और तुम्हारी लड़की मेरे बेटे को फंसा कर अपना उल्लू सीधा कर रहे हो। अपनी चरित्रहीन बेटी को मेरे पुत्र पर लादना चाहते हो। अभी तो डीनशिप से हटाए गए हो। तुम्हारा यही रवैया रहा तो प्रोफेसरी से भी हाथ धोना पड़ेगा। कल शाम गया था तो बोले–"सुनो शांतिलाल अगर तुम शांति दिलाने आए हो तो धन्यवाद कहूंगा। पर मैं कोई प्रमाण पत्र देने लायक रहा ही नहीं। न तो कोई अब मुझे ईमानदार कहता है, न तो विद्वान। मैं तो सिर्फ आशा से छला गया एक सामान्य व्यक्ति हूं। उन्हें 'डीनशिप' चाहिए थी। मैंने छोड़ दी। उन्हें मेरी प्रतिष्ठा को धूल में मिलाना था, मिला चुके थे। वे जो-जो चाहते थे वह तो हो गया। अब क्या मेरे अंतिम दिनों में मेरे प्रति सच्ची निष्ठा रखने वाले तुम्हारे जैसे अंतिम एकाकी शिष्य को भेज कर और कोई कांड रचाना चाहते हैं ?"

मैंने कहा था, "आचार्य जी मैं खीरमोहन लाकर धोखा देने वालों में नहीं था, न ही हूं और नहीं बनूंगा कभी। मुझे खुद अब इस आधुनिक समाज से घृणा हो गई है। मैं शायद अपढ़-गंवार निरक्षर व्यक्ति होता तो इतना कमीना नहीं बनता। आपको अगर मेरी निष्ठा पर विश्वास न हो तो मैं अभी चला जाऊंगा, पर एक सरल सहज ईमानदार आदमी को कलंकित करने वालों पर मैं थूकता हूं। आपको प्रवंचित किया गया। मैं सह नहीं पाया।"

"तब क्या हुआ ?" उसके दोस्त ने पूछा।

"होता क्या", आचार्यजी ने कहा, "यह मेरी जिंदगी का अंत है शांतिलाल। मैं यदि पुत्र से छला जाता, पत्नी से छला जाता, पुत्री से छला जाता तो इतना दुःख नहीं होता। मैं तो एक व्यक्ति में आस्था रखता था, आज मेरी आस्था ने छला है मुझे। ईमानदार छल करे तो धारणा बदलनी पड़ती है। शिष्य छल करे तो वत्सलता बदलनी पड़ती है, पर आस्था छल करे तो काया बदलने के अलावा कुछ भी शेष नहीं बचता।"

अमोक्ष

आज गांव से एक परिचित व्यक्ति आये। जैसा कि होता है, कुशलमंगल के बाद गांव में घटित छोटी-बड़ी सभी घटनाओं का विवरण देते रहे। आप ऐसों के आने की प्रतीक्षा नहीं करते। जानता हूं यह। पर अपनी तो लाचारी है। कोई आता है मेरी जन्मभूमि की धूल लपेटे, चाहे वह उसके बालों और चेहरे तक ही सीमित हो, तो भी लगता है कि अचानक मन के भीतर सरसों के पीले फूलों से खिलखिलाता सीवान अपनी सुरभि बिखेर रहा है। ऐसे में सुब्वा चौधरी के मरने की सूचना ने मन को अबूझ भाव-रस में डुबो दिया। रोऊं या हंसूं। रोऊं अगर एक आदमी की दो चार अच्छाइयों पर तो उसके ऐसे अन्त पर हंसना चाहे स्वाभाविक हो, अमानवीय तो लगेगा ही।

कभी गया था गांव। यह अपनी दुर्बलता नहीं है। मैं वहां की सड़ी-गली गलियों में अब भी नाक पर रूमाल लगा कर ही चलता हूं, पर जाने क्यों वर्षा की मार से खदरी हुई भीतें एक रिश्ते की घुटन छुपाये कुछ कहती रहती हैं। सुब्वा की बखरी अब वैसी नहीं है। उसने चौतरफा ईंटों की बखरी बना ली है। बनारस से कारीगर बुलाकर दालान के खंभे बनवाये हैं जिनके ऊपर एक मुसलमान मिस्त्री ने नक्काशीदार बेल-बूटे सजा दिये हैं। मैं इस शख्स को तब से जानता हूं जब इसके बाप के पास एक बैलगाड़ी थी। खेत की बात पूछूं तो मेरे गांव के संदेशिया हंसेंगे और कहेंगे कि अब तो कई एकड़ खेत ही नहीं, एक ट्रैक्टर भी है। उसके बाप अनाजों के बोरे उठाकर अब कस्बे के गोदामों में जमा करने नहीं जाते। उनका जमाना बदल गया। मैंने शुभराज को खुद अपनी पीठ पर बोरे लादे अपनी गाड़ी में लादते देखा है। बोरे एक चबूतरे पर होते। कोई मदद करके उसकी झुकी पीठ पर चढ़ाता और वह एक-एक कुन्तल गेहूं के बोरे उठाकर अपनी गाड़ी में लादता। वहां भी बनिये के मजूरों से वह बोरे नहीं उतरवाता था, कहता, "मैं खुद एक के ऊपर एक बोरों की छल्ली लगा लूंगा। अपनी मेहनत की मजदूरी में फी बोरे बीस पैसे क्यों गंवाऊं ? लोग उसकी

कंजूसी पर खीझते थे। पर मैं औरों की तरह उसकी इस बात पर हंसता नहीं था। दिन में पचास बोरे लाता है और अगर उसे फी बोरे बीस पैसे देने हैं तो वह अपने दस रुपये बचाकर कौन-सा अनर्थ करता है। दस रुपयों की कीमत आपके लिए कुछ हो या न हो, उसके लिए तो थी। और फिर सबकी लाचारी का रूप भी समान तो नहीं होता। मुझे शुभराज पर न दया आती न घृणा। क्यों आये ? उसके लिए तो ये दस रुपये ही ईश्वर की कृपा के आधार थे। रोटी दाल तो मेहनत से जुटा लेता। पर शौक पूरा करने के लिए कभी दही तो कभी अचार इन दस रुपयों से ही तो मिलता था। बोरों की ढुलाई में से तो आधा वह इकट्ठा करता रहा। ये ही दस रुपये उसके सारे सुखों के आधार लगते। भला वह इस अनमोल को इस तरह व्यय करता तो जीता कैसे। कुछ तो चाहिए जीवन का संबल। अगर बैंक से हर महीने के खर्चे के रुपयों में से कोई दस रुपये आर्ग-मार्ग व्यय का काट ले या दो घंटे क्यू में खड़ा होने की एवज में मांगे तो मुझे क्या बुरा नहीं लगेगा ? इस तरह एक गाड़ीवान ने अपनी जिंदगी की कमाई से एक कीचड़ की भीतें बनायीं। खपरैलों की छाजन तनवायी। तीन-तीन बेटियों के ब्याह कराये तो आप बताइये कि यह सब उसका राजयोग नहीं था ?"

आपने ठीक सोचा। राजयोग ज्योतिषियों की दुनिया का मुहावरा है। पर है बड़ा आकर्षक। इस भ्रम में पहले किसान या मजदूर कम पड़ते थे। पढ़े-लिखे लोग ज्यादा। एक पंडित जी ने रिक्शे वाले का हाथ देखकर कहा, "तेरे हाथ में तो राज योग है।"

वह चहक उठा, "ऐसा है महाराज ?"

"हाँ भई" पंडित ने ठोंक-पीट कर उसकी हथेली देखी। बोले, "झूठ हो ही नहीं सकता।"

उसने पांच रुपये का इकलौता नोट पंडित के सुग्गे के सामने रख दिया। सुग्गे ने जो लिफाफा खींचा, उसके भीतर के कार्ड पर लिखा था, "भाग्य खुलने वाला है। अचानक धनवर्षा का योग है।"

"धनवर्षा का मतलब का है महाराज ?" उसने भ्रम का आनन्द लेते हुए पूछा था।

"अब तेरे घर धन बरसेगा। वर्षा नहीं जानता ? मूरख दड़व बरसैंगे।"

"ओफ्।" वह खुशी से खिल गया।

रिक्शे पर बैठे आदमी ने कहा, "चल भाई। मेरी गाड़ी का टेम हो रहा है। छुड़वायेगा क्या ?"

"भैया धीरज रखो। गाड़ी नहीं छूटेगी। बिना आपको लिये गाड़ी छूटे तो दो सौ रुपये ले लेना।" उसके मन में तो धनवर्षा हो रही थी। सौ दो सौ की क्या कीमत। वह सोच रहा था। वह कस्बे की ओर भागा। बोला, "कहो बाबू साहब, राजयोग

में तो लाखों बरसता होग. !" बाबू साहब बोले, "हमें भी इसी ज्योतिषी ने धनवर्षा और राजयोग बताया था।"

"कितना मिला आपको ?"

वे निराश भाव से बोले, "कुछ नहीं, सिर्फ ससुराल से एक कटहल आया।"

"क्या कटहल ? सब्जी वाला ?"

"और नहीं तो क्या सोने वाला ?" उन्होंने गंभीर होकर कहा, "देख भाई तेरे हाथ में किराये का रिक्शा है। दिन भर चलायेगा तो कितनी मजदूरी पायेगा शाम को दस पन्द्रह रुपये, है न ?"

"हाँ भइया, ठीक है। इतना ही समझो।"

"तो तू आज बीस पा जायेगा। यही है तेरा राजयोग। तू इन्दिरा गांधी है क्या ? बिड़ला, टाटा है ? बोल ? उनके हाथ के राजयोग में सचमुच की धनवर्षा होती है, मेरे तेरे में कटहल और पांच रुपये की आमद बस।"

वह बड़ा उदास हो गया। पर इसी राजयोग में तो शुभराज गाड़ीवान ने चौखंडी बखरी बना ली। खाली मेहनत से। पहली लड़की की शादी थी। मुझे याद है कि बारात के लोग शुभराज को सच्चे मन से कहकर गये, "भैया, माना कि तुम्हारे पास जमीन जायदाद नहीं है। पर ऐसी खातिर बात तो बड़के-बड़के भी नहीं करते। अब तो बारात करने का आनन्द ही जाता रहा। बारात में जाने को लोग भूसे की ढुलाई समझ कर न्यौते का कार्ड चूल्हे में डाल देते हैं।"

"लेकिन ई जान लो भैया कि मेरा सुब्बा तो पढ़कर थानेदार बनेगा। तब सचमुच की धनवर्षा होगी।"

"कहां तक पहुंचा ?"

"इस साल इन्ट्रेन्स कर रहा है।"

"तब तो कुछ बनेगा ही।"

और सुब्बा थानेदार बने चाहे न बने नामदार तो बन ही गया। अलका की बारात का स्वागत भी धूमधाम से हुआ। उसकी ममेरी बहन आयी थी। चढ़ी जवानी में वह नेनुवां की लता जैसी गदराई थी। उसके बदन से जो पीली साड़ी में सजा होता था, कच्ची हल्दी की सुगंध उठती थी। काजल रंगे कारे-कारे नयनों वाली, रंगीन धोती में इन्द्रधनुष की तरह लगती थी, गाँव की गलियों में चलती तो बिछुआ बजता था। इस रुनक-झुनक को सुनकर शोहदे हाथ मलते। एक दूसरे के चेहरे पर समान चाहत का भाव देखकर दोनों अलग-अलग हथेलियों में अपनी शपथ को जोड़ देते, "ऐसे कठिन काम अकेले करना ठीक नहीं है। सबको समान अवसर दो। अनैतिक सुख के तो सभी साझेदार बन जाते हैं और एक लंबा चौड़ा व्यूह बना लेते हैं जो अपनी चाहत पूरी करके ही दम लेते हैं।" जाने कितने लोगों की आंखों में उसकी अस्मिता का चुंबक सपनों की सजावट करने लगा।

"क्यूं रे शोभा, तेरे चेहरे पर बड़ी उदासी है। बात क्या है ?"

"तुम्हारे गांव में शोहदे बहुत हैं बड़े भाई।"

"क्या ? जरा दिखा तो मुझे। देखता हूं कौन साला बोली बोलता है। कौन है माई का लाल ? किसी ने छींटाकशी की तो आंख निकाल दूंगा।" एक दिन ऐसे ही एक बोलवाज को शोभा ने दिखा दिया, "का हो चुन्नी लाल। तनिक रुको भैया।" सुब्बा ने कहा और उसकी ओर दौड़ा, "स्साले, हिजड़े की औलाद। जझ की पतरी पर तेरे जैसा गधा मुँह मारेगा तो मेरा जीना तो अकारथ जायेगा। रुक स्साले।" उसने चुन्नी लाल का टेंटुवा पकड़ लिया और सिनेमाई तौर पर इतने घूसे मारे कि चुन्नीलाल कटे गाछ की तरह जमीन पर गिर पड़ा। उसके पेट में शायद गहरा घाव हुआ था। गिरते वक्त उसके मुँह से एक हुलक्का खून भी निकला।

"अरे, यह क्या कर रहे हो बड़े भाई।" शोभा दौड़ी, "इसको मार डालोगे क्या ? बेचारा एकदम निढाल लगता है। कहीं मर तो नहीं गया ?"

"चुप। एक बार कहती है कि गन्दी बातें कहता है, और अब तेरे मन में ऐसी दया उपज गयी कि बेचारे की बेहोशी देखकर हाय-हाय करने लगी।" सुब्बा बोला, "साली औरतें हमेशा गड़बड़ मचाती हैं।"

"तुम्हें क्या होगा। तुम्हारे दोस्त बहादुरी की जय-जयकार करेंगे। कराओ। पर इसे कुछ हुआ तो मेरी तो इज्जत धूल में मिल जायेगी। लोग क्या यह नहीं पूछेंगे कि इसने किया क्या था कि इस तरह मारा-पीटा गया ?" वह रुआँसी होकर बोली।

"अच्छा-अच्छा जा घर के भीतर। यह न मरा है न मरेगा।" सुब्बा ने गली में आते कुछेक लोगों की पदचाप सुनकर कहा, "अपनी इज्जत खुद को बचानी चाहिए। तुम घर में किसी से कुछ नहीं कहना। नहीं औरतें सुनेंगी तो सचमुच की बदनामी का धब्बा लेकर जाओगी यहां से।" वह डरी-डरी थमी-थमी बखरी के भीतर चली गयी। शोभा एक कमरे में हथेलियों में पूरे चेहरे को संभाले चुपचाप बैठी थी। वह जमीन पर ताक रही थी। पर जमीन पर काले-काले गोबरौरे रेंग रहे थे। शायद आँखें भरी होने के कारण ऐसा लगा हो। वह सही को समझ नहीं पा रही थी। मन के भीतर की घृणा और तनाव ने, हो सकता है कि अचानक निराकार को साकार वना दिया ? तभी उसकी अम्मा कमरे में घुसीं, वह चीख पड़ी, "देखो अम्मा इस कमरे में चौखट तक गोबरौरे ही भरे हैं। बचाकर पैर रखना, नहीं मरेंगे सब। ऐसे लिजलिजे पदार्थों को देखकर मुझे उबकाई आती है।" शोभा ने कहा।

"तेरी आंख की जोत जाती रही क्या ?" उसकी अम्मा बोलीं, "कहां हैं गोबरौर ? मुझे तो कहीं भी नहीं दिखे। तुम हो कि कभी इधर तो कभी उधर डर से उछल रही हो।" अम्मा ने डाँट कर कहा, "यह अच्छे लच्छन नहीं हैं। औरत को तो हर क्षण अपनी सुरक्षा के लिए सावधान रहना ही पड़ता है।" फिर कुछ रुककर बोलीं, "जाकर खाना खा ले, और सब कुछ भूलकर शान्त चित्त से सो जा; सबेरे

नींद खुलेगी तो तरोताजा अनुभव करेगी, कल सुबह।"

सुबह नींद खुली तो सचमुच वह शाम का दुःस्वप्न भुला चुकी थी। फिर उसके चेहरे पर हँसी उड़ती तितली की तरह आयी और उसने शीशे में मुंह देखकर अपनी शिल्पा बिन्दी को ठीक से लगा लिया। अपनी सुन्दरता से मोहित होना बुरा है। किसी से सुना था। हाँ, याद आया। सुनीता मैडम ने कहा था, "अगर नारी का मन अपने चेहरे को देखकर संतुष्ट हो, खुश हो तो यह तै है कि उस चेहरे पर दूसरे तो निछावर हो ही जायेंगे ?"

"भई क्यूं।" उसकी कक्षा की एक छात्रा ने कहा था, "एक ओर औरों के निछावर होने का आकर्षण है तो अपनी सुन्दरता पर मोहित होना बुरा क्यों है ?" बात सुनीता मैडम तक पहुंची। बोलीं, "कभी-कभी अपने बदसूरत चेहरे की आत्मपीड़ा न जानने वाली औरत अपनी चापलूसी के चन्द वाक्यों को सुनकर अपना सब कुछ दे बैठती है। और अगर सुन्दर है तो भी अपनी सुन्दरता पर फूलना नहीं चाहिए क्योंकि ऐसी इतराने वाली लड़कियां शोहदों का शिकार बनती रहती हैं। अगर गैर-सामाजिक पुरुषों से पाला पड़ जाये तो वह तेजाब से अपने रूप को झुलसा देखकर पीड़ा से चीख उठती हैं। मैंने ऐसे हादसे अक्सर देखे हैं।"

"छिः छिः।" शोभा भुनभुनायी। ऐसे नीच लोग गांवों में कहां होंगे। ऐसे सुन्दर मौसम में खुले खेतों पर छायी फबन किसका मन नहीं मोह लेती। धरती की सांस तो ऐसी जगहों में ही सुनी जा सकती है। जरा विवाह से खाली हो जायें तो बुआ से कहकर सासाराम घूम आयेंगे। कहती हैं कि वहां एक बहुत बड़ा सरोवर है जिसके बीच शेरशाह का मकबरा है। पिकनिक हो जायेगी।

शुभराज की दूसरी लड़की की शादी भी धूम-धाम से ही हुई। लोग अचंभे में थे कि पहली शादी में हजारों रुपए खर्च करने के बाद भी उसकी आर्थिक स्थिति इतनी सुदृढ़ रही। और यह शादी तो दहेज देकर तै हुई थी। गांव के भीतर मन के छिपे भेदों को जानने का काम प्रायः वे नारियां करती हैं जो झाड़ू बुहारी करती हैं या बर्तन घिसने वाली दाइयां। कभी-कभार कमारिनें भी गुप्तचरी में आश्चर्यचकित करने वाले भेदों को जानती हैं। एक दिन शुभराज से कल्लू कलवार ने पूछ ही दिया, "भैया शुभराज मैं तो अचंभे के दलदल में धंसता जा रहा हूं। ज्यों-ज्यों हाथ पैर मारता हूं चार अंगुल और धंस जाता हूं। भैया ई तुम्हारी बैलगाड़ी रुपये बरसाती है क्या ?"

"ओफ्" शुभराज हंसा, "अरे नहीं भैया। तुम भी इतने बड़े गल्ला व्यापारी होकर ऐसी नादानी की बातें करते हो। तुम हमें तो बोरे ढोते रोज ही देखते हो। ठीक है कि जमाना बदला है तो महंगाई को देखते ढुलाई का महसूल भी बढ़ गया है। पहले पचीस पाते थे अब साठ-अस्सी पा रहे हैं। तुम यह क्यों भुला रहे हो साह जी कि सुब्बा भी कमाने लगा है।"

"पर वह तो पढ़ाई करता है बनारस में। वहां कौन-सी लक्ष्मी बरस गयी कि वह बटोर-बटोर कर तुम्हें भेजता है। पढ़ाई के साथ किसी दूकान पर बहीखाता देख देता होगा तो भी चलो चार सौ पाँच सौ मान लिया उसकी कमाई के भी आते हैं। पर भैया तुम कोई न कोई भेद छिपा रहे हो हमसे। अरे हमने कभी तुमसे अपना कुछ छिपाया। अगर हमें सुब्वा बेटे की तरह आमदनी का जरिया दिख जाये तो मैं अपने मुनवां को भी वहीं भेज दूं। भैया अपना परिवार भी बढ़ रहा है। अगर तुम्हें साठ-अस्सी मिलते हैं तो मुझे अधिक से अधिक सौ। न तो तुम्हें साल भर दुलाई से आमदनी होती है न मुझे। घूमघाम कर गाँवों में अनाज तौल कर लाना और बेचना, पक्की नौकरी तो नहीं न कह सकते ? दो महीने कमाओ, और उसी में साल भर का खर्चा चलाओ किसी तरह रेंग-रेंग कर।"

"अच्छा साह जी, इस बार सुब्वा आयेगा तो हम आपके मुनवां के लिए भी अपनी जैसी नौकरी दिलाने की सिफारिश करेंगे। शुभराज निश्छल भाव से बोला। पर कल्लू राम के चेहरे की चमक वह देख नहीं पाया। सुब्वा आया और ज्यों ही शुभराज से बात चलाई वह उखड़ पड़ा, "बड़े मूरख हो बाबू तुम भी। रह गये न देहाती भुच्चड़ के भुच्चड़। मैं का कौनो दफ्तर में काम करता हूं कि वहां मुनवां को भी घुसा दूं। तुम क्या जानो रुपये कमाने के नये तरीके। बस, कोल्हू के बैल की तरह बोरे भरी बैलगाड़ी हांको। रुपये पाते हैं तभी तो यह चौखंडी कोठी बनी है। ऐसे और इतने रुपये नौकरी से मिलते हैं कहीं ?"

"तो भैया क्या तू कौनो लाटरी की धनवर्षा से पाये इतना ?"

"हां, धनवर्षा ही कहो। काम भी हमारा पुश्तैनी ही है। तुम्हारा बेटा हूं बाबू तो अपना काम भी एक जगह से दूसरी जगह सामान पहुंचाना ही है। हां तुम एक-एक कुन्तल के अनाज भरे बोरे उठाते हो, पीठ पर लादकर गाड़ी में चढ़ाते हो और मालगोदाम तक पहुंचाते हो और पाते हो सौ रुपये। वह भी सिर्फ दो महीने तक।"

"तौ भई तुम कौन-सी गाड़ी रखे हो जिस पर हीरा-जवाहरात लादकर मालगोदाम पहुंचाते हो ?" बाप ने पूछ दिया। "सुन लो भइया, हमें ई चौखंडी बखरी नहीं चाहिए। कमाई करो तो खुलकर। चाहे बोरे चढ़ाओ चाहे बक्से। सामान की ढुलाई बुरी नहीं है पर चोरी के सामानों को पहुंचा कर रुपये झोरना अपनी आत्मा में बड़ा गड़ेगा भैया, लोहे की कील की तरह। तुम बता दो पहले ही तो हम उसी के हिसाब से अपनी चादर देखकर पांव पसारें। अबहीं अलकवा का विवाहौ करना है और तुम्हारे तीन-तीन छुट भइयन की जिन्दगानी संवारने का भार भी है हमरे सिर पर। सुन लें कि का सामान है और कैसे पहुंचाते हो तो हम भी बैलगाड़ी को लात मार कर मोटरगाड़ी से ही पहुंचायेंगे।"

"आपको कुछ नहीं करना है। अलका बहन की शादी के लिए आप चिंता न करें। छुटकनों को भी मैं ही संभाल लूंगा। पर आपको वहां काम नहीं मिल सकता।

आप है निरच्छर भट्टाचार्ज। आप बोरों के अलावा कुछ जानते नहीं। सामान का नाम तो जान नहीं सकते। पहुंचाने की जगह बताई जाये तो आप चकरायेंगे। चारों ओर जो भी मिलेगा रास्ते में उसी से उस बड़े आदमी का नाम और घर का पता पूछोगे। वे लोग ऐसे अनाड़ी लोगों को नहीं रखते। आपने शहर देखा कहां ? और जिन्होंने देखा भी है उन पर भी वे लोग विश्वास नहीं करते। यह सारा काम एक्सपर्ट लोग करते हैं ?"

"एक्सपर्ट कौन है ? यह अगर किसी आदमी का नाम है तो वह जमीन पर ही रहता होगा। क्या उसे भूख-प्यास नहीं लगती। सर्दी-गर्मी नहीं लगती ? अरे भई ई कहो तो हम मान लें कि एक दो बार घर खोजने में दिक्कत होवेगी। बाजी लगाय लो सुब्वा, एक बार उस आदमी का चेहरा दिखाय दो उसे हजार दो हजार में पहचान न पावें तो नाम बदल देना हां ?"

"आप हैं तो शुभराज पर बात हमेशा अशुभराम जैसी करते हैं आपको वी. आई. पी. ऐरिस्टोक्रेट को खोलना बंद करना आता है ?"

"सीख लेवेंगे वो भी।"

"वहां याद रखने वालों की नहीं याद भूल जाने वालों की जरूरत होती है। आप बन्द करिए बकवास। ट्रैक्टर खरीद दिया है ना ? चारों ओर चोर लोग हैं। जमीनों पर कब्जा करने के वक्त अपने कुत्ते के नाम भी छः एकड़ ले चुके हैं। हल चलाने को मजूरे नहीं मिलते। छोड़िए बैल गाड़ी, ट्रैक्टर से ही बिजिनेस कीजिए।"

"का कीजिए ?" शुभराज बोले।

"अरे भाई जिसका खेत जोतना है जोतो और दो सौ चार सौ रोज कमाओ। यह क्या बिजिनेस नहीं है ?"

"हां, इस साल इहौ करेंगे। तुम जरा इसका चलाना सिखाय दो।"

हम इहां ट्रैक्टर चलाना सिखाने तो नहीं आयेंगे। न सपरे तो कहिए किसी को नौकर रख जाऊं।"

"अरे वाह ! नौकर का हमसे अच्छा चलायेगा। अरे भैया आज तक मेहनत ही की कमाई खाये हैं। मैं नौकर क्यों रखूं। जाओ तुम हम संभाल लेंगे। ई ट्रैक्टर, फ्रैक्टर।"

पाँचवें दिन शुभराज कस्बे गये। उनको देखकर कस्बे का एक पानवाला पास आया।

"आपको सुब्वा भाई साहब ने भेजा है बड़े ताऊ ?"

"मुझे ?"

"हां आपको ?"

"असल में मैं उधर विपदाओं में घिर गया हूं ताऊ। आज ही मेरे यहां कुर्क अमीन आने को है। कल रात यहां सुब्वा भाई आये थे। उन्होंने पूरी मदद करने

को कहा था। आप आये तो जान में जान लौटी। रुपये लाये हैं ना ?"

"कैसे रुपये ?"

"क्या ? मजाक मत करिये ताऊ। मैंने कुर्क अमीन को हाथ-जोड़ कर बहुत गिड़गिड़ाकर रोक रखा है। मुझे तो अभी रुपये चाहिए।" उसने क्रूरता से देखते हुए कहा।

"मैं नहीं जानता किसी के बारे में। रुपयों की तो सुब्वा ने बात भी नहीं की। कैसे रुपये ? कुछ जरा विस्तार से बताओ। मैं तो तुम्हारी बातें सुनकर सनाका खा गया बोलो तो ?"

"हम उन्हें यहां से माल सप्लाई करते हैं। हर महीने एक वी. आई. पी. ऐरिस्टोक्रेट भर कर माल जाता है यहीं से। काम जोखिम का है। उसे मैं नहीं करता। मेरी बहन करती है। उससे वे भी वादा करके गये थे। परसों रात भर उसी के साथ रहे। अब आप आये हैं हाथ झुलाते, मेरी और मेरी बहन की इज्जत तो आप लोगों ने नीलामी पर चढ़ा दी है शायद।"

"क्यों रे ललमुनियां। जैसा तेरा जनखानुमा नाम है वैसा काम भी करता है। अबे साले ठाकुर का लड़का कलवारिन के साथ रहेगा रात-रात भर। तेरी बहन उसकी क्या लगती है ? फंसाय रहे हो उसे ? चल कहां है तेरा कुर्क अमीन। स्साले ऐसी दुर्गत करेंगे कि फिर कबौं सुब्वा का नाम नहीं लोगे। चल अपने घर।" जब वे लालमुनि देव के घर पहुंचे तो उसकी चमचमाती बखरी देखकर शुभराज चकराये। "क्यों रे ई तेरी कोठी है ? यहां तो दो साल पहले तक खंडहर था।"

"तो आपकी कौन-सी पक्की हवेली थी ? बड़ा काम तो बड़ा दाम" उसने द्वार पर ठक-ठक की। बड़ी देर से दरवाजा पीटता रहा, "अरे पद्मिनिया, खोल दरवाजा। सुनाई नहीं पड़ता है क्या ?" दरवाजा खुला तो बिखरे बाल, माथे पर पुंछी-पुंछी सी रोली। जल्दी में पहनने के कारण बेतरतीब साड़ी। उसे देखकर शुभराज जलकर राख हो गये, पर लालमुनिदेव हंसा, "आ गये तेरे पतिदेव ?"

"ओ तो जाने कब से आये हैं। तेरी जरूरत भर का रुपया भी ले आये हैं। ई कौन है तेरे साथ ?"

"तेरे पतिदेव का बाप शुभराज गाड़ीवान।" उसने व्यंग्य से चौधरी शुभराज को देखा, "करम दरिद्री इसी को कहते हैं। कह रहे थे कि यह शख्स बोरे की ढुलाई के अलावा और कुछ जानता ही नहीं। ई भी हमारे साथ माल सप्लाई करना चाहता था।"

"स्साले कमीनो, कहां है सुब्वा। बुला उसे।"

"क्यों बक-बक किये जा रहे हो बब्बू।" सुब्वा आया उसकी ठुड्ढी पर ईगुर के निशान थे। एक बनियान और लुंगी पहने था। तुम्हें तो बटाई की जमीन का सारा कन्ट्रैक्ट और जोतने के वास्ते ट्रैक्टर दे दिया, तुम राज करो। मेरे मामले में टांग

मत अड़ाओ। ई लोग पहले वाले पनवाड़ी नहीं हैं। माडर्न हैं, माडर्न।

"तो ससुर तुम इनहीं की चाकरी कर रहे हो माडन-माडन बताय के ?" हाँ, यही करते हैं यह लोग। शोर सड़ापा मत करो हियां। लौट जाओ घर अलकवा की शादी की तैयारी में लग जाओ कपड़ा, जेवर वगैरह खरीद लो, लो ये बीस हजार हैं। सारी तैयारी करो।" सुब्वा बोला।

"क्यों पार्टनर।" पद्मिनी बोली, "आग में तपाय कर सकला भी नहीं फेंकते इधर और इस खूसट को बीस हजार थमा दिये ?"

"चल ऊपर सारा सकला हवन कुंड में डालने के लिए ही तो आया हूं। तू इस बेचारे से काहे जलने लगी। जाओ बाबू। घर लौट जाओ और मुंह सिये रहना। भला चाहते हो तो ? वरना मेरे 'बॉस' सभी बहुत जिद्दी और बेवकूफ हैं।"

अलका की शादी धूमधाम से हुई। सुब्वा के कई शहरी मित्र विशेष अतिथि बनकर आये। चौखंडी बखरी का एक हिस्सा बहुत ही सुसज्जित था। आधुनिक कहे जाने वालों के लिए सारी सुविधायें थीं। इस बात को लेकर भी बाप-बेटे में झगड़ा छिड़ा, तकरार हुई। तो सुब्वा ने घुड़क दिया—"मैं कमाता हूं। अपने लोगों को क्या बुला नहीं सकता। चौखंडी बखरी बनाने का तो उत्साह था, आज उसके तीन चार कमरे मैंने दोस्तों के रहने-बैठने के लिए घिरवा दिये तो जलन होने लगी। बोरे ढोने वाले के दोस्त दोस्त होते हैं और अटैची ढोने वाले के दोस्त दुश्मन लगते हैं ?""

दोनों छोटे भाइयों ने भी बाप को झटकार दिया, "आप हमारी बढ़न्ती नहीं देख सकते। मेरे हाथ में ट्रांजिस्टर बड़े भैया ने दिया, आप तो माटी का बबुआ लाते रहे खेलने के वास्ते अठन्नी का। 'सुग्गा तीस पैसे वाला।' दूसरा बोला। हमारे गुरुजी कहते हैं कि देश की नई पीढ़ी को रसातल की ओर बुड्ढे ले जाते हैं। वह परिवर्तन सह नहीं सकते।"

"चुप रहो हरामी लोगो, वह रंडीबाज है तो तुम भी वही बनना चाहते हो।"

"चलो रे बचवन।" शुभराज की बूढ़ी पत्नी ने कहा, "करम दरिद्री के घर लक्ष्मी आती हैं तो उहौ सूम का चेहरा देख कर लौट जाती हैं। हां नहीं तो। हमारे बच्चों का नंगा बदन ढंकने लगा, एक की जगह दो सब्जी बनने लगी, दूध का इन्तजाम हो गया तो भी तेरे खूसट बाप का चेहरा सीधा नहीं होता। पता नहीं क्या समझते हैं अपने को।"

"अरे जाओ न जहन्नुम में। जब पाप का घड़ा भरैगा तब जानोगे तुम लोग।" शुभराज का चेहरा सचमुच भतुवा की तरह लटक जाता। उसकी पीठ के घट्ठे खुजलाते। उसकी मुट्ठी में खुरदुरी उंगलियां बंधने को तैयार नहीं होतीं। इतना अहसाय उसने अपने को कभी पाया नहीं।

आज सुब्बा ने शोभा के लिए पागल होकर चुन्नीलाल की ऐसी धुनाई कर दी है कि गांव में कौवारोर मच गया। 'साला नीच है सुब्बा।' यही कथन सर्वत्र गूंज रहा था। स्मगलर है हरामी। कल तीन दोस्त एक साथ आ रहे हैं। उन्हें भी तो गांव वालों ने मेरी ही तरह स्मगलर कह दिया तो ऐसा कुहराम मचेगा कि दो एक लाशें गिर जायेंगी। उसने अपने चेहरे को प्यार से सहलाया।

शादी हो जाने के दो दिन बाद की रात को सुबह वाली गाड़ी से वह और उसके दोस्त जाने को थे। सब कुछ ठीक से गुजर गया। शोभा खुश थी। उसने लंबी सांस ली और बड़े भाई के वैभव का गुणगान करते नींद में समा गयी।

शोभा का पता नहीं था। उसकी मां ने अपनी ननद से पूछा, "शोभवा नहीं दिखती हो नन्दा।"

"शोभवा।" ननद बोली, "अरे भौजी काहे परेशान हो कौनो सहेली से मिलने गयी होगी।"

"इतनी सुबह ?"

तभी दाई चिल्लाई, शोभवा बेहोश थी और उसका सफेद लहंगा खून में डूबा था। वह सुब्बा के एक दोस्त के कमरे में मिली। बड़ा शोर उमड़ा। चेहरे पर पानी छिड़का गया तो शोभवा को होश लौटा। वह बड़बड़ाई, "नहीं बड़े भाई। आप क्या कर रहे हैं ओफ्। मां रे मां। मेरे मुंह में कपड़ा मत ठूंसो⋯"

"हाय मेरी बच्ची का सुहाग लुट गया रे नन्दा।" उसकी मां रोने लगी।

"मैं जानता था। ई होगा। एक न एक दिन ई होगा।" पर बगल से कल्लू कलवार आ गये, "ई का हल्ला मचा रही हैं आपा" कल्लू ने शोभवा की मां से कहा, "देश-दिहात को पता चलेगा तो आपकी बेटी का विवाह तलक नाहीं होएगा। सान्ती से काम करियें। और जो हुआ, उसे भूल कर अपने गांव जाइये।"

"बड़ा सहा लेकिन सुब्बा ने।" मेरे गाँव के संदेशिया बोले।

"इधर तो पांच बरस से वह आदमी रौरव नर्क भोगता रहा।"

"क्यों क्या हुआ ? ल्यूकोडार्मा था। वह मैंने देखा था। वह लक्षण है रोग नहीं। अक्सर तनाव से होता है ?"

"क्या श्वेत कुष्ठ में कुछ नहीं होता। सुब्बा के सारे बदन में तो कीड़े पड़ गये थे। डाक्टरों ने जवाब दे दिया। लोग कहते हैं कि कैंसर था। सारा बदन सड़ गया ऐसा भोगा, ऐसा भोगा कि उसकी यातना देख कर तो लगता था भैया कि स्वर्ग नरक सब यहीं भोगना पड़ता है। वह कीड़ों के रेंगने से परेशान होकर गांव की गलियों

में नंगे बदन लोटता था। धूल भरी सड़क पर वह लोट-लोट कर बहुत दूर तक जाता वैसे ही लोटता-लोटता आता।"

"तो क्या उसने अपने दुःख के बारे में कुछ नहीं कहा ? अपनी तकलीफ को बेजुवान की तरह से सहता रहा।"

"कहेगा कैसे। तीन साल पहले तो उसका बोलना ही बन्द हो गया था। क्या कहे, किससे कहे।" संदेशिया ने कहा, "अच्छा, अब ई बताइये। इतने पाप और इतने प्रायश्चित्त के बाद वह तो अब मोक्ष पा गया होगा न ?"

"मोक्ष ?"

"हां, मोक्ष।"

"मरने के बाद क्या होगा कोई नहीं जानता, पर इतना सत्य है कि जब तक जीवात्मा को शोभा के आक्रान्त चेहरे की सिकुड़नें, भय से विस्फुरित आंखों में वहशी शक्लें याद रहेंगी तब तक तो मोक्ष संभव नहीं। अगर सुब्बा की जीवात्मा अपने पाप के लिए प्रायश्चित्त करके पाप को भुला दे उसे लगे कि पाप का दंड भोग लिया तो संभव है। पर यह हो भी जाय तो उस अत्याचारी की तामसी छाया शोभा की आंखों की पुतलियों में जब तक प्रतिबिंबित रहेगी अमोक्ष का कोई विकल्प संभव नहीं है।"